TEMPÊTE POLAIRE

DU MÊME AUTEUR

série DIRK PITT

VENT MORTEL, coll. « Grand Format », 2007.
ODYSSÉE, coll. « Grand Format » , 2004.
WALHALLA, coll. « Grand Format », 2003.
ATLANTIDE, coll. « Grand Format », 2001.
RAZ DE MARÉE, coll. « Grand Format », 1999.
ONDE DE CHOC, v, 1997.
L'OR DES INCAS, coll. « Grand Format », 1995.
SAHARA, 1992.
DRAGON, 1991.
TRÉSOR, 1989.
Avec Dirk Cussler
LE TRÉSOR DU KHAN, coll. « Grand Format », 2009.

série NUMA

Avec Paul Kemprecos

A LA RECHERCHE DE LA CITÉ PERDUE, coll. « Grand Format », 2007.
MORT BLANCHE, coll. « Grand Format », 2006.
GLACE DE FEU, coll. « Grand Format », 2005.
L'OR BLEU, coll. « Grand Format », 2002.
SERPENT, coll. « Grand Format », 2000.

série OREGON

Avec Jack du Brul
QUART MORTEL, coll. « Grand Format », 2008.

Avec Craig Dirgo
PIERRE SACRÉE, coll. « Grand Format », 2007.
BOUDDHA, coll. « Grand Format », 2005.

série Chasseurs d'Epaves

CHASSEURS D'ÉPAVES, 1996.
CHASSEURS D'ÉPAVES, NOUVELLES AVENTURES, 2006.

CLIVE CUSSLER et PAUL KEMPRECOS

TEMPÊTE POLAIRE

roman

Traduit de l'anglais (États-Unis)
par
JEAN ROSENTHAL

BERNARD GRASSET
PARIS

L'édition originale de cet ouvrage a été publiée par G.P. Putnam's Sons, en 2005,
sous le titre :

POLAR SHIFT

ISBN 978-2-246-70571-0
ISSN 1263-9559

PROLOGUE

Prusse-Orientale 1944

LA GROSSE MERCEDES 770, BLINDÉE comme un Panzer, pesait plus de quatre tonnes et pouvait transporter sept passagers ; malgré cela, elle semblait flotter, tel un fantôme, sur le coussin de neige fraîche et glissait tous feux éteints entre les champs de maïs dont les épis étincelaient sous les reflets bleutés du clair de lune.

La voiture approchant d'un corps de ferme d'où ne filtrait aucune lumière, le conducteur effleura la pédale de frein : la limousine ralentit et adopta l'allure furtive d'un chat qui traque une souris, pour longer au pas le bâtiment de grosses pierres.

De ses yeux d'un bleu de glace le chauffeur regarda pensivement au-delà du pare-brise encadré de givre. La ferme paraissait abandonnée, mais il n'était pas homme à prendre des risques. L'acier noir de la carrosserie avait certes été précipitamment barbouillé de peinture blanche, camouflage grossier qui, s'il rendait la Mercedes pratiquement invisible aux chasseurs Stormovic rôdant dans le ciel comme des faucons furieux, ne lui avait permis que de justesse d'échapper aux patrouilles russes surgissant de la neige telles des apparitions ; le blindage était d'ailleurs criblé d'une douzaine d'impacts de balles.

Il choisit donc d'attendre.

Ayant senti le ralentissement de la voiture, l'homme allongé sur la spacieuse banquette arrière se redressa, les yeux encore lourds de sommeil.

— Il y a quelque chose..., lui murmurait le chauffeur quand le crépitement d'une fusillade brisa soudain le silence de la nuit.

Le conducteur écrasa aussitôt la pédale de frein, ce qui immobilisa la lourde machine à une cinquantaine de mètres de la ferme. Il coupa le contact et saisit le Luger 9 mm posé à côté de lui. Les doigts crispés sur la crosse de son arme, il vit sortir du bâtiment une silhouette imposante vêtue de l'uniforme vert olive et du bonnet de fourrure de l'armée russe qui s'approchait d'un pas mal assuré.

Le soldat brandissait son arme en rugissant comme un taureau harcelé par un essaim d'abeilles.

— *Sale putain de fasciste !* hurlait-il d'une voix que la rage et la douleur rendaient rauque.

Le soldat russe avait fait irruption dans la ferme seulement quelques minutes plus tôt. Le couple de fermiers s'était caché dans un placard, blotti sous une couverture comme des enfants qui ont peur du noir. Après avoir logé une balle dans la poitrine du mari, il s'était retourné vers la femme qui s'était enfuie dans la petite cuisine.

Sa mitraillette en bandoulière, il lui avait fait signe d'avancer en murmurant « *Frau, komm* », apaisant prélude à un viol inévitable.

Mais, le cerveau embrumé par les vapeurs de la vodka, le soldat n'avait pas senti le danger. La femme du fermier ne l'avait pas imploré, elle n'avait pas éclaté en sanglots à l'instar de toutes celles qu'il avait violées avant de les tuer. Elle l'avait regardé droit dans les yeux, avait brandi un grand couteau qu'elle cachait derrière son dos et s'apprêtait à lui taillader le visage. Il avait aperçu l'éclair de l'acier à la lueur du clair de lune qui filtrait par les fenêtres et avait levé le bras gauche pour se défendre ; la lame avait lacéré sa manche et son avant-bras. De sa main valide, il avait fait tomber la femme par terre où elle cherchait encore à attraper son couteau. Fou de rage, il l'avait coupée en deux d'une rafale de mitraillette.

Planté devant la porte de la ferme, le soldat examina sa blessure : la plaie était superficielle et saignait à peine. Il tira de sa poche une bouteille de vodka maison et la vida d'un trait. L'alcool – près de 60 degrés – qui coula dans sa gorge adoucit la douleur qui brûlait son bras. Il jeta la bouteille vide dans la neige, s'essuya les lèvres du revers de la main et partit rejoindre ses camarades. Il raconterait qu'il avait été blessé en combattant une bande de fascistes.

Le soldat fit quelques pas mais s'arrêta bientôt : son oreille avait perçu le *tic-tic* d'un moteur de voiture qui refroidit. Il plissa les yeux pour scruter la masse grisâtre qui se profilait vaguement au clair de lune et un rictus menaçant crispa son large visage de paysan. Il fit glisser la mitraillette qu'il portait en bandoulière et la braqua sur cette forme qu'il distinguait à peine; ses doigts se posèrent sur la détente.

Quatre phares déchirèrent alors l'obscurité. Les huit cylindres en ligne du puissant moteur se mirent en action dans un fracas de tonnerre et la voiture fit un bond en avant, ses roues arrière patinant dans la neige. Le Russe tenta d'éviter la machine qui fonçait sur lui, mais l'extrémité du lourd pare-chocs heurta sa jambe et le projeta sur le bas-côté de la route.

La voiture glissa puis s'immobilisa, et le conducteur, un homme grand, aux joues creuses, qui, malgré la température glaciale n'avait pas protégé ses cheveux blonds coupés en brosse, en descendit ; les pans de son long manteau de cuir lui battant les cuisses, il se dirigea vers le soldat qu'il avait renversé et s'accroupit auprès de lui.

— Tu as mal, *tovarich* ? » demanda-t-il en russe. Sa voix, basse et vibrante, exprimait la compassion un peu détachée d'un médecin.

Le soldat poussa un gémissement. Ce n'était vraiment pas son jour : d'abord cette garce d'Allemande avec son couteau, et maintenant celui-ci.

Un juron jaillit de ses lèvres d'où coulait un filet de bave.

— Va te faire voir ! Bien sûr que ça fait mal.

L'homme alluma une cigarette et la plaça entre les lèvres du Russe.

— Il y a quelqu'un dans la ferme ?

Le soldat aspira profondément et rejeta la fumée par les narines. Cet étranger faisait certainement partie de ces commissaires politiques qui infestaient l'armée comme des puces.

— Deux fascistes, répondit le Russe. Un homme et une femme.

L'étranger entra dans la ferme pour en ressortir quelques minutes plus tard.

— Que s'est-il passé ? demanda-t-il en s'agenouillant de nouveau à côté du soldat.

— J'ai abattu l'homme. Cette foutue fasciste m'a attaqué avec un couteau.

— Beau travail, apprécia-t-il en tapotant l'épaule du Russe. Tu es tout seul ici ?

Le soldat émit un grognement de chien qui défend son os.

— Je ne partage pas mon butin, ni mes femmes.

— De quelle unité es-tu ?

— Onzième régiment de la garde du général Galitsky, déclama le soldat, un frisson d'orgueil dans la voix.

— C'est bien vous qui avez attaqué Nemmersdorf sur la frontière ?

Un sourire découvrit les dents du soldat.

— On a cloué les fascistes à leurs granges, hommes, femmes, enfants. Si vous les aviez entendus hurler pour qu'on les épargne.

L'homme hocha la tête.

— Bien joué. Je peux te ramener chez tes camarades. Où sont-ils ?

— Pas loin. Ils se préparent à une nouvelle poussée vers l'ouest.

L'homme se tourna vers une rangée d'arbres au loin. Le grondement des gros chars T-34 retentissait comme un orage lointain.

— Où sont les Allemands ?

— Ces salauds décampent, fit le soldat en tirant sur sa cigarette. Longue vie à Mère Russie.

— Oui, renchérit l'homme, longue vie à Mère Russie. » Il plongea la main dans une poche de son manteau, en tira le Luger et appuya le canon contre la tempe du soldat. « *Auf Wiedersehen*, camarade.

Un seul coup de feu suffit. L'étranger rangea le pistolet encore fumant dans son étui, regagna la voiture et s'installa au volant.

— Vous avez tué ce soldat de sang-froid ! cria d'une voix rauque le passager assis à l'arrière.

Brun, la trentaine, il avait un visage finement ciselé d'acteur. Une petite moustache ornait sa bouche aux lèvres délicatement ourlées, mais on ne percevait aucune délicatesse dans le regard flamboyant de colère de ses yeux gris.

— J'ai simplement aidé un Ivan de plus à se sacrifier pour la plus grande gloire de Mère Russie, précisa le chauffeur en allemand.

— Je sais parfaitement que nous sommes en guerre, mais vous vous devez d'admettre malgré tout que les Russes sont des êtres humains autant que nous, riposta le passager d'une voix vibrante d'émotion.

— En effet, professeur Kovacs, nous nous ressemblons beaucoup. Nous avons commis contre leur peuple d'abominables atrocités et maintenant ils se vengent.

Et il décrivit les horreurs du massacre de Nemmersdorf.

— Je suis navré pour ces gens, reprit plus calmement Kovacs, mais le fait que les Russes se comportent comme des bêtes n'oblige pas le reste du monde à sombrer dans la sauvagerie.

— Le front est derrière cette crête, répondit le chauffeur en poussant un profond soupir. Libre à vous de discuter de la bonté de l'espèce humaine avec vos amis russes. Je ne vous retiendrai pas. » Le chauffeur jeta un coup d'œil dans le rétroviseur et, constatant que le professeur s'était replié dans sa coquille, il eut un petit rire. « Sage décision. » Il alluma une cigarette et se pencha pour qu'on ne voie pas la flamme de son allumette. « Laissez-moi vous expliquer la situation. L'Armée rouge a franchi la frontière et enfoncé le front allemand aussi facilement que s'il s'agissait d'un banc de brouillard. La quasi-totalité des habitants de cette riante campagne a abandonné maisons et champs. Notre vaillante armée, en pleine retraite, mène un combat d'arrière-garde. Les Russes – avec un avantage de dix contre un en effectifs et en équipement – foncent sur Berlin en coupant toutes les routes vers l'ouest. Des millions de gens essaient de gagner la côte pour s'échapper par la seule voie possible, la mer.

— Dieu nous vienne en aide, émit le professeur.

— On dirait que *Lui aussi* a évacué la Prusse-Orientale. Considérez que vous avez de la chance, déclara le conducteur en riant. »

Il fit une marche arrière, passa en première et contourna le corps du Russe. « Une page de l'Histoire s'écrit en ce moment sous vos yeux.

La voiture roulait vers l'ouest, pénétrant ainsi dans le no man's land entre le rouleau compresseur qui avançait et les Allemands qui battaient en retraite. La Mercedes filait sur les routes, contournant les villages et les fermes abandonnés. La campagne gelée avait quelque chose d'irréel, comme si on l'avait inclinée sur un côté pour la vider de toute vie humaine. Les voyageurs ne s'arrêtaient que pour puiser dans les réservoirs de carburant supplémentaires stockés dans le coffre et pour soulager leurs besoins naturels.

Des traces commencèrent à apparaître dans la neige. Peu après, la voiture rattrapa les derniers éléments de l'armée en retraite. Le repli stratégique s'était transformé en une véritable déroute : camions militaires et chars avançaient péniblement sous la neige dans un flot lent où se mêlaient soldats et réfugiés dont les plus chanceux étaient juchés sur des tracteurs ou sur des charrettes tirées par des chevaux ; d'autres marchaient, poussant dans la neige une brouette dans laquelle ils avaient jeté leurs affaires, mais certains s'étaient enfuis sans rien d'autre que les vêtements qu'ils avaient sur le dos.

La Mercedes roula sur le bas-côté, ses pneus creusant des sillons dans les congères, jusqu'à ce qu'elle eût rejoint les premiers éléments des troupes en retraite. A l'aube, enfin, éclaboussée de boue, elle entra dans Gdynia, tel un rhinocéros épuisé cherchant un abri dans les fourrés.

En 1939, les Allemands avaient occupé Gdynia après en avoir chassé les cinquante mille Polonais qui l'habitaient, et fait du port, rebaptisé Gotenhafen en l'honneur des Goths, une base navale essentiellement réservée aux sous-marins. Une branche des chantiers navals de Kiel y avait été transférée pour construire des U-boots sur lesquels embarqueraient des équipages formés dans les environs et qui iraient couler des navires alliés dans l'Atlantique.

Pour assurer l'évacuation on avait rassemblé à Gdynia, sous les ordres du grand amiral Karl Donitz, une flottille regroupant quelques-uns des plus beaux paquebots d'Allemagne, des cargos, des bateaux de pêche et des yachts privés. Donitz tenait absolument à sauver ses équipages de sous-marins et son personnel naval afin de continuer le combat. Au total, il faudrait évacuer vers l'ouest plus de deux millions de militaires et de civils.

La Mercedes se fraya un chemin dans la ville. Le vent soutenu qui soufflait de la Baltique fouettait les visages et, malgré ce froid glacial, les rues étaient aussi encombrées qu'en été. Réfugiés et prisonniers de guerre, cherchant vainement un abri, pataugeaient dans les amoncellements de neige. De longues files de personnes affamées assiégeaient les postes de secours, dans l'espoir d'un croûton de pain ou d'un bol de soupe.

Des chariots dans lesquels s'entassaient indifféremment paquets et passagers encombraient les rues. De la gare affluait un flot de réfugiés qui grossissait la foule de ceux qui étaient arrivés à pied. Emmitouflés dans plusieurs couches de vêtements, ils évoquaient d'étranges bonshommes de neige. Çà et là, on tirait des enfants sur des traîneaux improvisés.

Bien que capable de rouler à 170 kilomètres à l'heure, la voiture se trouva bientôt engluée dans les encombrements. Le chauffeur jura et appuya sur le klaxon. Le lourd pare-chocs ne permettait pas d'écarter la cohue des réfugiés et le conducteur, exaspéré, préféra s'arrêter ; il descendit et ouvrit la portière arrière.

— Venez, professeur, dit-il en entraînant son passager. C'est le moment de faire une petite balade.

Le chauffeur abandonna la Mercedes au milieu de la rue et entreprit d'ouvrir un passage dans la foule, sans lâcher le bras du professeur, et en invectivant et bousculant les gens qui ne s'écartaient pas assez vite.

Ils finirent par déboucher sur le port où plus de soixante mille réfugiés s'étaient massés dans l'espoir d'embarquer.

— Regardez bien, lâcha le chauffeur qui contemplait la scène avec un sourire sardonique. Les religieux se sont trompés : il est évident qu'en enfer on gèle, on n'y brûle pas.

Le professeur était de plus en plus convaincu qu'il avait affaire à un fou. Kovacs n'avait pas encore eu le temps de répondre que le chauffeur le tirait de nouveau par la manche. Ils se faufilèrent tant bien que mal au milieu d'un campement de tentes dressées avec des couvertures et évitèrent des dizaines de chevaux affamés et de chiens abandonnés par leurs maîtres. Des charrettes encombraient les quais. Des files de brancards transportaient les soldats blessés amenés de l'est par des convois sanitaires. A l'entrée de chaque passerelle, des gardes armés filtraient avec soin les passagers.

Le chauffeur réussit à atteindre le premier rang d'une file d'attente mais, la sentinelle casquée chargée du contrôle lui barrant le chemin avec son fusil, il brandit sous son nez une feuille de papier couverte de gros caractères gothiques. Le garde lut le document, claqua des talons et lui désigna l'entrée du quai.

Le professeur ne bougeait pas : il avait vu quelqu'un à bord du navire amarré devant eux lancer un paquet en direction de la foule massée sur le quai ; mais jeté avec trop peu de force, le paquet tomba à l'eau, ce qui suscita des cris de douleur.

— Que se passe-t-il ? s'enquit le professeur.

La sentinelle détourna à peine la tête.

— Les réfugiés ayant un bébé sont autorisés à monter à bord. Alors, on lance le bébé sur le quai où il servira une nouvelle fois de carte d'embarquement. Seulement, il arrive de temps en temps que les gens manquent leur coup...

— Quelle horreur, s'écria le professeur avec un frisson.

— Vous feriez mieux d'avancer, rétorqua le garde avec un haussement d'épaules. Dès qu'il cessera de neiger, les Rouges enverront leurs avions pour bombarder et mitrailler. Alors, bonne chance.

Il leva son fusil pour barrer le passage au suivant dans la file.

Grâce au document magique, Kovacs et le chauffeur passèrent sans encombre devant deux officiers SS à l'air sévère et manifestement à la recherche d'hommes valides à envoyer sur le front. Ils accédèrent enfin à la rampe d'un ferry bourré de soldats blessés. Le chauffeur exhiba une nouvelle fois ses papiers devant un garde qui leur dit de se dépêcher d'embarquer.

Le ferry surchargé appareilla sous le regard attentif d'un homme qui arborait l'uniforme du service de santé de la Marine. Après avoir aidé à embarquer les blessés, il se glissa dans la foule et retraversa le quai pour gagner un cimetière de vieux rafiots.

Il escalada ce qui restait d'un bateau de pêche délabré et descendit dans la cale. Il tira d'un placard de la cambuse un émetteur radio à manivelle, l'alluma et murmura quelques phrases en russe. La réponse lui parvint au milieu d'un crépitement de parasites ; il remit la radio en place et repartit vers le quai.

Le ferry transportant Kovacs et son compagnon avait accosté un navire qui avait jeté l'ancre à plusieurs mètres du quai pour empêcher des réfugiés désespérés de se glisser subrepticement à bord. Au moment où le ferry passait sous l'étrave du bateau, le professeur, levant les yeux, aperçut peint en caractères gothiques sur la coque grise le nom *Wilhelm Gustloff.*

On abaissa une passerelle pour embarquer les blessés, puis les autres passagers se précipitèrent, arborant des sourires de soulagement et murmurant des prières d'action de grâce. La patrie n'était qu'à quelques jours de mer.

Aucun de ces passagers radieux ne pouvait se douter qu'il venait d'embarquer sur une tombe flottante.

Fronçant ses épais sourcils, le capitaine Sacha Marinesko scrutait la mer dans le périscope du sous-marin S-13.

Rien.

Aucun transport de troupes allemand en vue. La mer grise s'avérait aussi vide que les poches d'un matelot de retour d'une permission à terre. Même pas un canot sur quoi tirer. A l'idée des douze torpilles inutilisées stockées dans la soute du submersible soviétique, il bouillait de colère.

Selon le quartier général de la Marine soviétique, l'offensive de l'Armée rouge sur Dantzig imposerait aux Allemands une gigantesque opération d'évacuation par mer. Le S-13 faisait partie des trois sous-marins qui avaient reçu l'ordre d'attendre l'exode prévu au départ de Memel, port encore tenu par les Allemands.

Quand Marinesko apprit la chute de Memel, il convoqua ses officiers pour leur annoncer sa décision de mettre le cap sur la baie de Dantzig : là, ils auraient plus de chances de rencontrer des convois d'évacués.

Personne ne protesta, les officiers comme les hommes sachant très bien que, de la réussite de leur mission, dépendait soit un accueil en héros soit un aller simple pour la Sibérie.

Quelques jours auparavant, le capitaine avait eu maille à partir avec la police secrète, le NKGB. Il avait quitté la base sans permission et faisait la fête, le 2 janvier, quand étaient arrivés les ordres de Staline donnant pour mission aux sous-marins de mettre le cap sur la Baltique et de faire un carnage parmi les convois qui traverseraient. Mais le capitaine avait passé trois jours à se soûler dans les bars et les bordels du port finlandais de Turku et n'était rentré à bord du S-13 que le lendemain du jour où il était censé prendre la mer.

Le NKGB l'attendait. Les policiers se montrèrent encore plus soupçonneux quand il se déclara incapable de se rappeler les détails de sa cuite. Marinesko était un commandant de sous-marin culotté et pas commode, décoré de l'ordre de Lénine et de l'ordre du Drapeau rouge. Le fier sous-marinier explosa de rage quand la police secrète l'accusa d'espionnage et de défection.

Son chef d'escadre, qui l'aimait bien, remit à plus tard la décision de convoquer la cour martiale. Le stratagème échoua quand les Ukrainiens de l'équipage signèrent une pétition demandant que leur capitaine soit autorisé à rejoindre son bord. Le chef d'escadre savait que l'on considérerait cette manifestation de simple loyauté comme un acte frisant la mutinerie. Aussi, dans l'espoir de désamorcer une situation dangereuse, donna-t-il l'ordre au submersible d'appareiller en attendant la décision concernant la cour martiale.

Marinesko espérait qu'en coulant de nombreux navires allemands il réussirait peut-être à éviter un châtiment sévère pour ses hommes et pour lui.

Sans prévenir le quartier général de la Marine, il lança le S-13 sur une route éloignée des secteurs de patrouille habituels et qui le mènerait droit à la rencontre fatale avec le paquebot allemand.

Friedrich Petersen, le commandant du *Gustloff*, agitait sa crinière blanche en crachant des imprécations. Il s'arrêta soudain pour lancer un regard noir à un officier plus jeune, sanglé dans l'uniforme aux galons étincelants des sous-mariniers.

— Puis-je vous rappeler, capitaine Zahn, que je suis le commandant de ce navire et que j'ai donc la responsabilité de le mener à bon port avec tous ceux qui se trouvent à bord.

Le capitaine Zahn, qui respectait malgré tout la discipline de fer de la Marine, se pencha pour gratter l'oreille de Hassan, le grand berger allemand qui ne le quittait jamais.

— Et puis-je vous rappeler, commandant, que le *Gustloff* est sous mon commandement comme ravitailleur de sous-marins depuis 1942. C'est *moi* l'officier le plus gradé à bord. D'ailleurs, il me semble que vous oubliez votre serment de ne pas commander un navire en mer.

Petersen avait signé cet accord comme condition à son rapatriement après avoir été fait prisonnier par les Anglais. Ce serment n'était qu'une formalité car les Britanniques le jugeaient trop âgé pour reprendre du service. A soixante-sept ans, il savait que, quelle que fût l'issue de la guerre, sa carrière était terminée. Il était le *Leigerkapitän*, « le capitaine fantôme » du *Gustloff*. Il trouvait toutefois quelque réconfort dans le fait qu'on avait interdit toute activité opérationnelle à son cadet depuis qu'il avait échoué à couler le croiseur britannique *Nelson*.

— Néanmoins, capitaine, observa-t-il, le *Gustloff* n'a jamais largué les amarres sous votre commandement. Une salle de classe et un casernement n'ont guère de rapport avec un navire en mer. J'ai le plus grand respect pour les sous-mariniers, mais vous devez bien admettre que je suis le seul qualifié pour assurer le commandement en mer.

Petersen ne l'avait fait qu'une fois, pour une croisière en temps de paix, et, dans des circonstances normales, on ne l'aurait jamais laissé prendre la barre du *Gustloff*. Zahn était furieux de se trouver sous les ordres d'un civil. Les sous-mariniers allemands se considéraient comme un corps d'élite.

— Je suis malgré tout l'officier responsable à bord. Peut-être avez-vous remarqué que nous avons des canons antiaériens en batterie sur le pont, répliqua Zahn. Cela en fait techniquement un navire de guerre.

— Un drôle de navire de guerre, répondit Petersen avec un sourire indulgent. Peut-être avez-vous de votre côté remarqué que nous transportons des milliers de réfugiés, mission qui convient plutôt à un navire marchand.

— Vous avez omis de mentionner les quinze cents sous-mariniers que nous devons évacuer pour qu'ils puissent défendre le Reich.

— Je me ferais un plaisir d'accéder à vos souhaits si vous me montrez des ordres écrits dans ce sens.

Petersen savait très bien que, dans la confusion où s'était faite l'évacuation, ces ordres n'existaient pas.

Zahn devint cramoisi ; ses protestations allaient au-delà d'une animosité personnelle car il doutait sérieusement des capacités de Petersen à commander ce navire avec l'équipage polyglotte et inexpérimenté qu'il avait sous ses ordres. Il éprouvait une très forte envie de traiter le capitaine de tête brûlée, mais son sens de la discipline l'emporta. Il se tourna vers les autres officiers qui, très gênés, avaient été témoins de cet affrontement.

— Messieurs, reprit Zahn, ce ne sera pas une croisière du style « La force par la joie ». Tous, officiers de la Kriegsmarine ou de la marine marchande, nous avons une tâche difficile et de lourdes responsabilités. Notre devoir est de faciliter autant que possible les choses pour les réfugiés et je compte sur tout l'équipage pour les aider.

Il claqua des talons, salua Petersen et repartit vers sa cabine, suivi de son fidèle berger allemand.

Le garde posté en haut de la passerelle avait examiné les documents du chauffeur avant de les transmettre à un officier qui surveillait l'embarquement des blessés.

Celui-ci lut attentivement la lettre puis finit par dire :

— Herr Koch vous tient en haute estime.

Erich Koch était le *Gauleiter* meurtrier qui avait refusé d'évacuer la Prusse-Orientale tout en préparant son départ à bord d'un bateau transportant le butin qu'il avait amassé.

— Je me plais à croire que j'ai acquis son respect.

L'officier héla un steward et lui expliqua la situation. L'homme haussa les épaules et précéda le nouveau passager sur le pont promenade encombré, puis il le mena trois étages plus bas. Il ouvrit la porte d'une cabine – deux couchettes et un évier – trop petite pour les accueillir tous les trois à la fois.

— Ce n'est pas exactement la suite royale mais vous avez de la chance de l'avoir, déclara le steward. Les toilettes se trouvent quatre portes plus loin.

— Ça ira, estima le chauffeur après avoir jeté un coup d'œil sur les lieux. Maintenant, si vous pouvez nous trouver quelque chose à manger.

Le visage du steward s'empourpra. Il ne supportait plus de recevoir des ordres de VIP voyageant dans un confort relatif alors que le commun des mortels était si mal loti. Pourtant quelque chose dans les yeux d'un bleu glacial du plus grand des deux hommes le dissuada de discuter. Il revint un quart d'heure plus tard avec deux bols d'une soupe de légumes bien chaude et des quignons de pain dur.

Les deux hommes dévorèrent le tout sans rien dire. Le professeur termina le premier et reposa son bol. Il avait l'air épuisé mais l'esprit encore vif.

— Qu'est-ce que c'est que ce navire ? s'informa-t-il.

Son compagnon racla le fond de son bol avec son dernier morceau de pain et alluma une cigarette.

— Bienvenue à bord du *Wilhelm Gustloff*, orgueil du mouvement « La force par la joie ».

Il s'agissait d'une organisation de propagande destinée à démontrer aux ouvriers allemands les bienfaits du national-socialisme. Kovacs examina d'un coup d'œil l'installation spartiate.

— Je ne vois ni force ni joie.

— N'empêche qu'un jour le *Gustloff* recommencera à transporter vers l'Italie ensoleillée des travailleurs heureux et des fidèles du Parti.

— J'ai hâte de voir cela. Mais vous ne m'avez pas dit où nous allons.

— Loin, hors d'atteinte de l'Armée rouge. Vos travaux sont trop importants pour tomber entre les mains des Russes. Le Reich s'occupera bien de vous.

— Il semble que le Reich a déjà bien du mal à s'occuper des siens.

— Contretemps provisoire. Votre bien-être est la première de mes préoccupations.

— Ce n'est pas de *mon* bien-être que je me soucie.

Cela faisait des mois que Kovacs n'avait pas vu sa femme et son jeune fils. Seules quelques lettres épisodiques entretenaient son espoir.

— Vous pensez à votre famille ? demanda l'homme en le regardant dans les yeux. Ne vous inquiétez pas. Tout cela va bientôt se terminer. Je vous conseille de dormir un peu. Ce n'est pas un conseil, c'est un ordre.

Il s'allongea sur la couchette, les mains croisées derrière la nuque, et ferma les yeux. Mais Kovacs n'était pas dupe : son compagnon dormait rarement et se réveillait à la moindre alerte.

Kovacs examina son visage : l'homme avait la tête allongée et le profil buriné de ceux que montraient les affiches de propagande comme représentant l'idéal aryen.

Kovacs frissonna en se rappelant le sang-froid avec lequel son compagnon s'était débarrassé du soldat russe. Ces derniers jours l'avaient un peu sonné. L'homme, arrivé au labo en pleine tempête de neige, avait exhibé un document qui l'autorisait à l'emmener. Il avait dit s'appeler Karl et avait demandé à Kovacs de préparer ses affaires. Puis la course folle à travers la campagne glacée avait commencé, les Russes auxquels ils avaient échappé de justesse, et maintenant ce sinistre navire.

Son repas, pourtant frugal, lui avait donné envie de dormir. Ses paupières se fermèrent et Kovacs sombra dans un profond sommeil.

Pendant que le professeur dormait, une escouade de la police militaire fouillait le *Gustloff* à la recherche de déserteurs ; suite à ces recherches infructueuses, le navire fut autorisé à appareiller et un pilote du port monta à bord. Vers une heure de l'après-midi, on largua les amarres. Quatre remorqueurs approchèrent et commencèrent à haler le paquebot vers le large.

Une flottille de petites embarcations, pour la plupart chargées de femmes et d'enfants, bloquait le passage. Le gros navire stoppa et embarqua les réfugiés. En temps normal, le *Gustloff* transportait 1 465 passagers servis par un équipage de 400 hommes, mais au début de cette traversée, le luxueux paquebot de jadis comptait 8 000 passagers.

Le navire piqua vers la haute mer et jeta l'ancre en fin d'après-midi pour attendre un autre paquebot, le *Hansa*, ainsi que leurs escorteurs. Mais le *Hansa* avait des ennuis de machines et n'arriva jamais au lieu du rendez-vous. Inquiet à l'idée des risques encourus par le *Gustloff* en haute mer, le commandement de la Kriegsmarine donna l'ordre au navire de partir seul.

Le paquebot fendait les eaux moutonnantes de la Baltique, luttait contre un fort vent de noroît. Des grêlons fouettaient les vitres de la passerelle où le capitaine Zahn, dans une colère folle, contemplait les deux prétendus escorteurs censés assurer la protection du paquebot.

Le navire, bien que construit pour des climats tropicaux, pourrait, avec un peu de chance, survivre au gros temps. Hélas ! il ne pouvait rien contre la stupidité : la Kriegsmarine l'avait lancé dans une aventure risquée avec, en guise d'escorte, un vieux destroyer baptisé *Lowe*, « le Lion », et le T-19, un torpilleur délabré. Zahn était en train de se dire que la situation ne pouvait pas empirer quand le T-19 annonça par radio qu'une voie d'eau l'obligeait à regagner sa base.

Zahn s'approcha du commandant Petersen et des autres officiers réunis sur la passerelle.

— Étant donné la médiocrité de notre escorte, je suggère de suivre à pleine vitesse une trajectoire en zigzag.

Petersen accueillit cette proposition d'un ricanement.

— Impossible. Le *Wilhelm Gustloff* est un paquebot de vingt-quatre mille tonnes. Nous ne pouvons pas tirer une bordée puis changer de cap comme un matelot ivre.

— Alors, nous n'échapperons aux U-boot qu'en les prenant de vitesse. Suivons la route directe en haute mer et poussons les machines à seize nœuds.

— Je connais ce navire. Même en faisant abstraction des dommages causés par les bombes au cadre de l'hélice, pas moyen d'atteindre et de maintenir une vitesse de seize nœuds sans faire sauter les paliers graisseurs, déclara Petersen.

Zahn voyait les veines se gonfler sur le cou du commandant. Il regarda par les hublots le vieux torpilleur qui ouvrait la route.

— Dans ce cas, conclut-il d'une voix sépulcrale, que Dieu nous vienne en aide.

— Professeur, réveillez-vous, disait une voix pressante.

Kovacs ouvrit les yeux et vit Karl penché sur lui. Il s'assit et se frotta les joues comme pour chasser le sommeil.

— Que se passe-t-il ?

— J'ai parlé à des gens. Mon Dieu, quelle pagaille ! Il y a deux commandants et ils n'arrêtent pas de s'engueuler. Il n'y a pas assez de canots de sauvetage. Les machines maintiennent tout juste la vitesse. Ces abrutis de la division des sous-marins ont ordonné au navire de prendre la mer avec pour toute escorte un vieux torpilleur qui doit dater de la dernière guerre. Et ces crétins ont laissé les feux de bord allumés.

Kovacs remarqua sur ce visage de marbre des traces d'inquiétude inhabituelles.

— J'ai dormi longtemps ?

— Il fait nuit. Nous sommes au large.

Karl poussa vers Kovacs un gilet de sauvetage bleu marine et en enfila un.

— Et maintenant, que faisons-nous ?

— Restez ici. Je veux d'abord examiner le problème des canots de sauvetage. » Il lança à Kovacs un paquet de cigarettes. « Servez-vous.

— Je ne fume pas.

Karl s'arrêta sur le pas de la porte.

— Il serait peut-être temps de vous y mettre.

Sur quoi, il disparut.

Kovacs prit une cigarette dans le paquet et l'alluma. Cela faisait des années qu'il avait arrêté de fumer : quand il s'était marié. Lorsque la fumée pénétra dans ses poumons, il se mit à tousser et le tabac l'étourdit un peu, mais il se rappela avec délice les innocentes débauches de ses années d'université.

Il finit la cigarette, envisagea d'en allumer une autre puis se ravisa. Cela faisait des jours qu'il n'avait pas pris de bain et son corps tout entier le démangeait. Il se lava le visage dans le lavabo et s'essuyait les mains avec une serviette usée jusqu'à la corde quand on frappa à la porte.

— Professeur Kovacs ? fit une voix étouffée.

— Oui.

La porte s'ouvrit et le professeur sursauta. Dans l'encadrement était apparue la femme la plus laide qu'il eût jamais vue. Elle mesurait plus d'un mètre quatre-vingts et avait des épaules si larges qu'elles menaçaient de faire craquer les coutures de son manteau persan en agneau noir. Sa grande bouche et ses lèvres outrageusement maquillées lui donnaient l'air d'un clown.

— Pardonnez-moi cette apparence, dit une voix qui n'avait rien de féminin. Ce n'est pas facile d'embarquer sur ce bateau. J'ai dû recourir à ce déguisement et distribuer quelques billets.

— Qui êtes-vous ?

— C'est sans importance. Votre nom, en revanche, m'intéresse. Vous êtes le docteur Lazlo Kovacs, le génie germano-hongrois de l'électricité.

Kovacs était sur ses gardes.

— Je suis en effet Lazlo Kovacs et je me considère comme hongrois.

— Splendide ! Et vous avez publié un article sur l'électromagnétisme qui a littéralement galvanisé le monde scientifique. » Kovacs tendit l'oreille car cet article, paru dans une obscure revue scientifique, avait surtout attiré sur lui l'attention des Allemands, lesquels l'avaient enlevé ainsi que sa famille. Il garda le silence. « Peu importe, poursuivit le travesti d'un ton affable, son sourire de clown s'épanouissant encore davantage, car je peux constater que se tient devant moi l'homme que je cherche. » Il plongea la main sous son manteau de fourrure et en tira un pistolet. « Je suis désolé de me montrer si abrupt, docteur Kovacs, mais, malheureusement, je vais devoir vous tuer.

— Me *tuer* ? Pourquoi ? Je ne vous connais même pas.

— Mais *moi*, je vous connais. Ou, plus exactement, mes supérieurs au NKGB vous connaissent. Sitôt la frontière franchie par notre glorieuse Armée rouge, nous avons envoyé une équipe spéciale à votre recherche, mais vous aviez déjà quitté le laboratoire.

— Vous êtes *russe* ?

— Bien sûr, et nous serions ravis que vous veniez travailler pour nous. Si nous avions réussi à vous intercepter avant que vous embarquiez, vous profiteriez maintenant de l'hospitalité soviétique. Mais il m'est impossible de vous faire quitter le navire et il nous est impossible de vous laisser tomber une nouvelle fois aux mains des Allemands, vous et vos travaux. Non, il n'en est absolument pas question, conclut-il, son sourire s'effaçant soudain.

Et l'homme, brandissant son pistolet, braqua le canon vers le cœur de Kovacs, tellement abasourdi qu'il n'éprouva aucune peur.

Marinesko n'en croyait pas ses yeux : du kiosque du S-13 sur lequel il se tenait sans se soucier du vent glacial et des embruns qui lui giflaient le visage, il venait d'apercevoir, la neige ayant cessé de tomber, l'énorme silhouette d'un paquebot escorté d'un navire plus petit.

Le sous-marin naviguait en surface à cause du gros temps et l'équipage était en alerte depuis qu'on avait repéré les feux de navires qui se déplaçaient le long de la côte. Le commandant avait ordonné de réduire la flottabilité du submersible car, en s'enfonçant un peu plus dans l'eau, il échapperait aux radars.

Estimant que les navires ne soupçonneraient jamais qu'une attaque pût venir de la côte, il donna l'ordre de faire pivoter le sous-marin à l'arrière du convoi et de suivre un cap parallèle à celui du paquebot et de son escorteur. Deux heures plus tard, Marinesko vira pour orienter le S-13 vers sa cible et, une fois proche du flanc bâbord du paquebot, il donna l'ordre de faire feu.

Trois torpilles quittèrent tour à tour leurs tubes avant et filèrent vers la coque sans protection du paquebot.

La porte s'ouvrit et Karl entra dans la cabine. De la coursive, il avait entendu des voix masculines murmurer et fut donc surpris de voir une femme, debout et lui tournant le dos. Il jeta un coup d'œil à Kovacs – il tenait une serviette à la main – et remarqua aussitôt son air effrayé.

Le Russe, qui avait senti la bouffée d'air froid provoquée par l'ouverture de la porte, tira sans viser, mais Karl l'avait précédé d'une fraction de seconde : il avait baissé la tête en plongeant pour frapper le Russe au creux de l'estomac.

Son épais manteau de fourrure et le corset dans lequel il était sanglé agirent comme une sorte d'armure capitonnée, aussi le coup, qui aurait dû lui briser la cage thoracique, ne réussit-il qu'à lui couper le souffle. Il s'écroula sur une couchette et sa perruque tomba, révélant de courts cheveux noirs. Il tira une nouvelle balle qui érafla l'épaule droite de Karl à la base du cou.

Karl se précipita sur l'assassin et chercha de sa main gauche à le prendre à la gorge. Le sang de sa blessure ruisselait sur les deux adversaires. Le Russe se redressa et décocha à Karl un coup de pied dans la poitrine qui le fit tomber sur le dos.

Kovacs saisit le bol de soupe posé dans l'évier et le lança au visage du Russe. Le bol rebondit sur sa pommette mais ne lui fit guère de mal.

— Je m'occuperai de toi ensuite, promit-il en riant, et il braqua le pistolet sur Karl.

Boum !

Une explosion étouffée retentit. Le pont pencha violemment à tribord et Kovacs se retrouva à genoux. Peu habitué aux escarpins à talon haut, le Russe perdit l'équilibre et s'effondra sur Karl qui en profita pour lui saisir le poignet et y enfoncer ses dents, lacérant les muscles et broyant le cartilage. Le pistolet tomba sur le pont.

Boum ! Boum !

Deux nouvelles explosions, plus fortes, ébranlèrent le navire. Le Russe essaya de se relever, mais perdit de nouveau l'équilibre quand le paquebot pencha à bâbord. Il tentait de se redresser quand Karl lui donna un coup de pied à la cheville. Le Russe poussa un cri bien peu féminin et retomba lourdement sur le sol, la tête contre le rebord métallique de la couchette.

S'accrochant à un tuyau d'écoulement, Karl le frappa à la gorge du bout de sa chaussure ferrée et lui écrasa le larynx. L'homme, les yeux exorbités, battit des bras pour tenter de saisir la jambe de Karl, son visage se congestionna, puis il rendit son dernier soupir.

Karl se releva en titubant.

— Sortons d'ici, dit-il, le navire vient d'être torpillé.

Il poussa Kovacs dans la coursive où régnait la confusion la plus totale. Les cris des passagers affolés se mêlaient au vacarme des sonneries d'alarme. L'éclairage de secours était allumé mais, à cause du nuage de fumée provoqué par les explosions, on n'y voyait pas grand-chose.

L'accès à l'escalier principal était bloqué par une meute suffocante stoppée dans son élan à cause des torrents d'eau qui ruisselaient du pont promenade. Karl ouvrit une porte métallique ne portant aucune inscription, tira Kovacs dans un réduit obscur et referma la porte derrière eux. Le professeur sentit qu'on guidait sa main vers le barreau d'une échelle.

— Montez, ordonna Karl.

Kovacs obéit sans rien dire et monta jusqu'au moment où sa tête heurta un panneau ; d'en bas, Karl lui cria de le pousser et de continuer à grimper. Ils escaladèrent une seconde échelle. Kovacs ouvrit un nouveau panneau : un air froid et des flocons de neige poussés par le vent lui fouettèrent le visage ; il franchit le panneau d'écoutille et aida Karl à sortir à l'air libre.

Kovacs promena autour de lui un regard abasourdi.

— Où sommes-nous ?

— Sur le pont des embarcations. Par ici.

Il régnait sur les planches verglacées un calme étrange après l'horreur de l'entrepont ; on n'y rencontrait que les passagers privilégiés dont les cabines donnaient sur ce pont. Quelques-uns d'entre eux étaient rassemblés autour d'un canot à moteur, une robuste embarcation conçue pour naviguer dans les fjords de Norvège. Des membres d'équipage s'acharnaient à coups de haches et de marteaux sur la glace qui recouvrait les bossoirs.

Quand ils eurent enfin terminé, ils se précipitèrent, repoussant les femmes, dont certaines étaient enceintes. Les enfants et les blessés n'avaient aucune chance. Karl sortit son pistolet et tira en l'air. Les hommes hésitèrent un instant puis continuèrent à se frayer un passage jusqu'au canot. Karl tira un second coup de feu et abattit le premier matelot qui avait réussi à grimper dans l'embarcation. Les autres s'enfuirent en courant.

Karl hissa dans le canot une femme et son bébé, tendit la main au professeur puis embarqua à son tour. Il laissa monter quelques hommes d'équipage, qui jetteraient le cadavre par-dessus bord et mettraient le canot à la mer. On détacha les crochets d'amarrage et on fit démarrer le moteur.

Lourdement chargé, ballotté par les vagues, le canot se dirigea lentement vers les feux, au loin, d'un cargo qui faisait route dans leur direction. Karl fit stopper le canot pour recueillir des personnes qui flottaient sur l'eau, aussi l'embarcation ne tarda-t-elle pas à être dangereusement surchargée.

— Il n'y a pas de place, protesta un des hommes d'équipage.

Karl lui tira une balle entre les deux yeux.

— Maintenant il y a de la place, conclut-il avant d'ordonner à ses compagnons de jeter le corps à la mer.

Cette brève mutinerie ainsi écrasée, il put se glisser auprès de Kovacs.

— Ça va, professeur ?

— Très bien. » Il dévisagea Karl. « Vous êtes un homme surprenant.

— J'essaie. Faites en sorte que vos ennemis ne sachent jamais à quoi s'attendre.

— Ce n'est pas de cela que je parle, mais des blessés et des femmes que je vous ai vu aider. Je vous ai vu bercer un bébé comme s'il s'agissait de votre enfant.

— Les apparences sont parfois trompeuses, mon ami.

Il fouilla dans une poche de son manteau et en tira un paquet enveloppé dans un petit sac en caoutchouc imperméable.

— Prenez ces papiers. Vous n'êtes plus Lazlo Kovacs mais un ressortissant allemand qui vivait en Hongrie. Votre accent est léger et ça passera. Je veux que vous disparaissiez dans la foule. Devenez un réfugié parmi les autres. Gagnez les lignes anglaises et américaines.

— Mais qui êtes-vous ?

— Un ami.

— Pourquoi le croirais-je ?

— Comme je viens de vous le dire, les apparences sont parfois trompeuses. J'appartiens à ce petit cercle qui combattait ces monstres nazis bien avant les Russes.

Une lueur éclaira le regard du professeur.

— Le *Cercle de Kreisau* ? » Il avait entendu parler de ce groupe clandestin d'opposants.

Karl posa un doigt sur ses lèvres.

— Nous sommes encore en territoire ennemi, lui souffla-t-il à mi-voix.

Kovacs prit Karl par le bras.

— Pouvez-vous aussi mettre ma famille à l'abri ?

— Je crains qu'il ne soit trop tard. Votre famille n'est plus de ce monde.

— Mais les lettres...

— Des faux, habilement faits, pour que vous ne perdiez pas courage et que vous n'abandonniez pas vos travaux.

Kovacs fixa les ténèbres, le regard vide.

Karl saisit le professeur par le revers de son manteau et lui murmura à l'oreille :

— Pour votre bien et pour le bien de l'humanité, il faut que vous oubliiez vos recherches. Nous ne pouvons pas risquer de voir vos travaux tomber en de mauvaises mains.

Le professeur hocha la tête sans rien dire. Le canot heurta la coque du cargo, on descendit une échelle et Karl ordonna aux hommes d'équipage plutôt récalcitrants de repartir chercher d'autres survivants. Kovacs vit l'embarcation pousser au large, un dernier geste d'adieu de Karl, puis le canot disparut derrière un rideau de neige.

Kovacs aperçut au loin les feux du paquebot qui s'était couché à bâbord, sa cheminée parallèle à la mer. La chaudière explosa et le navire s'enfonça dans les vagues moins d'une heure après avoir été torpillé. Le naufrage du *Gustloff* avait fait cinq fois plus de victimes que le *Titanic*.

1

Océan Atlantique
De nos jours

C*EUX QUI POSAIENT LEUR REGARD* pour la première fois sur la *Belle du Sud* avaient quelque raison de se demander si la personne qui avait choisi le nom de ce gros cargo avait un curieux sens de l'humour ou simplement la vue basse. Malgré ce nom charmant qui évoquait des battements de cils et une féminité d'avant la guerre de Sécession, la *Belle* était tout simplement une monstruosité de métal où rien ne rappelait la beauté féminine.

La *Belle du Sud* appartenait à cette nouvelle génération de navires, rapides et solides, qu'on construisait dans les chantiers navals américains, maintenant que les États-Unis avaient comblé leur retard dans ce domaine. Longue de deux cent dix mètres et couvrant deux fois la surface de deux terrains de football, elle pouvait transporter quinze cents conteneurs.

L'énorme navire était contrôlé depuis une imposante superstructure – trente mètres de large et aussi haute qu'un immeuble – qui dominait la plage arrière ; elle abritait les cabines des officiers et les dortoirs de l'équipage, les réfectoires, un hôpital et une infirmerie, des bureaux et des salles de réunion.

Avec ses rangées éclairées par des écrans de contrôle de soixante-cinq centimètres, la passerelle de la *Belle*, tout en haut des six ponts superposés, ressemblait à un casino de Las Vegas. Cet immense centre d'opérations illustrait la nouvelle ère de la construction navale. Des ordinateurs servaient à contrôler chaque aspect des systèmes et des fonctions intégrées.

Mais les habitudes ne se perdent pas aussi facilement. Le commandant du navire, Pierre dit « Pete » Beaumont, continuait d'utiliser des jumelles, se fiant à ses yeux plutôt qu'à la batterie de gadgets électroniques dont il disposait.

De son poste d'observation sur la passerelle, Beaumont avait une vue panoramique de la tempête qui faisait rage sur l'Atlantique autour du navire. Des vents déchaînés poussaient des vagues hautes comme des maisons qui venaient se fracasser sur l'étrave et inondaient jusqu'à mi-hauteur les piles de conteneurs arrimés sur le pont.

Une tempête de cette violence aurait conduit des navires de plus faible tonnage à chercher un refuge et donné des sueurs froides à leur commandant. Mais Beaumont restait aussi calme que s'il avait guidé une gondole sur les eaux du Grand Canal.

Ce Cajun à la voix douce aimait ce genre de temps : il adorait ce jeu qui, sans relâche, opposait son bateau aux éléments. Il éprouvait un plaisir presque sensuel à voir la *Belle* mettre en œuvre toute sa puissance pour s'ouvrir la route au milieu du déferlement des vagues.

Beaumont était le premier à commander ce navire : il avait assisté à sa construction et en connaissait toutes les pièces et tous les rivets. La *Belle* avait été conçue pour assurer sur un des océans les plus capricieux du monde la liaison régulière entre l'Europe et l'Amérique. Il était convaincu que son bateau était fait pour affronter sans dommage ce genre de tempête.

Après avoir déchargé sa cargaison de caoutchouc synthétique, de fibre de verre, de matière plastique et de machines à La Nouvelle-Orléans, le navire avait contourné la Floride jusqu'à mi-chemin de la côte Atlantique d'où il avait mis le cap droit sur Rotterdam.

Les prévisions météo s'étaient révélées d'une scrupuleuse exactitude : on avait annoncé des vents forts tournant à la tempête en plein Atlantique. Elle avait frappé le cargo à environ deux cents milles de la côte. Même quand le vent força, Beaumont resta impassible. Son bateau en avait vu d'autres.

Il scrutait l'horizon quand il se crispa soudain et parut se cramponner davantage à ses jumelles ; il les abaissa, les reprit et marmonna sous cape ; puis, se tournant vers son second, il lui dit :

— Regardez ce secteur, vers deux heures, y voyez-vous quelque chose d'anormal ?

L'officier, un jeune et talentueux marin originaire de Natchez, qui s'appelait Bobby Joe Butler, n'avait jamais caché son désir de commander un jour un navire tel que la *Belle*, et, pourquoi pas, la *Belle* elle-même. Il se conforma aux ordres de son commandant et inspecta l'océan vers trente degrés à tribord.

Il ne vit que l'eau grise et les vagues qui déferlaient jusqu'à l'horizon. Puis, à un mille environ du navire, il aperçut une ligne blanche d'écume dont la crête se dressait au-dessus de la mer. Alors même qu'il observait le phénomène, la montagne d'eau semblait s'élever de plus en plus comme si elle puisait sa force dans les vagues qui l'entouraient.

— On dirait qu'une déferlante arrive sur nous, fit Butler avec son accent traînant du Mississippi.

— De quelle hauteur à votre avis ?

Le jeune homme ajusta les jumelles.

— Les vagues font en moyenne une dizaine de mètres, mais celle-ci m'a l'air d'être deux fois plus haute. Fichtre ! Vous en avez déjà vu d'aussi grosses ?

— Jamais, dit le commandant. Jamais de ma vie.

Le commandant savait que la *Belle* pouvait supporter une telle vague à condition de l'affronter de plein fouet pour que l'étrave réduise le choc. Il donna l'ordre au timonier de programmer l'autobarreur de façon à prendre de face la vague qui approchait et de le bloquer en position. Puis il saisit le micro et abaissa sur la console un commutateur qui brancherait la passerelle sur tous les haut-parleurs du bord.

— Alerte à tout l'équipage. Ici, le commandant. Une scélérate va heurter le navire. Mettez-vous à l'abri de tout ce qui peut se détacher et accrochez-vous. Le choc va être sévère. Je répète. Le choc va être *sévère*.

Par mesure de précaution, il ordonna au radio de lancer un SOS qu'on annulerait éventuellement.

La vague, verte et veinée de sillons blancs, se trouvait à environ un demi-mille de la *Belle*.

— Regardez ça, s'exclama Butler. » Une série d'éclairs illuminait le ciel. « La foudre ?

— Peut-être, fit le commandant, mais cette foutue mer m'inquiète davantage !

Il n'avait jamais vu de vague avec un tel profil : la plupart se recourbent en effet depuis la crête, celle-là était presque verticale, comme une muraille.

Le commandant éprouvait une impression étrange : il observait la vague avec le détachement d'un scientifique, fasciné par sa taille et sa puissance, mais en même temps il restait pétrifié devant cette force immense et menaçante.

— Elle grossit encore, murmura Butler sans chercher à dissimuler son angoisse.

Le commandant acquiesça. La vague, estimait-il, atteignait maintenant près de trente mètres, presque trois fois plus que quand il l'avait repérée. Il était blême, sa confiance commençait à fléchir. Un navire de la taille de la *Belle* ne pouvait pas pivoter sur place et il risquait de ne pas recevoir l'impact de front.

Il avait beau attendre le choc, il n'était pas préparé au gouffre, assez profond pour engloutir son bateau, qui s'ouvrit dans l'océan devant lui.

On dirait la fin du monde, songea le commandant.

Le cargo bascula dans le creux, glissa sur la pente, et son étrave s'enfonça dans l'océan. Le commandant fut projeté contre la cloison avant. La vague ne frappa pas de plein fouet mais déferla sur le pont du navire et l'ensevelit sous des milliers de tonnes d'eau.

La pression fit voler en éclats les hublots du poste de pilotage et l'océan Atlantique parut se déverser tout entier sur la passerelle. L'eau frappa le commandant et tous ceux qui l'entouraient avec la violence de cent lances d'incendie, tandis que sur le pont bras et jambes s'emmêlaient.

Une partie de l'eau repartit par les hublots, ce qui permit à Beaumont de se frayer un chemin jusqu'aux commandes. Tous les écrans de contrôle étaient éteints. Le navire avait perdu son radar, son compas gyroscopique, ses systèmes de communication radio, ainsi que – et c'était le plus grave – ses moyens de propulsion, la totalité des instruments ayant court-circuité. La barre ne répondait plus.

Le commandant s'approcha des hublots pour estimer les dégâts : l'étrave était détruite et le navire donnait de la bande ; le blindage de la coque avait probablement été enfoncé et les canots de sauvetage du pont avant avaient été arrachés de leurs bossoirs. Le cargo ballotté par les flots ressemblait à un hippopotame ivre.

Des lames balayaient le pont avant. Pis encore, à cause de ses machines hors d'état, le cargo offrait son flanc aux flots, dérivant dans la position la plus dangereuse qui fût.

Le commandant s'efforçait de conserver son optimisme : la *Belle du Sud* pouvait survivre, même si quelques-uns de ses compartiments étaient inondés. Quelqu'un aurait capté le SOS, et le navire avait les moyens de flotter des jours durant, s'il le fallait, en attendant l'arrivée des secours.

— *Commandant*, fit le second, interrompant les réflexions de son supérieur.

Butler, planté devant un hublot fracassé, fixait un regard incrédule sur un point au loin. Le commandant suivit des yeux la direction que lui indiquait Butler et fut secoué par un frisson d'angoisse.

A moins d'un quart de mille, une autre ligne d'écume horizontale était en train de se former.

Le premier avion, arrivé sur les lieux deux heures plus tard, survola la mer tandis que le rejoignaient rapidement d'autres appareils. Puis ce fut le tour des navires qui, ayant capté le SOS, s'étaient détournés de leur route. S'alignant les uns les autres à trois milles d'intervalle, ils entreprirent de ratisser l'océan. Ils cherchèrent pendant des jours mais ne trouvèrent rien.

La *Belle du Sud*, un des cargos les plus perfectionnés qu'on ait jamais conçus et construits, avait tout simplement disparu sans laisser de traces.

2

LE KAYAK FILAIT COMME une flèche sur les eaux bleu saphir du Puget Sound. Le robuste gaillard installé à l'avant semblait ne faire qu'un avec son embarcation. Il plongeait sa pagaie dans l'eau avec des gestes qui s'enchaînaient sans heurt, imprimant au kayak une vitesse régulière.

La sueur ruisselait sur ses traits burinés cuivrés par le soleil. Son regard bleu, clair et limpide, contemplait la vaste étendue du chenal, les îles San Juan noyées dans la brume et, au loin, les sommets enneigés des monts Olympiques. Kurt Austin aspira à pleins poumons l'air salé et eut un grand sourire : c'était bon de se retrouver chez soi.

Ses fonctions de directeur des Opérations spéciales pour la National Underwater and Marine Agency (la NUMA) l'entraînaient constamment aux quatre coins du monde. Mais c'était dans les parages de Seattle, sa ville natale, qu'il avait pris goût à la mer. Le Puget Sound représentait pour lui le charme d'un béguin d'autrefois : il avait commencé à y naviguer presque en même temps qu'il faisait ses premiers pas et dès l'âge de dix ans il participait à des régates. Il adorait les bateaux de course et il en possédait quatre : un catamaran de huit tonneaux capable d'atteindre des vitesses de plus de cent milles à l'heure, un hydroglisseur, plus petit, avec un moteur hors-bord, un voilier de six mètres et un petit canot avec lequel il aimait faire de l'aviron le matin sur le Potomac.

Sa dernière acquisition, lors d'un récent voyage à Seattle, était un Guillemot ; il aimait le bois de cèdre de ce kayak fabriqué à la main et la ligne gracieuse de sa coque inspirée des embarcations inuit. Ce bateau, comme les précédents, alliait la beauté à la rapidité.

Absorbé par le spectacle et les parfums de ces paysages familiers, Austin aurait presque oublié qu'il n'était pas seul. Il jeta un coup d'œil par-dessus son épaule : une cinquantaine de kayaks s'étiraient sur quelques dizaines de mètres dans son sillage. Les lourdes embarcations à deux places en fibre de verre transportaient chacune un parent et un enfant. Il ôta sa casquette de base-ball turquoise de la NUMA, qui révéla ainsi une tignasse ébouriffée prématurément grise, presque platine, et la brandit au-dessus de sa tête pour leur faire hâter l'allure.

Austin n'avait pas hésité quand son père, le riche propriétaire d'une compagnie internationale de sauvetage basée à Seattle, lui avait demandé d'organiser la course annuelle de kayaks qu'il sponsorisait au bénéfice d'une œuvre de charité. Austin avait travaillé six ans pour la compagnie de sauvetage de son père avant de se laisser attirer par un service peu connu de la CIA, spécialisé dans la collecte de renseignements sous-marins. La guerre froide terminée, la CIA avait fermé son unité d'enquête, et Austin avait alors été engagé par James Sandecker qui dirigeait la NUMA avant de devenir vice-président des États-Unis.

Austin plongea sa pagaie dans l'eau et orienta son kayak vers deux canots ancrés à trente mètres de distance l'un de l'autre, à moins d'un quart de mille en avant, et qui transportaient les organisateurs de la course et les journalistes. Entre les deux embarcations était déployée une grande bannière rouge et blanche en plastique sur laquelle on pouvait lire ARRIVÉE. Une péniche et un ferry, loués pour l'occasion, étaient amarrés de l'autre côté de la ligne d'arrivée. A la fin de la course, on hisserait les kayaks sur la péniche et on convierait les participants à un déjeuner à bord du ferry. Le père d'Austin suivait la course depuis une grosse vedette de quinze mètres baptisée l'*Éclair blanc*.

Austin plongeait sa pagaie dans l'eau pour se préparer à un dernier sprint quand il remarqua du coin de l'œil quelque chose qui bougeait sur sa droite : une nageoire recourbée fendait l'eau dans sa direction. Il l'observait quand jaillirent derrière le premier une vingtaine d'autres ailerons.

Le Puget Sound abritait plusieurs groupes d'orques qui se nourrissaient de saumons. Ils étaient devenus des mascottes locales et une aubaine pour l'économie régionale car les touristes accouraient des quatre coins du monde pour aller à leur rencontre, soit en bateau, soit en kayak. Les cétacés passaient souvent à quelques mètres des kayaks sans jamais leur faire courir aucun risque.

Quand le premier orque fut à une quinzaine de mètres, il se dressa sur sa queue et près de la moitié de son corps émergea. Austin s'arrêta de pagayer pour regarder. La bête qui l'examinait était un gros mâle, le chef de la meute, et pesait certainement dans les sept tonnes. L'eau faisait briller son corps noir et blanc aux lignes élancées.

L'orque se laissa retomber dans un grand éclaboussement et l'aileron reprit son avance rapide vers le kayak d'Austin qui, par expérience, s'attendait à ce que le cétacé plongeât d'un instant à l'autre sous l'embarcation. Mais à seulement quelques mètres, l'orque se dressa une nouvelle fois et ouvrit une gueule hérissée de dents affûtées comme des rasoirs et si proches qu'Austin aurait pu les toucher ; il n'en croyait pas ses yeux : il poussa alors la pagaie de bois entre les mâchoires, qui se refermèrent avec un claquement sec, de cet innocent clown métamorphosé en monstre.

Le corps massif de la baleine s'abattit sur l'avant du kayak, pulvérisant les dix-sept kilos de l'embarcation. Austin tomba à l'eau, coula une seconde puis, grâce à son gilet de sauvetage, remonta à la surface. Il cracha une gorgée d'eau et, en se retournant, constata à son grand soulagement que l'aileron s'éloignait.

Le troupeau d'orques le séparait d'un îlot relativement proche et Austin choisit de nager vers le large. Au bout de quelques brasses, il s'arrêta, roula sur le dos et se mit à frissonner, mais pas seulement à cause de l'eau froide : une phalange d'ailerons le poursuivait.

Il se débarrassa de ses chaussures de plongée ainsi que de son encombrant gilet de sauvetage, désormais inutiles, il le savait bien : seul un moteur de hors-bord accroché à son dos lui aurait permis de distancer un orque, un animal capable d'atteindre les cinquante kilomètres à l'heure.

Austin avait affronté bien des adversaires, toujours avec un calme imperturbable, mais cette fois, c'était différent, il éprouvait l'horreur primitive qu'avaient dû ressentir ses ancêtres de l'âge de pierre : la peur d'être mangé. Les orques se rapprochaient, et il entendait distinctement le doux chuintement de l'air qu'ils soufflaient par leurs évents.

Alors qu'il n'attendait plus que l'instant où les dents acérées s'enfonceraient dans sa chair, le rugissement d'un moteur vint tout noyer. Le regard encore brouillé par l'eau de mer, il vit le reflet du soleil sur la coque d'une vedette. Des mains l'empoignèrent, ses genoux heurtèrent la coque en plastique et il s'affala sur le pont comme un poisson qu'on vient de pêcher.

Un homme se penchait sur lui.

— Ça va ? » Austin aspira une grande goulée d'air et remercia le bon Samaritain qui l'avait secouru. « Que s'est-il passé ? demanda l'homme.

— Un orque m'a attaqué.

— C'est impossible, répondit son sauveur, ils sont comme des gros chiens joueurs.

— Racontez-leur donc ça.

Austin se remit debout. Il se trouvait à bord d'un canot bien agencé d'une dizaine de mètres de long. L'homme qui l'avait tiré de l'eau arborait une araignée tatouée sur son crâne rasé. Il portait un jean et un blouson de cuir noir, et ses yeux étaient dissimulés derrière des lunettes de soleil aux verres bleus qui réfléchissaient la lumière.

Derrière lui se dressait sur le pont un étrange cadre métallique en forme de cône haut d'environ un mètre quatre-vingts, dont partaient, comme des vrilles de vigne, de gros câbles électriques. Austin examina une seconde ce bizarre appareil mais il s'intéressait davantage à ce qui se passait dans l'eau.

Le groupe d'orques qui l'avait pourchassé comme une meute de loups affamés avait changé de direction et nageait maintenant vers les autres kayaks. Quelques pagayeurs avaient vu Austin tomber à l'eau mais pas d'assez près pour avoir compris qu'il s'agissait d'une attaque. La disparition d'Austin avait plongé les concurrents dans le plus grand désarroi. Certains continuaient à pagayer lentement, mais la plupart s'étaient arrêtés et restaient immobiles tels des canards en caoutchouc dans une baignoire.

Les cétacés se rapprochaient rapidement des coureurs stupéfaits tandis que d'autres troupeaux de baleines surgissaient autour des kayaks et se regroupaient pour la curée. Les concurrents ne se rendaient pas compte du danger qui les menaçait : nombre d'entre eux avaient sillonné le chenal et savaient les orques inoffensifs.

Austin saisit la barre du canot.

— Vous permettez ? fit-il en mettant pleins gaz.

Le hurlement des deux moteurs hors-bord couvrit la réponse de l'homme. La vedette fonça. Austin pointa l'étrave sur l'étroite brèche qui séparait les kayaks des ailerons qui progressaient, dans l'espoir que le rugissement des moteurs et la masse de la coque disperseraient les orques. Mais il sentit son cœur se serrer quand il les vit se scinder en deux groupes qui le contournèrent pour continuer à foncer sur leurs proies. Il savait que les orques communiquaient entre eux pour coordonner leurs attaques ; quelques secondes plus tard en effet, ils frappèrent les kayaks comme une volée de torpilles et éperonnèrent les légères embarcations dont plusieurs chavirèrent et précipitèrent leurs passagers à la mer.

Austin ralentit et zigzagua entre les têtes qu'il voyait dans les remous et les ailerons effilés comme des lames de couteau. L'*Éclair blanc* s'était approché mais la situation, trop chaotique, l'empêchait d'être d'un grand secours. Austin vit l'aileron qui dépassait le plus filer en direction d'un homme qui tenait sa petite fille dans ses bras ; impossible d'arriver jusqu'à eux sans passer sur d'autres nageurs.

— Avez-vous un lance-harpon ? demanda-t-il au propriétaire du bateau.

L'homme au crâne rasé manipulait fébrilement un instrument relié par un câble au mystérieux cadre métallique et s'arrêta un instant, le temps de secouer la tête.

— Inutile. Regardez ! fit-il en désignant les kayaks retournés.

Le grand aileron n'avançait plus et s'agitait, comme pour jouer, à deux ou trois mètres de l'homme et de sa fille. Puis il commença à *s'éloigner* des kayaks brisés et de leurs infortunés occupants.

Les autres nageoires suivirent. Les groupes qui approchaient interrompirent leur attaque et repartirent vers le large tandis que le gros mâle se mettait à sauter joyeusement. Quelques minutes plus tard, ils avaient tous disparu.

Un garçonnet séparé de ses parents portait un gilet de sauvetage probablement mal attaché car sa tête glissait sous l'eau. Austin grimpa sur le plat-bord, plongea et nagea jusqu'à l'enfant qu'il empoigna alors qu'il allait couler.

Austin lui maintint la tête hors de l'eau ; il n'eut pas longtemps à attendre : l'*Éclair blanc* avait en effet lancé ses radeaux de sauvetage gonflables et on repêchait peu à peu les concurrents. Austin remit le garçon à ses sauveteurs et se retourna. L'homme au crâne rasé et son canot avaient disparu.

Kurt Austin Senior était, en plus âgé, le portrait même de son fils. Ses larges épaules bien que légèrement voûtées semblaient encore capables d'enfoncer un mur. Ses cheveux blonds aux reflets argentés étaient plus courts que ceux de son fils qui fréquentait moins volontiers le coiffeur.

Malgré ses soixante-dix ans passés, un régime strict et de l'exercice l'avaient gardé mince et en forme et il pouvait encore supporter une journée de travail qui aurait épuisé des hommes deux fois plus jeunes. Son visage, hâlé par le soleil et le vent du large, était sillonné par un fin réseau de rides. Ses yeux d'un bleu-vert étaient parfois capables de flamboyer de colère mais, comme son fils, il considérait généralement le monde d'un regard doucement amusé.

Les deux Austin étaient confortablement installés dans la luxueuse cabine principale de l'*Éclair blanc*, un grand verre de Jack Daniels à la main. Kurt avait emprunté à son père un survêtement sur mesure. L'eau du chenal était pareille à celle d'une baignoire qu'on aurait remplie de glaçons et l'alcool qu'il buvait à petites gorgées le réchauffait plaisamment.

L'ameublement de la cabine alliait le cuir et le cuivre, et des gravures de polo et de courses ornaient les murs. Kurt se sentait comme dans l'un de ces clubs anglais très fermés où un membre pouvait mourir dans son fauteuil capitonné et y rester plusieurs jours sans qu'on le découvre. Son père remplit leurs verres et offrit à Kurt un Cohiba cubain – il le refusa poliment – puis tira une profonde bouffée avant de demander :

— Que s'est-il donc passé ?

Kurt n'avait pas encore les idées très claires ; revenant sur sa décision, il accepta finalement un cigare et, pendant qu'il procédait au savant rituel du coupage et de l'allumage, il tenta de mettre de l'ordre dans ses pensées. Il but une nouvelle gorgée puis raconta enfin son histoire.

— C'est fou ! s'exclama Austin Senior. Bon sang, ces orques n'ont jamais fait de mal à personne. Tu le sais. Tu navigues dans ces parages depuis que tu es gosse As-tu jamais entendu parler d'une affaire semblable ?

— Mais non, répondit Kurt. Au contraire, les orques semblent aimer tourner autour des humains, ce qui m'a toujours étonné.

— Aucun mystère à ça, s'esclaffa Austin. Ils sont malins et savent que nous sommes de sales prédateurs, comme eux.

— Seule différence : ils tuent essentiellement pour se nourrir.

— Exact, confirma Austin. » Il se versa une autre rasade mais Kurt fit non de la main. Il savait d'expérience que mieux valait sur ce plan-là ne pas chercher à se mesurer à son père.

— Tu connais tout le monde à Seattle. Es-tu jamais tombé sur un type chauve avec une araignée tatouée sur le crâne ? La trentaine et sapé en cuir noir comme un motard.

— Le seul qui corresponde à cette description s'appelle Barrett Spiderman.

— Je ne savais pas que tu donnais dans la BD, papa.

— Barrett, fit Austin en riant, est un petit génie de l'informatique qui a fait une jolie carrière ici. Une sorte de Bill Gates au petit pied. Il ne vaut peut-être pas plus de trois milliards de dollars. Il a une grande baraque qui domine le chenal.

— Je le trouve sympa. Tu le connais personnellement ?

— Seulement de vue. C'était un pilier de boîtes de nuit. Et puis il a disparu de la circulation.

— Et ce tatouage, c'est pourquoi ?

— D'après ce qu'on m'a raconté, tout gosse, il était fan de Spiderman. Il s'est rasé le crâne, s'est fait tatouer cette araignée et a laissé repousser ses cheveux. Mais, en vieillissant, il a commencé à devenir chauve, le tatouage a réapparu, et il s'est alors rasé le crâne. Bon Dieu, avec le fric qu'il a, il pourrait se faire tatouer des BD sur tout le corps, personne ne tiquerait.

— Excentrique ou pas, il m'a empêché de finir dans l'estomac d'un orque. J'aimerais le remercier et lui faire mes excuses pour avoir réquisitionné son bateau.

Austin s'apprêtait à parler à son père de la structure métallique sur la vedette de Barrett quand un homme d'équipage entra pour annoncer :

— Quelqu'un du Service des pêches et des réserves animales vient d'arriver.

Quelques instants plus tard, une frêle jeune femme brune vêtue de l'uniforme vert du Service des pêches entra dans la cabine. Elle devait avoir dans les vingt-cinq ans même si ses lunettes à monture noire et sa mine sérieuse lui donnaient un air plus mûr. Elle se présenta comme étant Sheila Rowland et dit qu'elle souhaitait poser quelques questions à Kurt à propos de sa rencontre avec l'orque.

— Désolée de débarquer ainsi, dit-elle d'un ton d'excuse. Nous avons interdit toute nouvelle excursion en kayak sur Puget Sound tant que nous n'aurons pas tiré cet incident au clair. L'observation des baleines tient une place importante dans l'économie locale. Nous voulons éclaircir l'affaire au plus vite. Cette interdiction fait pousser des hauts cris aux commerçants, mais nous ne pouvons pas prendre de risques.

Austin lui proposa de s'asseoir et Kurt raconta une seconde fois son histoire.

— C'est étrange, commenta-t-elle en secouant la tête. Je n'ai jamais entendu parler d'attaques d'orques.

— Et les attaques dans les parcs marins ?

— Il s'agit de cétacés en captivité qu'on oblige à présenter un numéro. Ils sont furieux, énervés d'être enfermés, aussi s'en prennent-ils parfois à leurs dresseurs. On connaît quelques cas en mer d'orques prenant une planche à voile pour un phoque, mais dès qu'ils s'aperçoivent de leur erreur, ils recrachent le véliplanchiste.

— Peut-être ma tête n'a-t-elle pas plu à l'orque que j'ai rencontré, suggéra Austin en riant.

Rowland sourit, en se disant qu'avec son visage bronzé et ses yeux bleu clair, Austin était l'un des hommes les plus séduisants qu'elle eût jamais croisés.

— Je ne crois pas que ce soit le cas. Si votre tête n'avait pas plu à un orque, vous n'en auriez plus du tout. J'ai vu un orque secouer dans sa mâchoire une otarie de deux cent cinquante kilos comme si c'était une poupée de chiffon. Je vais me renseigner pour savoir s'il n'existe pas une vidéo de l'incident qui vous est arrivé.

— Je pense que cela sera facile étant donné le nombre de caméras qui étaient braquées sur la course, dit Kurt. Savez-vous ce qui pourrait exciter les baleines et les rendre agressives ?

— Les orques, répondit-elle, sont pourvus d'un système sensoriel extrêmement subtil. Si quelque chose les dérange, ils peuvent s'en prendre au premier objet qu'ils trouvent.

— Comme ce qui arrive dans les parcs d'attraction ?

— Peut-être. Je vais en discuter avec des cétologistes pour avoir leur avis.

Elle se leva et remercia les deux hommes de lui avoir accordé un peu de leur temps. Quand elle fut partie, le père d'Austin se versa un autre bourbon, mais Kurt posa la main sur son verre.

— Je sais ce que tu es en train de faire, vieux renard. Tu essaies de me saouler pour m'embarquer sur un de tes fichus bateaux de sauvetage.

Kurt Senior n'avait jamais caché son désir de ramener son fils dans le giron de l'entreprise familiale. La décision de Kurt de rester à la NUMA avait toujours fait l'objet d'âpres discussions entre les deux hommes mais, avec les années, c'était devenu un sujet de plaisanterie.

— Tu deviens une mauviette, dit Austin avec un air faussement dégoûté. Reconnais que travailler à la NUMA n'est pas des plus palpitant.

— Je te l'ai déjà dit, papa, la vie n'est pas qu'une partie de rigolade.

— Oui, je sais. Le devoir envers sa patrie et tout ça. Le pire, c'est que je ne peux pas en vouloir à Sandecker de te garder à Washington maintenant qu'il est vice-président. Alors, quels sont tes projets ?

— Je vais rester encore deux ou trois jours. Il faut que je commande un nouveau kayak. Et toi ?

— J'ai une grosse commande sur les bras : renflouer un bateau de pêche au large de Hanes, en Alaska. Tu veux m'accompagner ? Tu pourrais m'aider.

— Merci, mais je suis sûr que tu peux te débrouiller tout seul.

— Tu ne m'en voudras pas d'avoir tenté le coup. Bon, je t'invite au restaurant.

Austin attaquait une tranche de filet gargantuesque dans le restaurant-grill préféré de son père lorsqu'il sentit son portable vibrer. Il s'excusa et alla prendre l'appel dans le hall. Sur le minuscule écran du vidéophone apparut le visage d'un homme au teint brun et aux épais cheveux noirs plaqués en arrière, Joe Zavala, un membre de l'équipe des Opérations spéciales d'Austin, recruté par Sandecker directement au Collège naval de New York ; l'expérience en conception de sous-marins de ce brillant ingénieur en travaux maritimes lui avait permis de trouver aussitôt sa place à la NUMA.

— Content de constater que tu es encore en un seul morceau, déclara Zavala. Tes démêlés avec l'orque pendant la course font la une de tous les journaux. Tu vas bien ?

— Très bien. Ça m'a fait rire comme une baleine.

Zavala eut un petit sourire.

— Que ma vie est assommante à côté de celle d'un Kurt Austin susceptible de transformer une journée de bienfaisance en un combat à mort contre une bande de cétacés capables de démolir une locomotive !

— La dernière fois que je t'ai vu, tu me semblais pourtant très occupé à mener une cour assidue auprès des plus jolies femmes de Washington. Je ne vois là rien de tellement assommant.

Le beau Zavala, avec ses yeux bruns au regard ravageur et sa séduction de latino connaissait un vif succès auprès des jeunes célibataires.

— Je te l'accorde, la vie peut présenter un certain intérêt quand je tombe sur une ex alors que je sors avec une nouvelle conquête ; pourtant ça n'est rien comparé à ta course en kayak. Que s'est-il passé ?

— Je dîne avec mon père, alors je te raconterai ça à mon retour, dans deux ou trois jours.

— J'ai l'impression que tu vas rentrer à Washington plus tôt que prévu. Nous avons reçu l'ordre d'appareiller de Norfolk demain soir. Tu connais Joe Adler ?

— Le nom me dit quelque chose. Ce n'est pas lui qui enseigne à l'Institut océanographique de Scripps à San Diego ?

— C'est l'un des plus grands spécialistes mondiaux de la mécanique des vagues. Nous devrons l'aider à retrouver la *Belle du Sud.*

— Je me souviens d'avoir lu un article à ce sujet. C'est bien le grand porte-conteneurs qui a fait naufrage en mars dernier ?

— Exact. Rudi m'a appelé. Adler veut que tu te charges du projet. Il doit avoir le bras long car Rudi a donné son accord.

Rudi Gunn était responsable de la gestion des opérations à la NUMA.

— C'est bizarre, je n'ai jamais rencontré Adler. Tu es sûr qu'il ne s'est pas trompé ? Une douzaine de types de la NUMA ont travaillé sur ce genre de recherches. Pourquoi moi ?

— Rudi a dit qu'il n'en avait pas la moindre idée, mais, compte tenu de la réputation internationale d'Adler, il a accepté de l'aider à retrouver son bateau.

— Intéressant. La *Belle* a coulé dans l'Atlantique au large de la côte de Floride. Près de la zone de recherche où travaillent les Trout, non ?

Paul et Gamay Trout, eux aussi membres de l'équipe des Opérations spéciales, menaient une mission de relevés océanographique dans ces parages.

— Assez près pour qu'il soit possible d'aller les voir en canot et de faire une fête, confirma Zavala. J'ai d'ailleurs déjà préparé une bouteille de tequila.

— Pendant que tu t'occupes du traiteur, moi je change mes réservations sur le vol. Je te préviendrai de mon heure d'arrivée.

— Rendez-vous donc à l'aéroport. Un avion nous y attendra pour nous conduire à Norfolk.

Ils réglèrent quelques autres détails puis raccrochèrent. Réfléchissant à la demande d'Adler, Kurt rejoignit son père et lui annonça qu'il partirait le lendemain matin. Austin ne manifesta aucune contrariété et remercia Kurt d'être venu à Seattle pour la course de kayaks ; ils promirent de se revoir quand ils disposeraient de plus de temps.

Kurt prit l'avion le lendemain matin de bonne heure. Pendant le décollage, il songea à l'absence de réaction de son père devant ce changement de programme et se demanda si Austin Senior tenait vraiment à voir son fils entrer dans l'entreprise familiale. Pour le vieil homme, ce serait reconnaître qu'il prenait le chemin de la retraite. Ils étaient tous deux dotés d'un caractère bien affirmé et cela équivaudrait à confier un même bateau à deux capitaines à la fois.

Son père en tout cas se trompait sur les raisons qui retenaient Kurt à la NUMA. Ce n'était pas le goût des sensations fortes qui l'incitait à rester car chaque décharge d'adrénaline amenait son lot de paperasserie, des réunions sans fin, autant de désagréments qu'il s'efforçait d'éviter en demeurant sur le terrain. Son chant des sirènes à lui, c'était l'insondable *mystère* de la mer.

Des mystères tels que son étrange rencontre avec les baleines tueuses ; il repensa aussi à l'homme au tatouage bizarre et à l'appareil électrique installé sur son canot. Mais il ne s'attarda pas en réflexions oiseuses ; armé d'un bloc et d'un stylo à bille, il commença bientôt à esquisser les caractéristiques de son prochain kayak.

3

AVANT DE DEVENIR *CONSULTANT* – aux honoraires exorbitants – pour la police nationale, Frank Malloy avait représenté le prototype même du policier. Il avait horreur du désordre sous toutes ses formes ; son uniforme était toujours bien repassé et le pli de son pantalon impeccable. Vestige de son service dans les Marines, ses cheveux maintenant poivre et sel étaient coupés en brosse et presque ras. Grâce à un entraînement régulier, il restait musclé et en pleine forme.

Contrairement à nombre de ses collègues qui trouvaient ennuyeux d'être en planque, Malloy adorait rester assis des heures durant dans une voiture pour suivre le va-et-vient des véhicules et des piétons, toujours à l'affût du moindre accroc dans le tissu de la société. Autre avantage incontestable, il avait une vessie de fer.

Malloy était garé sur Broadway et surveillait le défilé ininterrompu des passants et des badauds lorsqu'un homme se détacha de la foule pour se diriger droit vers la voiture banalisée de la police.

Grand, mince, la trentaine, il portait un costume d'été marron, avec des poches aux genoux, et des baskets ; sa cravate pendait sur son col de chemise déboutonné ; ses cheveux et sa barbe, un bouc taillé en pointe, étaient roux. Ses années de simple flic avaient aiguisé chez Malloy le don de jauger les gens au premier coup d'œil : l'homme qui venait vers lui était reporter.

Il s'approcha de la voiture, se pencha vers la vitre ouverte et montra sa carte de presse.

— Je m'appelle Lance Barnes et je suis reporter au *New York Times*. Vous êtes Frank Malloy ?

La question déconcerta Malloy.

— Oui, c'est moi, reconnut-il avec un froncement de sourcils. Comment m'avez-vous identifié ?

— Facile, lâcha le journaliste en haussant les épaules. Vous êtes assis tout seul au volant d'une Ford bleu marine dans un quartier où il est pratiquement impossible de se garer.

— Je dois commencer à perdre la main, remarqua Malloy avec tristesse. A moins qu'il n'y ait qu'à me regarder pour reconnaître en moi un flic.

— Pas du tout, j'ai triché, avoua Barnes avec un grand sourire. On m'a dit au MACC que vous seriez ici.

MACC était le sigle du Multi Agency Contrôl Center, le service chargé de la sécurité de la conférence économique internationale qui se tenait à New York et à laquelle assistaient politiciens et hommes d'affaires des quatre coins du monde.

— Moi aussi, j'ai triché, admit à son tour Malloy en riant. Le MACC m'a annoncé votre arrivée. » Il examina le visage du reporter et se dit qu'il l'avait déjà vu. « On ne s'est pas déjà rencontrés, monsieur Barnes ?

— Je crois que vous m'avez donné une contravention pour avoir traversé en dehors des clous.

Malloy se mit à rire. Il n'oubliait jamais un visage.

— Que puis-je faire pour vous ?

— Je prépare un article sur la conférence et, puisque vous êtes spécialiste des dernières techniques en matière de troubles de l'ordre public, je me demandais comment vous comptiez faire pour juguler les manifestations prévues.

Le cabinet de Malloy, situé à Arlington, conseillait tous les services de police du pays. Malloy lui-même siégeait au conseil d'administration de plusieurs entreprises spécialisées dans l'équipement anti-émeutes et ses relations dans les milieux politiques et industriels avaient fait de lui un homme relativement riche. Un bon article dans le *New York Times* pourrait toujours servir.

— Montez, dit-il en ouvrant la portière. » Barnes se glissa sur la banquette et ils échangèrent une poignée de main. Le journaliste releva sur son front ses lunettes de soleil qui révélèrent des yeux verts au regard intense et des sourcils en accent circonflexe. Il tira de sa poche un carnet et un magnétophone miniature.

— J'espère que cela ne vous ennuie pas que j'enregistre notre conversation : c'est pour m'assurer que je ne déforme pas vos propos.

— Pas de problème, dit Malloy. Dites tout ce que vous voulez sur moi mais n'écorchez pas mon nom. » Depuis qu'il avait quitté la police pour monter son cabinet de conseil, Malloy avait découvert comment s'y prendre avec les journalistes. « Vous étiez à la conférence de presse ?

— Oh, oui, quel arsenal ! s'exclama Barnes. Les systèmes acoustiques à longue distance que vous avez fait monter sur les 4 × 4 m'ont soufflé. C'est vrai qu'on a utilisé ces engins en Irak ?

— Des armes non mortelles : ils émettent un bruit perçant capable de couvrir les cris des manifestants les plus bruyants.

— Si on m'envoyait cent cinquante décibels dans les oreilles, j'arrêterais de scander des slogans sur la justice et la paix.

— Nous employons ces appareils dans la mesure où nous sommes confrontés à des foules importantes. Nous les avons testés l'autre jour : ils portent à au moins quatre blocs.

— Fichtre, dit le reporter en prenant quelques notes. Je pense que les anarchistes comprendront.

— A mon avis, nous n'aurons pas besoin de la grosse artillerie. Ce qui compte, c'est le petit matériel, comme les patrouilles à scooter et les barrages mécaniques.

— Il paraît que dans ce domaine aussi vous disposez d'un matériel de pointe.

— Exact. Il est plus efficace de contrôler les excités avec les applications qu'avec les appareils.

— Comment ça ?

— Allons faire un tour, proposa Malloy en tournant la clef de contact. » En démarrant, il alluma la radio. « Ici, Nomade. Je remonte Broadway vers le nord.

— *Nomade ?* demanda Barnes quand Malloy eut annoncé « Terminé. »

— Je me balade pas mal. Pour surveiller. Les excités savent

que je bouge beaucoup, mais ils ne savent pas où je suis. Ça les énerve.

Il tourna vers l'est, remonta un peu Park Avenue, puis revint sur Broadway.

— Qui sont ces « excités » comme vous les appelez ?

— Quand il s'agit d'anarchistes, on ne sait jamais à qui ni à quoi on a affaire. A Seattle, nous avions des barjos écolos et des barjos pacifistes. Des Wiccans et des féministes néo-païennes, et tout ça de vociférer contre l'Organisation mondiale du commerce et d'en appeler à la déesse Truc-Machin. La plupart des anarchistes se positionnent contre l'ordre économique mondial. Non violents envers les personnes, certains suggèrent cependant d'y aller de bon cœur quand il s'agit des entreprises capitalistes. Leur arme principale est le chaos. Ils sont généralement organisés en collectifs autonomes ou regroupés par affinité. Ils agissent par consensus et évitent toute forme de hiérarchie.

— Étant donné leur manque d'organisation, que cherchez-vous exactement ?

— C'est difficile à préciser, admit Malloy. A peu près la même chose que quand je patrouillais dans la rue. Les excités vont se fragmenter en petits groupes. Je cherche à observer leur comportement.

— J'ai lu des reportages sur les manifestations de Seattle. Un vrai cauchemar, non ?

Malloy émit un petit sifflement.

— J'ai encore des cicatrices pour le prouver. Quel bordel !

— Qu'est-ce qui a mal tourné ?

— Les excités avaient pris pour cible l'OMC, qu'ils appellent « l'élite du pouvoir ». J'étais responsable du secteur, chargé du contrôle de la foule. Nous nous sommes trouvés dans un joli pétrin : une centaine de milliers de manifestants qui en voulaient à ce qu'ils qualifiaient de système commercial mondial oppressif. Avec pillage, couvre-feu, et la Garde nationale débordée tirant des balles en caoutchouc ou lançant des grenades lacrymogènes contre les manifestants aussi bien non violents que violents. La municipalité s'est retrouvée KO sur le plan international et avec un paquet de plaintes en justice. Certains prétendent que la réaction de la police a été excessive, d'autres qu'elle n'en a pas fait assez. Allez savoir !

— Comme vous dites, un vrai bordel.

Malloy hocha la tête.

— Mais les émeutes de Seattle ont marqué un tournant.

— De quelle façon ?

— Les manifestants ont découvert que défiler dans la rue ne suffisait pas et que seule l'action *directe* était efficace. Il fallait tout casser, gêner les gens, bouleverser leur point de vue.

— D'après ce que j'ai vu aujourd'hui, l'élite du pouvoir a fait du chemin depuis Seattle.

— Et comment ! renchérit Malloy. J'étais à Philadelphie pour la convention républicaine quand les anarchistes nous ont une fois de plus ridiculisés. Ils chahutaient puis se précipitaient dans la rue pour être poursuivis par une bande de flics bedonnants. C'était le chaos, la pagaille. Ils ont remis ça à la conférence de l'OMC à Miami. Nous avons finalement su nous y prendre lors du Forum économique mondial ici en 2002 et, pour la convention républicaine de 2004, nous avions à peu près mis au point notre stratégie.

— Vous avez réduit le désordre au minimum, mais il y a eu des plaintes pour violation des droits civiques.

— Ça fait partie de la stratégie des manifestants. Ils sont futés, ces gars-là, surtout le petit noyau dur d'agitateurs qui se déplacent de ville en ville. Ils provoquent les autorités pour les pousser à réagir de façon disproportionnée.

Malloy se gara en double file près d'un groupe de personnes qui transportaient des instruments de musique, et aboya dans son talkie-walkie.

— Nomade à MAAC. Des manifestants musiciens se rassemblent sur Union Square pour un défilé non autorisé en direction de Madison Square Garden.

Barnes inspecta les deux trottoirs.

— Je ne vois personne défiler.

— Pour l'instant, ils marchent deux par deux, ce qui n'a rien d'illégal. Mais dans une minute, ils se regrouperont... non, attendez, ça y est.

Les musiciens se fondaient en groupes plus importants pour

former une procession. Mais le défilé ne commença pas vraiment, car des policiers à vélo ou à scooter foncèrent des deux côtés de la chaussée et procédèrent aux premières arrestations.

Barnes prenait des notes avec frénésie.

— Je suis impressionné, dit-il. Ça a démarré comme sur des roulettes.

— Pas étonnant. Cette petite manœuvre était le fruit d'années d'expérience. Il s'agit seulement d'une conférence intermédiaire, mais il y a des centaines de participants et de manifestants, ce qui peut créer de gros problèmes. Les excités essaient toujours d'avoir une longueur d'avance sur nous.

— Comment distinguez-vous les vrais fanatiques de ceux qui veulent simplement protester ?

— Pas facile. On se contente d'interpeller tous les fauteurs de troubles et on fait le tri après. » Il décrocha du tableau de bord un portable qui sonnait et le tendit à Barnes. « Vérifiez donc ça.

Le journaliste lut le message qui s'affichait sur l'écran.

— L'escouade de scooters cerne les manifestants musiciens, lut-il. On prévient les gens d'éviter ce secteur. On demande des caméras, et aussi des infirmiers et des observateurs. On empêche la police d'arrêter les manifestants qui harcèlent les passants dans le quartier du Théâtre. Ça vient de qui ?

— Des excités. Les flics ne sont pas les seuls à avoir tiré la leçon de Seattle. Les anarchistes disposent eux aussi de leur propre centre de communication. Ils préviennent les activistes des itinéraires à éviter pour ne pas tomber sur la police. Pendant que nous stoppons une opération, ils en entament une autre. Nous dépensons chaque année je ne sais combien de millions pour mettre au point des mesures de sécurité et eux utilisent des techniques qui ne coûtent pratiquement rien.

— Ils ne savent pas que vous pouvez lire leurs messages ?

— Bien sûr que si. Mais les manifestations sont plus spontanées, alors entre nous on joue vraiment au chat et à la souris. Ils ont beau être rapides, ça se résume malgré tout à une question de chiffres. Nous disposons de trente-sept mille policiers, d'un petit dirigeable d'hélicoptères, de caméras, et deux cents de nos gars ont des caméras vidéo reliées directement au centre nerveux de la sécurité.

— Ils ne pourraient pas se brancher sur les scanners de la police ?

— Nous savons qu'ils le font déjà. La solution, c'est de réagir vite. En terrain plat, on gagnera.

Barnes tendit le portable à Malloy.

— Je crois que c'est pour vous.

Le message sur l'écran avait changé.

— BONJOUR, NOMADE. OU BIEN, FAUT-IL VOUS APPELER FRANK, M. MALLOY ?

— Hein ? s'étrangla Malloy, regardant le portable qu'il tenait à la main comme s'il s'était transformé en serpent. Comment diable arrivent-ils à ça ? demanda-t-il en se tournant vers Barnes.

Le journaliste haussa les épaules et prit des notes. Malloy essaya d'effacer l'écran, mais un nouveau message apparut.

RÉCRÉATION.

L'écran s'éteignit. Malloy saisit sa radio et essaya de joindre le MACC, mais l'appel ne passait pas. Le portable se remit à sonner. Malloy écouta quelques instants puis dit :

— J'y vais tout de suite. » Très pâle, il se tourna vers Barnes. « C'était le MAAC. La climatisation du central est tombée en panne, les communications sont coupées, personne ne sait où se trouvent les escouades et pour finir les feux sont bloqués au rouge dans toute la ville.

Ils arrivaient à proximité de Times Square. Des centaines de manifestants déferlaient des rues voisines sans que la police intervînt. La place était aussi noire de monde qu'un soir de Nouvel An.

La voiture de Malloy se frayait lentement un passage dans la foule et ils approchaient de l'ancien building du *New York Times* quand le personnage de Disney s'effaça de l'écran géant qui devint tout noir.

— Hé, regardez ça, s'exclama Barnes en désignant les énormes lettres blanches qui venaient d'apparaître sur l'enseigne d'ABC News.

SALUT, NÉO-ANARCHISTES, COMPAGNONS DE ROUTE ET TOURISTES. NOUS AVONS ARRÊTÉ LES ARMÉES DE L'ÉLITE DU POUVOIR QUI NOUS OPPRIMENT. CECI N'EST QU'UN AVANT-GOÛT DU FUTUR.

AUJOURD'HUI, C'EST NEW YORK. DEMAIN C'EST LE MONDE QUE NOUS ARRÊTERONS. CONVOQUEZ UNE CONFÉRENCE AU SOMMET POUR DÉMANTELER LA STRUCTURE DE LA MONDIALISATION OU BIEN C'EST NOUS QUI LE FERONS POUR VOUS.

BONNE JOURNÉE !

Un visage souriant surmonté de cornes apparut, suivi d'un seul mot :

LUCIFER.

— Qui diable est Lucifer ? s'enquit Malloy en regardant par le pare-brise.

— Pas la moindre idée, répondit Barnes en posant la main sur la poignée de la portière. Merci pour la balade. Il faut que je passe un article.

Le nom disparut et fut remplacé sur tous les panneaux lumineux de la place – Panasonic, LG, NASDAQ – par celui de FRANK MALLOY.

Malloy poussa un juron et se précipita hors de la voiture. Il scruta du regard la foule dense des manifestants, mais elle avait englouti Barnes. Il répéta « Lucifer » et un frisson le parcourut. Il se rappela soudain où il avait vu le visage du reporter, sa petite barbe en pointe, ses cheveux roux et ses sourcils en accent circonflexe : sur les images montrant Satan.

Malloy restait planté là en se demandant s'il n'était pas devenu fou ; il ne s'aperçut pas que ces mêmes yeux verts le fixaient : Barnes se tenait sur le perron d'un immeuble de bureaux d'où il observait Malloy ; un portable collé à l'oreille, il riait.

— Je voulais juste que vous sachiez que votre plan a parfaitement marché. La ville est complètement paralysée.

— Excellent, répondit la voix de son correspondant. Il faut qu'on parle. C'est important.

— Pas maintenant. Passez au phare pour que je puisse vous remercier en personne.

Il glissa le portable dans sa poche et contempla Times Square. Un jeune homme avait lancé une pierre sur la devanture du magasin Disney. D'autres l'imitèrent et, en quelques minutes, les trottoirs furent jonchés de débris de verre. On avait mis le feu à une voiture, des tourbillons de fumée noire montaient vers le ciel et l'odeur âcre du plastique et du tissu qui brûlaient emplissait l'air.

Un orchestre de manifestants défilait sur la chaussée en jouant le thème du *Pont de la rivière Kwaï*, mais on l'entendait à peine dans la cacophonie des klaxons.

Un sourire radieux sur son visage satanique, Barnes contemplait la scène.

— Le chaos, murmura-t-il comme un moine psalmodiant son mantra. Doux, très doux chaos.

4

LES FEUX DU PONT ÉTAIENT ALLUMÉS quand la voiture de la NUMA qui amenait Austin et Zavala s'arrêta sur le quai du port de Norfolk. Austin grimpa d'un pas vif l'échelle de coupée : il était ravi de repartir en mer et excité à l'idée de le faire à bord du *Peter Throckmorton*, l'un des plus récents navires de recherche de la NUMA. Il pouvait être reconnaissant au mystérieux Dr Adler de l'avoir invité à participer à cette expédition.

Ce navire de 275 pieds avait été ainsi baptisé en souvenir des pionniers de l'archéologie sous-marine. Throckmorton avait prouvé que les méthodes de l'archéologie pouvaient s'appliquer sous l'eau, donnant ainsi le départ à une nouvelle ère de découvertes. Robuste et conçu pour la haute mer, le bateau se prêtait à toutes les tâches : son équipement de détection à distance lui permettait d'explorer tout aussi bien une ville engloutie dans l'océan qu'un champ de filons froids.

Comme la plupart des navires de recherche, le *Throckmorton* était une plate-forme flottante permettant aux scientifiques de lancer des véhicules et des sondes pour mener à bien leurs expériences.

Sur la plage arrière et sur le pont avant étaient installés les mâts de charge et les grues qu'on utiliserait pour mettre à l'eau les divers sondes et engins submersibles que transportait le navire, sur les flancs, des treuils puissants.

Un officier accueillit les hommes de la NUMA en haut de l'échelle.

— Le commandant Cabral vous souhaite la bienvenue à bord du *Throckmorton* et espère que vous ferez bon voyage.

Austin connaissait Tony Cabral, le commandant, pour avoir fait avec lui d'autres expéditions ; il avait hâte de le revoir.

— Remerciez, je vous prie, le commandant, et dites-lui que nous nous faisons un plaisir de naviguer à son bord.

Une fois les brèves formalités terminées, un homme d'équipage les escorta jusqu'à leurs cabines. Ils déposèrent leur sac et partirent à la rencontre d'Adler qui, leur avait-on dit, se trouvait au centre de contrôle du navire.

Spacieux et plongé dans une semi-pénombre, il donnait sur le pont principal. Contre les cloisons, des rangées d'écrans de contrôle faisaient office d'yeux et d'oreilles pour l'équipement de détection à distance. Les informations que recueillait une sonde après son largage étaient transmises au centre pour être analysées. Le navire à quai, la salle était déserte ; seul un homme assis à une table pianotait sur le clavier d'un ordinateur.

— Docteur Adler ? s'informa Kurt.

L'homme leva les yeux et sourit.

— Oui. Et vous êtes les hommes de la NUMA ?

Austin et Zavala se présentèrent et serrèrent la main d'Adler.

Le spécialiste des vagues était un robuste gaillard au physique de bûcheron, avec une crinière de cheveux blancs ébouriffés qui ressemblait à du lichen sur un vieux chêne. Sa lèvre supérieure s'ornait d'une moustache en crocs qu'on aurait crue collée après coup sur son visage. Sa voix était sonore et son ton bourru, comme s'il venait de faire une sieste, mais les yeux gris au regard vif qui les fixaient derrière ses lunettes à monture métallique pétillaient de bonne humeur. Il les remercia d'être venus et approcha deux fauteuils.

— Vous ne pouvez pas savoir à quel point je suis content de vous voir, messieurs. Je n'étais pas sûr que Rudi Gunn accepterait, ainsi que je le lui avais demandé, de vous laisser participer à cette expédition, Kurt. Et la présence de Joe est un bonus supplémentaire. Je me suis sans doute montré un peu opiniâtre. C'est mon ascendance quaker : nous n'insistons pas, mais nous exerçons une sorte de pression amicale sur les gens jusqu'à ce qu'on nous remarque.

Le professeur n'aurait jamais à craindre de passer inaperçu, se dit Austin.

— Ne vous excusez pas, déclara-t-il. Je suis toujours partant pour une croisière en mer. Ce qui m'a étonné, c'est justement que vous ayez souhaité que je vienne. Nous ne nous sommes jamais rencontrés.

— Mais j'ai beaucoup entendu parler de vous. Et je sais que la NUMA aime bien claironner ses exploits sans les attribuer précisément au travail de votre équipe d'Opérations spéciales.

— Vous avez raison, nous préférons minimiser notre rôle.

— Il est très difficile de minimiser l'importance d'une découverte telle que celle du corps de Colomb dans une pyramide maya sous-marine. Ou de taire l'intervention qui a permis d'empêcher un tsunami de déferler sur la côte Est.

— Simples coups de chance. J'en conviens, l'équipe des Opérations spéciales s'est chargée de certaines missions un peu particulières, mais la NUMA compte des douzaines de techniciens bien plus capables que moi dans le domaine des recherches océanographiques. Pourquoi m'avoir demandé, moi ?

Adler prit un air grave.

— Il se passe dans l'océan quelque chose de très étrange.

— Ce n'est pas nouveau, fit remarquer Austin. La mer est un domaine qui nous est plus étranger que l'espace. Nous connaissons mieux les étoiles que la planète où nous vivons.

— Je serais le premier à être d'accord avec vous, reprit Adler. Seulement quelques idées folles me trottent dans la tête.

— Voilà longtemps que Joe et moi avons découvert que la frontière entre la folie et la raison est extrêmement mince. Nous aimerions bien entendre ce que vous avez à dire.

— Je vous expliquerai cela le moment venu, mais je préférerais attendre que nous ayons retrouvé la *Belle du Sud.*

— Rien ne presse. Parlez-nous un peu de la disparition de la *Belle.* Si je me souviens bien, elle naviguait en plein Atlantique à la hauteur de la Floride. Elle a envoyé un SOS annonçant qu'elle avait des problèmes et puis elle a disparu sans laisser de trace.

— C'est exact. Dans les heures qui ont suivi, on a lancé des recherches intensives : la mer semble l'avoir avalée. Cela a été dur pour les familles de l'équipage de ne pas savoir ce qui est arrivé à leurs proches. Sur le plan pratique, les armateurs aimeraient régler le problème juridique.

— Cela fait des siècles que des navires disparaissent sans laisser le moindre indice, observa Austin, et cela continue de se produire même avec les moyens de communication dont on dispose aujourd'hui.

— Mais la *Belle* n'était pas n'importe quel bateau. Elle était pratiquement insubmersible.

— Ça me rappelle quelque chose, fit Austin en souriant.

Adler leva un doigt.

— Je sais. On avait dit la même chose du *Titanic*. Mais depuis le naufrage du *Titanic*, l'architecture navale a fait d'énormes progrès. La *Belle* était un cargo d'un genre nouveau, assez solide pour résister aux pires tempêtes. Vous disiez que ce n'était pas la première fois qu'un navire bien construit disparaissait. Vous avez parfaitement raison. Le *Munchen*, un cargo allemand, a disparu dans une tempête en traversant l'Atlantique en 1978. Comme la *Belle*, il a envoyé un message pour signaler qu'il était en difficulté. Personne n'a réussi à comprendre ce qui avait pu arriver à un bateau aussi moderne. Les vingt-sept hommes d'équipage ont disparu.

— Quelle tragédie. Et on n'a jamais retrouvé aucune trace du navire ? interrogea Austin.

— Les tentatives de sauvetage ont commencé dès la réception du SOS. Plus d'une centaine de navires ont passé l'océan au peigne fin. On a découvert quelques épaves ainsi qu'un canot vide qui a fourni un précieux indice : le canot était certainement accroché à des axes fixés sur le flanc tribord à plus de vingt mètres au-dessus de l'eau, et les broches d'acier accrochées à la chaloupe ont été retrouvées tordues d'avant en arrière.

En bon ingénieur, Zavala se représenta aussitôt les avaries qu'avait dû subir le navire.

— C'est clair, déclara-t-il. C'est un vent soufflant à au moins deux cents kilomètres à l'heure qui a dû arracher le canot de son bossoir.

— Le tribunal maritime a déclaré que le navire avait coulé quand le gros temps avait provoqué un « événement inhabituel ».

— Le tribunal maritime aurait-il refusé d'admettre la vraie conclusion, avança Austin en riant.

— Les marins qui ont entendu les conclusions du tribunal seraient d'accord avec vous. Ils savaient pertinemment ce qui a coulé le *Munchen.* Cela fait des années que les gens de mer parlent de leurs rencontres avec des vagues de vingt-cinq ou trente mètres, mais les scientifiques n'ont jamais voulu croire à leurs récits.

— J'ai entendu parler de vagues monstrueuses, mais je n'en ai moi-même jamais vu.

— Remerciez-en le Ciel car si vous étiez tombé sur l'une d'elles, nous ne tiendrions pas aujourd'hui cette conversation.

— Au fond, je ne reproche pas au tribunal maritime de s'être montré prudent, reprit Austin. Les marins ont quand même la réputation d'exagérer.

— Je peux en témoigner, fit Zavala avec un sourire de regret. Cela fait des années qu'on me parle de sirènes, mais je n'en ai jamais vu.

— Le tribunal, sans aucun doute, se méfiait des gros titres que n'auraient pas manqué de susciter les vagues scélérates, dit Adler. Selon les sages théories scientifiques de l'époque, des vagues telles que celles dont parlaient les marins ne pouvaient tout simplement pas exister. Nous autres, chercheurs, utilisions un ensemble d'équations – le modèle linéaire – qui établissait que la fréquence d'une vague de près de trente mètres de haut est de dix mille ans.

— Donc, ironisa Austin, inutile de s'inquiéter pendant les cent siècles qui suivent le naufrage du *Munchen*.

— En effet... jusqu'à l'affaire de Draupner.

— La plate-forme pétrolière Draupner au large de la Norvège ?

— Vous en avez entendu parler ?

— J'ai travaillé six ans en mer du Nord, expliqua Austin. Difficile de trouver quelqu'un sur une plate-forme n'ayant jamais entendu parler de la vague qui a frappé la tour de contrôle de Draupner. La plate-forme se trouve à une centaine de milles au large, poursuivit Austin à l'intention de Zavala. Certes, la mer du Nord est connue pour son temps de chien mais, le 1er janvier 1985, c'est une tempête vraiment carabinée qui est arrivée. La plate-forme était balayée par des vagues de dix à douze mètres. Et puis il y eut celle que les capteurs de l'installation ont mesurée : vingt-sept mètres. J'en ai le souffle coupé rien que d'y penser.

— Et, du même coup, la vague de Draupner balaya aussi le modèle linéaire.

— Bel et bien. Cette vague dépassait de neuf mètres le modèle prévu pour la vague de dix mille ans. Un savant allemand, Julian Wolfram, installa alors un radar sur la plate-forme Draupner et, pendant quatre ans, mesura chaque vague heurtant la plate-forme : vingt-quatre dépassaient les dimensions du modèle linéaire.

— Les grosses vagues n'étaient donc pas si hautes, et Joe a peut-être une chance de rencontrer la Petite Sirène, commenta Austin.

— Je n'irais probablement pas jusque-là mais les travaux de Wolfram ont montré que les légendes reposaient sur une base avérée. En traçant le diagramme, il a constaté que ces nouvelles vagues étaient plus abruptes et plus grosses que les vagues ordinaires. Les conclusions de Wolfram ont frappé la construction navale comme, ma foi, une vague scélérate. Depuis des années, les architectes navals utilisaient le modèle linéaire pour construire des navires assez robustes pour affronter des vagues ne dépassant pas une douzaine de mètres de hauteur. Et les prévisions météo se fondaient sur les mêmes prémisses erronées.

— Si je vous comprends bien, tout navire en mer était à la merci d'une vague scélérate, observa Zavala.

Adler hocha la tête.

— Tout moderniser, tout redessiner aurait coûté des milliards, aussi la perspective d'un désastre économique a-t-elle aiguillonné les recherches. L'attention s'est tournée vers la côte sud-africaine où de nombreux marins avaient rencontré des vagues géantes. Les scientifiques, en relevant les accidents maritimes survenus au large du cap de Bonne-Espérance, ont découvert qu'ils s'étaient produits sur une ligne qui suivait le courant d'Agulhas. Les grosses vagues semblaient plus nombreuses aux confluents des courants chauds et des courants froids. En dix ans, dans les années quatre-vingt-dix, vingt navires ont fait naufrage dans cette zone.

— L'industrie de la construction navale a dû pousser un soupir de soulagement, remarqua Austin. Il suffisait que les navires évitent ces parages.

— On s'est aperçu que les choses n'étaient pas en fait aussi simples. En 1995, le *Queen-Elisabeth-II* a essuyé une vague de vingt-sept mètres dans l'Atlantique Nord et, en 2001, deux paquebots de croisière, le *Bremen* et le *Caledonian-Star*, ont été frappés par des vagues également de vingt-sept mètres, très loin de ce courant. Les deux navires s'en sont tirés et on a pu recueillir des témoignages.

— Donc le courant d'Agulhas ne serait pas le seul endroit où se produisent ces vagues, avança Austin.

— Exact. Il n'y avait pas de courants opposés à proximité de ces navires. Nous avons rapproché cette information des statistiques et nous sommes arrivés à certaines conclusions troublantes. En vingt ans, plus de deux cents superpétroliers ou porte-conteneurs de plus de deux cents mètres de long ont coulé à travers le monde et il semblerait que des vagues géantes ont joué dans ces naufrages un rôle majeur.

— Statistiques bien sinistres.

— Épouvantables, vous voulez dire ! En raison des graves implications que cela peut entraîner sur la navigation, nous nous sommes mis à travailler sur la conception des navires ainsi que sur la possibilité de faire des prévisions.

— Je me demande, fit Zavala, si les recherches des Trout concernent ces vagues.

— Paul Trout et sa femme, Gamay Morgan-Trout, sont des collègues de la NUMA, expliqua Austin au professeur, qui étudient les courants océaniques de ce secteur, depuis le *Benjamin Franklin*, un navire de la NOAA (National Oceanic and Atmospheric Administration).

— Intéressant, apprécia Adler en se pinçant le menton d'un air songeur. Cela vaut certainement la peine d'approfondir le sujet. Au point où nous en sommes, je n'éliminerais aucune hypothèse.

— Vous avez évoqué la possibilité de prévisions à propos de ces vagues géantes, rappela Austin.

— Peu après les incidents du *Bremen* et du *Caledonian-Star*, les Européens ont lancé un satellite destiné à surveiller les océans du globe. En trois semaines, il a repéré dix vagues identiques à celles qui ont failli faire couler les deux paquebots.

— A-t-on réussi à trouver l'origine de ces vagues ?

— Certains d'entre nous ont travaillé à partir d'un principe de base de la mécanique quantique qu'on appelle l'équation de Schrödinger. C'est un peu compliqué mais, en gros, il explique la façon dont les choses peuvent apparaître et disparaître sans raison apparente. Le terme de « vague vampire » décrit assez bien le phénomène : elle aspire l'énergie des autres vagues et voilà notre monstre qui se forme. On ne sait toujours pas ce qui déclenche ces phénomènes.

— D'après ce que vous dites, n'importe quel navire dont la coque a été conçue pour affronter des tempêtes obéissant au modèle linéaire pourrait connaître le même sort que la *Belle du Sud.*

— Ça va plus loin que cela, bien plus loin, Kurt.

— Je ne comprends pas.

— Les architectes qui ont conçu la *Belle du Sud* ont tenu compte des plus récents travaux sur les vagues géantes. Le gaillard d'avant de la *Belle* était protégé par un capot, sa coque était double et les cloisons transversales avaient été renforcées pour empêcher le noyage de la cale.

Austin dévisagea un moment le professeur puis, pesant ses mots, il suggéra :

— Le navire aurait pu rencontrer une vague de plus de trente mètres.

Adler désigna l'écran de son ordinateur qui montrait une série de vagues et de mesures.

— Il y a eu en fait deux vagues géantes, la première de trente mètres, la seconde de trente-quatre mètres. Ce sont des photos prises par satellite.

Adler pensait impressionner ses interlocuteurs, mais les deux hommes extrêmement intéressés ne manifestèrent pas l'incrédulité qu'il escomptait. Adler comprit qu'il avait eu raison de s'adresser à Rudi Gunn quand Austin, se tournant vers son ami, déclara, imperturbable :

— On aurait dû emmener nos planches de surf.

5

LE VIEIL HOMME DESCENDIT du télésiège et remonta à grandes enjambées la piste du Diamant noir. Une fois arrivé au sommet, il s'arrêta et contempla le panorama : ses yeux d'un bleu intense découvraient, à plus de trois mille mètres d'altitude, la vallée de Flathead et le lac de Whitefish, à l'est, les sommets enneigés étincelants du Parc national du Glacier et, au nord, les arêtes des Rocheuses canadiennes.

Aucune brume autour du pic dénudé et pas le moindre nuage pour profaner le bleu lumineux du ciel. Abandonnant son visage à la douce chaleur du soleil, il songeait à tout ce qu'il devait à ces montagnes. Pour lui, il n'y avait pas de doute : sans elles, il serait devenu fou.

La Seconde Guerre mondiale terminée, l'Europe avait commencé à reprendre vie, mais les souvenirs, effrayants, avaient continué de hanter son esprit. Certes, il avait mis ses redoutables talents au service de la Résistance, pourtant il n'en restait pas moins une véritable machine à tuer, sans pour autant – et cela n'arrangeait rien – perdre sa sensibilité. A la longue, ce dangereux mélange se serait sans doute révélé explosif.

Quittant ce continent ravagé par la guerre, il avait d'abord gagné New York, puis avait poursuivi vers l'ouest, s'éloignant toujours de ce charnier qu'était devenue l'Europe. Il avait construit une maison toute simple en rondins qu'il avait débités lui-même à la main. Ce labeur épuisant et l'air pur avaient peu à peu nettoyé les sombres recoins de sa mémoire : les cauchemars avaient progressivement disparu et il arrivait maintenant à dormir sans fusil sous son oreiller ni poignard à la ceinture.

Avec les années, la machine à tuer était devenue un montagnard vieillissant. Les cheveux blonds coupés en brosse de sa jeunesse avaient viré au gris étain et couvraient maintenant ses oreilles. Une grosse moustache faisait pendant à des sourcils en broussaille et sa peau était aujourd'hui tannée comme du cuir.

Clignant les yeux à cause de la neige qui brillait au soleil, il sourit soudain. Il n'avait pas l'esprit religieux et ne se sentait guère attiré par un Dieu capable de créer quelque chose d'aussi absurde que l'homme. S'il devait adopter une religion il se tournerait vers le druidisme car il trouvait aussi sensé d'adorer un chêne qu'une divinité. En même temps, il considérait chacune de ses ascensions comme une expérience spirituelle.

Ce serait la dernière de la saison. La neige avait tenu presque jusqu'à la fin du printemps, comme souvent en altitude, mais le sol brun commençait à apparaître çà et là et il flottait dans l'air une odeur de terre humide.

Il ajusta ses lunettes de ski et poussa sur ses bâtons, dévalant tout schuss la pente du North Bowl pour prendre de la vitesse avant le premier virage. Il commençait toujours sa journée par la même piste, filant entre de silencieux fantômes de neige – les étranges silhouettes que le givre sculptait sur les arbres – dans le style coulé et sans heurt qu'il avait acquis, enfant, à Kitzbühel, en Autriche.

Au bas de la cuvette, il prit le couloir de Schmidt qui débouchait dans une clairière. Hormis les passionnés, la plupart des skieurs avaient déjà raccroché leurs skis pour s'occuper de leurs bateaux et de leur matériel de pêche, et il se sentait le maître de la montagne.

Mais, au moment où Schroeder quittait le couvert des arbres, deux skieurs émergeant d'un bouquet de sapins rejoignirent la piste et skièrent chacun sur un côté à quelques dizaines de mètres derrière lui ; il conserva son allure régulière et se contenta de serrer ses virages pour ne pas gêner les nouveaux venus ; mais ils ne cherchèrent pas à le dépasser, et réglèrent même leur allure sur la sienne ; puis, finalement, tous trois se mirent à skier de front. Quand le déclic se produisit dans l'esprit de Schroeder, il était trop tard : ils se rapprochaient de lui comme les branches d'une pince.

Le vieil homme s'arrêta au bord de la piste, et les autres s'immobilisèrent dans un giclement de neige, l'un au-dessus de lui, l'autre en dessous. Sous leur combinaison en tissu argenté, on devinait un corps musclé. Des lunettes de ski aux verres miroirs masquaient leur visage dont on ne voyait que la mâchoire.

Les hommes le dévisagèrent sans un mot, jouant l'intimidation.

Il découvrit ses dents dans un sourire de carnassier.

— Bonjour, lança-t-il gaiement avec cet accent de l'Ouest qu'il avait fini par acquérir avec les années. On voit rarement d'aussi belles journées.

— Tu es Karl Schroeder, si je ne me trompe, répondit avec l'accent traînant des gens du Sud le skieur posté en amont.

Ce nom, abandonné des décennies plus tôt, sonna étrangement à ses oreilles, mais il continua à sourire.

— Je crains que vous ne fassiez erreur, l'ami. Je m'appelle Svensen, *Arne* Svensen.

Prenant son temps, le skieur planta ses bâtons dans la neige, ôta un gant et, plongeant la main dans la poche de sa combinaison, en tira un pistolet Walther PPK.

— Soyons sérieux, *Arne*. Nous avons identifié tes empreintes digitales.

Impossible.

— J'ai bien peur que vous ne me confondiez avec un autre.

— Tu ne te souviens pas ? fit l'homme en riant. On était derrière toi au bar.

Fouillant dans sa mémoire, le vieil homme se rappela un incident survenu à la Grande Descente, le bar au pied de la montagne : il sifflait des bières, l'une après l'autre, comme seul un Autrichien en est capable ; il était allé aux toilettes et avait constaté en regagnant sa place que sa chope à demi pleine avait disparu. Il avait alors pensé que, à cause de la cohue, un autre client s'était trompé de verre.

— La chope de bière, dit-il. C'était vous ?

L'homme acquiesça.

— Une heure, nous t'avons guetté, mais ça en valait la peine : tu nous avais laissé un jeu complet d'empreintes. Depuis, on te file le train.

Un chuintement de skis se précisa.

— Pas de bêtise, lui recommanda l'homme en regardant dans la direction du bruit.

Il dissimula son pistolet avec sa main gantée.

Quelques instants plus tard, un skieur solitaire passa en trombe non loin d'eux et disparut sans ralentir.

Schroeder savait depuis toujours qu'être passé de l'état de combattant impitoyable à celui de simple être humain ne suffirait pas à le rendre invulnérable ; mais il avait malgré tout fini par croire que sa nouvelle identité le protégeait de sa vie d'autrefois. L'arme braquée sur lui démentait cette croyance.

— Que voulez-vous ? demanda Schroeder de la voix lasse du fugitif qu'on vient de débusquer.

— Que tu la boucles et que tu fasses ce que je dis. Tu as été soldat, paraît-il, alors tu as appris à suivre les ordres.

— Drôle de soldat, lâcha, méprisant, son compagnon. Moi, je ne vois qu'un vieux mec qui fait dans son froc.

Ils éclatèrent de rire tous les deux.

Ils savaient qu'il avait été militaire, mais ignoraient sans doute qu'il était passé par l'une des écoles les plus tristement célèbres. Il y avait soigneusement entretenu sa pratique des arts martiaux ainsi que ses talents de tireur ; de plus, même s'il frisait les quatre-vingts ans, de constants exercices physiques et une vie au grand air lui avaient conservé un corps que bien des hommes deux fois plus jeunes lui auraient envié.

Il resta calme et sûr de lui. Les autres se trouvaient sur son terrain, un terrain dont, lui, connaissait chaque arbre, chaque rocher.

— J'ai été soldat, mais il y a bien longtemps. Aujourd'hui, je ne suis plus qu'un vieil homme.

Il baissa la tête en courbant les épaules, l'air soumis et la voix tremblotante.

— On en sait beaucoup plus que tu ne le crois, reprit l'homme au pistolet. Nous savons ce que tu manges, où tu dors. Nous savons où vous vivez, ton clebs et toi.

Ils sont entrés dans ma maison.

— Où *vivait* ton clebs, corrigea l'autre.

Il le regarda.

— Vous avez tué mon chien. Pourquoi ?

— Ce petit boudin n'arrêtait pas d'aboyer. On lui a donné un comprimé pour le faire taire.

Le joyeux petit teckel qu'il avait baptisé Schatsky aboyait sans doute parce qu'il était content de voir un visiteur.

Un froid soudain l'envahit et il crut entendre son mentor, le professeur Heinz. Un poste d'enseignant peu fatigant au monastère de Wevelsburg avait récompensé le psychopathe au visage de chérubin et aux yeux bleus pleins de bonté pour les années passées au service de la machine de mort nazie.

Entre des mains habiles, l'objet le plus ordinaire peut devenir une arme mortelle, expliquait le professeur de sa voix douce. La tranche d'un journal roulé sur lui-même peut s'utiliser pour casser le nez d'un homme et enfoncer des éclats d'os dans son cerveau. Ce stylo peut crever un œil et causer la mort. Ce bracelet-montre fixé autour des jointures peut briser les os du visage. Cette ceinture peut faire un excellent garrot si vous n'avez pas le temps d'ôter vos lacets de chaussures...

Schroeder serra plus fort les poignées de ses bâtons.

— Je ferai ce que vous dites, déclara-t-il. Il y a peut-être un moyen de s'arranger.

— Bien sûr, répondit l'homme en esquissant un sourire. Pour commencer, je veux que tu skies tranquillement jusqu'en bas. Suis mon ami qui aime les chiens et qui a aussi une arme. Je serai juste derrière toi. Une fois arrivé, ôte tes skis et range-les dans le râtelier ; ensuite dirige-toi vers le parc de stationnement est.

— Je peux vous demander où vous m'emmenez ?

— On ne t'emmène nulle part, on *te livre à quelqu'un.*

— Considère cela comme un service de colis express, ajouta l'autre homme.

— On n'a rien contre toi, précisa son compagnon. On fait juste notre boulot. Allons, doucement et sans histoire, fit-il en montrant la voie avec son pistolet avant de le remettre à sa ceinture afin de skier les mains libres.

L'un derrière, l'autre devant, Schroeder au milieu, ils descendirent la pente à petite vitesse alors que Schroeder jetait de temps à autre un regard vers ses gardes du corps et cherchait à les évaluer : celui qui ouvrait la marche attaquait la pente et compensait son manque de technique par une musculature puissante, le second semblait peiner davantage. Mais ils étaient jeunes et vigoureux et ils étaient armés.

Un snowboarder passa non loin d'eux et disparut au détour de la piste, suivi instinctivement du regard par les deux acolytes ; en tout cas Schroeder paria sur leur réflexe et agit aussitôt. Il décrivit un large virage et, au lieu d'amorcer une traversée, il pivota de 180 degrés de façon à se retrouver face à la montée.

Celui qui le suivait n'aperçut la manœuvre que trop tard ; Schroeder avait déjà bloqué son ski aval dans la neige et saisi à deux mains son bâton droit, l'autre pendant au bout de sa courroie, pour le planter juste sous la pomme d'Adam de l'homme qui avait encore de l'élan : la gorge trouée, déchirée, il émit un affreux gargouillement ; ses jambes se dérobèrent sous lui et il s'écroula dans la neige, agonisant.

Schroeder contourna le corps secoué de convulsions, tel un matador esquivant un taureau blessé.

Celui qui allait devant regarda par-dessus son épaule. Schroeder dégagea sa lance improvisée, planta ses bâtons dans la neige, fonça et frappa au passage la joue du survivant de son coude droit et lui faisant perdre l'équilibre. Puis, genoux fléchis et tête baissée, il dévala la piste jusqu'à l'endroit où, en bas, elle virait à droite.

Le second skieur cachait certainement une mitraillette sous son blouson car le crépitement d'une arme automatique rompit soudain le silence de la montagne, mais les balles ne firent que hacher la cime des arbres.

Une seconde plus tard, Schroeder était hors de portée.

Il s'engagea sur une étroite piste noire où seuls se risquaient les skieurs expérimentés ; elle décrivait en effet une sorte de tire-bouchon à flanc de montagne. Les pisteurs l'avaient d'ailleurs barrée d'un ruban jaune, et un panneau indiquait qu'elle était fermée.

Schroeder passa sous le ruban. La déclivité était quasi verticale et les reflets bruns de la neige laissaient présager que la couche était mince. Des plaques de sol nu émergeaient par endroits et des rochers, généralement dissimulés par la neige, apparaissaient çà et là.

Une fusillade retentit derrière lui et de petits geysers de boue jaillirent à quelques mètres de lui : le tireur s'était posté au bord d'une corniche.

Schroeder slalomait entre le sol nu et les rochers. Ses skis passaient parfois sur de la neige fondue, risquant de l'arrêter dans sa course; la couche était tout juste suffisante pour lui permettre de glisser.

Il traversa un champ de petites bosses puis déboucha sur un espace où le manteau neigeux se révéla acceptable. Son poursuivant avait emprunté une piste parallèle à la sienne et tirait à travers la clairière qui les séparait. La plupart des balles touchaient des arbres. Le tireur constata qu'il manquait sans cesse sa cible et s'enfonça alors dans le bois qui les séparait.

Comme l'aurait fait un kangourou dopé aux stéroïdes, il enchaînait les bonds et les sauts. Schroeder comprit que l'homme jaillirait des arbres, plus bas, et que, de là, il pourrait balayer la piste sous un feu meurtrier.

Le poursuivant trébucha mais se releva aussitôt, délai néanmoins suffisant pour permettre à Schroeder de l'avoir dépassé avant de se trouver à découvert; il demeurait malgré tout une cible facile. Alors, au moment où le tireur déboucha du taillis, Schroeder fonça vers lui.

L'homme le vit et fouilla sous sa combinaison pour saisir son pistolet.

Rageusement, Schroeder le frappa au visage avec son bâton. Le coup fracassa les lunettes du skieur et le déséquilibra; il vacilla sur un ski, puis sur l'autre et, finalement, laissa tomber son arme. Titubant comme un homme ivre, ses bras battant l'air, il bascula par-dessus le rebord de la piste et fit une chute de plusieurs mètres dans les taillis.

La tête la première dans la neige et les skis empêtrés dans les basses branches d'un gros sapin, il se débattit pour atteindre ses fixations sans y parvenir; il fut obligé de rester, impuissant et hors d'haleine, dans cette position inconfortable.

Schroeder descendit la pente avec prudence et ramassa au passage l'Uzi que l'homme avait laissé tomber dans la neige.

— Pour qui travailles-tu ? demanda Schroeder.

L'homme parvint à repousser sur son front ses lunettes fracassées et, non sans difficulté, répondit :

— Agence de sécurité Summum.

— Summum ? fit Schroeder avec un petit sourire.

— C'est une grosse boîte de Virginie.

— Tu savais qui j'étais, tu devais donc savoir aussi pourquoi ils me voulaient. » L'homme secoua la tête. « Que comptiez-vous faire de moi ?

— Te livrer à des gens, au pied de la montagne ; une voiture devait nous y attendre.

— Ça fait des jours que vous me surveillez. Tu en sais plus que tu ne le prétends. Raconte-moi ce qu'ils ont dit, poursuivit-il plus calmement. Je t'en donne ma parole, je ne te tuerai pas. Tu vois ? fit-il en jetant l'Uzi dans le fourré.

L'homme paraissait méfiant, mais décida de tenter sa chance.

— Il était question d'une photo de femme qu'on a trouvée chez toi. Ils pensent que tu sais où elle se trouve.

— Pourquoi la veulent-ils ?

— Je ne sais pas.

Schroeder hocha la tête.

— Encore une chose. Qui a tué Schatsky ?

— Qui ça ? demanda l'homme en regardant Schroeder comme s'il était fou.

— Mon petit teckel, le clebs trop bruyant.

— C'est mon partenaire qui l'a tué.

— Mais tu ne l'en as pas empêché.

— J'aime vraiment les chiens.

— Je te crois, fit Schroeder qui recula et commença à descendre la pente en escalier.

— Tu ne peux pas me laisser ici, cria l'homme affolé.

Schroeder s'arrêta.

— J'ai promis de ne pas te *tuer*, pas de te tirer de là. Ne t'inquiète pas, je suis sûr qu'on te retrouvera à la fonte des neiges.

La température descendrait au-dessous de zéro cette nuit et, de plus, les organes du corps humain ne pouvant pas fonctionner la tête en bas, son agresseur mourrait sans doute de suffocation.

Schroeder reprit la descente et s'arrêta à un endroit d'où le parking était visible. Il repéra aussitôt le 4 × 4 noir aux vitres teintées ainsi que les trois hommes plantés devant qui observaient la montagne. Il se demanda qui ils étaient, puis décréta que, pour le moment du moins, la réponse ne présentait aucune importance.

Il rangea ses skis dans le râtelier et ses chaussures de ski dans le placard du vestiaire ; il prit sa banane et enfila ses chaussures de marche pour se diriger vers le parking où l'attendait sa camionnette.

Ne relevant rien de suspect, il s'installa au volant et, tout en démarrant, se pencha pour prendre le pistolet dissimulé sous son siège et le poser sur ses genoux.

Il réfléchit alors à ce qu'il allait faire : retourner chez lui représentait un risque. Il choisit donc de sortir de la ville et prit la direction du Parc national du Glacier. Vingt minutes plus tard, il s'arrêtait devant un petit bâtiment délabré qui, d'après l'enseigne accrochée à l'extérieur, abritait LA COMPAGNIE TOURISTIQUE ET LE CAMPING DU PARC DU GLACIER, l'une des nombreuses entreprises ou propriétés dans lesquelles Schroeder avait investi en utilisant des sociétés écrans. Derrière le bâtiment se trouvaient plusieurs emplacements de camping qu'il louait à la belle saison.

Il se gara dans la cour et entra dans le chalet qu'il se réservait ; il ôta la tête d'élan mangée aux mites qui trônait au-dessus de la cheminée et qui, en réalité, protégeait un coffre-fort scellé dans le mur et un coffret métallique bourré de billets ; il les fourra dans les poches de sa parka et y ajouta un assortiment de permis de conduire, de passeports et de cartes de crédit aussi faux les uns que les autres.

Schroeder passa alors dans la salle de bains pour raser sa moustache et teindre en brun ses cheveux afin de correspondre à la photo du passeport qu'il avait choisi ; puis il tira d'un placard une valise toute préparée. Ainsi avait-il, en moins de trente minutes, changé d'identité. Il devait faire vite, en effet, car ceux qui étaient parvenus à le retrouver dans la toile de fausses identités qu'il avait tissée autour de lui devaient disposer de moyens considérables et ne tarderaient pas à repérer le camping du parc.

Il décida d'éviter le petit aéroport de Kalispell – quelqu'un le surveillait peut-être – et d'aller jusqu'à Missoula où il louerait une voiture. Il s'arrêta à mi-chemin devant une cabine téléphonique d'où il passa un appel longue distance. Il retenait son souffle et se disait pendant que le téléphone sonnait qu'elle ne se souviendrait peut-être même pas de lui. Cela faisait si longtemps. Ce fut un homme qui répondit. Ils échangèrent quelques mots puis Schroeder raccrocha, manifestement déçu.

La vitesse n'était pas limitée dans le Montana. Schroeder poussa sa camionnette à fond, tout en se demandant comment le génie s'était une fois de plus échappé de la lampe. La première fois qu'il en avait été prisonnier, il était bien plus jeune et, aujourd'hui, il s'interrogeait : à mon âge serais-je encore à la hauteur ?

Il pensa à la fille dont le portrait, qui se trouvait dans sa chambre, avait été pris par un photographe professionnel ; ils pourraient donc en retrouver la trace. Ses dossiers informatiques ne contenaient rien, mais savait-on jamais. Et les appels téléphoniques ? Sur ses vieux jours, il était devenu négligent. Ils ne mettraient pas longtemps à remonter jusqu'à elle. Elle avait dû changer depuis leur dernière rencontre qui datait du jour de l'enterrement de son grand-père. Et il laissa ses pensées vagabonder, évoquant les événements qui le liaient à la jeune femme.

C'était en 1948. Il habitait son chalet de rondins du Montana. Il avait beau avoir accès à divers comptes – bien pourvus – en Suisse, il vivait chichement de petits métiers dont, notamment, celui de guide pour les touristes dans le Parc national du Glacier. Alors qu'il faisait le ménage dans son chalet, Schroeder avait trouvé un magazine oublié par un client, un homme d'affaires de Detroit ; en le feuilletant il avait découvert ce qu'il était advenu de Lazlo Kovacs depuis la nuit où le *Wilhelm Gustloff* avait fait naufrage.

L'article du magazine évoquait une société créée par un certain Dr Janos, un réfugié hongrois de la Seconde Guerre mondiale, particulièrement entreprenant. Son usine produisait de nombreux produits innovants, tous fondés sur des propriétés électromagnétiques et qui avaient fait sa fortune. Schroeder sourit : nul besoin de photographie pour reconnaître dans cette histoire la marque du génie de Kovacs.

C'était la saison de la boue, entre le ski et la randonnée, alors, un beau jour, il avait bouclé son sac et pris le train pour Detroit. Il avait fini par découvrir, après avoir interrogé un certain nombre d'habitants du quartier, le laboratoire de Janos installé dans un bâtiment anonyme.

Il s'était garé dans les parages et, de sa voiture, avait observé la porte d'entrée. La patience lors d'une traque, avait-il appris, finissait toujours par être récompensée. Et, un jour, une grosse Cadillac était passée, sans s'arrêter, devant l'immeuble qu'elle avait contourné en prenant une ruelle, puis, après une brève halte derrière, elle était repartie aussitôt sans laisser à Schroeder la possibilité de voir qui y montait. Il avait suivi la Cadillac jusqu'au quartier très sélect de Grosse Pointe habité par de nombreux magnats de l'automobile. Il l'avait perdue quand elle avait franchi la grille d'une propriété entourée de murs.

Le lendemain après-midi, il était retourné au labo et s'était garé à un endroit d'où la ruelle était bien visible. Quand la Cadillac était arrivée, il était descendu de voiture et s'était engagé dans l'allée. Le chauffeur, qui ouvrait la portière pour accueillir son passager, lui avait jeté le bref coup d'œil qu'on pose sur un clochard sans intérêt.

Un homme était alors sorti de l'immeuble et s'était dirigé vers la Cadillac. Comme il s'engageait dans la voiture, il avait machinalement regardé Schroeder, puis il s'était subitement retourné, un large sourire éclairant son visage : devant son chauffeur stupéfait, le riche employeur s'était approché du clochard pour le serrer dans ses bras.

— Après toutes ces années ! Au nom du Ciel, qu'est-ce que tu fais ici ? s'exclama Kovacs.

— Je pensais te proposer une balade dans la neige, répondit Schroeder en souriant.

— Certainement pas avec toi au volant, riposta Kovacs en feignant l'horreur.

— Tu m'as l'air en forme, mon vieux.

— Mais oui. Toi aussi. Changé, quand même. Sur le coup, je n'étais pas sûr. Mais c'est bien le même vieux Karl.

— Je n'aurais pas dû venir ici, se reprocha Schroeder.

— Je t'en prie, mon ami, c'est le destin qui a voulu que nous nous retrouvions. Je te dois tant de remerciements.

— C'est un remerciement suffisant de savoir que tu vas bien et que tu es prospère. Maintenant, il faut que j'y aille.

— Non, d'abord, il faut qu'on parle, insista Kovacs. (Il demanda à son chauffeur d'attendre et précéda Schroeder dans le laboratoire.) Ici, précisa-t-il, il n'y a personne.

Après avoir traversé des salles pleines d'appareils électriques qui n'auraient pas déparé le labo de Frankenstein, ils s'installèrent dans un somptueux bureau.

— Tu as bien réussi, déclara Schroeder. Je suis heureux de le constater.

— J'ai eu beaucoup de chance. Et toi ?

— Je suis heureux, même si je ne vis pas dans un cadre aussi luxueux que toi.

— Tu es venu chez moi ? Bien sûr, j'aurais dû m'en douter. Tu ne laisses jamais rien au hasard, comme on dit dans mon pays d'adoption.

— Tu as de la famille ?

Un nuage assombrit le visage de Kovacs, puis, presque aussitôt, il sourit.

— Oui, je me suis remarié. Et toi ?

— Il y a eu beaucoup de femmes, mais je suis toujours un solitaire.

— C'est dommage. J'aimerais te présenter à ma femme.

Schroeder secoua la tête : n'allons pas plus loin. Kovacs comprit : tous deux avaient tant d'ennemis à travers le monde. Ils bavardèrent une heure encore, puis Schroeder finit par poser la question qu'il avait toujours en tête.

— Je suppose que tu as enterré les fréquences ?

— Elles sont ici maintenant et pour toujours, répondit Kovacs en se tapotant le front.

— Tu as su qu'on avait tenté d'exploiter tes travaux. Les Russes ont découvert l'équipement du labo et essayé de s'en servir pour leur compte.

Kovacs sourit.

— Je ressemble à la vieille tante qui recopie une recette pour la famille mais en omettant un ingrédient essentiel. Leurs expériences ne les mèneraient pas bien loin.

— Ils ont essayé. Quand le gouvernement s'est aperçu de ce qui se passait, notre pays d'adoption a poursuivi des recherches similaires. Et puis les expériences ont cessé.

— Inutile de t'inquiéter. Je n'ai pas oublié ce que mes travaux ont causé à ma famille d'autrefois.

Satisfait de cette réponse, Schroeder annonça qu'il devait partir. Ils échangèrent poignée de main et embrassades. Schroeder donna à Kovacs une adresse où le contacter en cas de besoin. Ils se jurèrent de se reparler, mais les années étaient passées sans qu'ils reprennent contact. Et puis, un jour, Schroeder trouva dans sa vieille boîte aux lettres un message du Hongrois : un appel à l'aide.

— Il est arrivé quelque chose d'épouvantable, répondit le savant lorsque Schroeder appela.

Schroeder se rendit cette fois directement à la propriété de Grosse Pointe. Kovacs lui ouvrit la porte, il semblait bouleversé. Il avait peu vieilli, seuls ses cheveux grisonnants trahissaient son âge, mais il avait les yeux cernés et la voix rauque de quelqu'un qui a beaucoup pleuré. Ils s'assirent dans son bureau et Kovacs parla : il avait perdu sa femme depuis un certain temps déjà ; et son fils s'était tué, quelques semaines plus tôt, dans un accident de voiture, avec son épouse, une merveilleuse jeune femme.

Schroeder lui présenta ses condoléances et Kovacs le remercia en ajoutant qu'il avait besoin d'un service. Il pressa alors le bouton d'un interphone et, quelques minutes plus tard, entrait une nurse tenant dans ses bras une ravissante fillette blonde.

— Ma petite-fille, Karla, annonça-t-il fièrement en prenant l'enfant. On lui a donné ce prénom en l'honneur d'un vieil ami qui, je l'espère, sera bientôt son parrain.

Il tendit le bébé à Schroeder qui le prit maladroitement dans ses bras. Touché par cette proposition, il accepta aussitôt cette responsabilité. La fillette avait grandi et il fit plusieurs voyages jusqu'à Grosse Pointe, où on l'appelait Oncle Karl, et fut rapidement séduit par la grâce et l'intelligence de sa filleule. Elle passa même quelques jours avec son grand-père dans le Montana. Assis dans la véranda de son chalet, ils regardaient la petite fille chasser les papillons lorsque Kovacs annonça qu'il était atteint d'une maladie incurable.

— Je vais bientôt mourir. Ma petite-fille ne manquera de rien, mais je veux que tu me promettes de veiller sur elle comme tu as jadis veillé sur moi et que tu la protèges.

— Je le ferai avec plaisir, répondit Schroeder, n'imaginant pas qu'il devrait si vite tenir sa promesse.

Il n'avait pas revu Karla depuis l'enterrement de son grand-père. La jeune femme, ravissante et brillante, était entrée à l'Université où études et amis l'accaparaient. Il l'appelait de temps en temps pour s'assurer que tout allait bien et suivait avec fierté sa carrière, mais cela faisait des années qu'ils ne s'étaient pas vus ; aussi se demandait-il si elle le reconnaîtrait.

Plus déterminé que jamais, il serra les dents.

Quelle que fût la tournure que prendraient les événements, il savait qu'il devait la joindre avant *eux*.

6

L'INTRUS FENDAIT L'EAU SOMBRE dans un jaillissement de bulles qui dispersait les bancs de poissons comme des feuilles balayées par le vent. Tandis que l'engin, une torpille longue d'un mètre cinquante, filait sous la houle, le transducteur qui vibrait sous son enveloppe métallique faisait monter du fond de brèves salves d'énergie. Un capteur électronique enregistrait ces échos, et les données recueillies par la sonde du sonar étaient transmises à la vitesse de la lumière par un câble en fibre optique de plusieurs dizaines de mètres de long. Le gros câble venait s'enrouler sur le pont du navire dont la coque turquoise traçait un sillage d'écume sur l'océan, à quelque deux cents milles à l'est de la côte Atlantique des États-Unis.

Le câble aboutissait au centre de contrôle situé sur le pont principal. Assis devant un écran allumé, Austin analysait les images du sonar latéral, un instrument d'exploration sous-marine révolutionnaire, inventé par feu le Dr Harold Edgerton, qui permettait d'examiner de vastes surfaces du fond de l'océan.

Une ligne verticale sombre allant du haut en bas de l'écran montrait la route suivie par le navire. De chaque côté de cette ligne, de larges bandes colorées représentaient les zones bâbord et tribord balayées par le sonar latéral. Sur le côté droit de l'écran s'affichaient les coordonnées géographiques.

Le visage baigné dans sa lumière ambrée, Austin fixait l'écran, à l'affût du moindre changement de nuance. Il effectuait ce travail fatigant depuis deux heures. Il détournait le regard et se frottait les yeux quand Zavala et Adler franchirent la porte, le premier apportant une Thermos de café et trois tasses qu'il avait prises au mess.

— Pause-café, annonça-t-il en emplissant les tasses et en les faisant passer.

Le café bien chaud brûla les lèvres d'Austin, mais lui donna le coup de fouet dont il avait besoin.

— Merci pour le remontant, dit-il. Je commençais à ne plus y voir.

— Je prends le prochain quart, proposa Zavala.

— Merci. Je vais mettre le sonar en pilotage automatique pour l'instant afin de vous montrer à tous les deux ce que nous avons fait.

Austin régla l'écran du sonar pour qu'une sonnerie se déclenche s'il décelait un objet de plus de quinze mètres et les trois hommes se réunirent autour de la table où étaient étalées les cartes.

— Nous effectuons une recherche à moyenne portée pour couvrir la plus grande surface possible sans déformation des résultats, expliqua Austin. La profondeur de l'océan dans ce secteur est d'environ cent cinquante mètres. Nous avons délimité des carrés de trente kilomètres de côté suivant la route présumée du navire disparu, dit-il en passant le doigt le long d'un rectangle tracé au crayon gras sur une feuille de plastique transparente. Nous suivons des lignes parallèles imaginaires dans chaque carré comme quelqu'un qui tond une pelouse. Nous avons balayé environ la moitié de ce carré. Si nous ne repérons pas le navire sur cette surface nous continuerons à sonder une succession d'autres carrés.

— On n'a rien trouvé d'intéressant ? demanda Zavala.

— Pas de sirène si c'est ce que tu veux dire, fit Austin avec une grimace. Beaucoup de vase avec, çà et là, des sédiments durs, des rochers, des pentes et des dépressions, des bancs de poissons et des déchets marins. Mais aucune trace de notre bateau – ni d'un autre d'ailleurs.

Adler secoua la tête, visiblement déçu.

— On a du mal à imaginer quand on voit tous ces gadgets électroniques que ce soit si difficile de retrouver un paquebot plus grand que deux terrains de football réunis.

— L'océan est vaste. Mais si un navire peut retrouver la *Belle*, c'est bien le *Throckmorton,* déclara Austin avec assurance.

— Kurt a raison. Les instruments dont nous disposons sont capables de nous transmettre la couleur des yeux d'un ver de quelques centimètres évoluant à quinze cents mètres de profondeur, précisa Zavala.

— La biologie des fonds marins, fit Adler en riant, n'est pas ma spécialité, et j'ignorais que ces remarquables créatures ont des yeux.

— Joe exagère, mais à peine, reprit Austin avec un sourire. L'équipement du *Throckmorton* plaide vraiment en faveur de ceux qui affirment que l'homme peut explorer les profondeurs de l'océan sans se mouiller les pieds. Nous pourrions être entassés dans un bathyscaphe, mais non, nous buvons du café pendant que le sonar latéral travaille pour nous.

— Et vous, Kurt, qu'en pensez-vous ?

Austin réfléchit.

— Joe est sans aucun doute capable de construire un robot sous-marin programmé pour tout faire, sauf vous apporter le journal et vos pantoufles.

Brillant ingénieur mécanicien, Zavala avait conçu et fait construire pour la NUMA de nombreux véhicules sous-marins, avec ou sans équipage.

— C'est drôle que tu dises ça, répondit Joe, parce que je travaille en ce moment sur un projet qui, en plus de faire tout cela, saura te préparer une rudement bonne margarita.

— Eh bien, voilà, fit Austin en désignant les écrans alignés le long des cloisons du centre de contrôle. Mais ce qui manque dans le cadre confortable de cette salle, c'est la soif de l'unique qualité qui empêchera la race humaine de s'atrophier : l'aventure.

Adler sourit, absolument ravi : il avait pris la bonne décision en faisant appel à la NUMA. Austin et Zavala étaient manifestement des scientifiques à l'esprit vif, et qui connaissaient les domaines les plus secrets de la recherche océanographique. Avec leur allure athlétique, leur sens de l'humour et de la camaraderie, les deux hommes de la NUMA le changeaient des universitaires dont il avait l'habitude.

— A l'aventure, lança-t-il en levant sa tasse pour porter un toast.

Les autres l'imitèrent.

— Il est peut-être temps, déclara alors Austin, d'intégrer un spécialiste des vagues dans l'équipe des Opérations spéciales.

Une sonnerie insistante interrompit net le rire d'Austin qui reposa sa tasse pour se rapprocher de l'écran du sonar. Il contempla l'image quelques secondes et un large sourire s'épanouit sur ses lèvres.

— Vous disiez tout à l'heure, annonça-t-il en se tournant vers le professeur, que vous aimeriez évaluer les avaries de la *Belle du Sud* avant de nous parler des théories auxquelles vous réfléchissez.

— Oui, confirma Adler, c'est exact. J'espère pouvoir découvrir pourquoi la *Belle* a coulé.

Austin fit alors pivoter l'écran pour permettre au professeur de voir l'image fantomatique d'un navire gisant sous leurs pieds par cent cinquante mètres de fond.

— En voici l'occasion.

La mer avait rapidement pris possession de la *Belle du Sud*. En effet, l'épave prise dans le faisceau des puissants projecteurs de l'engin télécommandé ne ressemblait plus en rien au magnifique paquebot, véritable île flottante qui, jadis, sillonnait les mers. Sa coque bleue, recouverte d'une végétation d'un gris verdâtre, lui donnait l'air d'un chien hirsute. Des organismes microscopiques s'étaient installés au milieu des algues et attiraient dans les recoins de ce désormais gigantesque incubateur de vie marine des bancs entiers de poissons en quête de nourriture.

Aussitôt la capture de l'image de l'épave connue de la passerelle, le robot sous-marin avait été mis à l'eau par le portique arrière. L'engin, qui ressemblait à un réfrigérateur, mesurait deux mètres de long sur près d'un mètre de large et de hauteur. Son aspect lourdaud ne l'empêchait pas d'être un laboratoire océanographique ambulant capable de multiples fonctions scientifiques.

Le ROV transportait deux caméras vidéo, des paires de pinces à ventouse, des préleveurs d'échantillons, un sonar et des canaux informatiques fonctionnant dans les deux sens ; il était relié au navire par un câble en fibre optique qui assurait la communication et la transmission de vidéos en direct et autres données. Propulsé par un moteur électrique de quarante chevaux, il avait rapidement descendu les quelque cent cinquante mètres qui le séparaient du site où l'épave gisait à l'horizontale.

Assis devant la console de contrôle, Joe Zavala guidait le robot sous-marin avec une manette. Pilote expérimenté, il avait à son actif des centaines d'heures de vol aux commandes d'hélicoptères, petits jets ou avions à turbopropulseur, mais diriger un objet en mouvement à des dizaines de mètres de distance exigeait la main habile d'un adolescent fana de jeux vidéo.

Le regard fixé sur l'image projetée devant lui, Zavala guidait le ROV aussi bien que s'il avait été assis à l'intérieur. Une main ferme mais légère posée sur la manette, il contrôlait délicatement l'engin pour compenser les mouvements du courant tout en veillant à ce que le ROV ne s'emmêlât pas dans son cordon ombilical. Dans le centre de contrôle, l'atmosphère était tendue : dès que s'était répandue à bord la nouvelle de la découverte de l'épave, équipage et scientifiques s'étaient entassés dans la salle et, aussi silencieux que s'ils avaient participé à une veillée funèbre, contemplaient les images fantomatiques du navire naufragé.

La première excitation passée, la réalité avait repris le dessus. Ceux qui ont l'habitude de la mer savent que la solidité du pont sous leurs pieds repose sur les fondations liquides et ondulantes d'un océan aussi traître qu'il peut être superbe. Chacun à bord du *Throckmorton* savait que la *Belle* était devenue une tombe pour son équipage et avait conscience qu'il pourrait subir le même sort. Aucune trace bien sûr des membres du malheureux équipage qui avaient coulé avec la *Belle du Sud*, mais impossible de ne pas songer à leurs terrifiants derniers moments.

Tout entier concentré sur sa tâche, Zavala amena le robot au niveau du pont qu'il lui fit parcourir de la proue à la poupe. Normalement, il devait éviter à l'engin de s'emmêler dans les mâts ou les antennes radio, mais, cette fois, le pont était lisse comme un billard. La caméra n'enregistra que des bouts de métal arrachés là où grues et mâts de charge qui servaient à manœuvrer les conteneurs avaient été brisés comme de vulgaires cure-dents.

Au-dessus de l'arrière du navire les phares du ROV révélèrent une large brèche rectangulaire dans le pont.

Zavala murmura quelques mots d'espagnol, puis déclara :

— Le rouf a disparu.

— Cherche juste autour du navire, suggéra Austin, penché sur l'épaule de Zavala.

Zavala actionna la manette et le véhicule s'éleva un peu pour décrire une spirale de plus en plus large autour de l'épave : pas la moindre trace du rouf.

Le professeur Adler, qui avait observé la scène sans prononcer un seul mot, prit alors doucement Austin par le bras et l'entraîna au fond de la salle, loin de la petite foule massée autour du moniteur.

— Je crois qu'il est temps que nous parlions, murmura le professeur.

Austin acquiesça ; il revint vers la console de contrôle pour signaler à Joe qu'il serait dans le salon, puis sortit avec le professeur. Le reste de l'équipage étant soit à son poste, soit en train de regarder les images de la *Belle*, ils se retrouvèrent seuls dans le salon, un espace confortable avec fauteuils et canapé en cuir, un poste de télévision, un lecteur de DVD ainsi qu'un assortiment de films, un billard, une table de ping-pong, quelques jeux de société et un ordinateur.

Austin et Adler s'installèrent dans des fauteuils.

— Eh bien, dit Adler, qu'en pensez-vous ?

— De la *Belle* ? Pas besoin d'être Sherlock Holmes pour comprendre pourquoi elle a coulé : le rouf a été soufflé.

— Les images prises par satellite dont nous disposons montrent une mer déchaînée. Il ne fait pour moi aucun doute que la *Belle* a été frappée par une ou plusieurs vagues tueuses plus grosses que tout ce qu'on n'a jamais vu.

— Ce qui nous ramène aux théories dont vous ne vouliez pas parler plus tôt. La découverte de l'épave vous a-t-elle fait changer d'avis ?

— Je crains que mes théories ne sortent de l'ordinaire.

Austin se renversa dans son fauteuil et croisa les mains sous sa nuque.

— J'ai appris que, quand il s'agit de l'océan, rien n'est ordinaire.

— J'ai hésité jusqu'à maintenant parce que je ne voulais pas être traité de charlatan. Il a fallu des années à la communauté scientifique pour accepter l'existence des vagues scélérates, et mes collègues me mettraient en pièces s'ils savaient ce que je pense.

— Il n'en est pas question, le rassura Austin. Je garderai le secret.

Le professeur acquiesça d'un signe de tête.

— Lorsque la preuve empirique de ces vagues n'a plus permis d'en nier l'existence, l'Union européenne a lancé deux satellites capables de prendre des images à haute définition. On appela cela le projet Max Wave. Son objectif : vérifier l'existence de ces vagues et étudier leur influence sur l'architecture des navires et des plates-formes pétrolières. Les satellites de l'Agence spatiale européenne devaient fournir des images couvrant une surface de dix kilomètres sur cinq. Sur une période de trois semaines, les satellites ont identifié plus de dix vagues scélérates dont la hauteur dépassait chaque fois vingt-cinq mètres. » Adler alla s'asseoir devant l'ordinateur et pianota sur le clavier jusqu'à ce qu'apparût sur l'écran une image du globe terrestre. L'océan Atlantique était parsemé de symboles d'ondes. « J'utilise le recensement établi par l'Atlas mondial des champs de vagues. Chaque symbole marque l'emplacement d'une vague géante, sa hauteur, et la date à laquelle elle s'est formée. Comme vous pouvez le voir on a observé, au cours des treize derniers mois, une recrudescence de l'activité de ces vagues. Et aussi de leur taille. » Austin vint s'asseoir auprès du professeur et examina les symboles : quelques-unes des vagues étaient groupées, mais les autres se manifestaient au hasard à travers le monde. « Vous ne remarquez rien d'anormal ?

— Ces quatre sites circulaires se trouvent chacun à la même distance les uns des autres dans l'Atlantique, y compris dans la zone où nous nous trouvons maintenant. Deux dans l'Atlantique Nord. Deux dans le Sud. Et le Pacifique ?

— Je suis heureux que vous me demandiez cela.

Il déplaça le globe pour y faire apparaître l'océan Pacifique.

— Quatre groupes similaires, fit Austin avec un petit sifflement. Bizarre.

— Moi aussi j'ai trouvé cela étrange, confirma Adler avec un sourire. J'ai mesuré les groupes et j'ai constaté qu'ils étaient strictement équidistants dans chaque océan.

— Qu'en concluez-vous, Professeur ?

— Qu'il semble y avoir ici un plan conscient : ces vagues sont l'œuvre soit de l'homme, soit de Dieu.

Austin réfléchit à ce qu'impliquait la déclaration du professeur.

— Il y a une troisième possibilité, reprit-il au bout d'un moment. L'homme jouant le rôle de Dieu.

— C'est évidemment hors de question, rétorqua Adler en haussant ses sourcils broussailleux.

— Pas nécessairement. L'humanité n'a-t-elle pas essayé tout au long de son histoire de contrôler les éléments ?

— Contrôler la mer est un autre problème.

— J'en conviens, malgré les tentatives rudimentaires mais efficaces. Les digues et les brise-lames existent depuis des siècles.

— J'étais consultant sur le projet de la digue pour protéger Venise, je sais donc ce que vous voulez dire. Arrêter l'océan implique un concept relativement simple dont la réalisation technique soulève déjà des problèmes. Créer des vagues géantes serait bien plus compliqué encore.

— Mais pas impossible, observa Austin.

— Non, pas impossible.

— Avez-vous songé aux moyens de le faire ? Quelque chose comme de fortes explosions sous-marines.

— C'est très peu probable, fit Adler en secouant la tête. Cela nécessiterait une explosion de niveau nucléaire qui serait aussitôt détectée. Vous avez d'autres idées ?

— Pas comme ça, répondit Austin. Mais c'est un problème que la NUMA devrait absolument étudier.

— Vous ne pouvez pas savoir le plaisir que me cause une telle réponse, dit Adler, soulagé. Je me demandais si je ne perdais pas la tête.

Une idée traversa soudain l'esprit d'Austin.

— Joe se demandait si les travaux des Trout ne seraient pas susceptibles d'éclairer un peu ce mystère, rappela-t-il.

— Bien sûr, je me souviens. Vous avez mentionné voilà deux ou trois ans que vos collègues de la NUMA effectuaient d'autres recherches dans cette région.

— Un peu plus au sud. Ils se trouvent avec des scientifiques embarqués sur le *Benjamin Franklin*, un navire de la NOAA, pour étudier les conséquences biologiques des tourbillons géants de l'océan Atlantique.

— Je vous l'ai dit, je n'exclurai aucune hypothèse, et cela mérite sûrement considération.

— Nous les interrogerons sur leurs découvertes quand nous rentrerons au port.

— Pourquoi attendre ? répliqua Adler.

Les doigts d'Adler tapotèrent sur l'ordinateur et un site Web apparut sur l'écran, suivi d'une image satellite du milieu de la côte Atlantique.

— Le satellite qui prend cette image est capable de photographier un objet pas plus gros qu'une sardine.

— Extraordinaire, s'exclama Austin en se penchant vers l'écran.

Adler fit glisser la souris de l'ordinateur.

— Apparaît maintenant la température de l'eau de l'océan. Cette bande d'un brun rouge qui ondule, c'est le Gulf-Stream. La zone bleue, c'est de l'eau froide, et ces taches circulaires beiges sont des tourbillons d'eau tiède. Je vais zoomer sur notre bateau.

Il déplaça la souris et un des tourbillons beiges emplit l'écran. On distinguait maintenant clairement les silhouettes de deux navires à proximité de la spirale.

— Ce point-là, c'est le *Throckmorto*n, et l'autre votre navire de la NOAA probablement. Fichtre ! Ce truc m'étonnera toujours.

— Et ce cercle plus petit dans le quadrant sud-est ? interrogea Austin en se penchant sur l'épaule d'Adler.

Adler agrandit l'image.

— C'est un autre tourbillon, au comportement vraiment bizarre. Les chiffres qui s'inscrivent dans les petits cadres indiquent les mouvements, la vitesse et le niveau de l'eau. Le niveau à l'intérieur du tourbillon paraît baisser tandis que l'eau se déplace à une vitesse croissante.

Adler avait les yeux rivés sur l'écran. Le tourbillon, maintenant un cercle presque parfait, continuait à grossir.

— *Bonté divine*, s'écria-t-il en tapotant l'écran, il semblerait que nous assistions à la naissance d'un tourbillon gigantesque.

7

GAMAY *MORGAN-TROUT DESCENDIT* avec précaution le récipient de prélèvement par-dessus la lisse bâbord du navire de recherche de la NOAA et regarda le gros cylindre de neuf litres disparaître sous les vagues pour plonger à des dizaines de mètres, au fond de l'océan.

Une fois rempli d'eau, il se referma automatiquement, et Paul Trout, le mari de Gamay, l'aida d'abord à le remonter puis se chargea seul des derniers mètres ; il détacha le récipient du câble et le tint un instant devant lui comme s'il appréciait la robe d'un grand vin.

— C'est absurde, dit-il, le regard pétillant.

— Qu'est-ce qui est absurde ?

— Réfléchis à ce que nous sommes en train de faire.

— Eh bien, récapitula-t-elle, intriguée, nous venons de jeter par-dessus bord un récipient pour le remonter rempli d'eau de mer.

— Merci de m'avoir compris ! Le *Benjamin Franklin* est bourré d'équipements de pointe, nous disposons de trucs comme des sondeurs spécialisés, des sonars à balayage latéral et tout ce qui se fait de mieux dans le domaine informatique, mais nous nous comportons de la même manière que les marins d'autrefois qui enduisaient de cire le plomb de leur sonde pour examiner la composition du fond de l'océan.

— Et maintenant, renchérit Gamay, nous nous apprêtons à utiliser un vieux filet de pêche pour recueillir du plancton. Pour ce qui est du bateau, au moins, on n'a pas besoin de ramer. Où en est le Zodiac, au fait ?

— Prêt à partir, répondit Trout en inspectant d'un œil d'expert la surface de la mer. Le vent fraîchit et ça pourrait danser un peu. Il faudra faire gaffe.

Gamay observa les vagues qui commençaient à moutonner.

— Et si on attend, nous en aurons peut-être pour plusieurs jours à ne pas pouvoir sortir.

— C'est bien ce que je pense, fit-il en lui tendant le prélèvement. Je te retrouve au bossoir du Zodiac.

Gamay porta l'échantillon au labo, où il serait analysé pour y rechercher des traces éventuelles de métaux et d'organismes. Elle se rendit ensuite à sa cabine pour enfiler une combinaison de survie par-dessus son jean, un gros chandail en laine d'Islande et un blouson en peau de chamois ; puis elle enfouit ses longs cheveux châtains sous une casquette de base-ball. Elle passa ensuite son gilet de sauvetage et sortit sur la plage arrière.

Près des bossoirs auxquels était accroché le canot gonflable long de sept mètres, l'attendait Trout, impeccablement habillé comme à son habitude : sous sa combinaison de survie, il portait un jean taillé sur mesure pour s'adapter à son mètre quatre-vingts, un chandail de marin en cachemire et, malgré son souci d'élégance, des bottes de pêcheur usées, souvenir de son passage à l'Institut océanographique de Woods Hole où les chaussures fonctionnelles étaient de rigueur ; enfin, un bonnet de laine bleu marine lui protégeait la tête.

Les Trout prirent place à bord du canot et le Zodiac fut mis à la mer. Paul mit le moteur en marche tandis que Gamay larguait l'amarre. Ils s'installèrent côte à côte, à proximité de la console de direction, jambes repliées et genoux fléchis pour absorber le choc provoqué par les vagues frappant la coque à fond plat.

Trout dirigea le robuste canot vers une bouée phosphorescente de couleur orange qui flottait à environ un quart de mille du navire et qui avait été ancrée quelques heures plus tôt pour leur servir de point de référence.

L'environnement n'était guère hospitalier : des nuages noirs arrivaient de l'est et l'on distinguait à peine la ligne d'horizon, où ciel et mer grise se rejoignaient, uniformément. Le vent d'est avait forci de quelques nœuds. Et de l'épaisse couche de nuages qui masquait le soleil commençait à tomber une petite pluie.

Paul et Gamay arboraient néanmoins l'expression ravie qu'affichent les gens de mer dans leur élément naturel. Paul avait embarqué avec son père, pêcheur professionnel, dès qu'il avait su marcher et il avait pêché au large du village de Cape Cod, où se trouvait Woods Hole, jusqu'à son départ pour l'université.

Malgré des antécédents différents, Gamay n'était en aucun cas impressionnée par ce temps peu avenant. Née à Racine, dans le Wisconsin, elle avait, durant ses jeunes années, navigué avec son père, brillant promoteur immobilier et yachtman accompli, sur les eaux parfois agitées des Grands Lacs.

— Tu conviendras que c'est quand même plus amusant que la tapisserie, déclara Paul tout en manœuvrant pour s'approcher de la bouée.

Gamay préparait le matériel.

— C'est plus amusant que *presque tout* ce que je connais, répondit-elle sans se soucier de la pluie glacée qui lui fouettait le visage.

— Heureux que tu aies ajouté « presque », commenta Paul avec un clin d'œil paillard.

Gamay lui lança un regard faussement navré.

— Fais attention à ce que tu fais, sinon tu vas tomber par-dessus bord.

Les Trout ne comptaient pas se retrouver si tôt en mer : après leur dernière mission pour l'équipe des Opérations spéciales, ils espéraient prendre quelques jours de vacances. Trout avait un jour demandé à Gamay si, par hasard, elle n'avait pas appris sa technique de relaxation avec un sergent instructeur de la Légion étrangère car, fana d'exercice physique et de gymnastique, elle avait à peine passé quelques heures tranquilles chez elle qu'elle se lançait déjà dans un programme préolympique de randonnées à pied ou à bicyclette.

Mais même cela ne lui suffisait pas, et Gamay avait pour habitude de faire, sans réfléchir, tout ce qui lui passait par la tête. Trout avait compris que les choses se gâtaient quand, après avoir sillonné en 4 × 4 la campagne de Virginie, elle avait regardé avec attention le papier peint du living-room de leur résidence de Georgetown qu'ils redécoraient sans cesse.

Cette frénésie de décoration n'avait pas duré plus d'une journée. Gamay collait du papier peint sur un mur avec l'énergie qui la caractérisait quand Hank Aubrey, un collègue de l'Institut Scripps d'océanographie, les avait appelés pour leur demander s'ils aimeraient participer à une étude des tourbillons marins au large de la côte Atlantique à bord du *Benjamin Franklin.*

Aubrey n'eut pas besoin d'insister : collaborer avec Austin et son équipe des Opérations spéciales représentait un rêve. De surcroît, ils adoraient partir à l'aventure dans des régions exotiques. Il leur arrivait cependant d'éprouver parfois une certaine nostalgie pour la recherche pure qu'ils avaient pratiquée durant leurs années d'université.

— Les tourbillons marins, avait dit Trout après avoir accepté l'invitation. J'ai lu quelques articles à ce sujet dans des revues d'océanographie. Ce sont de gigantesques remous d'eau, froide ou chaude, dont certains mesurent plusieurs centaines de milles de diamètre.

— D'après Hank, précisa-t-elle, ce phénomène suscite un regain d'intérêt. Ces tourbillons affectent les opérations de forage en haute mer et le climat. En revanche, ils font remonter à la surface du fond de l'océan des micro-organismes marins et exploser la chaîne alimentaire. Je me propose d'étudier l'afflux de substances nutritives et leur impact sur la pêche et la population des cétacés. Toi, tu pourrais regarder les éléments géologiques.

Paul, qui ne put que remarquer l'enthousiasme croissant qui perçait dans le ton de sa femme, lança :

— J'adore quand tu dis des cochonneries.

Gamay releva une mèche qui lui était tombée sur le visage.

— Nous autres scientifiques devenons toujours un peu bizarres quand il s'agit de sujets qui nous passionnent.

— Et la tapisserie ? demanda Paul pour la taquiner.

— On prendra quelqu'un pour terminer.

— Super, capitaine, approuva Paul en lançant la brosse dans un seau.

Les Trout opéraient ensemble avec une précision de montre suisse et effectuaient un travail d'équipe dont la qualité avait frappé l'ancien directeur de la NUMA lorsqu'il les avait engagés pour les Opérations spéciales. La trentaine maintenant bien installée, ils formaient aux yeux de ceux qui ne les connaissaient pas un couple improbable.

Paul, le plus sérieux des deux, semblait toujours perdu dans ses pensées, impression que renforçait encore sa façon de parler, la tête penchée pour regarder par-dessus ses lunettes. Il ne s'exprimait jamais, aurait-on dit, sans avoir auparavant plongé au tréfonds de son être ; il tempérait néanmoins son sérieux par un grand sens de l'humour.

Plus ouverte et plus vive que son mari, grande, mince, Gamay avait la grâce d'un mannequin et un sourire charmeur. Ils s'étaient rencontrés au Scripps : Paul y préparait son doctorat de géologie sous-marine tandis que Gamay était en train de passer de l'archéologie marine à la biologie des mers.

Quelques heures après ce coup de téléphone, valises bouclées, ils embarquaient à bord du *Benjamin Franklin* en compagnie de vingt hommes d'équipage hautement spécialisés ainsi que de dix scientifiques issus de diverses universités ou agences gouvernementales. La mission principale du navire était d'établir un relevé hydrographique le long de la côte Atlantique et du golfe du Mexique.

Au cours de ce genre d'expédition, le *Franklin* effectuait des milliers de mesures de profondeur très précises qui permettaient de dresser la carte du fond de l'océan et de relever les éventuelles épaves ou autres obstructions. Ces informations permettaient de mettre à jour les cartes marines de la NOAA, la National Oceanic and Atmospheric Administration.

Aubrey les attendait en haut de l'échelle de coupée pour leur souhaiter la bienvenue à bord. A cause de son énergie papillonnante, de son nez pointu et de son babil incessant cet homme plutôt frêle évoquait un moineau anglais. Il les conduisit à leur cabine où ils déposèrent leurs bagages avant de se rendre au mess. Ils s'assirent à une table et Aubrey leur apporta du thé.

— C'est super que vous soyez là, s'exclama-t-il. Je suis vraiment content que vous puissiez participer à notre projet. Ça fait combien de temps qu'on ne s'est pas vus ? Trois ans ?

— Plutôt cinq, rectifia Gamay.

— Oh là là ! Bien trop longtemps en tout cas, dit-il. On va rattraper ça avec ce voyage. Nous appareillons dans deux ou trois heures. Je pense souvent à vous qui travaillez à la NUMA. Cela doit être fascinant, poursuivit Aubrey avec un soupçon d'envie dans la voix. Mes recherches sur les grosses masses d'eau qui tourbillonnent paraissent bien pâles auprès des aventures que vous avez à votre actif.

— Pas du tout, Hank, protesta Gamay. Paul et moi serions prêts à tuer pour pouvoir faire de la recherche pure. Et, d'après ce que nous avons lu, vos travaux concernent un tas de gens.

— Sans doute, fit Aubrey, flatté. Demain, il y aura une séance d'orientation scientifique. Que savez-vous du phénomène des tourbillons océaniques ?

— Pas grand-chose, avoua Gamay, si ce n'est qu'il s'agit d'un domaine encore largement inexploré.

— C'est tout à fait juste. Voilà pourquoi cette expédition s'avère d'une grande importance.

Il prit une serviette en papier et tira de sa poche un stylo à bille du geste large que les Trout lui connaissaient.

— Vous verrez les images satellites mais ce croquis va vous montrer de quoi il s'agit. Nous nous dirigeons vers un site proche du Gulf Stream, à environ deux cents milles de la côte. Ce tourbillon, large d'une centaine de milles, est situé à l'est du New Jersey, au bord du Gulf Stream, précisa-t-il en traçant sur la serviette un cercle irrégulier.

— On dirait un œuf au plat, le taquina Trout.

Aubrey exposait volontiers des problèmes scientifiques sur une nappe de restaurant, penchant que Trout ne manquait jamais de relever.

— Oh ! se défendit Aubrey, c'est juste pour vous donner une idée de ce qui nous attend. Les tourbillons océaniques sont des remous géants qui se déplacent lentement et couvrent parfois une surface de plusieurs centaines de milles. Ils semblent rejetés par les courants de l'océan. Certains pivotent dans le sens des aiguilles d'une montre. D'autres, en sens inverse. Ils peuvent transporter la chaleur ou le froid de la mer et faire remonter des substances organiques nutritives du fond vers la surface, ce qui a une incidence sur le climat et la vie marine et des répercussions sur la chaîne alimentaire.

— J'ai lu quelque part que des chalutiers venaient parfois pêcher au bord, dit Trout.

— Les hommes ne sont pas les seuls prédateurs à avoir découvert les implications biologiques des tourbillons, enchaîna Aubrey en ajoutant quelques croquis sur sa serviette avant de la leur montrer.

— On dirait maintenant un œuf au plat attaqué par un poisson géant, commenta Trout.

— En fait, comme on peut le voir, il s'agit de baleines. On sait qu'elles cherchent souvent leur pâture auprès des tourbillons. Deux de nos équipes tentent de suivre les cétacés jusqu'aux zones où ils viennent se nourrir. Mais il existe également d'autres moyens que de marquer les cachalots. A cause de l'expansion thermique, l'eau d'un tourbillon crée à la surface de l'océan une bosse que peut localiser un satellite.

— Qu'est-ce qui amène la formation de ces tourbillons ? demanda Trout.

— C'est, entre autres choses, ce que nous aimerions découvrir avec cette expédition, et vous êtes tous les deux idéalement placés pour cela : Gamay utiliserait ses connaissances biologiques et vous, nous l'espérons, vous trouveriez un de ces modèles informatiques dont vous avez le secret.

— Merci de nous avoir invités, dit Gamay. Nous ferons de notre mieux.

— Je le sais. Ce projet dépasse la simple recherche, car ces grands tourbillons sont susceptibles d'influer sur le climat. Un tourbillon océanique bloqué au large de la côte californienne peut provoquer une chute de température et de la pluie sur Los Angeles. De même, dans l'Atlantique, un tourbillon dérivant du Gulf Stream peut amener un épais brouillard.

— Il n'y a pas grand-chose à faire dans ce domaine, observa Trout.

— C'est vrai, mais savoir à quoi nous attendre nous permettra de nous adapter. Un relevé des tourbillons serait d'une importance vitale sur l'économie du pays, la sécurité de la navigation commerciale, et donc de l'acheminement du pétrole, du charbon, de l'acier, des voitures, du grain et de toute sorte de cargaisons, dépendant des prévisions météorologiques.

— Voilà qui explique pourquoi la NOAA s'intéresse tellement à ce que nous faisons, dit Trout.

Aubrey acquiesça et annonça :

— Ce qui me rappelle que je dois parler au capitaine de notre programme. » Il se leva et leur serra la main. « Je ne saurais vous dire combien je suis heureux de retravailler avec vous deux. Nous fêterons ces retrouvailles ce soir. Et demain matin, ajouta-t-il en glissant la serviette en papier vers Trout, petit examen sur ce problème, mon bonhomme.

Heureusement pour Trout, Aubrey plaisantait, mais ses indications avaient été précieuses. Quand le navire jeta l'ancre, Trout avait consolidé ses connaissances en science des tourbillons océaniques. Vue du pont, la mer à proximité des remous ne semblait en rien différente du reste de l'océan, pourtant les satellites et les modèles informatiques avaient établi qu'elle se déplaçait à environ cinq kilomètres à l'heure.

Trout avait tracé quelques graphiques du fond de l'océan, non loin du tourbillon, et Gamay s'était concentrée sur les aspects biologiques. La surveillance du phytoplancton constituait un élément essentiel de ses recherches et elle avait hâte de se pencher sur la question.

Du Zodiac qui se balançait au creux des vagues ils lancèrent un filet à Neuston, un engin comprenant un cadre fait de tubulures métalliques ainsi qu'une nasse de trois mètres de long, fuselée, qui permettait de filtrer d'importants volumes d'eau. Ils laissèrent filer la ligne de manière à ce qu'il flottât en partie en surface. Puis ils le fixèrent en plusieurs points du cercle formé par les bouées sans perdre de vue le point de repère que constituait la coque blanche du navire de la NOAA. La manœuvre donna d'excellents résultats : le filet remonta en effet de beaux échantillons de plancton.

Trout, qui avait laissé le moteur tourner au ralenti, aidait Gamay à hisser à bord le dernier prélèvement quand tous deux levèrent la tête, alertés par un grand bruit qui se rapprochait. Surpris, ils se tournèrent vers le navire : tout y semblait normal, des silhouettes se déplaçaient tranquillement sur le pont.

Gamay avait remarqué un scintillement à la surface de la mer, comme si le soleil était une ampoule fluorescente en train de s'éteindre.

— Regarde le ciel, dit-elle.

Trout leva les yeux et resta bouche bée. Les nuages semblaient enveloppés d'une voûte de feu argentée que des éclats de lumière faisaient palpiter. Pétrifié, il fixait ce spectacle extraordinaire qui lui arracha un « fichtre ! » bien peu scientifique.

Le bruit qu'ils avaient entendu se répéta, mais plus fort cette fois. Il semblait venir du large, loin du bateau de la NOAA. Trout essuya les embruns qui ruisselaient sur son visage et désigna l'océan.

— Il se passe quelque chose à environ deux heures, à peut-être deux cents mètres, déclara-t-il.

Une zone à peu près circulaire, à fleur d'eau, était en train de s'assombrir comme si un nuage projetait une ombre.

— Qu'est-ce que c'est ? demanda Gamay.

— Je ne sais pas, répondit Trout. Mais ça grossit.

La tache sombre se ridait et s'étendait en effet : trente mètres de diamètre, puis soixante. Apparut alors au bord du cercle une étincelante bande blanche qui devint bientôt un petit mur d'écume. Un râle sourd monta des profondeurs.

Puis le centre de la tache s'effondra soudain et une large plaie s'ouvrit dans l'océan. Elle s'étendait rapidement ; dans quelques secondes elle les atteindrait.

D'instinct, la main de Trout se tendit vers la manette des gaz au moment même où les doigts invisibles du courant jaillissaient du tourbillon qui ne cessait de s'élargir et commençaient à les attirer dans le gouffre noir et béant.

8

LA VASTE CAVITÉ QUI S'ÉTAIT OUVERTE dans la mer ne fut visible qu'un instant avant de disparaître derrière un cercle d'écume qui ne cessait de s'élever et dont des lambeaux blanchâtres jaillissaient des vagues moutonnantes. Une violente odeur saumâtre imprégnait l'air comme si le Zodiac avait été soudain transporté au milieu d'un énorme banc de poissons.

Le navire de la NOAA s'approchait du canot, des passagers montraient quelque chose du doigt.

Le Zodiac était sur le point de s'arracher à l'emprise des remous quand une grosse vague vint s'y briser, stoppant leur progression. Trout serra les dents, mit les gaz à fond et vira pour s'éloigner des eaux bouillonnantes. Le moteur s'emballa jusqu'à faire sauter les soupapes et le canot bondit comme si on lui avait fait un électrochoc. Il gagna un ou deux mètres avant d'être de nouveau happé par les redoutables tentacules qui se déployaient autour de l'énorme tourbillon.

Un grondement jaillit des profondeurs de la mer, un fracas si puissant qu'il noya le rugissement désespéré du moteur. L'air vibrait comme si on avait bloqué cent tuyaux d'orgue sur les basses. Du gouffre béant monta une épaisse brume laiteuse. Mais ce qui donnait à la scène un caractère encore plus irréel, c'était le spectacle laser au-dessus de leurs têtes. Le ballet lumineux avait changé de couleur, passant de l'argent au bleu puis au pourpre.

Attiré dans une spirale qui se resserrait de plus en plus, le

Zodiac filait vers la muraille d'écume qui l'encerclait et dont il n'avait aucune chance de s'échapper. Porté au sommet de la crête bouillonnante, haute maintenant de près de deux mètres, il fut secoué et ballotté avec une telle violence que Gamay faillit tomber à la mer.

Trout lâcha la barre et se jeta sur Gamay. Ses doigts robustes agrippèrent la toile de son ciré et il la remonta dans le canot. Plus question maintenant de rester debout : ils se mirent à quatre pattes et saisirent un filin attaché à l'un des bourrelets de la coque gonflable.

Le Zodiac ne parvenait pas à échapper à ce déferlement de vagues écumantes et, comme si le tangage et les coups de roulis ne suffisaient pas, le canot tournoyait maintenant comme un danseur ivre.

Ainsi malmené, le canot continuait à filer sur la crête d'écume. D'un côté, la mer ; de l'autre, un énorme entonnoir dont les parois noires et qui semblaient dures comme du verre plongeaient à quarante-cinq degrés.

Le Zodiac oscilla dangereusement tout en haut de la muraille d'eau puis il se mit à glisser dans la cheminée d'eau noire. La violence du courant qui balayait la paroi du gouffre l'emportait sur l'attraction de la pesanteur : la chute du canot s'arrêta à environ six mètres en dessous de la bordure d'écume. Entraîné par la force centrifuge comme une boule à la roulette, il commença à tourner sans fin dans l'entonnoir.

Le Zodiac penchait à quarante-cinq degrés, son fond plat parallèle à la surface inclinée, le flanc bâbord plus bas que le tribord, mais l'étrave continuait de pointer vers l'avant comme si le canot obéissait encore au moteur.

Les Trout se retournèrent pour coincer leurs bottes sous le rebord du bastingage et observèrent l'entonnoir : au moins un mille de diamètre, très pentu et le fond, masqué par le tournoiement des bancs de brume qui montaient de l'eau bouillonnante, invisible. La lumière qui filtrait dans ces nuages avait provoqué un arc-en-ciel qui enjambait le maelström comme si la nature cherchait à tempérer le déchaînement de ses éléments par un peu de beauté.

Faute de point de repère fixe, impossible de déterminer à quelle vitesse ils se déplaçaient ni combien de tours avait effectués le Zodiac. Mais, au bout de quelques minutes, le bord leur parut plus haut et ils durent se rendre à la triste vérité : le canot tout en fonçant descendait bel et bien.

Pour essayer de s'orienter, Gamay leva les yeux vers le cercle de ciel qui tournait tout là-haut. Elle distingua quelque chose qui bougeait au bord du tourbillon et le montra de sa main libre.

Trout essuya l'eau qui lui coulait dans les yeux.

— Bon Dieu, s'écria-t-il, le *Franklin* !

Le navire était au bord du gouffre, son arrière pointant dans le vide depuis la frange d'écume. Il disparut au bout d'un moment mais, quelques secondes plus tard, il se montra de nouveau avant de s'éclipser encore.

Les Trout oublièrent leurs propres malheurs. Ses fugaces apparitions démontraient que le *Franklin* avait été happé par les remous du maelström et que la mer l'entraînait dans l'entonnoir.

Il oscillait d'avant en arrière dans une lutte mortelle : quand les hélices sortaient de l'eau, il avançait vers le gouffre ; ensuite, il basculait, les hélices fouettaient la mer et il se redressait, et ainsi de suite. Puis le navire tout entier franchit le rebord du tourbillon et resta là, comme collé à la paroi du gouffre liquide.

— Allez, mon vieux, tiens bon..., cria Trout.

Gamay lui jeta un coup d'œil, elle sourit même à la réaction de son mari, avant de se mettre à crier à son tour.

La mer lisse derrière le *Franklin* se mit à bouillonner comme si on avait ouvert le brûleur à fond. Les machines faisaient leur travail. Les hélices mordirent les parois de l'entonnoir et le navire remonta péniblement vers le bord, s'arrêta, repartit dans un élan que masquait l'écume puis, d'une formidable poussée, repassa pardessus le bord du gouffre et disparut, cette fois pour de bon.

Les Trout applaudirent, mais le fait de se retrouver seuls et impuissants devant un phénomène d'une telle force eut tôt fait de dissiper leur enthousiasme.

— As-tu une idée de la façon dont *nous* pouvons nous sortir de là ? cria Gamay.

— Peut-être que le tourbillon va s'arrêter de lui-même.

Gamay jeta un coup d'œil vers le bas. Pendant les quelques minutes où ils avaient suivi les efforts du navire, le Zodiac était encore descendu, d'au moins cinq ou six mètres.

— Je ne crois pas.

L'eau d'encre de Chine avait pris une teinte brunâtre due à la boue aspirée depuis le fond. Des centaines de poissons morts tournoyaient dans un grand cercle tels des confettis emportés par un ouragan. Une odeur de saumure, de poisson et de vase imprégnait l'air moite.

— Regarde ces débris, dit Paul. Ils remontent du fond.

Des fragments d'épaves étaient entraînés vers la surface comme une tornade balaie des objets pour les projeter en l'air : des morceaux de caisse en bois, de contreplaqué, de panneaux d'écoutilles, de manches à air et même un canot de sauvetage endommagé. Une grande partie de ces déchets retombait dans le tourbillon où ils étaient régurgités et broyés comme s'ils tombaient au pied des chutes du Niagara.

Gamay remarqua que quelques débris, pour la plupart de petite taille, étaient poussés vers le bord du tourbillon.

— Et si on se jetait à l'eau ? suggéra-t-elle. Peut-être serions-nous assez légers pour monter vers le haut de la même manière que toutes ces saletés.

— Il n'est pas garanti que nous soyons projetés vers le haut. Nous serions plus probablement aspirés au fond du tourbillon pour être hachés comme des hamburgers. Souviens-toi que la première règle quand on est en mer, c'est de rester sur son bateau... si possible.

— Ce n'est peut-être pas une si bonne idée en effet. Nous sommes encore descendus.

Le canot avait en effet glissé plus bas dans le tourbillon.

Un objet cylindrique remontait la paroi du gouffre, bientôt suivi de plusieurs autres.

— Qu'est-ce que c'est ? fit Trout.

Gamay essuya la sueur qui lui coulait dans les yeux et regarda une nouvelle fois un point situé cinq mètres plus bas. Avant de se spécialiser en biologie marine, elle avait fait de l'archéologie nautique et reconnut donc immédiatement les formes oblongues en céramique recouverte d'une peinture gris verdâtre.

— Des amphores, s'exclama-t-elle, et elles *remontent*.

Trout devina ce à quoi elle pensait.

— Nous n'aurons qu'une seule chance d'en attraper une.

— Peut-être que notre poids modifiera leur trajectoire.

— Est-ce qu'on a le choix ?

C'était exaspérant : les trois gros vases se trouvaient tout près. Trout se glissa jusqu'à la console de direction et pressa le démarreur ; le moteur répondit et le canot avança suivant un angle insensé ; Paul dut manœuvrer la barre pour compenser sa tendance à zigzaguer : il voulait passer au-dessus des amphores pour leur barrer le passage.

La première s'éloignait du bateau. Dans une seconde, elle serait hors d'atteinte. Trout emballa le moteur et le Zodiac arriva juste au-dessus.

— Prépare-toi, cria Trout car Gamay devrait calculer parfaitement son saut. Tu n'auras pas beaucoup de prise et ça va tanguer. Empoigne bien les anses puis referme tes bras et tes jambes autour de l'amphore.

Gamay acquiesça et grimpa sur l'étrave.

— Et toi ? demanda-t-elle.

— Je prendrai la prochaine.

— Ce ne sera pas facile de maintenir le canot droit.

Elle savait que, s'il n'y avait plus personne aux commandes du Zodiac, le bond de Trout relèverait encore plus du hasard.

— Je me débrouillerai.

— Tu parles ! Je n'y vais pas.

Quelle tête de mule !

— C'est ta seule chance. Il faut bien que quelqu'un finisse de tapisser ce foutu mur. *Je t'en prie, vas-y.*

Gamay lui lança un regard noir puis secoua la tête et avança un peu plus sur l'étrave. Elle fléchit les jambes et s'apprêtait à sauter quand Trout cria :

— Stop !

Elle se tourna vers lui, furieuse.

— Décide-toi.

Contrairement à Gamay, Trout venait de remarquer que les parois du tourbillon n'entraînaient plus de débris. Les épaves poussées vers le haut par les remous semblaient avoir atteint une barrière invisible qu'elles n'arrivaient pas à franchir. Elles retombaient dans l'entonnoir aussi vite qu'elles étaient montées.

— Regarde, s'écria-t-il. Les débris sont de nouveau aspirés vers le fond.

Il ne fallut que quelques secondes à Gamay pour constater qu'il avait raison. Les amphores ne montaient pas plus haut. Trout tendit la main et la tira vers l'intérieur du Zodiac. Ils se cramponnèrent aux filins et, totalement impuissants, regardèrent leur canot se faire aspirer par l'abysse.

9

LA FORME SPHÉRIQUE QU'AUSTIN observait sur l'écran de l'ordinateur lui rappelait, avec sa membrane, son cytoplasme et son noyau, une cellule cancéreuse.

— De quoi s'agit-il précisément, professeur ? demanda-t-il en se tournant vers Adler.

— Ma foi, Kurt, reconnut le savant en se grattant la tête, vous me posez une colle. Cette perturbation grossit de seconde en seconde et se déplace sur une orbite circulaire à une vitesse de trente nœuds. Je n'ai jamais rien vu de semblable.

— Moi non plus, renchérit Austin. Il m'est arrivé de tomber sur des courants circulaires violents qui m'ont fait froid dans le dos, ils ne se manifestaient pourtant que brièvement et sur une surface relativement peu étendue. Mais celui-là me paraît sortir de l'imagination d'un Edgar Poe ou d'un Jules Verne.

— Les gouffres décrits dans *Une Descente dans le maelström* ou dans *Vingt mille lieues sous les mers* sont de pures inventions littéraires. Poe et Jules Verne s'étaient inspirés du maelström de Moskstraumen au large des îles norvégiennes de Lofoten, dont l'historien grec Pythéas avait dit, plus de deux mille ans auparavant, qu'il engloutissait des navires pour les rejeter ensuite. L'évêque suédois Olaus Magnus écrivait vers 1500 que le maelström déployait plus de force que le Charybde de l'*Odyssée* et qu'il était capable de fracasser des bateaux contre les abysses et d'aspirer des baleines qui hurlaient d'épouvante.

— Tout cela, c'est de la fiction. Et la réalité ?

— Bien moins effrayante. On a mesuré scientifiquement le tourbillon norvégien, et il est bien loin de la marmite que décrit la littérature. On connaît bien trois autres tourbillons, ou gyres, moins puissants : celui de Corruvreckan en Écosse, celui de Saltstraumen, également au large de la Norvège et celui de Naruto, au Japon. C'est bizarre d'observer un tourbillon en pleine mer, ajouta-t-il en secouant la tête.

— Pourquoi donc ?

— Parce que les tourbillons se manifestent généralement dans des détroits resserrés aux eaux agitées. La confluence des marées et des courants ajoutée à la configuration du fond peut provoquer en surface des perturbations substantielles.

Sur l'écran, on pouvait constater que la distance entre le *Benjamin Franklin* et le tourbillon diminuait.

— Ce phénomène présente-t-il un danger pour le navire ?

— Pas d'après les indications fournies par les dernières observations scientifiques. La puissance du tourbillon de l'Old Sow, situé au large de la côte du Maine et du Canada, équivaut à peu près à celle du Moskstraumen, sa vitesse est d'environ vingt-huit kilomètres à l'heure ; c'est le plus grand tourbillon océanique de l'hémisphère occidental. Les turbulences qu'ils provoquent à proximité peuvent être dangereuses pour de petites embarcations mais ne présentent aucun risque pour les gros bateaux.

Il s'interrompit pour fixer sur l'écran un regard fasciné.

— *Bon sang* ! » Il contemplait l'inquiétante cellule. « Au début, je n'en étais pas certain, mais maintenant il n'y a plus aucun doute : cette chose grossit rapidement et a presque doublé pendant que nous parlions.

Austin en avait vu assez.

— Professeur, j'aimerais vous demander un grand service, déclara-t-il avec calme. Allez tout de suite au centre de contrôle pour demander à Joe de remonter immédiatement le ROV et de venir le plus tôt possible sur la passerelle. Dites-lui que c'est urgent.

Adler jeta un dernier coup d'œil à l'écran puis sortit en hâte. Austin, lui, monta sur le pont.

Tony Cabral, le capitaine du *Throckmorton*, était un homme

affable d'une bonne cinquantaine d'années; il avait le teint hâlé, un nez fort et une moustache noire retroussée; le sourire en coin qui plissait habituellement sa bouche et lui donnait un air de pirate bon enfant avait pour l'heure cédé la place à une expression extrêmement sérieuse qui se mua en étonnement quand il aperçut Austin.

— Je m apprêtais justement à envoyer quelqu'un vous chercher, Kurt.

— Nous rencontrons un problème, annonça Austin.

— Vous savez que nous avons reçu un SOS ?

— Première nouvelle. Que se passe-t-il ?

— Nous avons capté, il y a quelques minutes, un SOS du navire de la NOAA.

Les pires craintes d'Austin se réalisaient.

— Quelle est leur position ?

— De nombreux bruits de fond rendaient une bonne partie du message difficile à comprendre, mais nous l'avons enregistré. Peut-être le comprendrez-vous mieux que nous.

Le capitaine pressa un bouton de la console radio et une véritable cacophonie, comme une joute oratoire dans un asile de fous, retentit sur la passerelle : des cris, des exclamations, ainsi que des mots malheureusement incompréhensibles, ou presque; seule une voix rauque réussissait à dominer cette confusion.

— *Mayday!* disait-elle. Ici le navire de la NOAA *Ben... Franklin. Mayday* ! Au secours !

Une autre voix, moins nette, hurlait en arrière-fond ·

— *Plus vite* ! Bon sang, plus vite...

Puis une phrase brève qu'on ne perçut qu'un instant, mais qui trahissait une véritable terreur.

— *Bon Dieu* ! On entre dedans !

Suivit la voix de Cabral, enregistrée elle aussi, qui tentait de répondre au SOS :

— Ici le *Throckmorton,* de la NUMA. Quelle est votre position ? Répondez. Quelle est votre position ?

Ses paroles furent noyées par un bouillonnement sourd, comme si une pluie de mousson s'abattait dans une caverne. Puis la radio se tut et le silence qui s'installa fut pire que tout.

Austin essaya d'imaginer la passerelle du *Franklin* et le chaos qui devait y régner. La voix qui lançait le SOS était sans doute celle du capitaine. Ou, plus probablement, c'était lui qui criait à la salle des machines d'aller plus vite.

Mais jamais Austin n'avait entendu quoi que ce fût qui ressemblât à ce mystérieux grondement d'eau qui déferle. Il en avait la chair de poule et, d'après ce qu'il vit, ses compagnons aussi.

— Quelle est la position du *Franklin* ? s'informa-t-il.

Le capitaine Cabral s'approcha de l'écran bleuté du radar.

— Encore une chose qui me dépasse : nous les avons repérés sur le radar à dix-huit milles, cap au sud-ouest, et puis ils ont disparu de l'écran.

Austin observa le secteur balayé par l'appareil et ne discerna aucune trace du navire, seulement quelques taches ici ou là quand il touchait la crête d'une vague.

— Combien de temps pour aller là-bas ?

— Moins d'une heure, mais il faut d'abord remonter le ROV.

— Joe s'en occupe. Ce doit être fait maintenant.

Cabral donna alors l'ordre de repartir et de mettre le cap en avant toute sur le *Franklin.* On levait l'ancre et la haute étrave commençait à fendre la houle quand Zavala et le professeur Adler arrivèrent.

— Le professeur m'a parlé du tourbillon, expliqua Zavala. Des nouvelles du *Franklin* ?

— Il a envoyé un SOS, mais la transmission radio s'est interrompue, et il a disparu du radar.

— Qu'est-ce que c'est que cette histoire de tourbillon, Kurt ? se renseigna Cabral qui avait entendu la brève conversation.

— Le professeur et moi étions en train d'examiner des images satellites quand nous avons repéré sur la mer une grosse perturbation tournoyante près de la position du *Franklin.* A un mille ou deux peut-être.

— La NOAA étudie bien les remous océaniques ?

— Oui, mais il ne s'agit pas de simples remous ; là nous avons un tourbillon de plusieurs dizaines de mètres de profondeur, dont l'eau tourne à plus de trente nœuds.

— Vous plaisantez ?

— Pas le moins du monde, malheureusement.

A la demande d'Austin, Adler décrivait ce qu'ils avaient vu quand l'opérateur radio fit irruption.

— Nous les avons retrouvés sur le radar, annonça-t-il. » Une seconde plus tard, il ajouta : « Capitaine, je reçois un message du *Franklin.*

Cabral prit le microphone.

— Ici le capitaine Cabral du *Throckmorton*, de la NUMA. Nous avons bien reçu votre SOS. Quelle est votre situation actuelle ?

— Ici le capitaine du *Franklin.* Maintenant ça va, mais le navire a failli être aspiré par un gouffre dans la mer.

— Des blessés ?

— Quelques bobos, mais rien de grave.

— Ici Kurt Austin, fit-il en empruntant le micro. Deux de mes amis, Paul et Gamay Trout, sont à votre bord. Pouvez-vous me dire comment ils vont ?

Lourd silence, comme si la transmission était une nouvelle fois interrompue, puis la voix reprit :

— Je suis désolé de vous annoncer qu'ils faisaient des prélèvements de plancton depuis le Zodiac quand ils ont été happés par le gyre. Nous tentions de leur porter secours quand sont intervenus nos problèmes.

— Vous les avez vraiment *vus* dans le tourbillon ?

— Avec une telle effervescence et une visibilité pratiquement nulle...

— A quelle distance vous trouvez-vous maintenant du tourbillon ?

— A environ un mille. Nous n'osons pas approcher davantage, car les courants autour de ce machin sont encore assez forts. Que voulez-vous que nous fassions ?

— Restez le plus près possible. Nous arrivons pour voir ce qui se passe.

— Bien reçu. Bonne chance.

— Merci, dit Austin avant de se tourner vers Cabral : Pete, j'aimerais vous emprunter l'hélicoptère du bord. Dans quel délai peut-il être prêt à voler ?

Cabral connaissait la réputation de Kurt et savait que, malgré son air souriant et ses manières décontractées, ce gaillard était capable de faire face aux crises les plus extrêmes. Cabral était un marin chevronné, mais cette situation le dépassait. Il poursuivrait donc sa route et laisserait Austin s'occuper du reste.

— Le plein est fait et l'appareil prêt à décoller. Je dis à l'équipage de vous retrouver là-bas, déclara-t-il en prenant le micro de l'interphone.

Austin conseilla au navire de la NUMA de conserver son cap et sa vitesse, puis, accompagné de Zavala, se précipita vers l'aire de décollage située sur le pont principal après avoir pris un peu de matériel au magasin. L'équipage faisait déjà chauffer le moteur du McDonnell Douglas. Ils grimpèrent dans le cockpit et bouclèrent leurs ceintures. Les pales fouettaient l'air et l'appareil décolla pour filer au ras des vagues.

Austin scrutait l'horizon à la jumelle. Quelques minutes plus tard il apercevait les antennes puis les superstructures du navire de la NOAA, à proximité d'un cercle d'eau sombre qui le faisait paraître tout petit. Le tourbillon semblait avoir cessé de s'étendre, mais Austin éprouva une grande admiration pour le cran de ceux qui, sur le *Franklin*, restaient si près du maelström.

Zavala s'éleva d'une soixantaine de mètres en gardant le cap droit sur le tourbillon.

— On dirait le cratère d'un volcan, observa-t-il alors qu'ils approchaient.

Austin acquiesça : cela présentait en effet quelques ressemblances avec un volcan, surtout à cause de l'orifice en entonnoir et du panache de vapeur qui en sortait.

Les parois de l'entonnoir, visibles grâce à quelques brèches au milieu des nuages de brouillard, lui paraissaient cependant bien plus lisses que celles d'un volcan. En tout cas, rien dans l'image transmise par le satellite ne réussissait à rendre dans son intégralité l'horreur du phénomène, sorte de grosse plaie purulente dans la mer.

— Selon toi, demanda Austin, quelle est la dimension de cette marmite ?

— Une sacrée dimension ! lâcha Zavala en mesurant du regard. Mais, pour être plus précis, je dirais au moins deux milles de large.

— C'est ce que je pense aussi, dit Austin. Et, à en juger par l'angle des parois, ça pourrait bien descendre jusqu'au fond de l'océan. Mais, avec ces nuages de brouillard, c'est difficile à dire. Peut-on approcher ?

Zavala les amena juste au-dessus du tourbillon. De là-haut, le gyre ressemblait à un cône immense empli de vapeur. L'hélico eut beau se positionner à une soixantaine de mètres du gouffre, ils ne distinguèrent rien de plus.

— Que fait-on ? demanda Zavala.

— On pourrait entrer, mais on risque de ne pas ressortir.

— Où veux-tu en venir ?

— Je te donne le choix. Étant donné ce qu'on aperçoit en dessous de nous, il est probable que nous arrivons trop tard pour tirer nos copains de là, et tu risquerais ta vie pour rien.

— Je répète, fit Zavala avec un grand sourire, où veux-tu en venir ?

Une réponse différente aurait surpris Austin. Pas question en effet, ni pour l'un ni pour l'autre, d'abandonner leurs amis. Il tendit son pouce vers le bas, Zavala hocha la tête et actionna les commandes. L'hélicoptère amorça sa descente vers le gouffre noir du maelström.

10

LE PLUS PÉNIBLE AU COURS de cette plongée dans l'abîme était le fracas infernal.

Ils pouvaient fermer très fort les yeux pour ne pas voir les vertigineuses profondeurs du tourbillon, mais ne pouvaient éviter le martèlement sans trêve de leurs tympans : chaque molécule de leur corps paraissait en vibrer. Le vacarme les privait même du dernier pauvre réconfort dont ils auraient pu profiter : la possibilité de se parler. Ils ne communiquaient plus que par gestes et par pressions des mains.

Les eaux qui bouillonnaient à la base du maelström produisaient un grondement de tonnerre pareil à celui de cent orages se déchaînant en même temps, vacarme encore amplifié par la forme en porte-voix du tourbillon.

Le Zodiac et ses deux passagers avaient glissé jusqu'aux deux tiers des parois de l'entonnoir. Plus le diamètre du cône rétrécissait et plus la vitesse du courant augmentait, ainsi le canot pneumatique se mit-il bientôt à tournoyer comme une feuille de laitue aspirée par le tuyau d'écoulement d'un évier.

Et plus le bateau descendait, plus l'atmosphère autour d'eux s'assombrissait. Le brouillard qui se formait au fond du tourbillon s'était encore épaissi et masquait les quelques rayons de soleil qui parvenaient de la surface. Ce tournoiement incessant donnait le vertige à Paul et à Gamay. Ils avaient déjà du mal à respirer l'air saturé d'humidité mais il fallait y ajouter les relents suffocants qui montaient du fond : un abominable mélange de saumure, de poisson mort et de vase qui rappelait l'intérieur d'une botte de pêcheur.

Le canot restait penché, son fond parallèle aux parois du tourbillon. Les Trout assis et blottis l'un contre l'autre comme soudés par les hanches se cramponnaient au filin. Ils étaient épuisés et engourdis à force de maintenir leur corps à l'oblique et leurs pieds coincés entre les lattes du plancher. Leur tenue imperméable n'avait pas empêché l'humidité d'imprégner leurs vêtements désormais trempés et ils souffraient maintenant du froid.

Leur descente s'accélérait et, de toute évidence, leur calvaire connaîtrait bientôt une fin. Quelques minutes tout au plus les séparaient du plongeon dans l'épaisseur du brouillard. Gamay, qui levait alors la tête pour contempler une dernière fois le soleil, cligna les yeux, incrédule.

Un homme se balançait au-dessus du Zodiac. Sa silhouette se découpait sur la pâleur du ciel. Si elle ne distinguait pas son visage, elle reconnut les larges épaules.

Kurt Austin !

Suspendu à une corde attachée à l'hélicoptère, il agitait les bras et s'époumonait pour se faire entendre, mais le vacarme du tourbillon avait noyé ses appels tout comme le bruit des rotors.

Gamay donna un grand coup de coude à Paul. Il parvint à esquisser l'ombre d'un sourire quand, en suivant des yeux la direction qu'elle montrait, il aperçut Austin en train de jouer les hommes volants au-dessus de leurs têtes.

L'hélicoptère avait calé sa vitesse sur celle du Zodiac. Avec une maîtrise stupéfiante, Zavala pilotait l'appareil en volant de biais pour éviter aux pales de toucher les parois d'eau. Une erreur de calcul, une légère dérive et l'hélico s'écraserait sur le canot dans une envolée de pales brisées.

L'opération de sauvetage avait été improvisée en hâte. Pendant que l'hélicoptère descendait dans le maelström, Austin avait repéré un éclair jaune à mi-hauteur de la paroi de l'entonnoir. Il avait tout de suite reconnu la combinaison de survie de Trout et l'avait signalée à Zavala.

L'hélico se lança à la poursuite du Zodiac qui tournoyait un peu plus bas, comme un motard aux trousses d'une voiture en excès de vitesse. Austin pendant ce temps nouait rapidement une série de harnais à la ligne de jet. Un pied dans une boucle et une main dans l'autre, il se balançait dans la turbulence provoquée par les remous du rotor et le courant ascensionnel du tourbillon.

Paul fit signe à Gamay de passer la première. Elle indiqua à Austin qu'elle était prête. L'hélicoptère se positionna un peu plus bas pour amener la dernière boucle de l'échelle à une trentaine de centimètres de ses mains tendues.

Austin était descendu en bas de l'échelle improvisée dans l'espoir de la stabiliser par son poids. En vain, le bout continuait à claquer comme la mèche d'un fouet.

Le filin effleura les doigts de Gamay pour lui échapper aussitôt. Deux nouvelles tentatives échouèrent puis, dans un élan désespéré, elle s'étira de tout son mètre soixante-dix.

Le bout redescendit. Elle se balança dans un équilibre précaire, leva les mains comme un joueur de volley-ball qui essaye de bloquer le ballon et agrippa enfin des deux mains la boucle inférieure.

Elle décolla aussitôt ; son poids s'ajouta à celui de Kurt, et le bout devint plus stable. Accrochée par une main, elle attrapa la boucle du dessus et se hissa plus haut. Le filin se mit alors à tourner et le vertige la prit.

Elle vacilla un instant et serait peut-être tombée si Austin n'avait pas remarqué qu'elle était en difficulté. Il se pencha vers elle, la saisit par le poignet et la tira jusqu'à la boucle suivante. Elle leva la tête et vit à quelques dizaines de centimètres au-dessus d'elle le sourire crispé d'Austin auquel elle murmura un merci inaudible.

Une fois la boucle d'en bas libérée, ce fut au tour de Trout d'abandonner le Zodiac. Il fit signe qu'il était prêt. Le bout approcha à quelques centimètres de sa main tendue. Il s'apprêtait à l'empoigner quand une turbulence secoua l'hélicoptère, le faisant dériver vers la paroi du tourbillon. Les doigts de Trout se refermèrent sur le vide et il faillit perdre l'équilibre.

Zavala luttait pour compenser la charge additionnelle sur un côté de l'appareil. D'une main ferme, il rectifia la position de l'hélico. Trout, de son côté, concentrait toute son attention sur la dernière boucle, estimant la distance qui l'en séparait ; puis, profitant de l'élasticité du canot pneumatique, il sauta en l'air et réussit à saisir la boucle d'une main mais, ballotté par le vent, il était incapable d'empoigner celle du dessus.

L'hélico entama alors une ascension lente et régulière, suivant un angle à peu près parallèle à la paroi du tourbillon. Au fur et à mesure qu'il prenait de l'altitude, les murs liquides s'écartaient. Ils atteignaient à peu près le milieu de l'entonnoir quand le Zodiac effectua un dernier tour et plongea dans les profondeurs du maelström. Quand l'hélico eut rejoint puis dépassé le niveau du la surface, Zavala commença à manœuvrer latéralement pour s'éloigner du tourbillon.

Toujours incapable d'atteindre la boucle supérieure, Trout restait suspendu par un seul bras. La corde lui râpait douloureusement les doigts et son coude, lui semblait-il, ne tarderait pas à lâcher ; durant toute l'ascension, il n'avait cessé de tourner autour du bout qui oscillait.

Zavala s'efforçait de trouver un équilibre entre la nécessité de s'éloigner du tourbillon et la tension plus forte qu'imposait au malheureux Paul la prise de vitesse de l'hélico.

Ils se trouvaient à une soixantaine de mètres du bord du maelström quand les forces de Trout l'abandonnèrent. Il lâcha prise et tomba à l'eau.

Heureusement, il heurta la mer les pieds en avant ; ses jambes amortirent le choc, mais ses genoux se replièrent contre sa poitrine et lui coupèrent le souffle. Il plongea à quelques mètres de profondeur puis, grâce à son gilet de sauvetage, remonta à la surface en recrachant violemment l'eau de mer. Trout croyait impossible d'avoir encore plus froid, pourtant la température glaciale de l'Atlantique pénétra aussitôt jusque dans ses os.

Zavala sentit une légère secousse et comprit qu'il avait perdu un de ses passagers. Il effectua alors un virage, resta un instant en vol stationnaire puis descendit un peu pour que son ami puisse saisir l'échelle de corde. Pour la seconde fois, Trout essaya de l'attraper, mais ses doigts gourds et endoloris en étaient à quelques centimètres quand il se trouva entraîné par un fort courant. Trout, qui avait passé toute sa vie près de l'océan, était un bon nageur, pourtant, plus il nageait, plus il s'éloignait de la corde.

L'hélicoptère s'efforçait de le suivre.

Le courant tirait Trout avec une telle force qu'il lui était impossible de rester en place assez longtemps pour empoigner le bout. Il essaya, essaya encore, mais il était inexorablement ramené vers le bord du tourbillon dans lequel il allait disparaître.

Garder la tête hors de l'eau exigeait de lui un effort constant : le gouffre essayait d'engloutir au moins *une* des victimes qui avaient eu l'audace d'échapper à son étreinte.

Mais Austin n'avait pas l'intention de lui abandonner son ami. Aussi, dans un premier temps, se hissa-t-il dans l'hélico pour empoigner le bout à deux mains et remonter Gamay à bord ; il déposa un petit baiser sur sa joue, relança le filin puis descendit le long de leur échelle de fortune.

Pendant ce temps, Zavala suivait Trout pour, une nouvelle fois, faire descendre l'appareil de manière à mettre le bout de l'échelle à sa portée. Paul esquissa un geste pour l'attraper mais la corde lui échappa.

Austin comprit que, trop épuisé, Trout ne s'en tirerait pas tout seul. Il vit le regard anxieux de Gamay, lui fit un petit salut de la main, prit une profonde inspiration et sauta.

Il se retrouva à quelques mètres de Trout et nagea pour se rapprocher de lui.

— Qu'est-ce... que... tu... fous... ici ? articula Paul d'une voix de crapaud enrhumé.

— Tu avais l'air de tellement t'amuser que j'ai décidé de te rejoindre.

— Tu es dingue !

Le visage ruisselant, Austin lui sourit, puis se battit avec leurs gilets de sauvetage jusqu'à ce qu'il fût parvenu à les attacher ensemble. Il leva alors les yeux et vit l'hélico tourner en rond au dessus de leurs têtes.

Austin agita la main et Zavala se rapprocha pour tenter de récupérer ses amis. Après plusieurs essais infructueux, Austin comprit qu'il ne serait jamais assez rapide pour attraper la corde qui battait l'air. L'eau froide commençait à saper son énergie et il avait conscience que ses chances de les tirer de l'eau tous les deux étaient minimes. Il s'acharnait pourtant et ne remarqua pas tout de suite qu'il se passait quelque chose de bizarre.

Ils tournaient plus lentement autour du maelström, l'angle des parois de l'entonnoir était moins abrupt. Il crut d'abord que c'était son imagination ou une simple illusion d'optique mais, au bout d'un moment, il constata que le fond du gouffre liquide était en train de monter et que le gyre prenait la forme d'un bol.

Le bouillonnement des brisants paraissait se calmer. La mer retrouvait son niveau normal. Et ils se déplaçaient maintenant à une allure beaucoup plus lente.

Zavala avait lui aussi remarqué que la configuration du tourbillon se modifiait et en profita pour faire redescendre sa machine juste à l'aplomb des nageurs.

Une décharge d'adrénaline parcourut Austin qui tendit le bras et sentit ses doigts se refermer enfin autour de l' échelle. Gamay tenait la corde et lui donnait autant de mou que possible. De ses doigts engourdis par le froid, il passa le filin sous les aisselles de Trout avant de l'enrouler autour de sa propre taille, puis il fit signe à Zavala de les remonter.

Ils émergeaient au-dessus de la crête des vagues quand il aperçut le navire de la NOAA et le *Throckmorton* qui fonçaient dans leur direction.

Il pouvait enfin contempler la scène de leurs aventures et découvrit avec stupéfaction le spectacle qui s'offrait à eux. Le tourbillon avait pratiquement disparu, cédant la place à un grand cercle d'eau sombre qui pivotait lentement sur lui-même, entraînant avec lui des débris de toutes sortes.

Au centre de cette zone froncée par la houle se produisait un énorme bouillonnement, évoquant celui que fait un plongeur sous-marin en remontant à la surface, mais beaucoup plus fort. Puis une sorte de gonflement d'un blanc verdâtre apparut dans l'eau et un objet gigantesque émergea de la mer pour venir barboter dans les vagues.

Dans ses ultimes soubresauts, le maelström avait vomi un navire.

11

Le LA-250 *Renegade*, un avion amphibie, avait suivi la côte rocheuse du Maine jusqu'à Camden ; là, il avait viré au-dessus d'une file de grands voiliers quittant le pittoresque petit port et fait route vers l'est en survolant la baie de Penobscot. Il partait pour une île en forme de poire aisément reconnaissable grâce au phare rayé de rouge et de blanc érigé à sa pointe, sur un promontoire escarpé.

L'appareil amerrit non loin du phare et s'amarra à une bouée de mouillage. Deux hommes descendirent de l'appareil et prirent place à bord d'un petit canot à moteur attaché à la même balise et qui les conduisit à un ponton auquel étaient ancrées une cigarette et une goélette. Ils mirent pied à terre et longèrent le quai jusqu'à un escalier assez raide qui gravissait le flanc d'une falaise.

Le lumineux soleil du Maine se reflétait sur le crâne rasé de Spider Barrett et sur son fameux tatouage. Barrett aurait fait un malheur parmi des motards : vêtu d'un jean noir et d'un T-shirt assorti qui révélait des bras puissants et couverts de crânes tatoués, il dissimulait ses yeux derrière des lunettes de soleil à verres miroirs et monture métallique, et arborait un anneau en or à l'oreille, un clou en argent dans la narine ainsi qu'une croix de fer attachée autour de son cou à un collier d'argent.

« Biker » très certainement – Barrett possédait en effet une collection de Harley-Davidson valant une fortune – mais pas seulement : il était diplômé en physique quantique du Massachusetts Institute of Technology.

Le pilote, dont la silhouette trapue évoquait une publicité pour un club de musculation, s'appelait Mickey Doyle. Il arborait un maillot des Celtics, le club de basket-ball de Boston, et un blouson de l'équipe de football des New England Patriots, de Boston également. Il portait la casquette de base-ball des Red Sox enfoncée sur sa tignasse carotte et mâchonnait un gros mégot de cigare. Élevé dans un quartier ouvrier difficile de Boston Sud, il avait l'esprit vif d'un gosse des rues, un sens de l'humour très irlandais et un sourire désarmant qui charmait les imprudentes mais ne parvenait pas à atténuer le regard sans pitié de ses yeux bleus.

Un homme en tenue de camouflage, coiffé d'un béret cavalièrement posé de côté sur son crâne, une carabine à la main, sortit d'un bosquet. Il lança aux arrivants un regard sans aménité, baissa le canon de son fusil vers le pied de la falaise et les suivit à quelques pas, son arme sous le bras.

En bas de la falaise, le garde actionna une télécommande et une porte dissimulée dans la roche s'ouvrit, révélant un ascenseur qui, en un instant, les amena jusqu'au phare.

En sortant de la cabine, ils tombèrent sur Tristan Margrave qui entassait les bûches qu'il venait de couper. Il posa sa cognée, congédia le garde et s'avança pour accueillir les visiteurs.

— Au temps pour ma tranquillité, soupira-t-il, une grimace feinte plissant son visage à l'expression un peu satanique.

Il mesurait une trentaine de centimètres de plus que les deux autres. A force de couper du bois il avait les mains calleuses mais n'était pas pour autant ouvrier agricole, et pas davantage un reporter du *New York Times* ainsi qu'il s'était présenté à l'inspecteur Frank Malloy. Il avait rencontré Barrett au MIT dont il était sorti avec un diplôme en science informatique. Ensemble, ils avaient conçu des logiciels révolutionnaires qui avaient fait d'eux des multimillionnaires.

— Tu n'avais pas ce chien de garde la dernière fois que je suis venu, remarqua Barrett en regardant le garde disparaître sous le couvert des arbres.

— Il appartient à la société de surveillance que j'ai engagée, expliqua Margrave, légèrement méprisant. Ils sont tout un contingent, campés plus bas dans l'île. Gant et moi avons pensé que ce serait peut-être une bonne idée de faire appel à eux.

— Et ce que Gant veut, il l'obtient.

— Je sais que tu ne l'aimes pas beaucoup, mais Jordan joue un rôle capital car sa fondation nous sera utile pour négocier les accords politiques nécessaires, une fois nos travaux terminés.

— La Légion de Lucifer n'est plus assez bien pour toi ?

— Ma Légion, comme tu dis, a commencé à se désagréger dès qu'on a parlé de discipline. Tu connais la sainte horreur des anarchistes envers l'autorité. Il me faut des pros. De nos jours, ils s'appellent « consultants » et ils se font payer la peau des fesses. Ce garde ne faisait que son travail.

— Et c'est quoi au juste son travail ?

— S'assurer qu'aucun visiteur non autorisé ne met les pieds sur l'île.

— Tu attendais des visiteurs ?

— Notre entreprise présente trop d'importance pour échouer, fit Margrave en souriant. Imagine un peu que quelqu'un aperçoive un type avec une araignée tatouée sur le crâne et se mette à poser des questions ?

Barrett haussa les épaules et jeta un coup d'œil au tas de bûches.

— Heureux de voir que tu appliques dans la vie ta philosophie rétro, mais couper tout ce bois serait bien plus facile avec une tronçonneuse. Je sais que tu as les moyens de t'en offrir une.

— Je suis un néo-anarchiste, et non un opposant au progrès industriel. Je crois à la technologie quand elle rend service à l'humanité. De toute façon, la tronçonneuse est cassée. Alors, Mickey, fit-il en se tournant vers le pilote, comment s'est passé le vol depuis Portland ?

— Sans histoire. J'ai survolé Camden dans l'espoir que de jolis voiliers changeraient les idées de votre associé.

— Pourquoi aurait-il besoin de se changer les idées ? fit Margrave. Il va bientôt entrer au panthéon de la science. Qu'est-ce qui se passe, le Tatoué ?

— Nous avons des problèmes.

— C'est ce que tu m'as dit au téléphone. Je croyais que tu plaisantais.

— Pas cette fois, répondit Barrett avec un pâle sourire.

— Dans ce cas, je pense que nous avons tous besoin d'un verre.

Margrave les précéda sur une allée dallée qui menait à une annexe du phare, un bâtiment de bois peint en blanc qui comportait deux étages.

Lorsque Margrave avait acheté l'île trois ans auparavant, il avait décidé de conserver la maison du gardien telle qu'elle était quand elle abritait les hommes taciturnes qui occupaient ce poste solitaire. Les cloisons lambrissées, le linoléum qui recouvrait le plancher étaient d'origine, tout comme l'évier en ardoise et la pompe à main de la cuisine.

— Mickey, dit Margrave en posant une main sur l'épaule de Doyle, le Tatoué et moi devons discuter de certaines choses. Sois gentil, prends la bouteille de gin dans le placard et prépare-nous deux verres. Tu as de la bière au frigo.

— A vos ordres, Capitaine, répondit le pilote avec un sourire et en esquissant un petit salut.

Les deux hommes gravirent un escalier de fer forgé. Les cloisons du premier étage qui, autrefois, comprenait les chambres du gardien et de sa famille, avaient été abattues pour ne faire qu'une seule grande pièce.

Le décor d'un minimalisme presque clinique contrastait avec celui qui avait été préservé au rez-de-chaussée : un ordinateur portable sur une table en teck noir dans un coin de la pièce, et un mobilier se limitant à un canapé de cuir à armature chromée et à une paire de fauteuils. Des fenêtres grandes ouvertes offraient sur trois côtés de vastes panoramas de l'île et ses grands pins ainsi que des eaux étincelantes de la baie et laissaient entrer à profusion l'odeur salée de la mer.

Margrave désigna le canapé à Barrett et s'installa dans un fauteuil. Doyle arriva peu après, leur servit du gin, s'ouvrit une boîte de bière, puis s'assit à la table.

Margrave leva son verre pour porter un toast.

— A ta santé, le Tatoué ! Les lumières de New York ne brilleront jamais plus du même éclat. Malheureusement, ton génie devra rester méconnu.

— Le génie n'avait rien à voir là-dedans : l'électromagnétisme règle presque tous les éléments de notre existence, il suffit de manipuler un peu les champs magnétiques pour mettre la pagaille partout.

— C'est le moins qu'on puisse dire, s'esclaffa bruyamment Margrave. Si tu avais vu la tête du flic quand il a découvert que son nom s'affichait sur Times Square et Broadway !

— Je regrette effectivement de ne pas l'avoir vu ; cela dit, c'était assez facile à faire de chez moi grâce au relais que tu avais installé dans ton magnétophone. Reste quand même la grande question de savoir si notre démonstration nous a rapprochés de notre objectif.

Un nuage passa sur le front de Margrave.

— J'ai examiné les comptes rendus des médias, continua-t-il en secouant la tête. Le bouche à oreille marche à fond et les Élites racontent que c'est par hasard que les perturbations ont coïncidé avec le congrès sur l'économie mondiale. Ils sont préoccupés, mais ces idiots n'ont pas pris notre avertissement au sérieux.

— Tu crois que le moment est venu de tirer une flèche de plus ?

Margrave se leva, prit l'ordinateur portable et regagna son fauteuil pour pianoter sur les touches du clavier. Sur l'unique mur sans fenêtre s'afficha une grande carte électronique des océans et des continents.

L'image composite était faite de données recueillies par des satellites en orbite, des bouées océaniques et les douzaines de stations au sol réparties à travers le monde. Les continents se détachaient en noir sur le vert bleuté de la mer. Des numéros allant de 1 à 4 clignotaient dans l'océan Atlantique, deux au-dessus de l'équateur, deux en dessous. On retrouvait la même disposition sur l'océan Pacifique.

— Les numéros désignent les sites où nous avons effectué des sondages expérimentaux du fond de l'océan. La modélisation informatique indique que, si nous concentrons tous nos efforts dans ce secteur de l'Atlantique Sud, nous obtiendrons l'effet souhaité. Le temps des avertissements est passé. Les Élites sont trop bêtes ou trop arrogantes. Dans un cas comme dans l'autre, nous devrions frapper un grand coup.

— Dans combien de temps, à ton avis ?

— Dès que nous aurons pu tout organiser. Le seul langage que comprennent les Élites, c'est l'argent. Il faut les toucher au portefeuille.

Barrett ôta ses lunettes de soleil et, plongé dans ses pensées, regarda dans le vide.

— Qu'y a-t-il, le Tatoué ?

— Je crois que nous devrions tout annuler, lâcha-t-il.

Une étonnante transformation s'opéra sur le visage de Margrave : l'accent circonflexe de ses sourcils s'accentua ainsi que le pli de sa bouche. Son expression de malicieuse espièglerie avait cédé la place à de la pure méchanceté

— Tu as sans doute des arguments.

— Tris, il ne s'agit pas de blagues de collégiens. Tu as conscience des dégâts que nous risquons de provoquer si cette chose échappe à notre contrôle : des millions de victimes et d'énormes perturbations économiques ou écologiques dont l'humanité mettrait peut-être des décennies à se remettre.

— Perdre le contrôle ? Tu prétendais tout avoir en main.

— Je me faisais des illusions, reconnut Barrett qui parut se recroqueviller sur lui-même. Ça a toujours été un coup de dés. Après cette affaire du cargo sur le site 2, je me suis remis à plancher et j'ai testé une version miniaturisée de l'équipement dans le Puget Sound : les orques sont devenus fous, ils ont attaqué une bande de gosses et en auraient dévoré un si je ne l'avais pas tiré de l'eau.

— Quelqu'un a vu la console ?

— Oui, un certain Kurt Austin. J'ai lu un article sur lui dans le journal. Il travaille pour la NUMA et il dirigeait la course de kayaks qui a été perturbée. Il n'a vu l'appareil qu'une seconde et, à mon avis, il n'a pas pu comprendre de quoi il s'agissait.

Le visage de Margrave s'assombrit.

— J'espère que tu as raison car, dans le cas contraire, il nous faudrait éliminer M. Austin.

— Tu plaisantes, s'insurgea Barrett, horrifié.

— Évidemment, mon vieux, répondit Margrave, un sourire sur les lèvres. J'ai lu les rapports sur l'attaque des orques. Que me racontes-tu là, le Tatoué ? Que les orques seraient des prédateurs ?

— Non, je t'explique que mon expérience a perturbé leurs perceptions sensorielles parce que je n'ai pas réussi à contrôler le champ électromagnétique.

— Et alors ? rétorqua Margrave. Il n'y a pas eu de blessés.

— As-tu oublié que nous avons perdu un de nos navires ?

— L'équipage était réduit et ses membres connaissaient les dangers qu'ils encouraient ; de plus, ils étaient bien payés pour prendre ce risque.

— Et la *Belle du Sud ?* Eux n'étaient pas payés pour participer à nos expériences.

— Bah, c'est de l'histoire ancienne. Un simple accident, mon ami.

— Bon Dieu, je le sais. Mais nous sommes quand même responsables de leur mort.

Margrave se pencha en avant, le regard brûlant.

— Tu sais, toi, pourquoi je mets une telle passion dans cette entreprise.

— Par culpabilité, pour racheter le crime des Margrave qui ont bâti la fortune familiale sur le sang des esclaves et des opiomanes.

Margrave secoua la tête.

— Mes ancêtres n'étaient que des amateurs comparés à ceux que nous affrontons aujourd'hui. Nous nous battons désormais contre une concentration de pouvoir comme le monde n'en a jamais connu. Rien ne peut rivaliser avec les multinationales qui, via l'OMC, la Banque mondiale et le Fonds monétaire international, font main basse sur l'humanité. Ces entités, non élues et antidémocratiques, ignorent les lois civilisées et agissent comme elles l'entendent sans se soucier de l'impact sur les autres. Je veux rendre le pouvoir aux habitants de cette planète.

— Voilà des propos dignes d'un anarchiste classique, commenta Barrett. Je suis avec toi, pourtant, tuer des innocents ne me paraît pas le bon moyen d'y parvenir.

— Je suis on ne peut plus désolé de la perte de ces bateaux et de leur équipage. C'est regrettable, mais inévitable. Nous ne sommes ni sanguinaires ni déments, et ce navire représente le faible prix à payer pour réussir. Quelques sacrifices sont parfois nécessaires pour obtenir un résultat plus important.

— La fin justifie les moyens ?

— S'il le faut.

— Merci, monsieur Karl Marx.

— Marx était un charlatan, un théoricien surfait.

— Ce projet se fonde sur certaines théories assez peu conventionnelles, tu en conviendras. Le marxisme n'était qu'une idée qui ne tenait pas debout jusqu'à ce que Lénine lise *Le Capital* et transforme la Russie en paradis du travailleur.

— Laissons cette discussion certes fascinante pour revenir au point sur lequel nous sommes tous les deux d'accord : la *technologie.* Quand nous nous sommes lancés dans cette aventure, tu t'es dit capable de toujours maîtriser la puissance que nous libérerions.

— Je t'ai également expliqué que, sans les fréquences adaptées, ce système serait imparfait, lui rappela Barrett. J'ai fait de mon mieux avec les données dont nous disposions, mais il y a une grande différence entre un coup de carabine et le tir au fusil de chasse que nous pratiquons. Les vagues et les gyres que nous avons créés dépassent tout ce que nous avons vu sur les modèles informatiques. Tris, conclut-il avec un profond soupir, j'envisage sérieusement de m'arrêter. Ce que nous faisons est trop dangereux.

— Mais tu ne peux pas t'arrêter. Le projet tomberait à l'eau.

— Pas du tout, tu pourrais continuer sur la base de mes travaux. Mais, en tant qu'ami, je te conseille de ne pas poursuivre.

Au lieu de réagir avec colère, Margrave se mit à rire.

— Dis donc, le Tatoué, c'est toi qui as découvert les théorèmes de Kovacs et qui as attiré mon attention dessus.

— Oui et il y a des moments où je le regrette. L'homme était brillant mais il a échafaudé des théories dangereuses, et c'est peut-être une bénédiction qu'il ait emporté ses connaissances dans la tombe.

— Si je te disais que Kovacs avait découvert un moyen de neutraliser l'effet de ses théorèmes, renoncerais-tu à abandonner le projet ?

— Se savoir à l'abri des incidents secondaires changerait beaucoup les choses. Mais à quoi bon en discuter ? Ces méthodes sont mortes avec Kovacs à la fin de la Seconde Guerre mondiale.

— Imagine, suggéra Margrave avec un regard amusé, qu'il ne soit pas mort.

— Aucune chance. Son laboratoire a été envahi par les Russes. Il a été tué ou fait prisonnier.

— Dans l'hypothèse où il aurait été capturé, pourquoi les Russes n'ont-ils pas poursuivi ses travaux et fabriqué de superarmes ?

— Ils ont bel et bien essayé, répliqua Barrett. Ils ont provoqué le séisme d'Anchorage et détraqué le temps. » Il s'interrompit et une lueur s'alluma dans son regard. « Si les Russes avaient tenu Kovacs, ils auraient fait mieux. Il est donc certainement mort en 1944.

— C'est l'hypothèse communément admise.

— Cesse de prendre cet air supérieur. Tu sais quelque chose.

— L'histoire était vraie jusqu'à un certain point, commença Margrave. Kovacs publie son article sur la guerre électromagnétique, et les Allemands l'enlèvent pour lui faire mettre au point une arme susceptible de sauver le Troisième Reich. Les Russes s'emparent du labo et emmènent les savants en Russie. Mais l'un de ces chercheurs allemands a quitté la Russie à la fin de la guerre froide, et je l'ai retrouvé, ce qui m'a coûté une fortune en pots-de-vin divers.

— Dois-je comprendre qu'il détenait les éléments dont nous avons besoin ?

— Si seulement c'était aussi simple... Le projet avait été strictement compartimenté : les Allemands retenaient la famille de Kovacs en otage et il a gardé pour lui les données cruciales, pour sauver la vie des siens.

— Ça se comprend, dit Barrett. Si les Allemands avaient connu l'existence d'un antidote à son procédé, ils n'auraient plus eu besoin de lui.

— C'est ce que je pense aussi. Il ignorait que les nazis avaient liquidé sa famille sans attendre et fabriqué de fausses lettres, prétendument envoyées par sa femme, dans lesquelles elle le suppliait de coopérer pour sauver ses enfants. Quelques heures avant l'arrivée des Russes, un homme s'est présenté au labo et a emmené Kovacs avec lui. Un grand type, blond, en Mercedes, selon notre enquêteur.

— Un signalement qui s'applique à la moitié de la population allemande, marmonna Barrett qui leva les yeux au ciel.

— Nous avons eu de la chance. Quelques années après son départ de Russie, un de nos correspondants en Allemagne est tombé, dans une revue de ski, sur une photo de l'homme blond. Dans les années soixante, le type qui a enlevé Kovacs a remporté une compétition de ski pour amateurs. Malgré une barbe et quelques années de plus, notre informateur affirmait qu'il s'agissait bien du même homme.

— Tu l'as retrouvé ?

— J'ai envoyé quelques gars de notre service de sécurité pour l'inviter à discuter. La même société qui nous fournit des gardes pour l'île.

— C'est qui, cette société, le Syndicat du crime ?

— C'est Gant qui les a proposés, fit Margrave en souriant. Je reconnais qu'ils ne font pas dans la dentelle, mais nous voulions des pros qui ne s'encombreraient pas de scrupules pour pousser un peu loin les frontières de la légalité.

— J'espère que ces gaillards t'en ont donné pour ton argent.

— Pas encore. Ils ont loupé l'occasion de parler au contact de Kovacs. Il les a sentis venir et a filé.

— Console-toi. Même si tu mets la main sur lui, rien ne dit qu'il sache quoi que ce soit des secrets de Kovacs.

— Je suis arrivé à la même conclusion. Alors je suis revenu à Kovacs : j'ai fait des recherches poussées sur tout ce qu'on a écrit et dit sur lui en partant du principe que, s'il avait vécu, il aurait poursuivi ses travaux.

— Un véritable acte de foi car, après tout, ses travaux ont causé la perte de sa famille.

— Il devait agir avec prudence, mais son empreinte serait difficile à dissimuler. Toutes les revues scientifiques publiées depuis la guerre sont passées entre nos mains, et nous avons découvert de nombreux articles mentionnant certaines utilisations particulières des champs électromagnétiques.

— Tu as toute mon attention, fit Barrett en se penchant en avant.

— Un des pionniers dans ce domaine était une société de Detroit fondée par un immigrant européen du nom de Viktor Janos.

— *Janus*, le dieu romain à deux visages qui regarde à la fois le passé et le futur. Intéressant.

— C'est ce que j'ai pensé. Le parallèle avec les travaux de Kovacs était incroyable. Si Van Gogh avait cherché à copier Cézanne, il aurait été capable de maîtriser la lumière des impressionnistes mais n'aurait pu s'empêcher d'utiliser des couleurs fondamentales et violentes.

— Que sais-tu de Janos ?

— Pas grand-chose. Avec de l'argent on achète l'anonymat. Il se disait roumain.

— Le roumain était une des six langues que Kovacs parlait couramment. Continue.

— Son labo se trouvait à Detroit et il habitait Grosse Pointe. Le moindre appareil photo le faisait fuir, mais il ne pouvait dissimuler le généreux philanthrope qu'il était. On citait sa femme dans les chroniques mondaines locales. On annonça aussi la naissance de leur enfant, un fils qui mourut avec sa femme dans un accident de voiture.

— Bref, une impasse, non ?

— C'est ce que je croyais. Mais Janos avait une petite-fille. J'ai fait des recherches sur elle et j'ai trouvé le filon : sa thèse de doctorat sur les mammouths.

— Les éléphants préhistoriques ? Mais quel rapport avec Kovacs ?

— Attends un peu. Elle soutient que les mammouths ont été exterminés par une catastrophe naturelle, une version, bien plus dévastatrice, de ce que nous essayons de faire. C'est ici que ça devient intéressant : dans sa thèse, elle soutenait que la science aurait été en mesure de neutraliser la catastrophe si elle s'était produite de nos jours.

— L'antidote ? s'exclama Barrett, éberlué. Tu plaisantes ?

Margrave prit un classeur sur la table et le lança sur les genoux de Barrett.

— Quand tu auras lu cela, je crois que tu changeras d'avis en ce qui concerne notre projet.

— Et la petite-fille ?

— Elle est paléontologue et travaille à l'Université de l'Alaska où Gant et moi avons décidé d'envoyer quelqu'un lui parler.

— Pourquoi ne pas retarder le projet en attendant de découvrir ce qu'elle sait ?

— Je veux bien, mais je tiens à ce que tout soit en place de manière à démarrer tout de suite après.

Margrave se tourna vers Doyle qui avait suivi toute la discussion sans rien dire.

— Que penses-tu de tout cela ?

— Je ne suis qu'un pauvre pilote de la cambrousse. Je suis le mouvement.

— Le Tatoué et moi, fit Margrave en lançant un clin d'œil à Barrett, nous allons être occupés un moment.

— Compris. Je me sers une autre bière et je vais faire un tour.

Doyle parti, les deux hommes s'installèrent devant un ordinateur. Quand ils se furent assurés que leur plan ne pouvait pas les mener plus loin, ils convinrent de se revoir plus tard. Doyle se promenait sur le quai quand ils se séparèrent.

— Je suis heureux que tu aies décidé de ne pas abandonner, déclara Margrave à Barrett, au nom de notre vieille amitié.

Ils se serrèrent la main et, quelques minutes plus tard, l'avion décollait. Margrave ne le quitta des yeux que quand il fut devenu un point dans le ciel, ensuite il regagna le phare et resta un moment devant la fenêtre du premier étage, un sourire figé sur son étrange visage : ce Barrett, tout génial qu'il était, faisait preuve d'une incroyable naïveté en matière de politique.

Contrairement à ce qu'il avait affirmé, Margrave n'avait en effet nullement l'intention de remettre à plus tard son projet car si le moment où la fin justifiait les moyens existait bien, c'était maintenant.

12

— INCROYABLE ! S'EXCLAMA BARRETT, plongé dans le dossier que lui avait remis Margrave.

— Intéressant, ce que vous a donné Tris ? demanda Doyle en se tournant vers lui.

— Intéressant et fantastique à la fois !

Barrett s'arracha à sa lecture et jeta un coup d'œil par le hublot. Il n'avait guère prêté attention à ce qui se passait à l'extérieur du cockpit et s'attendait à revoir la côte rocheuse qu'ils avaient survolée à l'aller. Mais, à la place du golfe du Maine, il découvrit une forêt de pins s'étendant à perte de vue.

— Dis donc, Mickey, tu n'aurais pas bu une bière de trop là-bas ? demanda Barrett. Où est l'eau ? Nous n'avons pas suivi cette route à l'aller. Nous nous sommes perdus ?

Doyle sourit largement, comme si on l'avait surpris en train de faire une blague.

— C'est la route panoramique. Je voulais vous montrer où je chasse le cerf. Un détour de quelques minutes seulement. On dirait que c'est du nanan les papelards que vous a passés Tris.

— Oui, acquiesça Barrett, c'est assez étonnant. Tris a raison. Le sujet est ardu et l'auteur généralise beaucoup. Et puis il y a une différence entre des phénomènes qui se produisent naturellement et ceux que nous essayons de déclencher. Mais elle a des informations de première main sur ce prétendu antidote, comme si elle en avait personnellement parlé avec Kovacs.

— Ça doit vouloir dire que vous restez dans le coup.

— Pas du tout, le détrompa Barrett en secouant la tête. Je ne découvre rien là-dedans qui m'incite à changer d'avis. Même si nous parlions à cette femme, il serait impossible de distinguer ce qu'elle sait vraiment de ce qui relève de la simple théorie. Cette folie ne peut pas continuer. La seule façon d'éviter un désastre, c'est de publier.

— Que voulez-vous dire ?

— Un de mes amis tient la chronique scientifique du *Seattle Times*. Dès que nous aurons atterri, je l'appelle et je lui raconte toute l'histoire.

— Dites donc, riposta Doyle, vous ne pouvez pas expliquer l'affaire à tout le monde. Vous êtes sûr de vouloir la publier ? Ça pourrait vous attirer de sacrés ennuis.

— Je prendrai le risque.

— Ça flanquera un sacré coup à Tris et au projet. C'est votre associé, quand même.

— J'ai bien réfléchi. Tout bien pesé, cela vaudra mieux pour lui.

— Je n'en suis pas sûr.

— Moi, si. Peut-être qu'il finira par me remercier d'avoir sabordé ce projet insensé.

— Pourquoi se précipiter puisqu'il attendra que quelqu'un ait parlé à la petite-fille de Kovacs ?

— Ça fait longtemps que je travaille avec Tris, il ne m'a dit cela que pour me calmer, déclara Barrett avec un sourire. Le monde doit savoir ce que nous préparons et, malheureusement, c'est à moi de vendre la mèche.

— Bon sang !

— Qu'est-ce qui ne va pas, Mickey ? Tu disais que c'était moi qui faisais la tête.

— Depuis combien de temps, vous connaissez-vous tous les deux ?

— Depuis nos études au MIT. Tu travaillais à la cafétéria. Comment as-tu pu oublier ?

— Je n'ai pas oublié. Vous étiez le seul de ces petits poseurs d'étudiants à ne pas me traiter comme de la merde. Vous étiez mon ami.

— Et tu me l'as bien rendu. Tu m'as fait connaître les meilleurs bars pour draguer les filles à Cambridge.

— J'en connais encore, fit Doyle avec un clin d'œil.

— Tu t'es bien débrouillé, Mickey. Il n'est pas donné à tout le monde de devenir pilote.

— Je ne suis rien du tout auprès du Patron.

— Tris n'a pas son pareil en effet. J'ai toujours été un bricoleur, comme un architecte qui ne construira jamais qu'une seule maison. Lui jouerait les promoteurs et en vendrait des milliers. C'est sa vision des choses qui a fait notre fortune à tous les deux.

— Vous croyez à toutes ces histoires d'anarchie qu'il raconte ?

— En partie. Le monde souffre de graves déséquilibres et j'aurais aimé secouer un peu les Élites, mais je reconnais que le défi scientifique m'intéressait davantage. Maintenant, tout ça est tombé à l'eau et j'ai besoin d'y voir clair.

— Je vous le dis en ami, ce n'est pas une bonne idée.

— J'apprécie ton amitié mais je dois te dire que je ne suis pas d'accord avec toi.

— Moi non plus, répondit Doyle, manifestement navré, après être resté silencieux un moment. » La question apparemment réglée, Barrett se replongea dans le dossier, tout en jetant de temps à autre un coup d'œil par le hublot sur l'épaisse forêt qu'ils survolaient. « Houlà ! Qu'est-ce que c'est ?

— Je n'entends rien d'autre que le bruit du moteur, observa Barrett qui interrompit sa lecture.

— Quelque chose cloche, insista Doyle, soucieux, tandis que 'avion piquait de quelques mètres. Bon Dieu, nous perdons de la puissance. Cramponnez-vous. Il va falloir qu'on se pose.

— Qu'on se pose ? répéta Barrett, très inquiet. Mais où ça ? Les bois sont trop touffus.

— Je connaissais assez bien la région quand je chassais par ici, mais ça fait un moment. Je crois me souvenir qu'il y a un lac pas très loin d'ici.

L'appareil continuait de perdre de l'altitude.

— Là, dit Barrett en désignant un reflet.

Doyle repéra la petite étendue d'eau bleue et se dirigea vers elle. L'avion amorça sa descente qui, semblait-il, se serait achevée dans les hautes branches des pins si, à la dernière seconde, Doyle n'avait réussi à redresser l'appareil qui frôla le faîte des arbres avant de se poser brutalement sur les eaux du lac.

L'élan de la machine l'entraîna jusqu'à une petite plage dont le sable freina les flotteurs.

— Sacrée descente, fit-il en riant. Ça va ?

— J'ai l'estomac un peu retourné mais, à part ça, je vais bien.

— Se poser, c'était facile, mais repartir sera plus dur, constata Doyle après un coup d'œil aux bois qui les entouraient.

— Demandons du secours, suggéra Barrett en désignant la radio.

— Dans une minute, quand j'aurai estimé les dégâts.

Il descendit sur le ponton et gagna la plage. Il se pencha à plusieurs reprises pour inspecter le dessous du fuselage.

— Hé, le Tatoué, venez voir ça.

Barrett sortit de l'appareil.

— Qu'y a-t-il ?

— Ici, sous le fuselage. C'est étonnant.

Tenant toujours son dossier, Barrett s'agenouilla.

— Je ne vois rien.

— Attends un peu, tu vas voir, lâcha Doyle en même temps qu'il tirait un pistolet de sous son caban.

Barrett se pencha encore davantage, le dossier lui échappa et les documents se répandirent sur le sol. Certains, emportés par la brise du lac, s'envolèrent ; Barrett se précipita et parvint à les ramasser avant qu'ils s'envolent parmi les arbres. Il les remit dans le classeur qu'il serra contre sa poitrine et revint vers l'avion avec un sourire triomphant.

Il aperçut alors le pistolet que Doyle tenait à la main.

— Que se passe-t-il, Mickey ?

— Adieu, le Tatoué.

Au ton de Doyle, il sentit que son ami ne plaisantait pas. Son sourire s'effaça.

— Pourquoi ?

— Je ne peux pas vous laisser couler le projet.

— Écoute, Mickey. Tris et moi pouvons en discuter.

— Ça n'a rien à voir avec Tris.

— Je ne comprends pas.

— Je boirai une bière à votre santé la prochaine fois que je retournerai à Cambridge, annonça Doyle.

Un *pop-pop* jaillit du 6,35 qu'il brandissait.

La première balle s'enfonça dans le cuir du dossier – Barrett ressentit le choc contre sa poitrine –, mais il était encore incrédule quand la seconde lui effleura la tête. A cet instant, l'instinct de survie l'emporta et, lâchant le dossier, il tourna les talons pour foncer vers les bois. Doyle tira encore à deux reprises, mais les projectiles se fichèrent dans un tronc d'arbre. Avec un juron, il se précipita à la poursuite de Barrett.

Ce dernier fuyait sans se soucier des branches basses qui lui labouraient le visage ni des ronces qui griffaient son jean. La surprise et la consternation avaient cédé la place à la terreur pure. Du sang ruisselait sur le côté de son visage et sur son cou. Il courait comme un fou, droit devant lui, quand il aperçut le reflet argenté de l'eau : il était revenu vers le lac et ne pouvait plus rebrousser chemin.

Il déboula sur une petite crique à environ cent mètres de l'appareil. Juste derrière lui, le bruit des pas de Doyle foulant les broussailles. Alors, sans hésiter, il pénétra dans l'eau, prit une profonde inspiration et se mit à nager. Excellent nageur, malgré ses bottes, il s'était déjà éloigné de quelques mètres quand Doyle atteignit le rivage. Il plongea aussi profondément qu'il le put.

Doyle, après avoir soigneusement scruté les remous à l'endroit où Barrett avait disparu, entreprit de cribler méthodiquement la surface de l'eau d'une grêle de balles, puis il rechargea patiemment et vida un autre chargeur.

L'eau à l'endroit où Barrett avait plongé était teintée de rouge et Doyle avait décidé d'attendre les cinq minutes au-delà desquelles Barrett ne pourrait plus retenir son souffle quand quelqu'un cria de derrière un bouquet de roseaux qui poussaient dans l'eau sur sa gauche.

Après un dernier coup d'œil à la tache qui s'étalait à la surface du lac, il remit son pistolet dans sa ceinture, repartit dans la futaie d'un pas vif et regagna la clairière. Il ramassa les papiers que Barrett avait laissé tomber et les remit dans le dossier, remarquant au passage le trou laissé par la balle dans le cuir de la reliure. Il poussa un juron. Ça lui apprendrait à se servir d'un pistolet de dame. Quelques minutes plus tard, il était aux commandes de l'avion et volait au-dessus du faîte des arbres.

Dès qu'il pensa avoir un réseau, Doyle composa un numéro sur son portable.

— Alors ? interrogea une voix masculine.

— Mission accomplie, répondit Doyle. J'ai vainement essayé de le faire changer d'avis, il était décidé à tout raconter.

— Dommage. C'était un type brillant. Pas de problèmes ?

— Aucun, affirma Doyle sans vergogne.

— Bon travail, dit la voix. Je veux te voir demain.

Doyle acquiesça. Après avoir raccroché, il éprouva un bref élan de sentimentalité irlandaise à l'idée d'avoir dû tuer un vieil ami. Mais Doyle avait grandi dans un quartier où l'amitié pouvait s'achever sur une inhumation nocturne à cause d'une affaire de drogue qui avait mal tourné ou encore d'un commentaire lâché imprudemment. Ce n'était pas la première fois qu'il liquidait un ami ou une connaissance. Les affaires, hélas ! sont les affaires, conclut-il en lui-même, oubliant Barrett et préférant penser aux richesses et au pouvoir désormais à portée de sa main.

Il aurait été moins à l'aise s'il avait su ce qui se passait là-bas sur le lac. Un canoë avait contourné le massif de roseaux : les deux pêcheurs à la mouche de l'embarcation ayant entendu les coups de feu voulaient prévenir le chasseur de leur présence dans les parages. L'un des deux était un avocat de Boston mais, surtout, l'autre était médecin.

— Bon Dieu, qu'est-ce que c'est que ça ? s'exclama l'avocat en désignant l'eau.

— On dirait, fit le docteur, une araignée posée sur un melon.

Ils approchèrent en pagayant à quelques mètres de l'objet. Le melon disparut pour laisser place à des yeux, un nez et une bouche béante. L'avocat leva sa pagaie, prêt à l'abattre sur la tête flottant sur l'eau. Barrett le Tatoué regarda les deux visages stupéfaits. Sa bouche s'ouvrit.

— Au secours, implora-t-il.

13

L'ÉTRAVE DU BRISE-GLACE KOTELNY, qui, grâce à ses vingt-trois mille tonnes de déplacement et aux soixante-quinze mille chevaux de ses puissantes machines pouvait se frayer un chemin à travers plus de deux mètres de glace, fendait la banquise de printemps avec autant de facilité qu'une lame tiède découpant un sorbet. Debout à l'avant, Karla Janos inspectait l'île noyée dans la brume où elle se rendait et eut l'impression qu'on venait de marcher sur sa tombe.

Le frisson involontaire qui n'avait rien à voir avec le rude climat de la mer de Sibérie orientale parcourut son corps élancé. Karla, emmitouflée dans une parka en duvet, s'était en effet habituée à ce froid mordant après deux hivers passés à l'Université d'Alaska de Fairbanks où la température avoisinait les - 40° C. Elle connaissait suffisamment les parages du cercle arctique pour se douter que l'île d'Ivoire ne tiendrait pas les promesses de chaleur et de douceur qu'évoquait son nom, mais elle n'imaginait absolument pas un décor aussi sinistre.

Karla, en scientifique chevronnée, attribua sa réaction plus à l'émotivité qu'à l'objectivité ; il n'en demeurait pas moins vrai que l'endroit présentait un aspect menaçant difficile à oublier : l'île était dominée par un volcan éteint au sommet tronqué sur lequel subsistaient des plaques de neige tandis que le ciel bas noyait toutes les couleurs et diffusait indifféremment sur la mer et la terre une même lumière grisâtre. Le navire se rapprocha et elle constata que les collines et la toundra autour du volcan étaient sillonnées par un réseau de falaises sur lesquelles le soleil déclinant créait une illusion d'optique : la surface de l'île semblait crispée par une douleur insupportable.

— Pardonnez-moi, mademoiselle Janos. Nous jetterons l'ancre dans quinze minutes.

Elle se retourna pour répondre au commandant du navire, le capitaine Ivanov, un homme trapu d'une soixantaine d'années, au visage tanné par les intempéries et au menton encadré par une barbe blanche de vieux loup de mer.

Cet homme affable avait passé le plus clair de son existence à naviguer dans les eaux glaciales de l'archipel. Depuis qu'elle avait embarqué sur le brise-glace, sur l'île Wrangel, elle s'était liée d'amitié avec Ivanov qui la traitait comme sa fille. Elle appréciait leurs conversations lors des dîners et les connaissances du capitaine en histoire, en biologie et en météorologie – qui dépassaient largement celles que l'on pouvait attendre du commandant d'un gros bateau sur des mers peu accueillantes – l'avaient impressionnée. Elle l'avait fait rougir lorsqu'elle lui avait affirmé qu'il représentait à ses yeux un véritable homme de la Renaissance.

Quant au capitaine, c'était sa propre fille, une danseuse du Bolchoï, que lui rappelait Karla : grande, svelte et dotée de jambes interminables, elle évoluait avec la grâce de quelqu'un qui a confiance dans son corps. Outre ses longs cheveux blonds, noués sur la nuque, elle avait hérité la beauté de ses ancêtres magyars et slaves : un front large, des pommettes saillantes, une bouche sensuelle, un teint de neige et des yeux d'un gris de fumée dont le dessin en amande évoquait une ascendance asiatique. Karla avait fait un peu de danse, mais elle préférait l'athlétisme : elle avait d'ailleurs été championne du quatre cents mètres à l'Université du Michigan où elle avait obtenu le titre de docteur en paléontologie ainsi qu'un diplôme de biologie des vertébrés.

— Merci, capitaine Ivanov, dit-elle. Mes bagages sont prêts, je vais tout de suite les chercher dans ma cabine.

— Prenez votre temps. Vous avez l'air préoccupée, fit-il en la fixant de ses yeux bleus. Ça va ?

— Très bien, je vous remercie. J'observais l'île et, ma foi, je la trouve plutôt sinistre. Mon imagination, sans doute.

— Pas complètement, rectifia-t-il en suivant son regard. Voilà des années que je navigue dans ces eaux et l'île d'Ivoire m'a toujours paru à part. Vous connaissez un peu son histoire ?

— Seulement qu'elle a été découverte par un trappeur.

— Qui a installé un comptoir au bord de la rivière. Mais, comme il a tué d'autres trappeurs au cours d'une bagarre à propos de fourrures, on n'a pas pu donner son nom, celui d'un meurtrier, à son île.

— J'ai entendu cette histoire. Même si j'avais un meurtre sur la conscience, je ne suis pas sûre que j'aimerais voir mon nom attaché à un endroit aussi isolé et aussi peu attirant. D'ailleurs, je trouve qu'île d'Ivoire est bien plus poétique. Et plus approprié aussi puisque, d'après ce que je connais du site, on y trouverait de l'ivoire. Vous disiez, reprit-elle après un silence, que cette île était à part. En quoi ?

— Parfois, expliqua le capitaine, en doublant l'île la nuit, j'ai vu des lumières se déplacer près de l'ancien comptoir qu'on appelle Ivoireville.

— La base de l'expédition, là où je dois m'installer.

— Il s'agissait sans doute de poches de gaz luminescent.

— De *gaz* ? Vous parliez de lumières se déplaçant.

— Vous êtes très attentive, observa le capitaine. Pardonnez-moi, je ne cherchais pas à vous effrayer.

— Au contraire, vous m'intéressez.

Karla lui rappelait de plus en plus sa fille : intelligente, obstinée, ignorant la peur.

— En tout cas, nous vous récupérerons dans deux semaines. Bonne chance pour vos recherches.

— Merci. J'espère bien découvrir sur l'île de quoi étayer ma théorie sur les causes de la disparition du mammouth laineux.

— En cas de réussite de vos collègues ici, avança-t-il avec un sourire malicieux, peut-être verrons-nous bientôt des mammouths au zoo de Moscou.

— Sans doute pas de notre vivant, soupira Karla. En supposant que l'expédition parvienne à trouver l'ADN d'un spécimen préhistorique et qu'on puisse l'utiliser pour fertiliser une éléphante indienne, il faudrait certainement plus de cinquante ans pour obtenir une créature proche du mammouth.

— J'espère, objecta le capitaine, que cela n'arrivera jamais. A mon avis, il n'est pas sage de manipuler la nature. De même que, selon le dicton des marins, il ne faut pas siffler à bord d'un navire : on pourrait faire venir la tempête.

— Je suis bien d'accord et c'est pourquoi je me limite à la recherche pure.

— Une fois encore, tous mes vœux de réussite. Maintenant, si vous voulez bien m'excuser, il faut que je m'occupe de mon bateau.

Karla le remercia de son hospitalité et ils échangèrent une poignée de main. En voyant le capitaine s'éloigner, Karla se sentit soudain bien seule, mais se consola en songeant au travail qui l'attendait. Elle lança un regard de défi à l'île, regagna sa cabine pour rassembler ses affaires puis remonta sur le pont.

Se frayant un chenal dans la glace, le navire effectua un large virage pour se rapprocher du fond d'une rade naturelle. Karla entassa ses bagages dans le canot du navire et embarqua à son tour. On mit l'annexe à la mer, les deux hommes d'équipage qui y avaient pris place larguèrent les amarres et mirent le cap sur l'île en manœuvrant autour de blocs de glace aussi gros que des voitures. De la rive, une silhouette leur faisait de grands signes.

Quelques minutes plus tard, le canot accosta à quelques dizaines de mètres d'une rivière qui se jetait dans le port, et Karla débarqua sur les cailloux de la plage. La femme d'une quarantaine d'années qui les attendait s'avança et serra dans ses bras une Karla un peu surprise.

— Je m'appelle Maria Arbatov, déclara-t-elle avec un fort accent russe. Je suis si heureuse de vous rencontrer, Karla. On m'a dit beaucoup de bien de vos travaux. Je n'arrive pas à croire que quelqu'un d'aussi jeune ait fait tant de choses.

Maria avait des cheveux argentés noués en chignon, de hautes pommettes toutes roses et un large sourire qui dissipait aussitôt le froid de l'air arctique.

— Moi aussi, je suis contente de vous rencontrer, Maria. Merci de votre chaleureux accueil.

Maria s'excusa : elle devait surveiller le déchargement du matériel transporté par le navire. Les caisses furent soigneusement entassées sur la plage où, expliqua Maria, on viendrait les chercher plus tard car elles ne craignaient rien. Karla remercia les matelots puis suivit Maria ; elles escaladèrent une petite colline et s'engagèrent ensuite le long de la rivière sur un sentier tracé par de multiples passages, montrant que, depuis longtemps, c'était le principal itinéraire pour aller jusqu'à la plage ou en revenir.

— Avez-vous fait bon voyage ? demanda Maria, leurs pieds foulant le permafrost.

— Formidable. Le capitaine Ivanov est un amour. De plus, comme le *Kotelny* emmène régulièrement des groupes de touristes dans les îles, je disposais d'une cabine très confortable.

— Le capitaine a été charmant avec nous aussi quand il a amené l'expédition ici. J'espère que vous ne vous êtes pas habituée à trop de confort. Nous avons fait de notre mieux, mais nos conditions de logement sont beaucoup plus primitives que celles du bateau.

— Je survivrai. Comment avance le projet ?

— Comme le demandent vos compatriotes, préférez-vous que je commence par les bonnes nouvelles ou par les mauvaises ?

Karla lui lança un regard en coulisse.

— Je vous laisse le choix.

— Alors, d'abord les bonnes nouvelles. Nous avons effectué plusieurs sorties et recueilli un grand nombre de spécimens intéressants.

— Voilà une bonne nouvelle. Maintenant, les mauvaises ?

— Vous arrivez en pleine guerre russo-japonaise.

— Je ne me doutais pas que j'entrais dans une zone de combats. Que voulez-vous dire ?

— Vous savez que cette expédition est financée par plusieurs partenaires ?

— Oui. Un consortium de capitaux russes et japonais, l'idée étant de partager les découvertes.

— En tant que scientifique, vous savez que ce qui importe n'est pas tant ce que vous découvrez mais le mérite que cela vous vaut.

— C'est-à-dire réputation, carrière et, au bout du compte, argent.

— Correct. Et, dans ce cas, il y a beaucoup d'argent en jeu et il est d'autant plus important de savoir à qui reviendra le mérite de nos découvertes. » Elles se trouvaient à environ huit cents mètres de la plage et venaient de grimper un petit tertre quand Maria annonça : « Nous y sommes presque. Bienvenue à Ivoireville.

Un chemin les mena à travers la toundra jusqu'à des bâtiments groupés à proximité de la rivière. Le plus grand, de la taille d'un garage pour une voiture, était flanqué de plusieurs constructions sans fenêtre, trois fois plus petites et couvertes de tôle ondulée rouillée. A côté, deux grandes tentes. Karla s'approcha du premier bâtiment et passa la main sur la surface, grise et rugueuse, du mur extérieur.

— Il est presque entièrement fait d'os et de défenses, remarqua-t-elle avec étonnement.

— Les premiers habitants ont utilisé le matériau dont regorgeait l'île, expliqua Maria. Avec les fossiles ils ont fabriqué un ciment artisanal, très robuste et qui remplit parfaitement sa principale fonction, faire obstacle au vent glacé.

Une porte en bois patiné par les intempéries aménagée sur le côté s'ouvrit toute grande pour livrer passage à un gaillard au front bombé. Il écarta Maria et serra Karla dans ses bras avec la fougue d'un oncle qui retrouve sa nièce disparue pour, finalement, l'embrasser sur les deux joues.

— Sergeï Arbatov, se présenta-t-il avec un sourire qui découvrit une collection de dents en or, le directeur de ce projet. Quelle joie d'accueillir une si ravissante créature pour travailler avec nous.

Impossible à Karla de ne pas remarquer que le visage de Maria s'était assombri. Elle s'était renseignée avant de partir sur les membres de l'expédition et avait appris que Sergeï était bien le directeur du projet mais que sa femme avait plus de diplômes que lui. Karla, qui se heurtait très souvent à la caste des universitaires hommes, n'aimait pas leurs airs protecteurs avec les femmes et leur façon de les traiter par-dessus la jambe. Aussi Karla passa-t-elle devant Arbatov pour prendre Maria par les épaules.

— Et quelle joie je me fais de travailler avec quelqu'un au parcours scientifique si brillant, déclara-t-elle.

Le visage de Maria s'éclaira puis rayonna de plaisir tandis que l'air maussade d'Arbatov démontrait qu'il admettait mal de s'être ainsi fait remettre à sa place. Dieu seul sait ce qui se serait passé si deux autres personnages n'étaient pas sortis à leur tour du bâtiment. Sans hésiter, Karla s'avança pour s'incliner devant l'un des deux hommes.

— Docteur Sato, je m'appelle Karla Janos. Je suis ravie de vous rencontrer. J'ai tellement entendu parler du Centre scientifique et technologique de Gifu et de l'Université de Kinki. Docteur Ito, je présume, poursuivit-elle en se tournant vers le plus jeune, le vétérinaire de l'Université de Kagoshima dans le sud du Japon.

Dans un ensemble parfait, les deux savants gratifièrent la jeune femme d'un large sourire et inclinèrent poliment la tête devant elle.

— Nous espérons que vous avez fait bon voyage, dit le Dr Sato. Nous sommes très heureux que vous puissiez vous joindre à notre expédition.

— Merci à vous de m'accueillir ici. Je sais que vous devez être très pris par vos propres travaux.

Karla échangea quelques mots avec eux à propos de certains scientifiques de leurs relations, puis Maria vint la prendre par le bras.

— Laissez-moi vous montrer où vous allez vous installer, lui proposa-t-elle en entraînant Karla vers une des constructions plus petites.

Elles pénétrèrent dans un bâtiment sombre et qui sentait le renfermé.

— Cela date des premiers trappeurs, les chasseurs d'ivoire ont par la suite développé le camp. C'est plus confortable qu'il n'y paraît, précisa Maria. Les grandes tentes servent de cuisine et de salle à manger ; la petite, un peu à l'écart, fait office de salle de bains, mais le coin étant plutôt venteux, vous apprendrez à vous dépêcher. Il n'y a pas de douche, il faudra vous contenter d'une éponge. Nous disposons d'un générateur que nous n'utilisons qu'avec parcimonie, nos réserves de carburant étant limitées.

— Ça ira très bien, affirma Karla tout en se demandant si le meurtre du trappeur avait été commis dans ce bâtiment.

Elle déroula néanmoins son tapis de mousse sur le sol et y posa son sac de couchage.

— Je dois vous féliciter. Vous avez conquis nos amis japonais en récitant ainsi leur carte de visite.

— Cela n'a pas été très difficile. Quand j'ai su leurs noms, j'ai regardé sur Internet. J'y ai vu leurs photos et leur CV. En revanche, je crois que mon charme n'a guère agi sur Sergeï.

— Mon mari, pouffa Maria, est quelqu'un de bien au fond, sinon il y a longtemps que je m'en serais débarrassée. Mais il peut se montrer un peu lourdaud, surtout avec les femmes, et il a un ego surdimensionné.

— J'ai lu aussi ce qui vous concernait. Il n'a pas la moitié de votre bagage scientifique.

— Oui, mais il a des contacts politiques et c'est ce qui compte. Il vous respectera si vous lui tenez tête mais, si cela ne vous ennuie pas de flatter ce vieux coquin, il viendra lui aussi vous manger dans la main. En fait, il manque vraiment de confiance en lui, alors je le complimente tout le temps.

— Merci du conseil. Je lui passerai de la pommade de temps en temps. Quel est notre programme ?

— Pour l'instant, tout est un peu en suspens.

— Je ne comprends pas, fit-elle avant de distinguer une lueur amusée dans le regard de Maria. Il y a quelque chose dont vous ne m'avez pas parlé ?

— Oui. La bonne nouvelle est que nous avons fait une découverte fantastique, la mauvaise étant que les autres hésitent à vous mettre dans la confidence avant de mieux vous connaître.

Cette mystérieuse allusion piqua la curiosité de Karla mais elle se contenta de répondre :

— Je me plierai à ce que vous déciderez. J'ai mon travail pour m'occuper.

Maria hocha la tête et toutes deux revinrent vers le grand bâtiment devant lequel s'étaient rassemblés les autres scientifiques.

Arbatov prit un ton grave pour s'adresser à Karla.

— Vous arrivez sur l'île, déclara-t-il, à un moment très étrange ou très heureux, cela dépend de vous.

— Je ne comprends pas.

— Nous avons voté, reprit Arbatov avec la même solennité, et nous avons décidé de vous mettre dans le secret. Mais, tout d'abord, vous devez faire le serment de ne rien divulguer de ce que vous aurez vu à qui que ce soit, ni maintenant ni plus tard, sans le consentement exprès des membres de cette expédition.

— Bien entendu, s'engagea Karla. Mais, je ne comprends toujours pas, ajouta-t-elle en jetant à Maria un regard implorant.

Arbatov désigna la cabane dont la lourde porte en bois était gardée par les Japonais, telles des sculptures sur un temple asiatique. Sur un signe du Russe, Sato ouvrit la porte et d'un grand geste invita Karla à entrer.

Tous souriaient. Un instant, Karla se demanda si elle ne s'était pas égarée dans un repaire de détraqués rendus fous par la vie isolée dans l'Arctique ; quoique légèrement hésitante, elle se décida cependant. Il régnait là une atmosphère encore plus renfermée que celle de la pièce qui lui avait été dévolue et elle perçut l'odeur animale qui imprègne les granges. Ces relents provenaient d'une masse de fourrure d'un brun fauve qui gisait sur une table illuminée par des projecteurs alimentés par le générateur. Elle fit encore un pas et commença à distinguer les détails.

La créature semblait assoupie et Karla n'aurait guère été étonnée de voir ses yeux s'ouvrir, sa queue s'agiter et son petit corps remuer.

Allongé devant elle, l'air aussi vivant que, sans doute, vingt mille ans plus tôt, se trouvait le bébé mammouth le plus parfaitement conservé qu'elle eût jamais vu.

14

J*ORDAN* G*ANT*, *À L'INSTAR DE LA* C*HIMÈRE*, le monstre de la mythologie grecque, présentait un assemblage d'aspects disparates.

La contenance disciplinée d'un moine qui s'impose des jeûnes, mais également le costume noir taillé sur mesure et le chandail à col roulé assorti – qui faisaient ressortir la pâleur de son teint et ses cheveux argentés – d'un prix bien supérieur au revenu hebdomadaire de la plupart des individus. Un bureau sur Massachusetts Avenue à Washington, spartiate, comparé au luxe qu'affichaient les autres prestigieuses fondations du quartier, mais, en Virginie, une ferme superbe, une écurie et un garage abritant plusieurs voitures de sport. Une fortune constituée grâce à de judicieux investissements internationaux, mais à la tête d'une organisation qui avait pour objectif déclaré de s'opposer aux entreprises qui l'avaient rendu riche.

Ses oreilles, petites et très près du crâne, lui donnaient le profil effilé d'une mascotte de voiture. Son visage était lisse comme si aucun trait de caractère – bon ou mauvais – ne l'avait marqué et les expressions qu'on pouvait y observer n'offraient pas plus de substance que des images projetées sur un écran : on n'y lisait jamais la moindre émotion. Il avait maîtrisé jusqu'à la perfection le sourire du politicien et il le déclenchait comme on appuie sur un bouton. Arborant le masque des acteurs du théâtre antique, il était capable de feindre un intérêt sincère pour les conversations les plus ennuyeuses ou de manifester à volonté joie ou compassion. Aussi pouvait-on parfois se demander si on ne se trouvait pas face à une illusion plus qu'à un être humain.

Pour l'heure, Gant, assis dans son bureau, avait choisi son air le plus souriant pour discuter avec Irving Sacker, un homme entre deux âges doté de bajoues et de cheveux clairsemés. Mains soigneusement manucurées, coupe de cheveux sans fantaisie et costume classique, Sacker et les trois autres avocats de l'influent cabinet de Washington dont il utilisait les services semblaient tous sortis du même moule. Aucune ressemblance physique entre eux, mais la même expression avide de prédateurs prêts à fondre sur le moindre détail juridique qui attirerait leur attention.

— Je vois que vous avez apporté les dossiers et les disquettes comme je vous l'avais demandé, nota Gant.

— Normalement, précisa Sacker en lui tendant une serviette, nous gardons une copie de sauvegarde de nos documents au cabinet mais, étant donné votre générosité en contrepartie de notre discrétion, nous avons tout retiré de nos dossiers et de nos ordinateurs. Tout est là. Comme si nous n'avions jamais travaillé pour vous.

— Au nom du Réseau des intérêts mondiaux, j'aimerais vous remercier de tout ce que vous avez fait pour nous. Merci d'avoir gardé le secret sur ce projet.

— Nous n'avons fait que notre métier, déclara Sacker. De plus, la mégasociété que nous avons créée pour vous sur le papier représentait un défi intéressant, celui de contrôler la totalité des moyens de communication électroniques de la planète tels que réseaux de téléphones portables, satellites, télécommunications. Absolument tout.

— Vous conviendrez que nous tendions vers cela, avec tous les rachats et les fusions qu'on a vu s'opérer.

— De la petite bière auprès de l'entité que nous avons organisée pour vous.

— Alors, vous avez réalisé exactement ce qu'on vous avait demandé de faire.

— Dans ce cas, observa Sacker avec un sourire, j'espère que vous ferez appel à nous dans tous les cas où des actions antitrusts vous seront intentées.

— Vous serez les premiers sur notre liste, dit Gant en riant.

— Me permettriez-vous de vous poser une question, monsieur Gant ?

— Je vous en prie. Allez-y.

— Dans certaines circonstances, des plus improbables, un tel ensemble d'accords et de contrats pourrait mettre quelqu'un en position d'assumer le contrôle des principaux systèmes de communication du monde. Corrigez-moi si je me trompe, mais votre fondation se trouve en contradiction avec ce que vous considérez comme une organisation tyrannique du commerce mondial, du système des marchés et du capitalisme.

— C'est exact. Notre réseau, le RIM, est une entité prodémocratique et non partisane. Le libre commerce, nous en convenons, peut bénéficier aux pays en voie de développement et promouvoir la paix. Mais nous faisons campagne contre la forme actuelle du libre-échange. Nous n'aimons pas que les intérêts des sociétés passent avant les normes de sécurité, et que les principes écologiques soient considérés comme des obstacles à la liberté du commerce. Nous sommes opposés à la concentration du pouvoir entre les mains de quelques multinationales. Nous nous opposons à ce que des investissements se fassent au mépris des frontières qui séparent les sociétés pour permettre à celles-là d'échapper aux lois de leur pays d'origine. Nous considérons la Banque mondiale, l'Organisation mondiale du commerce et le Fonds monétaire international comme des institutions supplantant le gouvernement local. » Il prit une brochure rouge, bleue et blanche et la tendit à Sacker. « Vous trouverez dans ce beau livret tout ce qui concerne notre campagne Projet Liberté.

— Je l'ai lu, répondit Sacker, et je suis d'accord avec certaines de vos positions, ajouta-t-il en regardant les affiches collées au mur et représentant l'OMC sous la forme d'une pieuvre géante. Pourquoi alors une fondation comme la vôtre dépenserait-elle des sommes pareilles pour mettre sur pied le type même d'organismes auxquels vous êtes hostile ?

— C'est très simple. Nous pensons que la mégasociété que vous avez conçue deviendra dans l'avenir une réalité. Si vous voulez combattre votre ennemi, il faut le connaître. Nous sommes avant tout un groupe de réflexion. L'esquisse que vous avez préparée nous donnera l'occasion de mesurer les faiblesses, et les points forts, d'un réseau planétaire de communications.

— Très habile. Il me semble que le RIM se débrouille déjà plutôt bien sur le plan de la communication. Impossible d'allumer la télé sans tomber sur un de vos porte-parole en train de pontifier sur l'actualité.

— Je vous remercie. Notre rayon d'activité est en effet assez impressionnant, mais vous parlez d'influence, et non de pouvoir.

Sacker jeta un coup d'œil à sa montre et se leva. Gant échangea des poignées de main avec l'équipe d'avocats et les raccompagna jusqu'à la porte.

— Merci encore. Nous vous tiendrons au courant.

Après leur départ, Gant prit le téléphone, pressa un bouton et dit quelques mots. La porte de côté s'ouvrit et Mickey Doyle entra.

— Bonjour Mickey, dit Gant. Tu as entendu ?

Doyle acquiesça.

— Il est malin, ce Sacker. Il flairait quelque chose, mais il ne savait pas très bien quoi.

— Je pense l'avoir envoyé sur une fausse piste avec mes commentaires, mais je ne suis pas sûr qu'il m'ait totalement cru. Peu importe. As-tu parlé à Margrave depuis l'incident avec Barrett ?

— Ce matin même. Il m'a dit qu'il avait essayé de joindre le Tatoué, mais qu'il n'avait pas réussi. Je lui ai signalé que, quand je l'ai déposé à l'aéroport de Portland, Barrett m'avait expliqué qu'il voulait prendre quelques jours pour réfléchir.

— Bon travail.

Il ouvrit un tiroir du bureau et en tira un dossier relié en cuir. Pour éviter les questions au sujet de la trace de balle dans le classeur, Doyle l'avait remplacé par un neuf.

— J'ai lu les papiers de Karla Janos. Elle sait quelque chose, c'est certain.

— C'est ce que disait le Tatoué. Que voulez-vous que je fasse en ce qui la concerne ?

— C'est déjà en cours. Quand tu m'as appelé de l'île pour me parler d'un antidote capable de neutraliser ce que nous sommes en train de mettre au point, j'ai décidé d'intervenir rapidement. Notre service de sécurité a retrouvé sa trace à l'Université d'Alaska à Fairbanks. Malheureusement, nous l'avons manquée de peu : elle est partie rejoindre une expédition scientifique en Sibérie.

— En Sibérie ! Bon sang ! Pourquoi pas la lune ?

— Ne t'inquiète pas. Les gens qui paient les factures ici à la fondation ont le bras long. Ils font souvent des affaires avec la Russie et ils ont pu me mettre en relation avec quelqu'un à Moscou qui a aussitôt prévenu ses contacts en Sibérie ; résultat : mademoiselle Janos a été repérée sur une île perdue. Ils vont l'enlever et la garder prisonnière jusqu'à ce que l'équipe qui est en route puisse l'interroger et déterminer ce qu'elle sait au juste.

— Vous croyez que ses connaissances pourraient faire couler le projet ?

— Ça n'a pas d'importance, rétorqua Gant. Nous voulons juste savoir si elle en a parlé à quelqu'un. Ensuite, nous nous débarrasserons d'elle. Nous risquons d'ailleurs d'avoir un autre problème à régler, celui que pose Kurt Austin, le type de la NUMA dont parlait Barrett. Ça ne me plaît pas qu'il ait vu le mécanisme de la bobine.

— On va le garder à l'œil.

— J'ai consulté son CV : impressionnant. Il ne faut pas que cet Austin nous cause des ennuis. S'il s'avère une menace, il faudra l'éliminer sans attendre. Pour l'instant, reste en contact avec Margrave et signale-moi tout ce qui te paraît important. Nous tenons à ce qu'il mène ce projet à son terme en y consacrant sa fortune et son énergie.

— Ce sera un plaisir.

Si Gant était passé maître dans l'art de dissimuler ses émotions, il n'avait pas son pareil pour déchiffrer les expressions de ses interlocuteurs : Doyle, en l'occurrence, évoquait un bulldog auquel on s'apprête à servir un steak.

— Tu ne l'aimes pas, hein ?

— Tris ? Non. Il m'a toujours traité comme de la merde. Il me prend pour son larbin. Il m'envoie lui chercher un café et des verres et me récompense d'une bière. Pour un type comme lui, je suis invisible.

— C'est ce qui te rend si précieux pour le Projet Liberté. Et tu seras récompensé au-delà de tout ce dont tu peux rêver. Pour te consoler, je te dirai que Margrave, tout brillant qu'il soit, n'a aucune idée de ce qui se passe sous son nez. Il ne se doute absolument pas que la firme de sécurité qui travaille pour lui fait partie de l'armée privée des « Élites », ainsi qu'il les nomme, auxquelles il veut donner une leçon. Il est persuadé que son petit projet permettra à ses amis néo-anarchistes d'atteindre leurs objectifs. Il ne réalise pas que ce qu'il trame le détruira, lui et ses copains prolos, et renforcera le pouvoir de ceux qu'il cherche à écraser.

— Et le vieux du Montana, que voulez-vous en faire ?

— Je t'assomme avec mes divagations philosophiques, fit Gant en riant.

— Pas du tout, seulement il me faut des instructions.

— Je pensais que tu ne voudrais plus t'en prendre à ce vieux grizzly qui a envoyé au tapis deux de tes hommes.

— Il était malin. Eux étaient stupides.

— Je n'aime pas les affaires en suspens, mais il ne représente plus une priorité. Maintenant que nous tenons des informations sur la fille, nous n'avons plus besoin de lui. Ah, encore une chose. Les avocats de tout à l'heure, j'aimerais que tu les liquides. Que ça ressemble à un accident, une explosion à leur cabinet peut-être.

— Je m'y mets tout de suite, conclut Doyle avant de se lever de son fauteuil.

Une fois Doyle parti, Gant s'approcha de la fenêtre et contempla la perspective de Massachusetts Avenue. Les idiots de cette ville, songea-t-il, s'imaginent qu'ils vivent dans le pays le plus puissant du monde ; ils n'ont jamais envisagé un seul instant que la puissance militaire pût avoir ses limites. L'organisation des Élites à laquelle il appartenait avait compris, elle, qu'on arrivait à ses fins en politique pas seulement en faisant tonner les canons mais aussi en exerçant une surveillance étroite et un contrôle sans faille de tous les moyens de communication.

Des objectifs qui seraient bientôt atteints.

15

ACCOUDÉ AU BASTINGAGE DU THROCKMORTON, Austin observait à la jumelle le navire qui venait de surgir des profondeurs de la mer : il penchait dangereusement d'un côté, tel un homme ivre, et se trouvait si bas sur l'eau que même les petites vagues de moins d'un mètre en éclaboussaient le pont. Austin se demandait par quel miracle le vaisseau parvenait encore à ne pas se laisser entraîner dans sa tombe aquatique.

Austin disposait d'une certaine expérience en matière de renflouage – il avait en effet remonté du fond de la mer des objets de toutes les formes et de toutes les tailles, des bombes atomiques aussi bien que des sous-marins – et savait donc que les lois de la physique interdisaient tout simplement à ce bateau de flotter. Mais il savait aussi la mer capable de produire des événements étranges ; il n'était pas superstitieux, mais ses années passées à sillonner les océans du monde lui avaient enseigné que l'inexplicable pouvait être banal et, à l'instar de nombreux marins, il avait tendance à prêter aux navires des qualités humaines. Celui-là paraissait déterminé à raconter son histoire et Austin était tout aussi décidé à écouter ce qu'il avait à dire.

— Comment se maintient-il à flot ? demanda Zavala.

— Je ne sais pas ce qui l'empêche de couler ni pourquoi il est remonté, répondit Austin. Il devait être collé dans la vase du fond, alourdi par une cargaison que le tourbillon aura détachée, et il sera revenu à la surface, comme un bout de bois. D'accord, reprit-il après avoir remarqué l'air sceptique de Zavala, j'ignore pourquoi il est remonté et pourquoi il n'a pas coulé. Tu n'aurais pas envie d'aller regarder ça de plus près ?

Les deux amis étaient toujours enveloppés dans la couverture avec laquelle les avait accueillis l'équipage après leur difficile sauvetage des Trout.

— Moi qui espérais m'installer avec une bouteille de tequila ! Enfin, le temps de passer des vêtements secs et je suis prêt à remonter dans l'hélico.

— Je pensais plutôt y aller en canot, rectifia Austin. Pour monter à bord et voir un peu ce qui se passe.

— Je suis toujours partant pour une partie de canotage. D'ailleurs, la tequila s'améliore en vieillissant.

Austin proposa qu'ils se retrouvent sur la rampe du canot et descendit dans sa cabine pour se changer. Avant de rejoindre Zavala, il fit un crochet par l'infirmerie pour prendre des nouvelles des Trout. Ils dormaient. Ils étaient épuisés par leur long séjour dans l'eau mais après quelques heures de repos, lui assura-t-on, ils seraient en pleine forme.

En sortant, il rencontra le professeur Adler impatient d'entendre les Trout au sujet de leur expérience dans le tourbillon. Déçu de ne pas pouvoir les voir, il fut néanmoins ravi par la proposition d'Austin de rencontrer, en attendant, les membres de l'équipage du *Benjamin Franklin* transportés à bord du *Throckmorton* pour y être soignés. Le *Franklin* avait été ancré à proximité pour procéder à quelques réparations.

Austin retrouva Zavala auprès de l'annexe, comme prévu, et, quelques minutes plus tard, le canot fendait les vagues en direction du bateau mystère. Austin lui fit décrire une large trajectoire circulaire pour permettre à Zavala de prendre des photos. Tout en sillonnant la mer parsemée de poissons morts et de débris de toute sorte, Austin mesurait du regard le navire, et le comparait à ceux de la NOAA et de la NUMA.

— Je dirais qu'il fait dans les cent mètres de long et qu'il paraît assez neuf.

— Il a la même allure que moi après une nuit de fiesta, remarqua Zavala. Des barrots plutôt larges prévus pour embarquer une bonne cargaison. Mais je ne vois pas de mâts de charge : le tourbillon a dû les emporter.

— Rien n'est inscrit sur sa coque, ni son nom ni son immatriculation, observa Austin.

— Un bateau pirate peut-être.

La remarque de Zavala n'était pas aussi bizarre qu'il y paraissait car la piraterie moderne posait un vrai problème sur de nombreuses mers : les pirates d'aujourd'hui, comme leurs homologues d'antan, capturaient des navires puis les utilisaient pour en attaquer d'autres.

— Peut-être, concéda Austin sans grande conviction.

Le navire était en assez bon état compte tenu de son séjour au fond de la mer.

— Il n'a probablement été submergé que peu de temps car on n'aperçoit aucune trace de rouille inhabituelle. Nous avons vu tout ce que notre position nous permet de constater. On monte à bord ?

— Le protocole n'exige-t-il pas que nous attendions une invitation du capitaine ? lança Zavala.

— Certes, dans des circonstances normales. Mais il semble occupé ailleurs : c'est l'heure du cocktail, je crois.

— Tu y vois mieux que moi : je ne distingue en effet qu'une carcasse qui me semble prête à basculer au cas où une mouette se poserait sur le pont.

— N'oublions pas de passer nos bouées.

Pendant que Zavala demandait par radio au *Throckmorton* de se tenir prêt en cas d'urgence, Austin amena le canot contre le bord le plus incliné. Il attendit l'arrivée d'une vague, puis emballa le moteur. Le canot s'éleva jusqu'à la crête et, poussé par son élan, fut propulsé vers le pont. Zavala amarra aussitôt le Zodiac à une barre métallique qui dépassait. Penchés comme des couvreurs sur un toit pentu pour compenser la gîte du bateau, ils avancèrent tant bien que mal. Le vaste pont était dégagé, à l'exception d'un tas de tiges de métal tordues et enchevêtrées qui se dressait au beau milieu.

Quatre poutres avaient été vissées au plancher pour former un rectangle d'acier ; cette structure entourait une ouverture d'environ deux mètres carrés pratiquée dans le pont. Ils se penchèrent et scrutèrent l'obscurité du puits. Ils entendaient le bruissement des vagues contre le métal.

— Ce puits va jusqu'au fond, remarqua Zavala. Je me demande à quoi il servait.

— A mon avis, on l'utilisait pour y faire pénétrer quelque chose et l'en ressortir parce que ce cadre pouvait très bien supporter une sorte de grue.

L'ensemble était en partie dissimulé par un enchevêtrement très dense de fils électriques, sortes de spaghettis tout noirs, qu'Austin examina pour tenter d'y retrouver un semblant d'ordre. Son regard s'arrêta sur un cône en mailles métalliques de sept à huit mètres de long situé sur le côté et entouré d'un amas de câbles de soutien et de canalisations électriques qui descendaient en serpentant de l'ouverture du pont.

Ce cône réveilla soudain des images dans son esprit : de grands ailerons fendant l'eau, un chauve au crâne bizarrement tatoué en train de tripoter un boîtier noir et lui assurant que tout se passerait bien ; et les orques cessant d'attaquer aussi brusquement qu'ils avaient commencé.

— Barrett, s'exclama Austin sans réfléchir.

— Qui ça ? interrogea Zavala.

— Barrett, le type qui m'a récupéré dans son bateau à Puget Sound, quand les orques étaient devenus fous. Il y avait à son bord une version miniaturisée de ce cône métallique.

— Pour quoi faire ?

— C'est toi l'expert en mécanique. A ton avis ?

Zavala se gratta la tête.

— Tous les câbles mènent à ce cône. Pour moi, il était posé sur une sorte d'armature qui permettait de le descendre dans l'eau par l'ouverture. Je ne vois pas à quoi peut servir ce genre d'installation sur un bateau. Peut-être qu'en faisant passer du courant, ça pourrait jouer le rôle d'une grosse bougie.

— Ouvrons le capot et regardons ce qu'il y a dessous, suggéra Austin après avoir réfléchi un moment.

— Bien sûr, répondit Zavala sans réussir à réprimer une grimace. Se glisser dans les entrailles d'un navire qu'un éternuement suffirait à faire chavirer, quel être sensé résisterait à une occasion pareille

— Tout à l'heure, c'était l'arrivée d'une mouette qui te préoccupait.

— Et si je te disais : une mouette qui éternue ?

— Écoute. Entre ton bureau à la NUMA et cet endroit qui t'offre une vue superbe sur l'océan, que choisirais-tu ?

— Moi, j'aimerais être au volant de ma Corvette avec vue sur une ravissante blonde.

— Je prends ça pour un oui, traduisit Austin. Je crois que je vois un moyen d'entrer.

Plaisanter n'empêchait pas les deux amis d'évaluer le risque qu'ils encouraient en descendant dans l'entrepont. Mais Zavala faisait implicitement confiance au jugement et à l'instinct d'Austin qu'il aurait suivi sans hésiter jusqu'aux portes de l'enfer. Austin s'approcha d'un panneau d'écoutille d'environ un mètre carré qu'il avait repéré d'emblée.

Il débloqua la fermeture, s'arc-bouta sur ses pieds et tira. Le panneau pivota sur ses gonds en libérant une puanteur abominable qui les fit reculer. Austin prit la torche halogène accrochée à sa ceinture et la braqua vers l'ouverture. Le faisceau éclaira les barreaux d'une échelle métallique.

Ils ôtèrent leur gilet de sauvetage qui ne ferait que gêner leurs mouvements et qui, de toute façon, ne leur servirait à rien si le navire chavirait au moment où ils se trouveraient dans l'entrepont. Austin descendit le premier l'échelle, fortement inclinée à cause de la gîte. Six mètres plus bas, ses pieds rencontrèrent une surface solide ; cependant, en raison de l'inclinaison, il resta cramponné au montant pour se maintenir.

— On se croirait dans un parc d'attractions, déclara Zavala après avoir jeté un coup d'œil autour de lui.

— Eh bien, répliqua Austin, allons nous amuser.

Plaqué contre la paroi il s'engagea dans un étroit passage ; une quinzaine de mètres plus loin, ils aboutirent à un escalier qui menait encore plus bas. La perspective de s'enfoncer plus profondément dans les entrailles du bateau ne les tentait guère, surtout après avoir senti le pont s'incliner de quelques degrés supplémentaires. Les deux hommes savaient leur mort inéluctable au cas où le navire chavirerait : ils n'auraient en effet pas le temps de s'échapper. Mais Austin était déterminé à percer les secrets que renfermait le bateau.

— Tu as l'impression que c'est ton jour de chance ? demanda-t-il, sa voix résonnant contre les cloisons du couloir.

— Nous avons affronté un tourbillon et nous avons gagné. Je parierais que notre chance tient toujours.

Les marches conduisaient à un autre pont, identique. Le couloir, cette fois, ne débouchait pas sur un nouvel escalier mais sur une porte qu'ils ouvrirent sans difficulté. Au moment de franchir le seuil, ils perçurent un brusque changement dans leur environnement : les relents de saumure des coursives avaient cédé la place à une forte odeur électrique.

Austin promena autour de lui le faisceau de sa lampe. Ils se trouvaient sur un balcon dominant une cale centrale dans laquelle s'alignaient deux énormes objets cylindriques.

— Ça me fait penser à la centrale électrique du barrage Hoover, commenta Austin.

— Il y a ici de quoi alimenter en courant une petite ville.

— Ou une bougie géante, suggéra Austin en se rappelant le circuit électrique démantibulé qu'ils avaient vu sur le pont.

Il braqua sa torche vers le haut : des dizaines de gros câbles électriques serpentaient jusqu'aux générateurs.

Un craquement, et le pont sous leurs pieds s'inclina davantage encore.

— La mouette qui te préoccupait a dû se poser, lança Austin. J'espère, ajouta-t-il en regardant le plafond, qu'elle n'a pas envie d'éternuer.

Austin était intrépide mais pas fou. Ils repassèrent donc la porte, reprirent escaliers et couloirs et se retrouvèrent enfin à l'air libre où, après les ténèbres étouffantes de l'intérieur du bateau, ils respirèrent la brise avec plaisir. La gîte du navire s'était accentuée. Austin toutefois n'était pas satisfait : il estimait en effet que, malgré l'absence de fondations pour des superstructures, il devait exister quelque part un centre de contrôle. Pendant que Zavala appelait le *Throckmorton* pour faire le point de leurs investigations, Austin s'aventura vers l'arrière du pont.

Il découvrit plusieurs panneaux qui donnaient accès à l'intérieur du navire : tomber sur le bon demanderait beaucoup de chance, songea-t-il. Puis il trouva ce qu'il cherchait : près d'une écoutille située au milieu du pont vers la partie arrière se trouvaient quelques isolateurs ronds qui, selon lui, avaient dû servir de bases aux antennes radio arrachées par le tourbillon. Il ouvrit le panneau et fit signe à Zavala de descendre avec lui.

L'échelle menait elle aussi à un pont inférieur et à une coursive, mais le passage, long seulement de trois mètres, butait sur une porte qu'ils ouvrirent. Ils entrèrent.

— Nous venons de retrouver l'équipage, semble-t-il, constata Zavala.

En effet six cadavres décomposés gisaient entassés au fond de la salle du centre de contrôle. Austin répugnait à violer leur sépulture, mais en apprendre le plus possible sur le navire était trop important, aussi, suivi de Zavala, s'avança-t-il vers l'immense tableau de bord, d'une complication inouïe et comportant des dizaines de cadrans et de boutons. Il supposa que les dynamos de la cale étaient contrôlées depuis cette salle. Il examinait les commandes quand des craquements secouèrent le navire qui parut soudain gémir.

— Kurt ! s'écria Zavala.

Une seconde de plus et ils iraient rejoindre les corps boursouflés.

— Je crois que ça suffit pour aujourd'hui, décréta Austin.

Zavala en tête, ils dévalèrent la coursive et bondirent de l'échelle sur le pont pour retrouver le soleil.

Austin avait essayé de compter mentalement les secondes qui s'étaient écoulées depuis les bruits inquiétants mais, dans la précipitation, il avait perdu le fil. Pas le temps en tout cas de monter dans le canot, de mettre le moteur en marche et de démarrer, pas le temps non plus d'attraper au passage les gilets de sauvetage ; ils coururent jusqu'au côté le plus bas du bateau et se jetèrent à la mer.

Quand ils refirent surface, ils se mirent à nager aussi vite qu'ils en étaient capables car, en coulant, le navire provoquerait un mouvement de succion qui les aspirerait. Ils ne s'autorisèrent à s'arrêter pour regarder derrière eux qu'une fois à bonne distance.

La partie inférieure du bastingage était déjà complètement immergée. Le pont se dressait presque perpendiculairement à la surface de l'eau : la mouette de Zavala s'était certainement posée en éternuant car, tout d'un coup, le bateau bascula et se retourna. Il demeura ainsi quelques minutes, carapace ruisselante d'une gigantesque tortue. Au fur et à mesure que l'eau s'engouffrait dans la cale le bateau s'enfonçait davantage et, bientôt, l'on ne distingua plus qu'un petit morceau de la coque qui disparut à son tour, remplacé par un monticule de bulles bouillonnantes.

La mer avait repris sa proie.

16

— *RAVI DE VOUS RENCONTRER*, professeur Kurtz, lança le spécialiste en zooarchéologie Harold Mumford. L'Earl Grey vous convient-il ?

— Mon thé préféré, répondit l'homme assis dans le bureau de Mumford, qui donnait sur le campus de l'Université d'Alaska à Fairbanks.

Il avait un visage allongé, une mâchoire proéminente et des yeux bleu clair. Ses cheveux bruns commençaient à grisonner.

Mumford remplit deux tasses et en offrit une à son visiteur.

— Vous venez de faire un long voyage : Berlin, ce n'est pas la porte à côté.

— C'est vrai, docteur Mumford, l'Allemagne est bien loin. Mais j'ai envie depuis toujours de connaître l'Alaska, l'ultime frontière.

— Les choses changent vite, remarqua Mumford, un homme bedonnant d'une cinquantaine d'années au visage de morse. Nous avons même un supermarché en ville, précisa-t-il. Mais vous découvrirez sans mal des paysages assez sauvages peuplés de grizzlys et d'élans. J'espère que vous irez voir la réserve de Denali.

— Certainement, elle fait partie de mon programme. J'y tiens beaucoup.

— Vous en aurez pour la journée, mais cela vaut le déplacement. Malheureusement vous avez manqué Karla Janos partie il y a quelques jours, comme je vous l'ai expliqué au téléphone, pour un voyage d'études.

— J'ai décidé à la dernière minute, exposa Schroeder, de profiter d'un moment libre pour passer à l'Université, et c'est très aimable à vous de me recevoir ainsi à l'improviste.

— Je vous en prie. Je comprends tout à fait que vous désiriez rencontrer Karla. C'est une jeune femme aussi brillante que ravissante. Elle travaillait sur les fouilles de la rivière Gerstle, à environ cent vingt kilomètres d'ici. Nous y avons découvert des défenses de mammouth sculptées. Son article sur l'exploitation des mammouths par les premiers chasseurs fait partie des meilleurs exposés que j'ai lus sur le sujet. Je sais qu'elle serait enchantée de rencontrer un universitaire à la carrière aussi prestigieuse.

Les titres académiques de Schroeder venaient tout droit d'une petite imprimerie d'Anchorage. Les cartes de visite qu'il avait commandées le présentaient sous le nom de Hermann Kurtz, professeur d'anthropologie à l'Université de Berlin. Quant à son nom, il l'avait emprunté à l'énigmatique personnage de Conrad d'*Au cœur des ténèbres*.

Tout au long de son obscure carrière, il avait eu l'occasion de constater, non sans surprise, le poids que pouvaient prendre les titres inscrits sur une feuille de papier quand ils s'alliaient à une belle assurance. Le plus difficile dans cette mascarade était d'imiter un accent autrichien après avoir passé tant d'années à parler comme un Américain de l'Ouest.

— J'ai lu son article, déclara Schroeder sans vergogne. Comme vous dites, très impressionnant. J'ai lu également celui où elle expose sa thèse sur la disparition des mammouths.

— C'est tout à fait Karla. Après avoir conclu que l'homme n'avait joué qu'un rôle négligeable dans l'extinction du mammouth, elle en est directement venue à l'expliquer par un événement catastrophique. Vous imaginez la controverse que cela a soulevée.

— Oui, c'est une théorie assez novatrice, mais j'ai beaucoup aimé l'audace avec laquelle elle l'a soutenue. Sa thèse sur la disparition du mammouth a-t-elle quelque chose à voir avec le voyage d'études qu'elle entreprend ?

— Absolument. Elle espère découvrir des preuves appuyant sa théorie sur une île perdue de Sibérie.

— Fichtre, fit Schroeder, la Sibérie, c'est loin. Comment va-t-on là-bas ?

— Karla a pris un avion pour l'île Wrangel où elle a embarqué sur un brise-glace qui l'a emmenée jusqu'à l'archipel de Nouvelle-Sibérie. Le bateau la reprendra dans deux semaines et, quelques jours plus tard, elle rentrera à Fairbanks. Serez-vous encore en Alaska ?

— Malheureusement, non. Mais j'envie beaucoup son aventure. Si je le pouvais, j'abandonnerais tout pour suivre ses traces.

Mumford se renversa dans son fauteuil et croisa les mains derrière sa nuque.

— L'île d'Ivoire doit être le nouveau Cancun, lâcha-t-il avec un sourire.

— Pardon ? s'étonna Schroeder.

— L'île d'Ivoire est l'endroit où travaille en ce moment Karla. Hier, un type de la chaîne de Télé Découverte est venu à mon bureau et m'a dit qu'il se trouvait actuellement en Alaska avec une équipe pour tourner une émission spéciale sur le mont McKinley. Je pense qu'il avait entendu parler des travaux de Karla car il a eu l'air très intéressé quand je lui ai parlé de l'île d'Ivoire. Il m'a posé des tas de questions sur le projet. Il a envisagé d'y faire un saut. Je pense qu'un bon carnet de chèques aide à franchir tous les obstacles.

— Comment s'appelle-t-il ? s'enquit Schroeder. Je l'ai peut-être rencontré au cours de mes voyages.

— Hunter, Scott Hunter. Un grand gaillard musclé.

Schroeder sourit, mais ses yeux trahissaient un certain mépris pour la pauvre imagination de cet homme dans l'invention de son pseudonyme.

— Non, ça ne me dit rien. Vous lui avez bien sûr expliqué les difficultés qu'il rencontrera pour se rendre à l'île d'Ivoire ?

— Je l'ai envoyé à l'aéroport voir Joe Harper, un ancien pilote de brousse qui a une compagnie, la PoleStar Air. Elle organise pour les touristes des voyages en Russie.

Schroeder avala poliment ce qui lui restait de thé en se brûlant la gorge, remercia Mumford de son accueil et partit aussitôt au volant de sa voiture de location pour l'aéroport de Fairbanks. Situé à proximité du Cercle Arctique, il permettait aux gros avions cargos se rendant d'Amérique en Extrême-Orient par la route du pôle de se ravitailler en carburant. D'ailleurs, en se garant, Schroeder vit un 747 qui décollait. L'aéroport n'était pas grand, et il n'eut aucun mal à trouver le bureau de PoleStar Air.

Avec un charmant sourire, la réceptionniste lui annonça que, dès qu'il aurait fini au téléphone, M. Harper le recevrait. Il arriva en effet quelques minutes plus tard. Grand, mince, regard vif et mâchoire énergique, il avait tout à fait le physique de l'emploi ; pourtant il s'efforçait manifestement de troquer l'habit de pilote de brousse pour celui de voyagiste : une barbe soigneusement taillée mais des cheveux ébouriffés qui lui couvraient les oreilles ; une chemise soigneusement repassée mais un jean arrivé au stade où il devient vraiment confortable. Et le professionnel qu'il cherchait à paraître semblait malgré tout inquiet quand il murmura quelque chose à l'oreille de la réceptionniste à propos d'une facture de kérosène avant de faire entrer Schroeder dans son bureau.

Il y avait tout juste la place pour une table et un ordinateur : des piles de dossiers occupaient entièrement l'espace restant.

— Pardonnez-moi ce désordre, commença Harper. PoleStar en est encore au stade d'entreprise familiale et je me charge moi-même de pas mal de paperasseries. A vrai dire, j'assume presque tout, avec l'aide de ma femme, à côté.

— Vous volez depuis longtemps, paraît-il, enchaîna Schroeder.

Le visage de Harper s'éclaira.

— Je suis arrivé ici en 84, avec un Cessna que j'ai gardé quelques années avant de le remplacer par une flotte de petits hydravions ultralégers. Puis je les ai vendus pour acheter le petit avion d'affaires que vous voyez sur le tarmac : le bleu avec plein d'étoiles. Les clients qui ont du pognon aiment bien l'aventure avec un peu de confort.

— Et votre compagnie marche bien ?

— Ma foi, pas trop mal. Ce qui me tue, c'est tout ça, fit Harper en prenant une liasse de papiers qu'il laissa retomber sur son bureau. Je suis coincé en attendant qu'on se soit assez développé pour engager quelqu'un. Mais c'est mon problème. Quel est le vôtre ?

— Je discutais tout à l'heure avec le Dr Mumford qui m'a appris que vous emmenez une équipe de télévision sur une île de Sibérie.

— Oh, oui, les gens de Télé Découverte. Ils prennent un avion qui leur permettra d'attraper un bateau de pêche à Wrangel.

— J'aimerais aller dans l'archipel de Nouvelle-Sibérie, annonça alors Schroeder en tendant à Harper une de ses cartes de visite toutes neuves. Croyez-vous que je pourrais profiter de leur vol ?

— Moi, ça ne me gêne pas, il y a largement assez de place dans l'avion. Vous n'auriez qu'à payer le prix du billet. Malheureusement, ils ont réservé toutes les places, sur l'avion et sur le bateau.

Schroeder réfléchit.

— Je réussirai peut-être à convaincre vos clients de m'emmener.

— Vous pouvez toujours essayer. Ils sont descendus au Westmark Hotel.

— A quelle heure comptez-vous partir ?

— Dans deux heures et vingt et une minutes, répondit Harper après avoir consulté sa montre.

— Je vais leur parler.

Schroeder se rendit à l'adresse indiquée et demanda à la réception de l'hôtel où se trouvaient les gens de la télé. L'employé les avait vus se diriger vers le bar quelques instants auparavant. Schroeder remercia et passa dans le salon qui n'était qu'à moitié occupé, essentiellement par des couples ou des clients solitaires. Quatre personnes constituaient l'unique groupe : assises à une table d'angle, elles discutaient.

Schroeder s'installa à une table voisine, après être retourné dans le hall pour acheter un journal, et commanda un club-soda avec une rondelle de citron. Deux des hommes lui jetèrent un bref coup d'œil puis reprirent leur conversation. Un des avantages de l'âge, c'est qu'on devient invisible, songea Schroeder : les gens plus jeunes ne vous voient plus.

Il décida de tenter l'expérience. L'un d'eux quitta la table pour aller aux toilettes, il se leva alors à son tour et, calculant soigneusement son coup, le heurta délibérément quand il revint. Schroeder se répandit en excuses mais l'autre se contenta d'étouffer un juron et de lui lancer un regard noir.

De cette collision il apprit deux choses : sa nouvelle apparence –

barbe rasée et cheveux teints – était convaincante, et l'homme de la télévision cachait un pistolet dans un étui sous son veston. Schroeder décida aussitôt de ne pas en rester là.

En sortant des toilettes, il s'approcha de la table où était installé le groupe.

— Salut, lança-t-il avec son accent de l'Ouest. Il paraît que vous êtes de Télé Découverte. Monsieur Hunter ?

Le plus grand, qui semblait être le chef, l'examina de la tête aux pieds.

— Oui, c'est moi Hunter. Comment savez-vous mon nom ?

— Tout l'hôtel est au courant. Les célébrités sont plutôt rares par ici, expliqua Schroeder, provoquant ainsi quelques sourires. Je voulais juste vous dire combien j'ai aimé votre émission sur les Hittites d'il y a quelques mois.

L'homme eut l'air étonné.

— Merci, dit-il en dévisageant Schroeder. Mais nous avons quelques affaires à régler, alors si vous voulez bien nous excuser.

Schroeder leur présenta ses excuses et regagna sa table. Il entendit les hommes rire. Il avait délibérément inventé le documentaire sur les Hittites pour en avoir le cœur net. Il regardait fréquemment Télé Découverte : il n'y avait jamais eu d'émission sur ce sujet au cours des six derniers mois. Ces types n'appartenaient pas plus à la télévision que lui.

Tout en finissant son verre, il réfléchit à ce qu'il allait faire et décida de recourir à la méthode la plus directe. Il alla jusqu'à sa voiture et prit sous le siège un pistolet muni d'un silencieux.

A son grand soulagement, les hommes étaient toujours au bar quand il revint à l'hôtel. Juste à temps : ils avaient réglé l'addition et s'étaient levés. Il les suivit jusqu'à l'ascenseur et monta avec eux jusqu'au second étage en pérorant comme un vieil idiot au milieu de leurs ricanements. Il descendit au même étage en marmonnant quelque chose à propos d'une coïncidence. Il s'engagea dans le couloir, l'air un peu perdu comme s'il ne savait plus où il était mais, quand le groupe se dispersa et que chacun regagna sa chambre, il nota les numéros.

Il attendit une minute puis se dirigea vers l'une d'elles. Tenant son arme derrière son dos, il inspecta le couloir pour s'assurer qu'il était seul, puis frappa. Un instant plus tard, la porte s'ouvrit. L'homme fronça les sourcils en voyant Schroeder planté là : il s'agissait de celui qu'il avait bousculé. Il avait ôté sa veste et, comme Schroeder s'en doutait, il portait en bandoulière un pistolet dans son étui.

— Qu'est-ce que vous voulez encore ?

— J'ai dû perdre ma clef et je me demandais si je pourrais utiliser votre téléphone.

— Je suis occupé, répliqua l'autre en portant la main à son pistolet. Allez donc casser les pieds de quelqu'un d'autre.

Il s'apprêtait à refermer la porte, mais Schroeder fit aussitôt jaillir son arme de derrière son dos et lui logea une balle entre les deux yeux. L'homme s'effondra, l'air extrêmement surpris. Après un coup d'œil dans le corridor, Schroeder enjamba le corps et le traîna à l'intérieur de la chambre.

Schroeder répéta ensuite l'opération avec de légères variantes mais toujours avec les mêmes résultats. Dans un cas, à cause de sa précipitation, il manqua son coup et dut recommencer. Une autre fois, il entendit la porte de l'ascenseur s'ouvrir juste au moment où il tirait le cadavre à l'intérieur. Mais, au bout du compte, il avait réussi à liquider les quatre hommes en moins de cinq minutes.

Il n'éprouvait pas le moindre remords à s'être débarrassé d'eux en utilisant sa froide et meurtrière efficacité du bon vieux temps. Des brutes sanguinaires, ni plus ni moins, comme tant d'autres qu'il avait rencontrées ou avec lesquelles il avait travaillé. Pires même car ils étaient négligents et bâclaient leur travail. L'équipe avait certainement été constituée à la hâte. Ce n'étaient pas ses premières victimes, et probablement pas ses dernières.

Il accrocha à chaque porte la pancarte PRIÈRE DE NE PAS DÉRANGER et, quelques minutes plus tard, il avait repris sa voiture de location et retournait à l'aéroport. Harper était encore à son bureau, enfoui dans ses papiers comme une taupe affairée.

— J'ai parlé aux gens de la télé, annonça Schroeder. Ils ont changé d'avis. Ils ont décidé d'aller sur l'île Kodiak tourner un documentaire sur les ours.

— Merde ! Pourquoi ne m'ont-ils pas prévenu ?

— Vous pouvez téléphoner pour leur poser la question. Mais quand je les ai vus, ils s'apprêtaient à partir.

Harper bondit sur son téléphone, appela l'hôtel et demanda qu'on lui passe les chambres de l'équipe de télé. Personne ne répondait et il raccrocha rageusement.

— Voilà, fit-il, au bord des larmes. Je comptais sur leur chèque pour couvrir la mensualité de mon gros coucou. Je suis ruiné.

— Aucun autre vol prévu ?

— Ce n'est pas si facile : mettre une affaire sur pied demande des jours, parfois des semaines.

— Donc l'avion et le bateau sont libres ?

— Tout à fait. Vous connaissez quelqu'un que ça intéresserait de les louer ?

— Justement oui.

Schroeder fouilla dans sa poche et en tira une grosse liasse de billets qu'il posa sur une pile de papiers.

— Voilà pour le vol aller et le bateau. Je vous verserai la même somme pour le retour. Tout ce que je vous demande, c'est d'attendre quelques jours que je sois prêt à repartir.

Harper saisit la liasse et feuilleta les billets : rien que des billets de cent dollars.

— Avec ça, je peux pratiquement acheter un nouvel avion. Il n'y a rien d'illégal là-dedans, hein ? fit-il en fronçant les sourcils.

— Absolument rien d'illégal. Pas d'autre cargaison que moi.

— Vous avez des papiers ?

— Passeport et visa sont à jour et en règle. » Ils devraient l'être, se dit Schroeder, étant donné ce qu'ils m'ont coûté. Il s'était arrêté à Seattle et avait attendu impatiemment que son faussaire préféré lui prépare un jeu de papiers au nom du professeur Kurtz.

— Marché conclu, acquiesça Harper en lui tendant la main.

— Bon. Quand pouvons-nous partir ?

— Dès que vous serez prêt.

— Je suis prêt.

L'avion décolla une heure plus tard. Bien calé dans son fauteuil, Schroeder savourait le plaisir d'être le seul passager de l'appareil et sirotait un verre de scotch que Harper avait eu la bonne idée de lui offrir. Ce dernier était aux commandes. Fairbanks se perdait dans le lointain, l'avion volait vers l'ouest, et Schroeder poussa un soupir de soulagement. Il avait pleinement conscience d'être un vieil homme essayant de remplir une mission de jeune homme. Il avait demandé qu'on ne le dérange pas pendant un moment. Il était fatigué et avait besoin de dormir un peu.

Il lui faudrait avoir les idées claires pour la tâche qui l'attendait. Il chassa de son esprit toute émotion et ferma les yeux.

17

LE *BENJAMIN FRANKLIN*, DE LA *NOAA*, se traînait comme un marin qui sort d'une rixe. La terrible lutte contre le tourbillon avait laissé des traces et il fallait dorloter les machines pour qu'elles ne tombent pas en panne. Le *Throckmorton* suivait à quelques centaines de mètres pour parer à toute éventualité.

Les deux navires se dirigeaient à petite vitesse vers Norfolk quand un hélicoptère de service couleur turquoise, les lettres NUMA bien visibles sur son fuselage, apparut à l'ouest. Il resta quelques instants en vol stationnaire au-dessus du *Benjamin Franklin* avant de se poser sur le pont. Quatre hommes en sautèrent, chargés d'équipement et de matériel médical, que l'on conduisit aussitôt jusqu'à l'infirmerie.

Aucune des blessures qu'avait subies l'équipage au moment où le navire s'était dressé à la verticale dans le tourbillon n'engageait le pronostic vital. Le capitaine avait donc demandé à l'équipe médicale de surtout aider l'infirmier du bord, débordé, à soigner des bleus et des commotions.

L'hélicoptère refit le plein et embarqua deux membres d'équipage souffrant de fractures du bras. Austin remercia le capitaine de son hospitalité puis prit place dans l'appareil avec les Trout, Zavala et le professeur Adler. Ils décollèrent aussitôt.

Moins de deux heures plus tard, l'hélicoptère se posait à l'aéroport de Washington. On transporta les blessés dans les ambulances qui les attendaient. Les Trout, emmenant avec eux Adler qu'ils allaient héberger, prirent un taxi pour leur résidence de Georgetown, et Zavala raccompagna Austin jusqu'à sa maison de Fairfax au bord du Potomac, en Virginie, à moins de deux kilomètres du quartier général de la Central Intelligence Agency à Langley. Tous convinrent de se retrouver le lendemain matin à huit heures après une bonne nuit de sommeil.

Austin habitait un hangar à bateaux de style victorien qui dominait le fleuve ; il l'avait acheté et aménagé quand il travaillait pour la CIA. Le bâtiment avec ses mansardes et ses tourelles faisait partie d'une vieille propriété laissée à l'abandon par ses anciens propriétaires et devenue une véritable colonie de souris. Austin avait entièrement refait l'intérieur et rendu à l'extérieur sa splendeur d'antan. L'espace libre sous la partie habitée abritait son scull sur lequel il faisait de l'aviron ainsi qu'un petit hydravion.

Il déposa son sac dans le vestibule et passa dans la spacieuse salle de séjour. Sa maison mariait de façon éclectique l'ancien et le moderne. Le bois sombre de l'authentique mobilier de style colonial contrastait avec la chaux des murs auxquels étaient accrochés, indifféremment, des œuvres contemporaines, des primitifs et des cartes. Sur les rayonnages montant jusqu'au plafond s'alignaient des éditions reliées des récits de mer de Conrad et de Melville ainsi que les volumes patinés par l'usage de grands philosophes qu'il aimait étudier. Dans des vitrines, quelques pièces rares dont d'anciens pistolets de duel. Sa magnifique collection de disques, avec une préférence pour le jazz moderne, reflétait fidèlement ses goûts et son tempérament où son talent d'improvisation tenait une bonne place.

Il consulta le répondeur : une foule de messages mais rien qui ne pouvait attendre. Il alluma sa chaîne stéréo et l'extraordinaire doigté d'Oscar Peterson retentit dans la pièce. Il se servit une bonne rasade de sa meilleure tequila, ouvrit la baie vitrée coulissante et sortit sur la terrasse, les glaçons tintant plaisamment dans son verre. Il écouta le bruissement du fleuve et en aspira à pleins poumons les relents parfumés, si différents de l'odeur âcre de l'océan sur lequel il passait le plus clair de son temps.

Au bout de quelques minutes, il rentra et prit une anthologie des philosophes grecs qu'il ouvrit à la page de *La République* où

Platon évoque le mythe de la caverne, cette parabole où des prisonniers enchaînés dans une caverne ne peuvent voir que des ombres projetées sur la paroi et n'entendre que la voix de ceux qui les manipulent. Les prisonniers doivent décider quelle est l'ombre et quelle est la réalité. De même le cerveau d'Austin triait les étranges événements de ces derniers jours et tentait d'imposer un ordre dans la confusion de ses observations. Il revenait sans cesse au seul élément auquel il pouvait se raccrocher : le mystérieux bateau.

Il s'approcha d'un bureau à cylindre et brancha son ordinateur portable. Il ouvrit le site web d'information du Dr Adler et il afficha l'image satellite de la zone des vagues géantes – tout était calme – puis revint aux images d'archives du naufrage de la *Belle du Sud :* les deux vagues scélérates qui avaient étonné Adler figuraient clairement à la date où le navire avait disparu ; on distinguait sur l'écran un petit écho qui, une minute plus tard, avait disparu.

Il zooma sur l'image pour obtenir une surface de l'océan plus grande et aperçut alors un détail qui lui avait échappé : quatre bateaux groupés autour des lieux du naufrage, un à chaque point cardinal et tous à la même distance les uns des autres. Il contempla l'image un moment avant de revenir à quelques jours en arrière : ils n'étaient plus là. Il avança alors à la vue prise juste après le naufrage : il n'y avait plus que *trois* bateaux et, le lendemain du naufrage de la *Belle*, on ne voyait plus aucun écho.

A l'instar des prisonniers de Platon dans la caverne, il essaya de séparer la réalité des apparences ; il avait néanmoins un avantage sur eux : il pouvait demander de l'aide. Il s'empara du gros annuaire de la NUMA posé juste à côté du téléphone, le consulta puis composa un numéro.

— Bonjour, Alan. Ici Kurt Austin. Je rentre juste d'une croisière. J'espère que je ne vous dérange pas.

— Pas du tout, Kurt. Heureux de vous entendre. Que puis-je pour vous ?

— J'aimerais que vous assistiez à une réunion qui se tiendra demain matin chez moi vers huit heures. C'est très important.

— Bien sûr. Vous connaissez mes activités ? ajouta-t-il après un bref silence.

Alan Hibbet faisait partie de ces scientifiques qui, par dizaines, travaillaient dans l'anonymat au sein de la grande organisation océanographique, heureux de poursuivre sans fanfare des recherches d'une importance vitale. Quelques mois auparavant, Hibbet avait pris la parole lors d'un symposium auquel assistait Austin et qui traitait de la communication en mer et de la surveillance de l'environnement : Austin avait été impressionné par l'ampleur des connaissances d'Alan.

— Je suis au courant : vous êtes spécialiste en électromagnétisme et très calé sur les antennes. C'est vous qui avez conçu les yeux et les oreilles électroniques que la NUMA utilise pour sonder les abysses et assurer les communications entre ses opérations lointaines. J'ai lu votre papier sur les radiations.

— Ah oui ? Je suis flatté mais, vous savez, je me considère surtout comme un bricoleur alors que je tiens les gens de l'équipe des Opérations spéciales pour de vrais aventuriers.

Hibbet n'en revenait pas qu'Austin et ses collaborateurs, personnages de légende à la NUMA, sollicitent son concours.

Cette réflexion provoqua un sourire un peu désabusé chez Austin dont les muscles des bras se ressentaient encore du sauvetage de Paul Trout et qui était tout simplement épuisé.

— Je crois qu'aujourd'hui l'équipe fonctionne plus à l'effort qu'au panache. Vos connaissances nous seraient vraiment précieuses.

— Je serai ravi de vous aider si je le peux, promit Hibbet.

Austin lui expliqua comment venir chez lui et lui assura qu'il se ferait un plaisir de le voir le lendemain matin. Il prit quelques notes sur un bloc, pendant qu'il avait l'esprit encore frais puis, réglant la cafetière sur la fonction automatique, il se prépara un grand pot de café du Kenya. Ensuite il monta dans sa chambre, se déshabilla et se glissa entre les draps frais ; il s'endormit rapidement. Quelques minutes seulement s'étaient écoulées, lui sembla-t-il, quand un grand soleil filtrant par la fenêtre vint le tirer de son sommeil.

Il fit sa toilette et enfila un short et un T-shirt avant de prendre son petit déjeuner sur la terrasse. Il venait de débarrasser quand Zavala frappa à la porte, suivi de près par les Trout qu'accompagnaient le professeur Adler et Al Hibbet : grand, mince, crinière blanche et peau d'une pâleur de marbre – conséquence de journées entières passées dans un laboratoire, loin du soleil et de tout contact humain – Al souffrait d'une timidité presque maladive.

Austin offrit à chacun une tasse de café et les installa sur la terrasse autour d'une table ronde en teck. Il aurait pu organiser cette réunion dans son bureau de la grande tour verte qui abritait le centre des opérations de la NUMA, mais il ne souhaitait pas répondre à des questions ni partager ses réflexions avec quiconque en dehors de ce cercle très restreint avant d'avoir réuni davantage d'éléments. Il prit un fauteuil, contempla avec envie le fleuve qui étincelait sous le soleil et sur lequel aux premières heures de la matinée il faisait d'ordinaire de l'aviron, puis parcourut du regard la petite assemblée avant de remercier chacun d'être venu. Il se faisait penser à Van Helsing, le héros du roman de Bram Stoker, élaborant sa stratégie pour combattre Dracula, et il fut tenté de demander si quelqu'un avait apporté de l'ail.

Mais il en vint droit au fait.

— Il se produit des faits très étranges dans l'Atlantique et le Pacifique, commença-t-il. La mer s'agite comme lorsqu'on bat des œufs en neige dans un bol. Ces perturbations, à notre connaissance, ont causé le naufrage d'un navire, peut-être deux, failli en faire couler un autre et fichu une frousse épouvantable à certains de ceux qui sont assis à cette table, y compris votre serviteur. Professeur, reprit-il en se tournant vers Adler, auriez-vous l'amabilité de décrire le phénomène dont nous avons été témoins et d'exposer certaines de vos théories ?

— Bien volontiers », acquiesça Adler qui se lança aussitôt dans le récit de la disparition de l'« insubmersible » *Belle du Sud* avant d'expliquer comment la recherche du bateau naufragé fut couronnée de succès.

Il mentionna les preuves de l'existence de vagues géantes dans le voisinage du navire qu'avait fournies le satellite. Enfin, et avec un peu moins d'enthousiasme, il avança sa théorie selon laquelle ces perturbations n'avaient peut-être pas une origine naturelle. Tout en parlant, il regardait chacun des visages comme s'il s'attendait à y voir se manifester le doute mais, à son grand soulagement, il ne découvrit que des expressions sérieuses et intéressées.

— Nous pourrions, normalement, être tentés d'attribuer cette bizarrerie de l'océan aux bonds joyeux de Neptune. Seulement voilà, ajouta-t-il, d'autres éléments entrent en ligne de compte. Les images du satellite conduisent à penser que d'autres secteurs maritimes ont subi des perturbations analogues, perturbations qui présentent une symétrie inhabituelle.

Et il se servit de l'ordinateur d'Austin pour montrer les images satellite des concentrations de vagues tueuses.

Austin invita ensuite les Trout à décrire leur descente dans le maelström, ce qu'ils firent tour à tour dans un silence religieux en racontant leur expérience puis leur sauvetage in extremis.

— Vous dites bien avoir vu des éclairs au moment où ce tourbillon a commencé à se former ? demanda Hibbet.

Gamay et Paul acquiescèrent.

La réponse de Hibbet fut succincte.

— Ah ! se contenta-t-il de dire.

Zavala poursuivit en racontant au groupe comment Austin et lui avaient abordé le navire ressuscité. Hibbet nota avec intérêt la description de la centrale et du cadre électrique endommagé sur le pont.

— J'aurais bien voulu être là pour le voir, déclara-t-il.

— Je peux vous en donner un aperçu, proposa Zavala.

Quelques instants plus tard s'affichaient sur l'écran de l'ordinateur les photos numériques qu'il avait prises sur le navire mystère.

Austin demanda à Hibbet son opinion au sujet de ces images. Le scientifique considéra l'écran en plissant le front et souhaita revoir les photos.

— Il est bien évident qu'on alimente un point central avec un courant électrique d'une grande puissance, commenta-t-il en désignant le cadre conique. Mais, compte tenu de son état actuel, il est difficile de savoir ce qu'est exactement cet appareil.

— Joe a évoqué une bougie géante, remarqua Austin.

— Probablement pas, fit Hibbet en se grattant la tête. Ça ressemble plutôt à une bobine Tesla. Un grand nombre des circuits qui activent cet appareil ne sont pas visibles. Où se trouve le bateau maintenant ?

— Il est de nouveau au fond de la mer, annonça Zavala.

Austin ne s'attendait pas à la réaction de Hibbet qui se frotta les mains, une lueur d'excitation dans ses yeux gris.

— C'est plus amusant que de tripoter des antennes, murmura-t-il. » Il repassa les images sur l'ordinateur et regarda autour de lui. « Quelqu'un parmi vous connaît-il les travaux de Nikola Tesla ?

— Je suis le seul à lire régulièrement *Science et Vie*, lança Zavala. Tesla a inventé le courant alternatif.

Hibbet acquiesça de la tête.

— Cet ingénieur électricien serbo-américain a découvert qu'on pouvait faire tourner un champ magnétique en disposant deux bobines à angle droit et en y faisant passer du courant alternatif déphasé.

— Vous serait-il possible, suggéra poliment Austin, de traduire en clair ?

— Je vais replacer tout cela dans son contexte historique, s'esclaffa Hibbet. Tesla a émigré aux États-Unis où il a travaillé pour Thomas Edison. Ils sont rapidement devenus rivaux – Edison était partisan du courant continu – et ils se sont violemment affrontés. Tesla l'a emporté et a été désigné pour concevoir les générateurs à courant alternatif des chutes du Niagara. Il a vendu les brevets de son moteur à induction à George Westinghouse dont le système de production du courant a été la base de ce que nous utilisons aujourd'hui. Edison dut se contenter de l'ampoule électrique et du phonographe.

— Tesla, je m'en souviens, a déposé quantité de brevets assez insensés, dit Zavala.

— En effet. Ce génie excentrique a déposé le brevet d'un aéronef sans pilote, propulsé à l'électricité, capable de voler à 30 000 kilomètres à l'heure et de servir d'arme. Il a inventé quelque chose qu'il appelait « téléforce », un rayon de la mort capable de faire fondre des avions à quatre cents kilomètres de distance. Il a fait de nombreux travaux sur la transmission d'électricité sans fil. Il était fasciné par la possibilité de concentrer la puissance électrique pour en amplifier l'effet. Il prétendit même avoir un jour déclenché un tremblement de terre depuis son laboratoire.

— Tesla a peut-être été en avance sur son temps dans le domaine des missiles balistiques et des lasers, suggéra Austin.

— Il avait des conceptions saines, mais la réalisation n'a jamais répondu à ses attentes. Tesla attirait beaucoup l'attention car c'était un personnage flamboyant, mais les travaux de Lazlo Kovacs offraient, eux, un potentiel de destruction beaucoup plus important. Comme Tesla, c'était un brillant ingénieur électricien ; il vivait à Budapest où Tesla avait travaillé à la fin du dix-neuvième siècle et, dans les années 1930, il s'est inspiré des recherches de Tesla en se concentrant sur la transmission électromagnétique à très basse fréquence. La perspective d'une guerre électromagnétique le préoccupait. Il prétendait qu'on pourrait utiliser certaines transmissions pour perturber l'atmosphère et produire des tempêtes, des séismes et toute sorte de phénomènes déplaisants. Il a poussé les recherches de Tesla à l'échelon suivant.

— De quelle façon ?

— Kovacs est parvenu à produire une gamme de fréquences où la résonance électromagnétique pouvait être concentrée, et donc amplifiée, par les matériaux qui l'entouraient – doctrine connue sous le nom de « théorèmes de Kovacs ». Il a publié ses découvertes dans une revue scientifique mais refusé de divulguer la gamme complète de fréquences qui permettraient de construire l'appareil qu'il décrivait. Cette absence de preuves a laissé sceptiques les autres scientifiques.

— Heureusement, personne ne l'a cru, dit le professeur Adler. L'humanité a déjà assez de mal à contrôler les formes de guerre dont elle dispose actuellement.

— Certains, néanmoins, l'ont cru. Les nazis, très ouverts au mysticisme, à l'occultisme et à la pseudoscience – les histoires d'archéologues nazis en quête du Saint-Graal sont authentiques –, ont enlevé Kovacs et sa famille. A la fin de la guerre, on a découvert qu'ils l'avaient fait travailler dans un laboratoire secret à un projet de développement d'une superarme qui leur permettrait de gagner la guerre.

— Ils l'ont perdue, déclara Austin. Tesla n'était pas le seul à susciter l'incrédulité, Kovacs a apparemment échoué lui aussi.

— C'est plus compliqué que cela, Kurt, rétorqua Hibbet en secouant la tête. Selon des documents retrouvés après le conflit, Kovacs était sur le point de faire une découverte majeure dans le domaine de la guerre électromagnétique. Heureusement, ça ne s'est jamais fait.

— Pourquoi ?

— Les Russes ont envahi son laboratoire de Prusse-Orientale, mais Kovacs avait déjà disparu. Après la guerre, les Soviétiques ont poursuivi des recherches fondées sur les théorèmes de Kovacs. Les États-Unis étaient au courant et auraient bien aimé parler à Kovacs, nos militaires sachant ce que représenteraient les radiations électromagnétiques. Il y a des années s'est tenue au laboratoire de Los Alamos une importante conférence pour discuter des applications de la technologie d'armement basée sur ses recherches.

— A l'origine du Projet Manhattan ? Ils avaient bien choisi l'endroit.

— A bien des égards. Manipuler des radiations électromagnétiques pouvait engendrer des effets plus dévastateurs que ceux d'un engin nucléaire. Les militaires prenaient Kovacs très au sérieux. Lors de la première Guerre du Golfe, on a essayé des armes à impulsion électromagnétique. Certains affirment que ces expériences et celles menées par les Soviétiques ont provoqué des séismes, des éruptions volcaniques et des perturbations météorologiques. Voilà pourquoi les éclairs dans le ciel dont vous parliez m'intéressaient.

— Que signifient-ils ? interrogea Austin.

— De nombreux témoins des expériences soviétiques et américaines ont raconté avoir vu des aurores boréales ou de grands éclats de lumière produits par des transmissions électromagnétiques, expliqua Hibbet.

— Dites-nous-en plus sur ces expériences, demanda Austin.

— On a beaucoup discuté du projet HAARP, pour High Frequency Active Aural Research Program, un projet américain de recherche sur la modification de l'ionosphère par l'utilisation d'ondes à haute fréquence qui propose d'envoyer dans l'ionosphère un faisceau électromagnétique concentré. Un programme universitaire d'amélioration des communications mondiales, prétendait-on. Certains soupçonnent cependant ce projet de concerner avant tout des objectifs militaires tels que des techniques de défense du style « Guerre des étoiles » ou même le contrôle des esprits. Je ne sais pas ce qu'il faut croire, mais ce que je sais c'est que cette entreprise se fonde sur les théorèmes de Kovacs.

— Vous parliez de la bobine de Tesla, rappela Austin. Qu'entendiez-vous par là ?

— Il s'agit d'un type tout simple de transformateur à résonance composé en fait de deux bobines. Des impulsions d'énergie sont transférées de l'une à l'autre pour produire une décharge électrique comparable à un éclair. Vous en avez probablement vu au cinéma parmi les accessoires qu'utilise dans son labo tout savant fou.

— Nous avons parlé de la transmission de ces ondes en terrain solide ou dans l'atmosphère, intervint alors Gamay qui avait écouté la discussion avec la plus grande attention. Que se passerait-il si on les envoyait au fond de la mer ?

— Je n'en ai aucune idée, reconnut Hibbet, la géologie de l'océan n'est pas mon domaine.

— En revanche, c'est le mien, déclara Paul Trout. Al, permettez-moi de vous poser une question. Des ondes électromagnétiques amplifiées seraient-elles capables de pénétrer profondément dans l'écorce terrestre ?

— Sans aucun doute.

— Dans ce cas, on peut supposer que ces transmissions seraient à même de provoquer certaines anomalies dans le manteau terrestre, un peu comme le projet HAARP dont vous parliez causerait des perturbations dans l'atmosphère.

— Quel genre d'anomalies ? demanda Adler.

— Des remous, des tourbillons, peut-être.

— Réussiraient-elles à perturber le milieu marin ? interrogea Austin.

Hibbet se pinça le menton d'un air songeur.

— La masse en fusion qui bouillonne sous l'écorce terrestre est à l'origine du champ magnétique qui entoure la Terre. Tout bouleversement de ce champ est capable d'entraîner quantité de perturbations.

— Je savais bien que j'avais raison ! s'exclama le professeur

Adler en frappant du poing sur la table. Quelqu'un fait l'idiot avec mon océan.

— Mais nous parlons d'étendues couvrant plusieurs milles carrés, objecta Trout en coupant court au discours exubérant d'Adler. Pour moi, cette discussion nous ramène à la bougie électrique géante de Joe, ou à la bobine d'Al. Même si cet appareil produisait une énorme puissance, elle resterait infime comparée à la masse de la Terre.

— Et s'il existait plusieurs appareils et non un seul ? lança Austin en interrompant le bref silence qui suivit la déclaration de Trout.

Il poussa l'ordinateur au milieu de la table et le fit pivoter pour que chacun pût voir les bips entourant la zone perturbée.

Trout comprit tout de suite :

— Quatre bateaux, chacun concentrant sa puissance sur un petit secteur. Ça pourrait marcher.

Austin acquiesça.

— Je vais vous montrer autre chose, c'est intéressant, fit-il en projetant sur l'écran l'image prise peu après le naufrage de la *Belle.* Je pense que l'un de ces navires a été victime des perturbations océaniques qu'il a provoquées.

Il y eut autour de la table un murmure approbateur.

— Ce qui expliquerait comment, observa Zavala, mais pas pourquoi, ce que je ne comprends toujours pas.

— Avant de répondre à cette question, dit Austin, nous devrions peut-être nous concentrer sur qui. Ce Qui ne s'amuse pas seulement à faire des vagues dans sa baignoire. Des individus dont nous ne savons rien se sont donné beaucoup de mal et ont dépensé beaucoup d'argent pour agiter l'océan. Ils n'ont pas hésité à sacrifier l'équipage de deux bateaux et à causer des millions de dollars de dégâts, tout ça pour parvenir à Dieu sait quel objectif. Sommes-nous tous prêts à nous mettre au travail ? demanda-t-il en regardant autour de la table.

Hibbet se leva.

— J'espère, dit Austin avec un sourire, que vous allez vous chercher une autre tasse de café ?

— Non, en fait, répondit Hibbet, visiblement embarrassé, je

m'apprêtais à retourner à mon bureau de la NUMA, maintenant que vous avez tout ce qui vous est nécessaire.

— Joe, explique notre règlement à Al.

— Avec plaisir. Dès l'instant où quelqu'un est recruté dans l'équipe des Opérations spéciales, il ne peut plus s'en aller.

— Vos connaissances en électromagnétisme nous sont indispensables, précisa Austin. Votre regard de technicien nous aiderait énormément pour vérifier si ces chimères reposent sur une réalité. Où pouvons-nous en apprendre plus sur les théorèmes de Kovacs ?

— Je vous conseillerais d'aller directement à la source. Les recherches des Américains ont été faites à Los Alamos. Il existe même une société Kovacs où sont conservés les comptes rendus de ses travaux et de ses documents. Je l'ai parfois contactée pour poser des questions.

Austin se tourna alors vers Adler.

— Pourriez-vous travailler là-dessus avec Al et nous faire un rapport ? Dis donc, Joe, c'est un gros boulot de construire une armada de centrales électriques flottantes. Ces dynamos ont bien été fabriquées quelque part.

— Je vais tenter d'en retrouver l'origine, répondit Zavala.

— Nous pourrions être au Nouveau-Mexique cet après-midi et de retour demain, suggéra Gamay.

Austin acquiesça.

— Tâchez de découvrir jusqu'où ont été poussées ces expériences et si on les poursuit encore. Nous allons étudier toutes les publications concernant Kovacs et nous trouverons peut-être la pépite qui nous récompensera de nos efforts.

Il les remercia tous d'être venus et leur proposa un nouveau rendez-vous pour le lendemain à la même heure. Zavala et lui se reverraient dans quelques heures au siège de la NUMA. En rentrant dans la maison, Austin passa devant sa bibliothèque et aperçut le volume de Platon.

Il se demanda ce qu'aurait pensé Platon de cette nouvelle énigme.

18

BLOTTIE DANS SON SAC DE COUCHAGE, Karla écoutait le vent gémir autour de la vieille cabane de trappeur. Elle songeait à sa réaction en découvrant le bébé mammouth. Ç'aurait été peu de dire qu'elle avait été étonnée : elle avait été comme frappée par la foudre. Elle s'était forcée à respirer lentement, profondément ; le professionnalisme avait alors repris le dessus et elle avait commencé à procéder à un examen scientifique du spécimen.

Long d'environ un mètre dix sur un mètre de haut, à peu près quatre-vingt-dix kilos, l'animal présentait toutes les caractéristiques immortalisées par les peintures rupestres des artistes de l'âge de pierre et, notamment, la tête allongée au crâne couvert d'une longue toison ainsi que la bosse entre les épaules.

Les défenses commençaient à s'incurver, identifiant un mâle ; chez un sujet adulte, elles pouvaient mesurer jusqu'à cinq mètres. Les oreilles étaient petites, et la trompe, courte par rapport au corps, n'atteindrait pas le développement observé chez l'éléphant d'aujourd'hui. Le corps tout entier était couvert d'un pelage châtain. D'après sa taille, elle estima qu'il devait avoir sept ou huit mois.

Probablement l'échantillon de *Mammuthus primigenius* le plus parfaitement conservé jamais découvert, se dit Karla. Dans la plupart des cas, les restes de mammouth se bornaient en effet à des tas de chair et d'ossements. Elle avait devant elle un animal entier et en bien meilleur état qu'Effie, le fragment de carcasse découvert à Fairbanks Creek, que les spécimens russes *Dima* et *Jarkov*, et même que le plus célèbre de tous, le *Beresovka*, brusquement congelé et dont la chair était restée comestible. L'estomac de l'animal contenait encore les boutons d'or qu'il avait broutés peu avant sa mort.

— C'est extraordinaire, dit-elle en se tournant vers les autres scientifiques. Où l'avez-vous découvert ?

— Babar se trouvait dans la berge d'une ancienne rivière.

— *Babar ?*

— Il fallait bien donner un nom à cette pauvre petite chose, expliqua Maria. Enfant, j'avais un livre dont le héros, le roi des éléphants, s'appelait Babar.

— Cela lui va très bien. Félicitations, approuva Karla avec un sourire. Il représente certainement la découverte scientifique du siècle.

— Merci, fit Maria. Malheureusement cela pose un problème pour notre expédition.

— Je ne comprends pas.

— C'est presque l'heure du dîner, intervint alors Arbatov. Si nous en discutions à table ?

Apparemment, à en juger par son tour de taille, Arbatov ne sautait pas souvent un repas. Ils passèrent donc dans la grande tente dont l'ambiance conviviale aidait à oublier qu'on se trouvait sur une île perdue de l'Arctique. Une nappe fleurie, en plastique, recouvrait la table. La douce lueur des lanternes baignait la scène dans une chaude lumière dorée. Des radiateurs à gaz maintenaient une température confortable même si la brise fraîche qui venait de la mer faisait claquer la toile de la tente.

Du thé arrosait le repas – bortsch ukrainien, goulasch consistant et beignets –, puis de la vodka à haut indice d'octane acheva de dissiper le froid de la fin de journée. Quand elle eut goûté la cuisine de Maria, Karla comprit que Sergeï ne portait pas seul la responsabilité de son imposante corpulence.

— Je suis stupéfaite, déclara Karla en finissant son dernier *pon-*

chiki, que vous arriviez à faire une cuisine aussi délicieuse dans ces conditions plutôt rudimentaires.

— Pas besoin de mourir de faim ou de manger des surgelés comme les Américains, dit Maria. Dès l'instant que j'ai du feu, une casserole et les ingrédients nécessaires, je suis capable de rivaliser avec les meilleurs restaurants de Moscou.

— Je tiens, reprit Karla en levant son verre de vodka, à vous féliciter de nouveau pour votre découverte. Vous devez être tous très heureux.

Le Dr Sato, toujours sensible à la subtilité des propos, ne manqua pas de remarquer la tentative indirecte de Karla pour aborder, à la faveur du dîner, un sujet délicat.

— Merci, répondit-il. Comme nous l'avons mentionné précédemment, cela nous pose un petit problème, ajouta-t-il en jetant un coup d'œil à Arbatov.

Le Russe hocha la tête.

— Vous connaissez l'objectif de cette expédition ?

— Oui, dit Karla. Vous essayez de trouver des restes d'un mammouth qui se prêteront au clonage.

— Exact, confirma Arbatov. La genèse de ce projet remonte à 1999, lorsqu'une expédition internationale a déterré d'un bloc de boue glacée des restes prometteurs.

— Le mammouth *Jarkov*, avança Karla.

On avait donné à ces restes le nom de la famille sibérienne propriétaire de la terre où on les avait découverts.

— Absolument. Des quatre coins du monde, les laboratoires spécialisés dans la recherche génétique se sont intéressés à la dépouille ; ils soutenaient que, si on parvenait à extraire l'ADN des tissus, il permettrait de cloner un mammouth.

— Si je me souviens bien, on a arraché à la boue seulement des os, pas de tissus.

— Et, faute de tissus, il a fallu renoncer à la tentative de clonage. Cependant, on a continué à s'intéresser au problème et on a poursuivi des expériences dans ce domaine, expliqua Arbatov. Des chercheurs japonais et chinois ont, ensemble, cloné deux vaches en utilisant des cellules de la peau d'un embryon de vache morte conservé à la même température que celle du permafrost de Russie.

Depuis lors, des expéditions successives se sont acharnées à trouver en Sibérie des restes utilisables. Ma femme et moi y travaillons pour un parc zoologique qui envisage de féconder une éléphante indienne qui portera donc un rejeton partiellement mammouth, sujet avec lequel l'opération sera répétée ; on espère obtenir ainsi d'ici à cinquante ans un spécimen qui, à quatre-vingt-huit pour cent, serait un mammouth.

— Projet en collaboration avec les Japonais, précisa le Dr Sato. Des étudiants de l'Université de Kinki et des experts vétérinaires de Kagoshima, d'où vient le Dr Ito, cherchent depuis 1997 des échantillons d'ADN en Sibérie. On estime en effet à dix millions le nombre de mammouths enfouis sous le permafrost sibérien ; nous sommes donc venus ici dans l'espoir de trouver ce qu'il nous faut.

— Comment procéderait-on au clonage ? demanda Karla.

— C'est extrêmement compliqué. Chaque étape exigerait le plus grand soin, déclara Ito, l'expert vétérinaire. D'abord il nous faudrait extraire d'un fragment de tissu un filament complet d'ADN, prélever un ovule chez une éléphante puis l'irradier pour en détruire l'ADN. Ensuite nous le remplacerions par l'ADN du mammouth et l'insérerions chez l'éléphante. La période de gestation normale chez ces animaux est de vingt-deux mois, mais nous ne savons absolument pas ce qu'elle serait dans ce cas-là. Pas plus que nous ne savons quels soins apporter au bébé hydride.

— Chacun de ces obstacles serait redoutable en soi, observa Karla.

— Le plus dur, dit Maria, a été de trouver un fragment de tissu.

— Jusqu'à maintenant, fit remarquer Karla.

— L'idéal aurait été de découvrir une femelle mammouth enceinte, dit Maria, mais peut-être que Babar fera l'affaire.

— Je suis stupéfaite, déclara Karla. Il me semble en effet que le corps de ce petit animal dans votre hangar vous offre un choix de richesses étonnant.

Les quatre scientifiques échangèrent un regard presque comique.

— Nous sommes confrontés, expliqua le Dr Sato, à un problème juridique qui ressemble à celui de deux parents se disputant la garde d'un enfant.

— Inutile d'être propriétaire du corps tout entier, un échantillon d'ADN devrait suffire.

— En effet, admit Sato. Mais vous connaissez l'esprit de compétition qui règne dans le monde scientifique, alors imaginez le coup formidable que ce sera pour la carrière de celui qui rapportera le spécimen chez lui... sans parler de la fortune.

— Qui l'a découvert ?

— Sato et Ito, lança Arbatov en haussant les épaules, mais nous en avons revendiqué la propriété car nous avons aidé à le transporter et, de plus, il se trouve en territoire russe.

— N'aviez-vous pas prévu un accord pour régler ce genre de problème ?

— Si, bien sûr, mais personne ne croyait vraiment à la découverte d'un échantillon dans un état aussi parfait, répondit Maria.

— Nous sommes tous des gens raisonnables, intervint Arbatov. Maria a beaucoup contribué à calmer notre ardeur masculine. Nous avons eu des discussions animées et nous nous sommes même demandé si nous devions vous en parler. Nous avons décidé qu'il serait difficile de vous le cacher et qu'en outre ce serait intellectuellement malhonnête. Mais nous ne savons toujours pas quoi faire.

— Vous avez raison, appuya Karla, vous vous trouvez en effet face à un problème. » Tous quatre hochèrent la tête à l'unisson. « Mais il n'est pas insoluble, ajouta-t-elle, et les têtes s'immobilisèrent au même instant.

— Je vous en prie, lâcha Arbatov, ne nous conseillez pas de jouer les Salomon et de couper le bébé en deux.

— Pas du tout. La solution me paraît assez évidente. Mettez-vous en quête d'un autre spécimen. Il peut y en avoir d'autres dans les parages. Je vous aiderai. J'ai étudié à fond la topographie de l'île d'Ivoire, en remontant jusqu'au pléistocène durant lequel ces créatures grouillaient sur les steppes. Je crois même pouvoir situer les zones de plus forte concentration et aux meilleures conditions environnementales, ce qui augmenterait vos chances.

— Dans notre pays, dit le Dr Sato, nous préférons le consensus à la confrontation. Aussi je propose que nous recherchions un second spécimen. Si nous ne l'avons pas découvert avant le retour du bateau, nous informerons nos sponsors respectifs et les laisserons régler cela devant un tribunal.

Toujours diplomate, Maria se tourna vers son mari.

— Sergeï ? En tant que directeur du projet, qu'en penses-tu ?

— J'estime que mademoiselle Janos a suggéré une solution acceptable par tous.

— En compensation, dit-elle, vous pourriez peut-être m'aider pour mon projet personnel.

— Toutes mes excuses, fit le Dr Sato. Nous sommes tellement absorbés par nos problèmes que nous en avons négligé la politesse. Qu'espérez-vous au juste découvrir ici ?

— Une réponse à l'énigme des mammouths.

— Celle de leur extinction au pléistocène ? suggéra Maria.

Karla acquiesça.

— Imaginez cette île il y a vingt mille ans. Le terrain devant notre tente était couvert de végétation verdoyante. Le sol tremblait sous le formidable piétinement d'énormes troupeaux de *Mammuthus*. Ces créatures dépassaient parfois quatre mètres de haut, elles étaient donc plus grandes que n'importe quelle espèce d'éléphants. On en trouvait en Amérique, de la Caroline du Nord à l'Alaska, dans presque toute la Russie et l'Europe, et même en Grande-Bretagne et en Irlande. Mais, vers 8000 avant Jésus-Christ, il n'y en avait presque plus, à de rares exceptions près, ici ou là. Les troupeaux de mammouths disparurent en même temps que des centaines d'autres espèces, ne laissant que leurs ossements gelés pour exciter la curiosité de scientifiques comme nous.

— L'extinction d'une espèce compte parmi les grands mystères du monde, observa Maria. Mammouths, mastodontes, tigres à dents de sabre ont disparu il y a entre dix et douze mille ans, ainsi que près de deux cents autres espèces de grands mammifères. Des millions d'animaux sont morts sur toute la surface du globe. Qu'espérez-vous trouver ici ?

— Je ne sais pas exactement, reconnut Karla. Comme vous le savez, trois théories se proposent d'expliquer cette extinction. La première soutient que le peuple de Clovis les a chassés jusqu'à les exterminer.

— Cela n'explique pas hélas ! leur extinction dans le reste du monde.

— De plus aucune preuve fossile n'étaye cette thèse. Nous passons donc à la deuxième théorie selon laquelle un virus mortel aurait frappé toutes les populations de mammifères du monde.

— Vous croyez que cette thèse du virus est la plus plausible ? interrogea le Dr Sato.

— Oui et non. J'y reviendrai quand nous aurons abordé la troisième théorie, celle du changement radical de climat. Vers la fin de cette période, le temps s'est brusquement modifié. Mais cette théorie présente un point faible : dans un certain nombre d'îles, des créatures ont survécu. Si leur extinction avait un rapport avec le climat, elles seraient mortes.

— Alors, lança Sergeï, si on oublie la chasse acharnée, le virus et le changement climatique, de quoi s'agissait-il ?

— La discussion s'est toujours ramenée à la confrontation de deux écoles de pensée : le catastrophisme qui prétend que c'est un événement, ou une série d'événements, qui a causé l'extinction, et l'uniformisme qui soutient que l'extinction a sévi sur une longue période et qu'elle a eu un grand nombre de causes.

— Vous penchez pour le catastrophisme ou pour l'uniformisme ? interrogea Arbatov.

— Ni l'un ni l'autre. Aucune théorie ne convient à l'ensemble des faits. Je pense qu'il y a un peu de tout : que l'extinction a été déclenchée par un cataclysme ou par une série de cataclysmes. Des tsunamis. Des éruptions volcaniques qui ont provoqué des nuées et des gaz mortels, et altéré la croissance de la végétation.

— Cette théorie aussi a un point faible, objecta Arbatov. Les preuves dont on dispose suggèrent que l'extinction s'est déroulée sur des centaines de milliers d'années.

— Ce ne serait pas un problème. Ma théorie tient compte de la découverte de nombreux mammouths tombés dans une fosse commune et explique pourquoi certains animaux ont survécu longtemps après. On a la preuve que beaucoup ont été tués par un événement soudain et d'une extrême violence. Mais on sait aussi qu'il existait encore quelques espèces de mammouths à l'époque où les Égyptiens construisaient les pyramides. Le cataclysme a affaibli les troupeaux de mammouths à un point tel que la maladie et la chasse les ont achevés. L'extinction de certaines espèces a provoqué un phénomène d'onde de choc. Les prédateurs qui vivaient des mammouths et d'autres proies perdaient ainsi leur source de nourriture.

— Je crois que vous tenez là quelque chose mais, selon vous, ce cataclysme à l'échelle mondiale s'est produit brusquement. Les mammouths broutaient paisiblement leur herbe et, un instant plus tard, ils étaient en voie d'extinction. Vous ne trouvez pas cela un peu tiré par les cheveux ?

— Absolument pas. Mais je serais la première à reconnaître que la théorie du déplacement des pôles est controversée.

— Le déplacement des pôles ?

— Un réalignement des pôles, pour être plus précise.

— Aucun de nous n'est géologue, dit Arbatov. Expliquez-nous, je vous prie.

— Avec plaisir. Il y a deux types de déplacement des pôles. Un déplacement « magnétique » impliquerait une inversion des pôles magnétiques provoquant toute sorte d'incidents déplaisants, mais rien qui puisse mettre nos vies en danger. Un déplacement « géologique » signifierait un véritable glissement de la croûte terrestre sur son noyau en fusion. Un tel phénomène pourrait provoquer un cataclysme comme celui qui, à mon avis, a provoqué la disparition des mammouths en tant qu'espèce.

Arbatov n'était pas convaincu.

— Vous fondez votre théorie de l'extinction sur la thèse d'un déplacement des pôles ? Vous en conviendrez, il est peu probable qu'une telle perturbation puisse se produire.

— Bien au contraire. Cela s'est produit et cela pourrait se produire encore.

— Notre invitée a bu un peu trop de vodka, déclara Arbatov en s'emparant ostensiblement du verre de Karla.

— Je me ferai un plaisir de vous soumettre ma théorie, docteur Arbatov. Je crois que la lecture de mon article vous éclairera. Notamment les équations montrant qu'une perturbation du champ magnétique terrestre pourrait provoquer une inversion des pôles.

Une discussion s'engagea alors autour de la table entre tenants et opposants. Malgré leur courtoisie, Karla sentit une certaine tension dans le groupe, ce qui ne la surprit pas. Les scientifiques ne différaient guère des autres hommes, sauf qu'ils étaient peut-être plus vaniteux et plus susceptibles. Ce fut Maria qui, avec son optimisme communicatif, mit un terme à cet échange de propos un peu vifs.

— Pardon de me montrer aussi impolie avec une invitée, dit-elle en lançant un regard noir à son mari. Quels sont vos projets pour demain ?

Arbatov ainsi neutralisé, la discussion s'acheva aussi rapidement qu'elle avait commencé.

— Peut-être que quelqu'un pourrait me montrer l'endroit où vous avez découvert Babar.

On lui affirma que cela ne présenterait aucun problème. Tout le monde aida Maria à débarrasser et, quelques instants plus tard, Karla se glissait dans son sac de couchage. Le vieux bâtiment était étanche et il n'y faisait pas froid. Malgré le trottinement de petits animaux, elle s'y sentait très bien mais, excitée par sa rencontre avec le bébé mammouth, elle eut du mal à trouver le sommeil.

Elle se rappela une comptine que lui chantait son grand-père quand elle était allée habiter chez lui après la mort de ses parents.

Le premier vers suffit à l'endormir.

19

LES TROUT ATTERRIRENT À ALBUQUERQUE en fin d'après-midi et partirent par la route pour Santa Fe où ils passèrent la nuit. Le lendemain matin, de bonne heure, ils reprirent leur voiture de location en direction de Los Alamos, situé sur une citadelle naturelle au sommet de trois mesas qui prolongeaient le plateau de Panaretos.

Durant les quarante kilomètres de trajet, Paul observa un changement dans l'attitude de sa femme. Alors qu'elle s'extasiait sur la vue en regrettant de ne pas avoir le temps de s'arrêter dans un pueblo indien, elle devint tout d'un coup étrangement silencieuse.

— A quoi penses-tu ? demanda-t-il.

— Je me rappelais ce qu'on avait fait ici avec le Projet Manhattan et les terribles forces qu'on avait libérées.

— Il fallait bien que quelqu'un le fasse. Félicitons-nous d'avoir été les premiers.

— Je sais bien, mais ça me déprime quand même de me dire que nous n'avons toujours pas appris à contrôler le génie que nous avons fait sortir de la bouteille.

— Calme-toi. L'énergie nucléaire est peut-être une vieille lune comparée aux tourbillons et aux vagues géantes.

— Merci, fit Gamay en lui lançant un regard noir, merci de me faire remarquer le bon côté des choses.

Los Alamos avait beaucoup changé depuis l'époque où Robert Oppenheimer et son équipe de génies avaient découvert comment enfermer la puissance de l'atome dans un cylindre métallique à ailettes. C'était maintenant une petite ville animée du sud-ouest, avec des centres commerciaux, des écoles, des jardins publics, un orchestre symphonique et un théâtre, mais qui n'a jamais pu – ou voulu – échapper à son sombre passé. Le Laboratoire national de Los Alamos a beau poursuivre aujourd'hui de pacifiques recherches scientifiques, le spectre du Projet Manhattan continue de le hanter.

Les bâtiments où s'effectuent les travaux d'entretien des armes nucléaires demeurent interdits au public, ce qui signifie que la ville continue à s'intéresser aux problèmes de la guerre atomique. Les touristes qui visitent le musée du laboratoire peuvent toucher des répliques de « Fat Man » et de « Little Boy », les bombes larguées sur Nagasaki et Hiroshima, observer divers types d'ogives et se faire photographier devant des statues grandeur nature de Robert Oppenheimer et du général Groves, les vedettes de l'alliance ultrasecrète entre militaires et scientifiques.

Les Trout s'arrêtèrent à la bibliothèque du Laboratoire national pour parler à la chercheuse qu'ils avaient contactée précédemment. Elle avait préparé un dossier d'informations sur Lazlo Kovacs, mais il s'agissait pour l'essentiel de renseignements biographiques qui n'apportaient rien de nouveau sur le savant. Kovacs apparemment n'était guère plus qu'une note en bas de page. Comme Tesla, sur qui on savait plus de choses, Kovacs était devenu une image culte, expliqua la bibliothécaire, et ses théories relevaient plus de la science-fiction que de la physique.

— Nous en apprendrons peut-être plus à la société Kovacs, dit Gamay.

La jeune femme regarda les Trout sans rien dire, puis éclata de rire.

— Qu'y a-t-il ? interrogea Gamay.

— Pardonnez-moi, répondit la bibliothécaire en rougissant. C'est seulement que… enfin, vous verrez bien.

A la société Kovacs, le contact qu'on leur indiqua et qui répondit au téléphone était un certain Ed Frobisher, au ton exubérant. Comme il avait des rendez-vous à l'extérieur, il leur proposa de se retrouver dans un magasin de surplus, le Trou noir.

Situé à la sortie de la ville, on pouvait lire sur son enseigne extérieure : INSTITUT OMÉGA DE LA PAIX, PREMIÈRE ÉGLISE DE HAUTE TECHNOLOGIE. L'église et le Trou noir appartenaient à un certain Ed Grothus qui, des décennies auparavant, avait acheté des surplus de laboratoire datant de l'époque du Projet Manhattan. Son « bric-à-brac nucléaire » ainsi qu'il appelait son fond intéressait une clientèle de savants loufoques, d'artistes et de fouineurs.

L'espace autour de l'entrepôt était encombré par des cylindres de bombes vides, du matériel de bureau et de l'équipement électronique. A l'intérieur, sur des rangées de casiers, s'entassaient de vieux appareils électroniques tels que compteurs Geiger, oscilloscopes ou circuits imprimés. Les Trout s'adressèrent au caissier qui les conduisit jusqu'à une travée où un homme, occupé à fouiller dans un tas de panneaux de contrôle, parlait tout seul.

— Regardez-moi ça, s'exclama Frosbisher, une fois les présentations faites. Dans les années cinquante, ce tableau a sans doute coûté un mois du salaire d'un contribuable moyen et, aujourd'hui, c'est de la camelote, sauf pour quelques fanas de technologie comme moi.

Frobisher était un robuste gaillard de plus d'un mètre quatre-vingts, dont le torse puissant s'épanouissait en une bedaine qui débordait du large ceinturon qui le sanglait. Il arborait une chemise à carreaux jaunes qui aurait arrêté le regard même s'il ne l'avait pas portée avec des bretelles rouges qui s'efforçaient de maintenir en place un pantalon peinant sous le fardeau de son ventre et enfoncé dans de hautes bottes de pêcheur en caoutchouc malgré une sécheresse saharienne. Une frange taillée dans ses cheveux d'un blanc pur retombait par-dessus des lunettes à monture d'écaille rectangulaire.

Frobisher régla le panneau de contrôle, entraîna les Trout vers une camionnette Chrysler poussiéreuse et cabossée et, après leur avoir demandé de l'appeler « Froby », leur suggéra de le suivre jusqu'au siège de la société Kovacs, c'est-à-dire chez lui. Les deux voitures sortaient de la ville quand Gamay se tourna vers Paul qui conduisait.

— C'est un personnage, notre nouvel ami Froby.

— On ne peut pas dire le contraire, acquiesça Trout.

— Et Kurt, je le retiens, ajouta-t-elle avec un soupir. Je préfère encore être entraînée dans un tourbillon.

La route serpentait parmi les collines dominant la ville. Les maisons se faisaient plus rares, plus espacées. La voiture, rebondissant sur ses amortisseurs, déboucha sur une petite allée de gravier et s'arrêta devant une maison minuscule en briques séchées. La cour, jonchée de matériel électrique hétéroclite, ressemblait, en plus modeste, au Trou noir.

Ils suivirent Froby sur le chemin jalonné par des ogives rouillées et des boîtiers électroniques ; au passage, leur guide leur désignait d'un geste large ses trésors.

— Chaque mois, les labos font une vente aux enchères. Inutile de vous dire que je n'en manque pas une.

— Je m'en doute, fit Gamay avec un sourire indulgent.

Ils entrèrent alors dans la maison qui, après le fatras des surplus qui composaient le paysage extérieur, les étonna par son agencement. Un bureau et deux classeurs métalliques étaient poussés contre un mur.

— Tout ici vient du Laboratoire national, annonça fièrement Frobisher. » Il remarqua le regard de Trout fixé sur un panneau ATTENTION RADIOACTIF, lui adressa un large sourire. « Ne vous inquiétez pas, il sert à dissimuler un trou dans le mur, expliqua-t-il. En ma qualité de président de la société Lazlo Kovacs, je suis heureux de vous accueillir à son siège mondial. Je vous présente notre fondateur.

Il désigna une photographie ancienne accrochée à la cloison, près du panneau : elle représentait un homme brun d'une quarantaine d'années, aux traits fins et au regard pénétrant.

— Combien la société compte-t-elle de membres ? s'enquit Gamay.

— Un, vous l'avez devant vous. Comme vous pouvez le voir, il s'agit d'une organisation très fermée.

— Je l'avais remarqué, répondit Gamay avec un charmant sourire.

D'un regard Trout chercha à signifier à sa femme que, à la première occasion, il s'esquivait, mais elle s'était plongée dans l'inspection des rayonnages qui couvraient presque entièrement les murs. Son œil de femme avait aussitôt repéré ce que Trout n'avait pas remarqué : les titres étaient ceux d'ouvrages extrêmement techniques ou traitant de sujets ésotériques. Si Frobisher en comprenait ne fût-ce qu'une fraction, c'est qu'il était doté d'une intelligence rare.

— Asseyez-vous, je vous en prie, dit-il, et il s'installa dans un fauteuil, de façon à faire face à ses hôtes.

Trout s'assit auprès de Gamay : il avait décidé que la meilleure façon de mettre au plus vite un terme à la conversation était de la commencer.

— Merci de nous avoir reçus, dit-il, s'apprêtant ainsi à prendre congé.

— C'est un plaisir, répondit Frobisher, rayonnant. Pour être franc, la société Kovacs n'éveille plus guère l'intérêt de nos jours. Votre visite constitue pour moi un événement. D'où êtes-vous donc ?

— De Washington, dit Trout.

— Un véritable événement, en effet, reprit Frobisher en ouvrant de grands yeux. Il faudra que vous signiez mon livre d'or. Maintenant, expliquez-moi comment vous en êtes venus à vous intéresser à Lazlo Kovacs ?

— Parce que nous travaillons tous les deux, en tant que scientifiques, pour la National Underwater and Marine Agency, répondit Gamay. Un de nos collègues de la NUMA nous a parlé des travaux de Kovacs ainsi que d'une société située à Los Alamos et qui posséderait la documentation la plus complète qui soit sur le sujet. La bibliothèque du Laboratoire national ne propose que très peu d'ouvrages sur Kovacs.

— Toute cette bande pense qu'il s'agit d'un charlatan, lâcha Frobisher avec dégoût.

— C'est l'impression que nous avons eue, renchérit Gamay.

— Laissez-moi vous dire deux mots de la société. Je travaillais comme physicien au Laboratoire national. Il m'est souvent arrivé de jouer aux cartes avec des collègues et, invariablement, on en venait à parler des recherches de Nikola Tesla. Certains d'entre nous affirmaient que Kovacs s'était laissé éclipser par le style flamboyant de Tesla et qu'il aurait mérité mieux pour ses découvertes. Et nous avons donné à notre groupe de joueurs de poker le nom de société Kovacs.

Trout sourit mais dans son for intérieur il enrageait de perdre ainsi son temps. Il s'éclaircit la voix.

— Vous avez donné à votre société le nom d'un cercle de poker ?

— Oui. Ceux qui parmi nous étaient mariés ont trouvé qu'un groupe de discussion fournirait une bonne couverture pour éviter de donner des explications à leur femme.

— Vous n'avez donc jamais évoqué les théorèmes de Kovacs ? demanda Gamay.

— Mais si, bien sûr. Piètres joueurs de poker mais bons scientifiques, affirma-t-il tout en tirant d'un rayonnage deux brochures qu'il tendit aux Trout. Nous avons imprimé ces exemplaires de l'article dans lequel Kovacs avait exposé ses théories révolutionnaires. Ceci est le résumé de la conférence portant sur ses travaux donnée ici il y a une vingtaine d'années. Il s'agit essentiellement d'une critique de l'affaire Kovacs. Un exemplaire coûte 4,95 dollars. Nous vendons aussi des biographies – un peu plus cher, pour couvrir les frais d'impression.

Paul et Gamay parcoururent un des textes : en hongrois et en caractères serrés, pratiquement une interminable succession d'équations mathématiques incompréhensibles. Trout jeta à sa femme un sourire qui signifiait « Ça suffit comme ça » et se pencha en avant, prêt à jaillir de son siège pour gagner la porte. Sentant son impatience, Gamay lui effleura le bras.

— Votre bibliothèque me paraît composée d'ouvrages extrêmement techniques, ceux d'un physicien dont l'avis pourrait nous apporter une aide précieuse. J'espère que vous ne le prendrez pas mal, mais rappelez-vous les nombreuses controverses autour de Kovacs et de ses théories. N'était-il qu'un brillant charlatan ? Ou bien avait-il trouvé quelque chose ?

— Il avait manifestement trouvé quelque chose.

— Pourtant il n'a jamais réussi à le prouver expérimentalement et a toujours refusé de rendre publics les détails de ses découvertes.

— Parce qu'il avait conscience de l'énorme danger que représentaient ces informations.

— Pardonnez-moi, rétorqua Gamay en souriant, mais cela ressemble fort à un prétexte pour dissimuler son échec.

— Pas du tout. C'était par respect pour l'humanité.

Trout sentit que sa femme avait un plan et il l'appuya.

— S'il se souciait tant de l'humanité, pourquoi alors travaillait-il pour les nazis ? intervint-il.

— Il y était obligé : ils menaçaient de tuer sa famille.

— J'imagine très bien ce qui s'est passé, reprit Gamay. Tout cela est honteux. Sa femme et ses enfants sont donc morts à cause de ça, ajouta-t-elle en se frappant le genou avec la brochure. Une théorie sans fondement sur des ondes électromagnétiques à très basses fréquences aux effets mortels.

Les joues pâles de Frobisher virèrent au rouge homard, puis, au bout d'un moment, il se rasséréna et un large sourire s'épanouit sur son visage.

— Bien joué, vous cherchiez à me faire mordre à l'appât. Maintenant, lança-t-il en les regardant tour à tour, dites-moi qui vous êtes vraiment.

Gamay jeta un coup d'œil à Paul qui acquiesça de la tête.

— Nous appartenons à l'équipe des Opérations spéciales de la NUMA, déclara-t-elle. Vous voulez voir notre carte ?

— Je vous crois. Que font donc à Los Alamos, loin de l'Atlantique et du Pacifique, deux membres de la plus grande institution de recherche océanographique du monde ?

— Nous pensons que c'est ici, au Nouveau-Mexique, que l'on peut trouver la clef du mystère qui entoure certaines perturbations anormales de l'océan.

— Quel genre de perturbations ? demanda-t-il en fronçant les sourcils.

— Des tourbillons et des vagues géantes capables de faire couler des navires.

— Pardonnez-moi, mais je ne comprends toujours pas de quoi vous parlez.

— Un scientifique de la NUMA que nous avons consulté a suggéré que ces perturbations auraient pu être causées par des modifications du flux électromagnétique terrestre. Et il a évoqué les théorèmes de Kovacs.

— Continuez, dit Frobisher.

Tour à tour, ils lui décrivirent les perturbations océaniques et énoncèrent les hypothèses qui leur attribuaient une origine humaine.

— Mon Dieu, fit Frobisher, la voix rauque. Ça y est.

— Quoi donc ? s'étonna Trout.

— NUMA ou pas vous êtes tombés sur une situation bien plus énorme que tout ce que vous pourriez imaginer.

— Cela nous arrive souvent, observa Trout. Ça fait partie du travail de la NUMA.

Frobisher regarda longuement Trout et Gamay. Leur calme le ramena sur terre et il se reprit. Il passa dans la cuisine et en rapporta trois canettes de bière bien fraîches.

— Nous vous avons dit qui nous sommes, reprit Gamay avec son plus charmant sourire. A votre tour de vous présenter, non ?

— Très juste. » Il but une gorgée de bière. « Permettez-moi de commencer par un bref aperçu historique. La lettre d'Einstein au président Roosevelt est connue de presque tout le monde.

— Einstein y expliquait, développa Trout, que, une fois contrôlée la réaction en chaîne, fabriquer une bombe atomique devenait possible, et il conseillait aux États-Unis de devancer les Allemands.

— Exact, dit Frobisher. Le Président nomma alors une commission pour examiner le projet qui aboutit aux travaux effectués ici, à Los Alamos. En revanche, une seconde lettre d'Einstein, écrite vers la fin de la guerre, est moins connue – elle n'a jamais été publiée. Einstein mettait le Président en garde contre les dangers d'une guerre électromagnétique. Si on considérait Kovacs un peu comme un charlatan, on attachait en revanche de l'importance à l'opinion d'Einstein. Truman, alors Président, désigna un comité chargé d'étudier la suggestion d'Einstein ; cela aboutit à des recherches comparables à celles du Projet Manhattan.

— Les Russes auraient, paraît-il, poursuivi des travaux du même ordre, signala Gamay.

— Parfaitement, et au milieu des années soixante, nous étions à égalité avec eux.

— Jusqu'où les recherches sont-elles allées ?

— Loin. Concentrées sur la terre plutôt que dans le ciel, elles ont provoqué quelques séismes. Après le grand tremblement de terre en Alaska, notre pays a riposté : nous avons déclenché quelques jolies inondations et périodes de sécheresse en Russie. Mais c'était de la rigolade.

— Inondations, séismes ne sont pas des événements mineurs, observa Gamay.

— Il ne s'agissait que d'exercices d'échauffement. Des savants des deux pays ont découvert à peu près en même temps que les efforts combinés de leurs expériences réussiraient à causer des modifications importantes dans le champ électromagnétique terrestre. États-Unis et URSS réunirent dans le plus grand secret, sur une île perdue de la mer de Behring, scientifiques et représentants du gouvernement auxquels on exposa, preuves à l'appui, les graves conséquences que pourrait entraîner la poursuite des expériences.

— Comment pouvez-vous savoir ce qui s'est dit dans cette réunion ultrasecrète ? s'étonna Gamay.

— Tout simplement parce que j'y participais. Nous sommes convenus d'arrêter les recherches et de nous rabattre sur des maux de moindre importance comme, par exemple, la guerre atomique.

— Parce qu'il existerait un mal pire que l'holocauste nucléaire, releva Gamay.

— Il faut le croire, assura Frosbisher qui se pencha vers ses interlocuteurs et baissa la voix comme s'il y avait des micros cachés dans la pièce – l'habitude sans doute. On considérait comme une nécessité absolue de garder le secret, au point qu'on installa dans chacun des deux pays un système de sécurité : quiconque se montrerait trop curieux ou semblerait en savoir trop long sur Kovacs et ses travaux serait vivement découragé, voire éliminé.

— La société Kovacs n'a donc pas été formée pour servir de couverture à des parties de poker, avança Trout.

— Cette histoire suffit généralement à écarter les gens. La société Kovacs a été fondée ici pour faire partie du dispositif : elle constituerait un premier barrage pour quiconque s'intéresserait à ses travaux. Si vous vous étiez aventurés ici il y a quelques années en posant des questions au-delà d'un certain seuil, j'aurais immédiatement passé un coup de téléphone et vous auriez disparu. Vous avez de la chance, le groupe a été dissous il y a plusieurs années.

— Que s'est-il passé ? interrogea Trout.

— Question de budget, répondit Frobisher avec un sourire. On a perdu la mémoire des institutions. Les rares personnes au courant de l'accord sont mortes et ont emporté le secret dans la tombe. En l'absence de participants pour faire voter les crédits, on les a tout simplement supprimés. Puis, avec le temps, on a commencé à oublier les recherches de Kovacs. Comme Nikola Tesla, il est devenu une figure culte des maniaques du complot, en moins connue. La plupart des visiteurs sont un peu fous, comme ce type qui avait une araignée tatouée sur le crâne. Les plus sérieux sont découragés par mon numéro de Froby.

— Excellent numéro, le félicita Gamay.

— Merci. Je commençais à y croire moi-même. A moi seul j'ai fait office de gardien et écarté ceux qui devenaient trop curieux.

— Vous parliez de conséquences que les manipulations électromagnétiques à l'échelle mondiale pourraient avoir, lui rappela Trout.

Frobisher acquiesça.

— Ce qui effrayait tout le monde, c'était qu'une manipulation électromagnétique provoquât un déplacement des pôles de la Terre.

— C'est possible ? demanda Gamay.

— Oh, oui. Laissez-moi vous expliquer. Le champ électromagnétique terrestre est créé par la rotation de la croûte extérieure autour du noyau solide. Des savants de l'Université de Leipzig ont mis au point un modèle montrant la Terre comme une gigantesque dynamo : les métaux plus légers de la croûte constituent le bobinage, les pôles de la planète sont déterminés par la charge électromagnétique ; quant aux pôles magnétiques, ils sont le résultat de tourbillons au fond du noyau en fusion et ils ont tendance à se déplacer, ce dont les navigateurs ne cessent de tenir compte. Si un pôle s'affaiblissait, on pourrait observer un véritable renversement des pôles Nord et Sud.

— Quel effet produirait le déplacement d'un pôle magnétique ? interrogea Gamay.

— Un effet perturbateur, mais pas catastrophique. Les réseaux électriques seraient hors d'usage. Les satellites ne fonctionneraient plus. Les boussoles s'affoleraient. Des trous pourraient s'ouvrir dans la couche d'ozone et provoquer des troubles sanitaires à long terme dus à de violentes radiations solaires. On verrait des aurores boréales bien plus au sud. Les oiseaux et les animaux migrateurs seraient désorientés.

— C'est vrai, admit Gamay, qu'un déplacement des pôles aurait des conséquences perturbatrices.

— Oui, mais ce ne serait rien auprès de celles occasionnées par un déplacement des pôles géologiques.

Trout, qui connaissait la géologie des profondeurs océaniques, comprenait tout à fait ce que voulait dire Frobisher.

— Vous parlez d'un glissement réel de la croûte terrestre sur le noyau intérieur plutôt que d'une modification du champ électromagnétique.

— Précisément. La partie solide de la Terre se déplace sur la partie liquide. On sait d'ailleurs que cela s'est déjà produit, à la suite d'un événement naturel comme le passage d'une comète.

— Une comète, c'est une chose, mais en tant que géologue océanographe, déclara Trout, j'ai du mal à envisager que des manipulations d'origine humaine seraient capables de provoquer d'importants changements d'ordre physique.

— Et voilà pourquoi les travaux de Kovacs étaient si importants.

— En quoi ?

Frobisher se leva et se mit à arpenter la pièce pour rassembler ses idées, puis il s'arrêta et, de l'index, décrivit un mouvement de rotation.

— C'est différent. L'électromagnétisme contrôle tout l'univers. La Terre est chargée comme un gigantesque électro-aimant. Des changements dans le champ peuvent provoquer un déplacement des pôles, comme nous l'avons évoqué il y a quelques instants. Mais il y a un autre effet sur lequel Kovacs est tombé au cours de ses recherches : tous les matériaux oscillent entre les états de matière et d'énergie.

— Si je vous comprends bien, résuma Trout, il serait possible en modifiant le champ électromagnétique de la planète de modifier également l'emplacement de la matière à la surface de la Terre.

— Ce qui pourrait expliquer les perturbations observées sur l'océan, suggéra Gamay.

Frobisher claqua des doigts avec un sourire de triomphe.

— Un cigare pour tous les deux.

— Qu'arriverait-il en cas de déplacement de terrain ? continua Gamay.

— La force d'inertie, répondit Frobisher d'un ton grave, réagirait à ce déplacement de matière. Les eaux des océans et des lacs seraient agitées dans des directions différentes, ce qui provoquerait un martèlement des côtes et de terribles inondations. Tous les systèmes électriques tomberaient en panne. On verrait des ouragans et des tornades d'une force inouïe. La croûte terrestre s'ouvrirait, causant de violents séismes, des éruptions volcaniques et de formidables écoulements de lave. Il y aurait des changements climatiques radicaux et durables. Les rayons solaires en pénétrant le champ magnétique de la Terre feraient des millions de victimes.

— Vous décrivez une catastrophe de proportions énormes, dit Gamay.

— Non, rétorqua Frobisher dont la voix n'était plus qu'un souffle, je décris rien de moins que la fin de toute matière vivante, la fin du monde.

Sur la route qui les ramenait à Albuquerque où ils devaient reprendre l'avion, ce fut au tour de Paul de rester silencieux.

— A quoi penses-tu ? demanda Gamay.

— A Roswell, répondit Trout sortant de sa transe, cette petite ville du Nouveau-Mexique où se serait écrasé un OVNI.

— Nous nous y rendrons une autre fois. Après l'exposé de notre ami Froby, j'ai la tête qui tourne encore.

— Quel effet t'a-t-il fait ?

— Celui d'un excentrique distrayant... ou d'un type redoutablement sain d'esprit.

— C'est ce que je me suis dit aussi et c'est ce qui m'a fait penser à Roswell. Certains ufologues prétendent qu'après cette histoire, le Président a désigné un comité de scientifiques et de hauts fonctionnaires pour étudier le problème et l'enterrer : le groupe s'appelait MJ12.

— Ça me dit quelque chose. Tu crois que ça pourrait avoir un rapport avec ce que nous venons d'entendre ?

— Peut-être, mais il y a une façon de confirmer ou d'infirmer ce qu'il a dit.

— Comment cela ?

Une petite brochure que leur avait donnée Frobisher était posée sur la console de la voiture entre les deux sièges : l'unique exemplaire, imprimé, des démonstrations mathématiques des théorèmes controversés de Kovacs – une succession de pages jaunies couvertes d'équations.

— Lazlo Kovacs n'avait pas la possibilité de tester ses théorèmes, déclara Trout en prenant la brochure. En revanche, nous, nous l'avons.

20

DE SA TERRASSE, AUSTIN CONTEMPLAIT le ruban étincelant qui serpentait derrière sa maison. Les brumes matinales s'étaient dissipées et le Potomac exhalait des parfums de fleurs sauvages et de boue séchée. Austin imaginait parfois une Lorelei pour le fleuve, une version sudiste au regard sensuel de la sirène allemande dont les chants attiraient les mariniers rhénans vers leur trépas.

Cédant à son irrésistible appel, il sortit du hangar à bateaux son scull de sept mètres, le positionna sur la rampe et le laissa glisser dans l'eau. Il s'installa, bloqua ses jambes contre les cale-pieds et, afin de dégourdir ses abdominaux, fit plusieurs fois coulisser d'avant en arrière les tolets des avirons ; ensuite il les régla pour obtenir la meilleure prise possible.

Puis il poussa vers le fleuve, plongea dans l'eau ses avirons en matière synthétique et se pencha en tirant sur les poignées pour utiliser le poids de son corps. Propulsée par les avirons de près de trois mètres, la coque effilée du scull fila sur l'eau. Il accéléra peu à peu son rythme jusqu'au moment où le cadran du compteur lui indiqua qu'il avait atteint sa vitesse de croisière habituelle, soit vingt-huit battements par minute.

Ramer, un rituel quasi quotidien pour lui, était l'exercice qu'il pratiquait le plus régulièrement. Il privilégiait la technique plutôt que la puissance, et cette fusion du corps et de l'esprit indispensable pour faire voler sur l'eau son léger esquif lui permettait de s'exclure du bavardage extérieur et de mieux se concentrer.

Tout en glissant devant les imposantes demeures qui bordaient le fleuve, il essayait de comprendre les événements qui tournoyaient dans sa tête autant que le tourbillon qui avait bien failli emporter les Trout. Un fait semblait indiscutable : quelqu'un avait découvert un moyen d'agiter les océans. Mais à quelle fin ? Quel intérêt y avait-il à produire des vagues tueuses et des maelströms gigantesques capables d'engloutir des navires entiers ? Et qui avait la possibilité d'exercer un pouvoir aussi immense ?

Austin perçut du coin de l'œil un mouvement qui interrompit ses réflexions : un autre scull arrivait à sa hauteur. Austin releva ses avirons et s'arrêta, imité par l'autre rameur. Les deux hommes se regardèrent. L'allure de ce nouveau compagnon – longues dreadlocks, casquette de base-ball beige et lunettes de soleil aux verres bleus – ne correspondait pas à la tenue soignée des athlètes qu'il croisait souvent lors de ses sorties matinales.

— Bonjour, fit Austin.

L'homme ôta sa casquette à laquelle étaient fixées les cadenettes et ses lunettes.

— Bon sang, que ça tient chaud, ce machin-là ! lança-t-il en souriant à Austin. Vous avez suivi de belles courses de kayaks ces temps-ci ?

Le soleil révéla l'étrange tatouage qui ornait son crâne baigné de sueur.

— Salut, le Tatoué, dit Austin en se penchant sur ses avirons.

— Vous savez qui je suis ?

— Le déguisement à la Bob Marley m'a trompé une seconde, reconnut Austin.

— Je n'ai pas eu le temps de trouver mieux, expliqua Barrett en haussant les épaules. Il y avait une boutique de souvenirs près de l'endroit où on loue des bateaux. C'était ça ou Elvis.

— Vous avez fait le bon choix parce que je vous imagine mal en train de chanter *Hound Dog*, commenta Austin. Mais pourquoi ce besoin d'incognito ?

— Parce qu'on en veut à ma vie, dit Barrett en désignant un pansement qui lui entourait la tête.

— Pourquoi ?

— C'est une longue histoire, Kurt.

— Qui aurait quelque chose à voir avec les transmissions électromagnétiques à très basses fréquences ? lâcha Austin décidant de frapper à l'aveuglette.

L'air stupéfait de son interlocuteur prouva à Austin qu'il venait de faire mouche.

— Comment le saviez-vous ?

— C'est à peu près tout ce que je sais.

— Joli, apprécia Barrett en regardant le scintillement de l'eau.

— Je le pense aussi, mais vous n'êtes pas venu ici pour le paysage.

— Vous avez raison. Je suis venu parce que j'ai besoin d'un ami.

— Vous vous trouvez dans des eaux amies ici, déclara Austin en embrassant l'horizon d'un geste large. Pourtant, sans vous et votre bateau, j'aurais servi d'appât à des baleines tueuses. Venez chez moi, nous y discuterons tranquillement.

— Ce n'est pas une bonne idée, prévint Barrett en jetant un coup d'œil furtif derrière lui. » Il prit dans la poche de sa chemise un boîtier noir à peu près de la taille d'un paquet de cigarettes. « Je vérifie s'il y a une surveillance électronique dans le secteur. Bon, nous pouvons y aller, mais je préfère ne prendre aucun risque. Ça vous ennuie si nous nous remettons à ramer ? J'adore ça.

— Je connais un peu plus loin un endroit où nous pourrons nous arrêter, acquiesça Austin. Suivez-moi.

Ils avancèrent d'environ deux cents mètres et amarrèrent les sculls le long de la berge, à proximité d'un banc installé à l'ombre des arbres par une âme charitable.

— Merci, dit Barrett après avoir bu quelques gorgées de la bouteille d'eau que lui avait proposée Austin. Je ne suis plus du tout en forme.

— Vous m'avez pourtant rattrapé, alors que je filais comme une flèche.

— J'appartenais à l'équipe d'aviron du MIT et je ramais presque tous les jours sur la rivière Charles. Ça fait longtemps, ajouta-t-il en souriant à ce souvenir.

— Quelle était votre matière principale au MIT ?

— La physique quantique avec une spécialité en logique informatique.

— On ne s'en douterait pas quand on vous voit dans votre tenue de motard.

— C'est pour la galerie, s'esclaffa Barrett. J'ai toujours été un passionné d'informatique. J'ai grandi en Californie où mes parents enseignaient tous les deux à l'université. Je me suis inscrit à Caltech pour étudier l'informatique, puis au MIT pour passer mon diplôme. C'est là que j'ai rencontré Tris Margrave. Nous avons travaillé ensemble et nous avons sorti le système de logiciels Margrave, qui nous a rapporté des tonnes de fric. Nous nous débrouillions très bien, nous profitions de la vie, et puis Tris est tombé sur Lucifer.

— Lucifer ? Le diable ?

— *Lucifer*, une revue anarchiste publiée dans le Kansas vers 1800. Ce nom désigne aujourd'hui un petit groupe de néo-anarchistes avec lequel Tris est entré en contact. Leur but : renverser ce qu'ils appellent les « Élites », ces personnes sans mandat officiel qui contrôlent la quasi-totalité des richesses du monde et du pouvoir.

— Que venez-vous faire là-dedans ?

— Je fais partie de Lucifer. Enfin, j'en faisais partie.

Austin regarda le tatouage de Barrett.

— Vous ne me donnez pas l'impression d'être un personnage conventionnel, pourtant vous et votre associé contrôlez une partie considérable de la richesse du monde, non ?

— Absolument. C'est pourquoi il nous appartient de mener le combat. Tris prétend que ce sont les hommes fortunés et instruits – ceux qui pourtant avaient le plus à perdre – qui ont déclenché la Révolution américaine. Habcock, Washington et Jefferson étaient riches.

— Quel rôle joue Margrave au sein de Lucifer ?

— Tris se prétend la force motrice de Lucifer – les anarchistes n'aiment pas le concept de chef – qui rassemble dans un groupe vaguement organisé une centaine de membres aux tendances similaires et qui est en rapport avec certains des mouvements néo-anarchistes les plus actifs. Une vingtaine de types plus violents se sont baptisés « Légion de Lucifer ». Pour ma part, je m'occupais plus de l'aspect technique du projet que de sa face politique.

— Qu'est-ce qui pousse Margrave dans cette voie ?

— Tris est un être brillant et impitoyable qui n'assume pas la fortune réalisée par sa famille dans l'esclavage et la contrebande d'alcool, mais je le crois surtout poussé par l'obsession du pouvoir. C'est lui qui m'a entraîné dans le projet Lucifer.

— Qui consiste en quoi ?

— A semer la pagaille dans l'empire des Élites pour les faire plier devant notre volonté et renoncer à une partie de leur pouvoir.

— Ambitieux, fit remarquer Austin.

— Vous pouvez le dire. Nous leur avons donné un avant-goût de ce qui se passerait : il y a une quinzaine de jours, lors d'une grande conférence économique qui se tenait à New York, nous avons bouclé la ville dans l'espoir de leur arracher un accord, mais cela n'eut que très peu d'effet.

— J'ai entendu parler de cette panne, fit Austin. Vous en étiez responsables ?

Barrett acquiesça.

— Nous cherchions simplement à leur montrer que nous étions capables de provoquer le chaos. A long terme, nous nous proposons de causer de gigantesques perturbations, à l'échelle mondiale, dans les communications et l'économie.

— Comment comptez-vous y parvenir ?

— En recourant à un ensemble de principes scientifiques pour bouleverser leurs systèmes de communications et de transports et provoquer un chaos économique général.

— Les théorèmes de Kovacs.

Barrett dévisagea Austin comme s'il venait de lui pousser une seconde tête.

— Vous êtes bien renseigné. Que savez-vous des théorèmes ?

— Pas grand-chose. Je sais seulement que le génie qu'était Kovacs a découvert un moyen de perturber l'ordre naturel des choses en utilisant des transmissions électromagnétiques à très basses fréquences. Il craignait que ses théorèmes, s'ils tombaient dans de mauvaises mains, ne fussent utilisés pour modifier le climat, causer des séismes et toutes sortes de méfaits. A en juger par ce que vous m'avez révélé au sujet de vos copains de Lucifer, ses craintes semblaient justifiées.

Le terme « copains » fit tiquer Barrett, mais il hocha quand même la tête.

— C'est assez vrai dans une certaine mesure.

— Dans quelle mesure ?

— Nous essayions de provoquer une inversion des pôles.

— Vous voulez dire échanger les pôles Nord et Sud ?

— Les pôles magnétiques. Nous voulions détruire les satellites de communication, bouleverser le commerce mondial et semer la panique chez les Élites. En nous limitant à des incidents mineurs.

— Depuis quand, riposta Austin sur un ton glacial, considère-t-on les vagues tueuses, les tourbillons capables d'engloutir des navires et la perte d'un cargo avec tout son équipage comme des incidents mineurs ?

Barrett sembla s'être replié sur lui-même et Austin craignit que la brutalité de sa remarque n'ait coupé toute communication entre eux. Pourtant, Barrett acquiesça de la tête.

— Vous avez raison, bien sûr. Nous n'avons pensé qu'aux moyens, pas aux conséquences.

— Quels étaient les moyens ?

— Nous avons construit quatre bateaux transportant chacun un appareil réalisé d'après les théorèmes de Kovacs. Nous avons concentré un rayon oblique sur un point sensible du fond de l'océan. La puissance émise par chaque navire était suffisante pour assurer l'éclairage d'une petite ville, mais elle restait faible comparée à la masse de la Terre. C'est ici qu'interviennent les théorèmes. Kovacs précisait qu'en utilisant la fréquence appropriée, les transmissions seraient amplifiées par la masse même qu'elles tentaient de pénétrer, tout comme un tuba amplifie le son de l'air soufflé entre les lèvres serrées.

— J'ai vu le tourbillon géant que vous avez créé. C'était autre chose que des lèvres serrées.

— Un *tourbillon ?*

Austin lui raconta brièvement le maelström et le désastre qu'il avait failli causer.

— Fichtre, fit Barrett, je connaissais l'existence des vagues géantes que nous avions déclenchées lors d'expériences sur le terrain. Le contrecoup a coulé un cargo et l'un de nos navires émetteurs.

— Parfois la mer restitue ce qu'elle prend. Le tourbillon a rejeté votre navire émetteur. J'ai réussi à monter à bord avant qu'il ne sombre définitivement.

Barrett parut abasourdi par cette révélation.

— Que se passe-t-il, le Tatoué ?

La question tira Barrett de sa stupeur.

— Nous ne pensions pas que ces violentes perturbations océaniques avaient été causées par les anomalies que nous avions créées dans le champ électromagnétique terrestre. Donc, d'après ce que vous m'avez raconté, les perturbations auraient continué bien que nous ayons cessé nos émissions et éloigné les navires. Ainsi le magma continuerait à se déplacer sous la croûte terrestre après le stimulus initial. Comme les ondes qui se propagent à la surface d'un étang après qu'on a jeté un caillou. C'est cet aspect imprévisible qui tracassait Kovacs.

— Que faisiez-vous sur le Puget Sound ?

— Après le naufrage de la *Belle du Sud*, je suis revenu à mon tableau noir. Je faisais une expérience en utilisant une version miniaturisée de l'émetteur.

— C'est ce qui a rendu fous les orques ? » Il acquiesça. « Quel était le problème ?

— Les vagues bondissaient dans tous les sens. Nous avions émis une hypothèse de travail mais, même s'il ne s'agissait que d'un décalage d'une nanoseconde, les émissions se sont déréglées.

— Alors, Kovacs s'était trompé ?

Barrett leva les bras au ciel.

— Il a publié sa théorie générale comme un avertissement au monde, mais il n'a pas divulgué les informations qui auraient permis de réaliser le projet. Tenez, c'est comme une bombe atomique. On trouve sur Internet les plans d'une bombe A et on peut même acheter les matériaux nécessaires à sa construction. Mais, à moins de posséder des connaissances précises sur la marche à suivre, ce sera un échec et on obtiendra tout au plus une bombe sale, une bombe radioactive. Il s'agit ici de l'équivalent électromagnétique d'une bombe sale.

— La perte de votre bateau, observa Austin, a certainement arrêté le projet.

— Retardé seulement. Nous disposions d'un navire de réserve. Il s'achemine d'ailleurs vers le site du grand boum.

— Où doit-il avoir lieu ?

— Tris ne me l'a jamais dit. Il existe un certain nombre d'emplacements possibles. Mais c'est dans sa tête que se fera le choix définitif.

— Comment avez-vous pu vous laisser entraîner dans cette folie ?

— Très simplement. En attirant l'attention de Tris sur les théorèmes de Kovacs parce que je croyais qu'ils comportaient une opportunité pour notre société ; seulement lui, il y a vu un moyen de faire avancer sa cause anarchiste. Il m'a alors demandé de mettre au point un système capable de provoquer un déplacement magnétique temporaire, ce que j'ai pris pour un défi technique. En me basant sur les travaux de Kovacs, j'ai comblé les lacunes.

— Parlez-moi un peu des tentatives d'assassinat dont vous avez été victime.

Barrett se palpa délicatement la tempe.

— Je revenais de chez Tris, sur son île du Maine, quand Mickey Doyle, qui pilote l'avion privé de Tris, a essayé de me tuer. Il a simulé un ennui de moteur et s'est posé sur un lac. Il a tiré, la balle m'a éraflé le crâne, et j'ai perdu beaucoup de sang. J'ai été sauvé par deux pêcheurs de Boston dont, heureusement, l'un était médecin. Je lui ai donné un faux nom et j'ai filé dès que j'en ai eu l'occasion. Voilà qui explique ce déguisement : je ne veux pas qu'on découvre que j'en ai réchappé sinon je suis un homme mort !

— Doyle agissait sur les ordres de Margrave ?

— Je ne le crois pas. Margrave est devenu extrêmement bizarre, mégalomaniaque, et a constitué une armée personnelle de types qui, dit-il, assurent la sécurité. Mais quand je lui ai annoncé, après le naufrage de la *Belle du Sud* et la crise de folie des orques, que je me retirais du projet, il m'a répondu qu'il attendrait que j'aie eu l'occasion d'étudier des documents qu'il venait de découvrir. Juste avant qu'il ne me tire dessus, j'ai demandé à Mickey s'il agissait sur l'ordre de Tris ; il m'a affirmé qu'il travaillait pour quelqu'un d'autre et je crois qu'il ne mentait pas.

— La question est donc : qui voudrait vous supprimer ?

— Mickey a cherché à me dissuader de divulguer l'affaire et c'est quand j'ai refusé qu'il a tenté de me tuer. Son patron ne voulait pas voir le projet s'arrêter.

— Ce serait pourtant le cas si vous étiez mort.

— Plus maintenant, dit Barrett avec un sourire triste. J'ai arrangé les choses de telle manière que Tris peut désormais diriger les bateaux et libérer leur puissance avec un minimum de personnel et d'équipement.

— Qui d'autre tirerait profit d'une éventuelle réussite de ce projet ?

— Je ne connais qu'une autre personne qui soit au courant : Jordan Gant, qui dirige le GIN, le Global Interest Network. Cette fondation des environs de Washington est en réalité un groupe de pression défendant des causes identiques à celle de Lucifer : la lutte contre les abus de pouvoir des sociétés, contre les politiques douanières qui nuisent à l'environnement, contre la course aux armements dans les pays en voie de développement. Tris compare la fondation de Gant au Sinn Fein, la branche politique de l'IRA en Irlande : elle arrive à peu près à ne pas se salir les mains alors que l'IRA, l'organisation secrète, n'hésite pas à cogner.

— Toute menace visant le projet de Tris en devient donc une également pour les objectifs de Gant.

— C'est une conclusion logique.

— D'où sort ce Gant ?

— C'est un apostat du monde des affaires. Il travaillait pour certains des groupes que nous combattons jusqu'à ce qu'il ait la révélation. Mais c'est surtout un homme de paille. Je n'imagine pas ce beau parleur, suave et charmeur, derrière une tentative de meurtre, mais on ne sait jamais.

— C'est une piste à suivre. Vous dites que Margrave vous a confié certains documents en espérant qu'ils vous feraient changer d'avis.

— D'après lui, Kovacs aurait trouvé le moyen d'arrêter une inversion des pôles même une fois déclenchée. Je lui ai répondu que je ne me retirerais pas s'il pouvait me présenter un plan de protection sérieux.

— Qu'il trouverait où ?

— On a la preuve que Kovacs a survécu à la guerre, qu'il s'est installé aux États-Unis et qu'il s'y est remarié. Je crois que sa petite-fille connaît l'antidote à une inversion des pôles. Elle s'appelle Karla Janos.

— Gant le sait ?

— Certainement, si nous ne nous trompons pas sur Doyle.

— Il est fort probable, conclut Austin après réflexion, que mademoiselle Janos est une cible potentielle. Il faut qu'elle sache qu'elle court peut-être un danger. Connaissez-vous son adresse ?

— En Alaska, à Fairbanks, où elle fait des recherches à l'Université. Mais Tris a signalé qu'elle était partie en expédition en Sibérie. Elle y a peut-être froid, mais elle devrait y être en sûreté.

— Si je vous ai bien compris, Margrave et Gant ont le bras long.

— Vous avez raison. Que faire ?

— L'avertir. Quant à vous, le plus sage est de continuer à faire le mort. Avez-vous un endroit où vous planquer ? Un endroit que Margrave et Gant ne connaissent pas ?

— J'ai un sac de couchage dans la sacoche de ma Harley et mon portefeuille bien garni m'évite l'utilisation de cartes de crédit, trop repérables. Les appels sur mon portable passent par une demi-douzaine de relais et sont donc pratiquement impossibles à localiser. » Il tira de sa poche la petite boîte noire. « J'ai bricolé ça pour m'amuser. Je peux faire passer mes conversations téléphoniques par la Lune si je veux.

— Je vous conseillerais de ne pas rester sur place. Appelez-moi demain, à cette heure-ci, nous aurons trouvé un endroit où vous installer.

Ils échangèrent une poignée de main et regagnèrent leur canot. Austin lui fit un geste d'adieu et regagna sa maison tandis que Barrett ramenait son bateau au ponton de location, huit cents mètres plus loin. Austin gara son scull et monta chez lui ; quand il arriva dans la salle de séjour, quelques secondes plus tard, il avait conçu un plan.

21

LES OS ET LES DÉFENSES des derniers mammouths continuent, dix mille ans après leur passage sur le sol de notre planète, d'alimenter un commerce international florissant dont le centre se situe à Iakoutsk, en Sibérie-Orientale, à six heures d'avion de Moscou.

Cette vieille cité, fondée dans les années 1600 par une bande de cosaques, fut longtemps considérée par les explorateurs comme le dernier avant-poste de la civilisation. Elle acquit plus tard une triste renommée en devenant une des îles du Goulag où les ennemis de l'État soviétique étaient asservis dans les mines d'or et de diamant. Depuis le dix-neuvième siècle, elle est aussi la capitale mondiale du commerce de l'ivoire de mammouth.

La Coopérative de l'ivoire, l'un des principaux distributeurs, est installée dans un entrepôt sombre et poussiéreux entouré de barres d'appartements croulantes datant de l'époque de Khrouchtchev. Derrière des murs anonymes en béton et une porte d'acier s'entassent des tonnes d'ivoire de mammouth valant des millions de dollars et attendant d'être expédiées en Chine ou en Birmanie pour y être sculptées en babioles qui feront le bonheur des touristes. Ce trésor est rangé dans des caisses alignées sur des étagères qui courent d'un bout à l'autre de l'entrepôt.

Trois hommes se tenaient dans une des allées : Vladimir Boulgarine, le propriétaire, et deux assistants dont chacun avait en main une énorme défense de mammouth.

— Superbe, apprécia Boulgarine. Quel poids ?

— Cent kilos, répondit l'un des hommes en soupirant. C'est très lourd.

— Magnifique, reprit Boulgarine.

L'ivoire de première qualité atteignait cent dollars le kilo.

— Votre associé est là, annonça un troisième assistant qui arrivait en courant.

Boulgarine fit la grimace car il avait ordonné à ses employés de mettre la défense de côté dans une caisse pleine de sciure : il comptait en effet, au lieu d'expédier le matériau brut, le faire sculpter en petits mammouths ou en boucles d'oreilles afin d'en accroître la valeur.

Il revint vers son bureau, le visage barré d'un pli soucieux. Son soi-disant associé, en réalité un « collecteur » ainsi qu'on les appelle aux États-Unis, n'était autre qu'un mafioso qui, tous les mois, venait de Moscou pour prélever un pourcentage sur les ventes, accuser Boulgarine de se mettre de l'argent dans la poche et le menacer de se faire casser les jambes si c'était le cas.

Il était inévitable que la mafia russe trouvât un moyen de prendre sa part du juteux commerce des défenses de mammouth. Les affaires prospéraient grâce à l'embargo international frappant l'ivoire provenant des troupeaux d'éléphants d'Afrique décimés par les chasseurs. Cela faisait des centaines d'années que les habitants de Iakoutsk pratiquaient ce commerce et, comme on estimait à dix millions le nombre de mammouths enfouis sous le permafrost sibérien, les réserves n'étaient pas près de s'épuiser.

Et puis les bouleversements politiques avaient donné un coup de fouet au trafic de l'ivoire. Moscou, qui contrôlait depuis toujours le commerce à Iakoutsk, gardait la mainmise sur les mines d'or et de diamant, mais cela faisait deux mille ans que les habitants de la ville entretenaient des échanges avec les Chinois et ils savaient mieux que personne comment gagner de l'argent en exploitant les ossements des géants disparus. La loi exigeait qu'on travaillât l'ivoire avant de l'exporter légalement, mais certains distributeurs comme Boulgarine s'en moquaient bien et expédiaient de l'ivoire brut directement aux acheteurs.

Quand Moscou se retira, la Mafia la remplaça. L'année précédente, la coopérative avait reçu la visite impromptue d'hommes que Boulgarine trouva terrifiants : vêtus de chandails noirs à col roulé et de vestes de cuir noir, ils expliquèrent avec douceur qu'ils étaient les nouveaux associés. Boulgarine, simple petit escroc, frayait désormais avec les éléments les plus violents de la pègre russe. Lorsque ces hommes sans pitié déclarèrent que sa famille et lui avaient besoin de protection, il comprit parfaitement ce qu'ils voulaient dire. Il accepta cet arrangement et les gens de Moscou postèrent à la porte deux hommes armés de mitrailleuses et chargés de protéger leur investissement.

La date de la visite surprit Boulgarine autant qu'elle l'inquiéta : son associé débarquait en effet, avec une régularité d'horloge, le quatrième jeudi de chaque mois. Or on était le second mercredi. Malgré son agacement, il franchit la porte de son petit bureau situé près de l'entrée de l'entrepôt en arborant un large sourire destiné à Karpov, le représentant habituel de Moscou. Mais l'homme en costume et col roulé noirs qu'il aperçut était plus jeune et, contrairement à Karpov qui venait lui voler son argent avec une affabilité de gros dur, celui-là avait l'air aussi glacé que Iakoutsk par une nuit d'hiver.

— Je n'aime pas qu'on me fasse attendre, fit-il en lançant à Boulgarine un regard mécontent.

— Je suis absolument désolé, répondit Boulgarine en gardant son sourire. J'étais au fond de l'entrepôt. Karpov est souffrant ?

— Karpov n'est qu'un collecteur de fonds. Nous avons des affaires sérieuses à régler. Je veux que vous preniez contact avec les hommes de l'île d'Ivoire.

— Ce n'est pas facile.

— Faites-le quand même. » Quelques jours plus tôt, Moscou avait appelé pour lui ordonner d'envoyer sur l'île un groupe constitué de ses chasseurs d'ivoire les plus robustes ; ils devraient alors s'emparer de Karla Janos, l'une des scientifiques travaillant sur place, et la remettre ensuite à une équipe en provenance d'Alaska. Karpov avait promis d'essayer tout en précisant qu'il avait besoin de temps. « Et modifiez les ordres : dites-leur d'enlever la fille et de lui faire quitter l'île.

— Et les Américains ?

— Ils ne peuvent pas se rendre sur place et sont prêts à payer le prix fort pour ce travail, elle doit donc représenter une certaine valeur. Nous lui parlerons, nous écouterons ce qu'elle a à raconter et nous la garderons en attendant le versement d'une rançon.

Karpov haussa les épaules. C'était bien le genre de la mafia moscovite : trahir, toujours trahir.

— Et les autres scientifiques ?

— Vous préciserez à vos hommes que je ne veux pas de témoins.

Karpov frissonna et pourtant il n'était pas un ange : quand il était jeune contrebandier, il avait en effet laissé quelques victimes sur son passage. La chasse à l'ivoire n'était pas un métier pour fillettes et lorsque la Mafia s'y était mise, elle avait recruté ce qu'on pourrait appeler charitablement la « lie de la société » : certains concurrents avaient alors fort opportunément disparu.

Et Karpov était assez malin pour savoir que sa qualité de témoin le plaçait en première position dans la liste de ceux qui seraient éliminés. Il ferait donc ce que l'homme lui demandait, mais il songeait déjà aux moyens de fermer boutique et de quitter Iakoutsk. Aussi acquiesça-t-il, la bouche sèche, et ouvrit-il un petit meuble qui abritait une radio dernier cri.

Quelques minutes plus tard, il était en relation avec le chef de ses chasseurs d'ivoire, un certain Grisha, une brute descendant des Mongols qui, depuis des siècles, pratiquaient la chasse à l'ivoire, auquel, grâce à un code soigneusement élaboré – quelqu'un pourrait écouter –, il transmit les nouvelles instructions. Grisha demanda confirmation pour être sûr d'avoir bien entendu, mais ne posa aucune autre question.

— C'est fait, dit Karpov en reposant le micro.

— Je reviendrai demain pour m'en assurer, fit l'homme de la Mafia avant de s'en aller.

Une fois seul, Karpov essuya la sueur de son front en se demandant ce qu'il y avait de pire : avoir affaire aux tueurs de Moscou ou à ceux qui travaillaient pour lui. En tout cas il était sûr d'une chose : ses jours à Iakoutsk étaient comptés. Il serait en sûreté jusqu'à l'arrivée de son remplaçant mais, en attendant, il activerait les plans qu'il avait préparés depuis longtemps. Il disposait de millions de dollars sur des comptes suisses.

Genève, ce ne serait pas mal. Ou bien Paris, ou encore Londres. Le commerce des pierres précieuses était prospère.

Tout plutôt que l'hiver sibérien.

Il sourit : au fond, la Mafia lui avait peut-être rendu un grand service

22

PETROV QUITTAIT LE BUREAU qu'il occupait dans le sinistre bâtiment administratif de Moscou quand sa secrétaire le prévint qu'on l'appelait au téléphone. Il était de fort mauvaise humeur car il n'avait pas réussi à esquiver une réception diplomatique à l'ambassade de Norvège. De Norvège, bon sang ! Rien d'autre à manger que du poisson fumé. Il se donnerait en spectacle en se bourrant de vodka, ainsi peut-être ne l'inviterait-on plus.

— Prenez le message, avait-il grommelé avant de se raviser au moment de franchir la porte. Qui me demande ?

— Un Américain, répondit sa secrétaire. Monsieur Smith, a-t-il dit.

— Vous êtes sûre ? demanda-t-il, abasourdi.

Écartant sa secrétaire, il regagna son bureau, décrocha vivement le combiné et le colla à son oreille.

— Ici, Petrov.

— Bonjour, Ivan. Je me souviens du temps où vous répondiez vous-même au téléphone, répondit la voix à l'autre bout du fil.

— Et moi du temps où vous vous appeliez Kurt Austin, rétorqua Petrov d'un ton bourru qui détonnait avec la lueur amusée qui brillait dans son regard.

— Touché, mon vieux. Toujours le même vieil apparatchik du KGB qui n'a pas sa langue dans sa poche. Comment ça va, Ivan ?

— Très bien. Combien de temps depuis l'affaire Razov ?

— Deux ans, peut-être trois. Vous m'aviez alors proposé de vous appeler si jamais j'avais besoin d'un service.

Ensemble, Austin et Petrov avaient torpillé le projet de Mikhaïl Razov, un démagogue russe qui envisageait de provoquer un tsunami sur la côte Est des États-Unis en utilisant les dépôts océaniques d'hydrate de méthane, particulièrement volatils.

— Vous avez de la chance de me trouver. Je partais pour une fascinante soirée à l'ambassade de Norvège. Que puis-je faire pour vous ?

— Zavala et moi avons besoin de nous rendre très vite dans les îles de Nouvelle-Sibérie.

— De Sibérie ! gloussa Petrov. Mais Staline est mort, Austin. On n'envoie plus les gens au Goulag, ajouta-t-il en jetant un coup d'œil autour de lui. Ceux qui offensent leurs supérieurs ont droit à une promotion, à un titre pompeux et à un grand bureau décoré dans un goût abominable où ils s'ennuient à mourir.

— Vous avez fait de nouvelles bêtises, Ivan ?

— Ce mot ne se traduit pas en russe. Disons simplement qu'il n'est jamais conseillé de blesser son supérieur.

— La prochaine fois, j'en parlerai à Poutine, je dirai un mot en votre faveur.

— Je préférerais que vous n'en fassiez rien parce que c'est précisément lui que j'ai offensé en dénonçant un de ses amis qui avait détourné l'argent d'une compagnie pétrolière dont le gouvernement s'était emparé après en avoir arrêté le propriétaire. Un classique du Kremlin. On m'a évincé de mon poste dans le renseignement. J'ai trop d'amis en haut lieu pour qu'on puisse me punir ouvertement, alors on m'a placé dans cette cage dorée. Mais pourquoi la Sibérie, si je puis me permettre ?

— Je ne peux pas entrer dans les détails maintenant, mais il s'agit d'une affaire urgente.

— Avec vous, remarqua Petrov en souriant, est-ce que ce n'est pas toujours urgent ? Quand voulez-vous partir ?

Avant d'appeler Petrov, Austin avait essayé de joindre Karla Janos à l'Université d'Alaska : elle était absente, lui avait répondu le directeur de son département, partie rejoindre une expédition dans les îles de Nouvelle-Sibérie, précisant que c'était la troisième fois de la semaine qu'on s'enquerrait de cette opération sur l'île d'Ivoire. Austin avait alors compris qu'il fallait agir vite.

— Immédiatement, déclara-t-il à Petrov. Plus tôt même, si vous pouvez arranger cela.

— Fichtre, vous êtes pressé ! J'appelle l'ambassade à Washington pour qu'on vous fasse porter les papiers nécessaires par messager. Mais mes services ont un prix : il faudra me permettre de vous offrir un verre pour que nous puissions parler du bon vieux temps.

— Promis.

— Aurez-vous besoin d'un coup de main sur place ?

Austin réfléchit. Son expérience passée lui avait appris qu'un « coup de main » de la part de Petrov impliquerait la présence d'hommes des opérations spéciales, armés jusqu'aux dents et prêts à en découdre.

— Plus tard, peut-être. Cette situation nécessite au début une touche plus chirurgicale.

— Dans ce cas, je mets mon équipe médicale en alerte, au cas où vous auriez besoin de chirurgiens. Je les accompagnerais même probablement.

— Je vois que vous ne plaisantiez pas quand vous parliez d'ennui, observa Austin.

— Le bon vieux temps est effectivement bien loin, soupira nostalgiquement Petrov.

— Nous l'évoquerons en prenant un verre, promit une nouvelle fois Austin. Pardon de vous interrompre, mais j'ai quelques coups de fil à passer. Je vous rappellerai pour vous donner les dernières précisions sur mon voyage.

Petrov affirma qu'il comprenait et demanda à Austin de garder le contact. Puis il raccrocha et fit annuler par sa secrétaire la voiture qui devait le conduire à l'ambassade de Norvège. Ensuite il appela l'ambassade de Russie à Washington auprès de laquelle, personne n'étant au courant de sa disgrâce, il obtint sans difficulté les documents autorisant Austin et Zavala à se rendre en Russie pour une expédition scientifique. Après s'être assuré que les papiers seraient portés dans l'heure, il se carra dans son fauteuil, alluma un de ses fins havanes préférés et évoqua ses rencontres avec l'audacieux et impétueux Américain de la NUMA.

Petrov, le front large et les pommettes saillantes, aurait été un beau quadragénaire sans la terrible cicatrice qui défigurait sa joue droite, un cadeau d'Austin à qui il n'en voulait d'ailleurs absolument pas. Austin et lui s'étaient affrontés à plusieurs reprises pendant la guerre froide, chacun travaillant alors pour les unités spéciales du renseignement naval de son propre pays. Et notamment lors d'une tentative des Soviétiques pour s'emparer d'un sous-marin espion américain qui avait fait naufrage avec son équipage.

Austin, après avoir sauvé les hommes, avait placé une charge explosive à retardement à bord du submersible et prévenu Petrov ; le Soviétique, furieux, avait pourtant plongé avec son sous-marin de poche ; il avait été pris dans l'explosion mais n'avait nourri aucune rancune à l'égard d'Austin, en tirant plutôt une leçon : ne jamais se laisser emporter par la colère. Plus tard, lorsqu'ils avaient été amenés à travailler ensemble sur l'affaire Razov, ils avaient formé une équipe qui s'était révélée redoutable. Qu'Austin n'aille surtout pas s'imaginer qu'il m'empêchera de m'amuser un peu dans mon propre pays, se dit Petrov en décrochant son téléphone pour mettre les choses en branle.

Austin appela Zavala.

— J'avais la main sur la poignée de la porte, répondit ce dernier. Rendez-vous à la NUMA.

— Changement de plan, rétorqua Austin, nous partons pour la Sibérie.

— La Sibérie ! s'exclama Zavala sans aucun enthousiasme. Les Américains d'origine mexicaine comme moi ne supportent pas le froid.

— Prends ton slip fourré et tout ira bien. J'emporte mon tromblon, ajouta-t-il en se servant du surnom que donnait Zavala à son revolver Bowen de gros calibre. Prends une assurance toi aussi.

Ils convinrent de se retrouver à l'aéroport et Austin alla fouiller dans ses affaires pour y trouver des vêtements adaptés au climat arctique.

A des milliers de kilomètres de là, au fond de sa petite cabine, Schroeder jetait un dernier coup d'œil à la carte avant de débarquer sur l'île.

L'expérience lui avait depuis longtemps enseigné la nécessité de bien connaître le terrain où on comptait évoluer, qu'il s'agît d'une région de cent kilomètres carrés ou de seulement quelques pâtés de maisons.

Il avait soigneusement étudié la carte à plusieurs reprises et il lui semblait connaître l'île d'Ivoire aussi bien que s'il y était déjà allé. De forme allongée, elle mesurait environ trente kilomètres de long sur quinze de large. La mer avait érodé le permafrost si bien que la côte était découpée comme un éclat de poterie. Sur la partie sud, une indentation en forme de demi-lune offrait un port abrité, non loin de l'embouchure d'une rivière.

D'anciens cours d'eau, dont certains étaient asséchés, avaient créé un labyrinthe de couloirs naturels qui serpentaient à travers les ondulations de la toundra. Un volcan endormi depuis longtemps se dressait au milieu du permafrost comme un gros furoncle noirâtre.

Il reposa la carte et se mit à feuilleter le vieux guide touristique russe aux pages cornées qu'il avait acheté d'occasion chez un libraire pour y trouver son chemin dans l'île. Il constata avec satisfaction que sa pratique du russe pouvait lui être encore utile. L'île d'Ivoire avait été découverte à la fin du dix-huitième siècle par des trappeurs russes ; ils y avaient trouvé d'énormes tas d'ossements d'animaux et de défenses de mammouth d'où l'île tirait son nom. Les ossements s'entassaient partout dans les plaines et formaient des collines cimentées par le gel.

Le commerce des fourrures sombra dans une abominable tuerie et les chasseurs d'ivoire commencèrent à arriver. Le bel ivoire trouvait facilement acquéreur partout, mais surtout en Chine, chez les maîtres ciseleurs. Pour profiter de cette aubaine, le gouvernement russe délivra des franchises à des entrepreneurs ; l'un d'entre eux engagea un agent du nom de Sannikoff qui se mit à explorer toutes les îles de l'Arctique.

L'île d'Ivoire possédait les plus belles accumulations mais, en raison de son éloignement, elle resta relativement inexploitée car on lui préférait les gisements d'ivoire situés au sud, plus accessibles. Quelques chasseurs d'ivoire intrépides avaient néanmoins établi un comptoir qu'ils avaient baptisé Ivoireville à l'embouchure d'une rivière, raconte l'explorateur Whitley, mais l'île avait été pratiquement abandonnée pour des sites plus hospitaliers.

Un coup frappé à la porte interrompit ses recherches. C'était le capitaine, un homme au visage rond, moitié russe, moitié esquimau.

— Le canot est paré pour vous conduire à terre, annonça-t-il.

Schroeder empoigna son sac et suivit le capitaine sur le pont du chalutier jusqu'à l'échelle du canot. Le matelot souqua vigoureusement tandis que Schroeder, armé d'une gaffe à long manche, écartait les morceaux de glace. Quelques minutes plus tard, le fond du bateau racla les galets de la plage. Schroeder lança son sac sur le sable, descendit puis aida à repousser le canot et le regarda disparaître dans la brume.

Le bateau de pêche ne se trouvait qu'à quelques centaines de mètres du rivage mais il était presque entièrement noyé dans les brumes. Le chalutier attendrait vingt-quatre heures puis Schroeder, de la plage, ferait signe qu'on vienne le chercher. Il espérait que Karla serait avec lui mais ne savait pas encore s'il parviendrait à la persuader de quitter l'île. Première tâche – en espérant qu'il n'arrivait pas trop tard : la trouver. Il était en bonne forme pour son âge, mais son corps ne pouvait nier qu'il avait derrière lui près de huit décennies bien remplies et qu'il commençait à les sentir. Ses muscles et ses jointures le faisaient souffrir et il boitait légèrement.

Schroeder entendit la machine du bateau de pêche se remettre en marche : le chalutier repartait. Le capitaine avait certainement préféré s'en aller avec la moitié de l'argent plutôt qu'attendre comme convenu le retour de Schroeder pour toucher le solde. Schroeder haussa les épaules. Il avait tout de suite catalogué le capitaine, c'était un pirate. Plus question maintenant de rentrer.

Il examina ce qu'il distinguait de l'île. La plage montait en pente douce jusqu'à un petit talus qu'il ne serait pas difficile de franchir. Il jeta son sac sur son épaule, avança et remarqua des traces de bottes dans le sable. Il s'agissait probablement du chemin menant à Ivoireville.

Il longea le cours d'eau une dizaine de minutes et ne put retenir un éclat de rire en apercevant le pitoyable ramassis de constructions croulantes qu'on avait qualifié de « ville ». Les grandes tentes de couleurs vives dressées auprès des vieux bâtiments lui indiquèrent qu'il avait trouvé le campement de l'expédition.

Quand il fut près du camp, il constata avec surprise que les édifices étaient construits non pas avec de la pierre ainsi qu'il l'avait supposé mais avec des milliers de gros ossements. Il passa la tête dans deux bâtiments et y découvrit des sacs de couchage ; en revanche, un troisième, pour des raisons qu'il ne s'expliqua pas, était fermé à clef. Il explora ensuite les tentes dont l'une avait été aménagée en cuisine et en mess. Schroeder fit le tour du campement en appelant à plusieurs reprises, mais n'obtint pas de réponse. Il se tourna alors vers le vieux volcan éteint, inspecta les alentours : rien. Il n'en fut pas surpris car même une armée aurait fort bien pu se dissimuler dans le dédale de ravins qui sillonnaient l'île.

Il remonta jusqu'à la rivière et repéra le long de la berge des empreintes de bottes orientées vers l'intérieur des terres. Son regard exercé identifia cinq traces différentes, dont deux plus petites et moins profondes probablement laissées par des femmes. Encouragé par l'idée de retrouver sa filleule, il se sentit moins fatigué et se mit à hâter le pas. Mais, un instant plus tard, son entrain céda la place à l'inquiétude car des empreintes plus profondes avaient effacé les traces initiales : Karla et son groupe étaient poursuivis.

23

DU HAUT DU MONTICULE qu'elle venait d'escalader, Karla découvrait que l'île d'Ivoire ne ressemblait pas au désert arctique auquel elle s'attendait. Aucun arbre dans la toundra, mais des buissons rabougris, des touffes d'herbe, de mousse et de joncs formant un tapis uniforme où seuls des pissenlits et des boutons d'or jetaient des taches de couleur. Au loin, sous le soleil matinal, étincelaient des lacs et des rivières. Des oiseaux de mer piaillaient au-dessus de sa tête.

Son imagination remplaça ce paysage rude par des prairies verdoyantes peuplées d'immenses troupeaux de mammouths. Des bisons aussi, des rhinocéros laineux ainsi que des paresseux géants, que traquaient des prédateurs tels que le tigre à dents de sabre. Elle sentait presque l'odeur musquée des animaux et le sol lui semblait trembler sous le piétinement de milliers de bêtes.

Et puis, comme sous l'influence de la baguette magique d'un sorcier, mammouths et autres créatures disparurent. Aussi loin que remontaient ses souvenirs, elle avait été intriguée par la disparition des espèces et, à l'instar de la plupart des enfants, elle avait été fascinée par les dinosaures et les grands mammifères qui leur avaient succédé comme maîtres de la Terre.

Elle ne connaissait qu'un seul scientifique, son grand-père, aussi s'était-elle adressée à lui pour connaître la cause de la mort de ces créatures impressionnantes. Elle l'avait écouté, les yeux écarquillés, lui expliquer comment le monde avait basculé puis lui avait demandé si cela pouvait se reproduire. Sa réponse, affirmative, avait perturbé son sommeil. Aussi, devant la peur qu'elle éprouvait, lui avait-il appris quelques soirs plus tard une berceuse dont les accents remettaient le monde à l'endroit. Elle essayait de s'en rappeler les paroles quand elle entendit quelqu'un l'appeler.

— *Karla !*

Maria Arbatov lui faisait de grands signes. L'expédition était prête à se remettre en route et Karla rejoignit les autres : il était temps de reprendre les tâches quotidiennes. Ce ne serait pas facile, elle en avait conscience. La découverte de la carcasse du bébé mammouth avait été un extraordinaire coup de chance, mais l'île d'Ivoire abritait d'autres trésors du passé. Si elle ne découvrait pas ici ce qu'elle cherchait, elle renoncerait à jamais aux voyages sur le terrain et s'en tiendrait à cataloguer les échantillons des musées.

Ragaillardis par un solide petit déjeuner, les membres de l'expédition partirent de bonne heure ce matin-là. Ito et Sato, les premiers à être prêts, s'étaient chaudement vêtus de tenues – des bottes à la coiffure – identiques. Sergeï se montrait plus ronchon que d'habitude, insensible même au charmant sourire de Maria qui se contenta alors de l'ignorer.

Ils avaient endossé leurs sacs et longeaient le cours de la rivière en direction de l'intérieur de l'île. Ils avançaient d'un bon pas sur la toundra. Vers le milieu de la matinée, à leur première halte non loin du monticule escaladé par Karla, ils avaient déjà parcouru plusieurs kilomètres.

— Comment avez-vous fait, demanda Karla alors qu'ils reprenaient leurs sacs, pour transporter le spécimen jusqu'au camp ? Il doit peser des centaines de kilos.

Ito désigna en souriant les paquets que Sato et lui portaient.

— Grâce à des radeaux pneumatiques. Nous l'avons porté jusqu'à la rivière et il a suffi de le laisser flotter jusqu'au camp.

Ito sourit et s'inclina poliment quand Karla le félicita de son ingéniosité.

Sergeï prit la tête, suivi des deux femmes, tandis que les Japonais fermaient la marche. Le paysage changeait : aux étendues plates de la toundra succédèrent des collines entrecoupées de vallées et enfin les premiers contreforts du volcan.

Ils longèrent plusieurs petits lacs et contournèrent les buissons de lin qui délimitaient les marais où nichaient de nombreux oiseaux migrateurs. La température aurait presque atteint zéro degré si la brise qui soufflait de l'océan Arctique ne l'avait fait chuter de sept ou huit degrés. Karla se félicitait d'avoir pris sa parka de duvet.

Puis ils descendirent au fond d'un ravin large d'une dizaine de mètres et dont les parois, hautes de plusieurs mètres, les protégèrent du vent froid. Au milieu coulait un petit ruisseau qui laissait de part et d'autre la largeur d'un sentier. Après deux heures de marche le long de cette gorge sinueuse, la nature des berges commença à se transformer et laissa bientôt apparaître que le ravin avait été jadis un véritable dépôt mortuaire. La rivière, au fur et à mesure qu'elle le creusait, avait découpé des couches successives qui révélaient d'innombrables ossements enfouis sous le sable.

Karla s'arrêta pour ramasser un fémur de bison qui s'emboîtait parfaitement dans l'articulation d'un autre os qu'elle trouva à deux mètres de là. Ses compagnons ne parurent guère impressionnés par sa découverte – ils y jetèrent à peine un coup d'œil – et elle dut laisser tomber les os et presser le pas pour rejoindre l'équipe.

Agacée et frustrée par tant d'indifférence, elle ne tarda pourtant pas à en comprendre la raison. Au débouché d'un virage, elle découvrit que les petites falaises étaient faites d'ossements de toutes natures, cimentés entre eux par le permafrost. Elle identifia aussitôt des fossiles de cheval nain et de renne, des côtes et des fémurs, à côté d'os énormes et de défenses de mammouth. Le cimetière se prolongeait sur au moins deux cents mètres.

Sergeï annonça alors solennellement qu'ils étaient arrivés à destination et déposa son sac à dos près des cendres noircies d'un feu de camp.

— Voici notre camp de base, déclara-t-il.

Les autres l'imitèrent et tous reprirent le sentier du ravin, chargés seulement du matériel photo et de quelques outils. Karla pensait au bébé mammouth. Elle mourait d'envie de faire quelques tests : en prélevant des échantillons de tissu et de cartilage, on pourrait déterminer au carbone 14 l'époque à laquelle il avait vécu et péri. Les cernes des défenses, comparables à ceux d'un tronc d'arbre, révéleraient les différences de saisons, le métabolisme et le rythme des migrations. Les graines et le pollen contenus dans l'estomac renseigneraient sur la biologie de l'environnement qui existait il y a quelques millénaires.

Après avoir marché une dizaine de minutes, ils arrivèrent devant une grotte peu profonde s'ouvrant dans la paroi de la gorge.

— C'est ici que nous avons découvert notre bébé, déclara Sergeï.

La cavité mesurait quelques mètres de large sur un mètre de profondeur.

— Comment l'avez-vous extrait du permafrost ? s'enquit Karla.

— Sans jet d'eau pour faire fondre le permafrost, expliqua Maria, nous avons dû le dégager au marteau et au ciseau.

— Il était donc partiellement visible ?

— Oui, répondit Maria. Nous avons été obligés de découper un peu le bord de la carcasse pour réussir à le dégager.

Ensuite, pour transporter la carcasse jusqu'à la rivière et aux radeaux gonflables, continua-t-elle, ils avaient construit un traîneau rudimentaire avec des défenses de mammouth. La carcasse, une fois ramenée au camp de base, avait été mise à l'abri dans le hangar où, même dans la journée, la température restait négative.

— Il y a ici quelque chose de bizarre, déclara Karla après avoir examiné la grotte.

Les autres se groupèrent autour d'elle.

— Je ne vois rien, dit Sergeï.

— Regardez, on distingue d'autres ossements : ils sont plus profondément enfoncés dans le permafrost et, manifestement, vieux de plusieurs millénaires, ajouta-t-elle. » Elle plongea la main à l'intérieur, gratta le sol et en arracha quelques touffes de végétation pourrissante qu'elle montra à ses collègues. « Tout cela n'est pas très ancien, donc votre petit éléphant est arrivé dans cette cavité plus récemment que vous ne le pensiez.

— C'est peut-être dû à ma mauvaise connaissance de l'anglais, intervint courtoisement Sato, mais je ne suis pas sûr de bien comprendre ce que vous êtes en train de dire.

— Oui, renchérit Sergeï sans chercher à dissimuler son impatience, qu'est-ce que vous dites ? Que le mammouth ne fait pas partie de cet environnement ?

— Je dis seulement que c'est bizarre que la chair ne soit pas décomposée.

Sergeï croisa les bras et regarda les autres avec un sourire triomphant.

— Je comprends, dit Maria, et je suis étonnée que nous ne l'ayons pas remarqué plus tôt. Ce ravin subit encore des inondations. Il est donc possible qu'une crue soudaine ait arraché la carcasse à une section de la paroi située en amont et que le bébé mammouth ait été emporté jusque dans la cavité où il se serait coincé avant de geler de nouveau.

— Nous ne sommes pas là pour regarder des cavités, s'énerva Sergeï, vexé de perdre l'avantage. » Et il entraîna aussitôt toute l'équipe une trentaine de mètres plus loin, devant une bifurcation du ravin. « Avec Maria vous prendrez de ce côté, ordonna-t-il en désignant l'embranchement de gauche, tandis que nous examinerons l'autre.

— Mais nous l'avons déjà exploré, protesta Maria.

— Regarde encore. Tu trouveras peut-être d'autres mammouths à la dérive.

Maria lui lança un regard noir et Sato s'empressa d'intervenir pour éviter toute anicroche.

— Assurons-nous que nos talkies-walkies sont bien branchés sur le même canal, suggéra-t-il.

Ainsi une querelle fut évitée, le matériel vérifié, et les deux groupes partirent, les trois hommes d'un côté, les femmes de l'autre.

— Qu'a donc Sergeï aujourd'hui ? demanda Karla.

— Hier soir, nous avons eu une discussion à propos de votre théorie. Il disait qu'elle ne tenait pas debout et je lui ai rétorqué qu'il ne vous faisait pas confiance parce que vous étiez une femme. Il est tellement macho, mon mari.

— Il a peut-être juste besoin de se calmer.

— Ce vieux bouc couchera avec un iceberg ce soir. Ça le calmera peut-être.

Elles éclatèrent toutes les deux d'un rire qui résonna dans le ravin. Il suffit de quelques minutes de marche à Karla pour comprendre la colère de Maria : la branche gauche de la gorge n'offrait en effet que très peu de carcasses alors que, confirma Maria, l'autre ravin, déjà presque entièrement exploré par l'expédition, contenait beaucoup plus d'ossements.

Elles examinaient les parois quand la radio de Maria se mit à crépiter : c'était la voix d'Ito.

— Maria, Karla, voudriez-vous revenir à la bifurcation.

Elles rejoignirent Ito en quelques minutes ; il voulait leur montrer quelque chose et il les guida le long de l'autre gorge jusqu'à une partie du talus devant laquelle les deux autres hommes attendaient ; on l'avait vraisemblablement fait sauter à la dynamite.

— Quelqu'un a creusé ici, déclara Sergeï.

C'était évident.

— Qui a pu faire une chose pareille ? s'étonna Sato.

— Y aurait-il quelqu'un d'autre sur l'île ? interrogea Karla.

— Nous pensions être seuls, pourtant il y a quelques nuits, reconnut Ito, j'ai cru apercevoir une lumière, mais sans aucune certitude.

— Vous pouvez faire confiance à vos yeux, affirma Sato, nous ne sommes pas seuls sur l'île.

— Des chasseurs d'ivoire, très certainement, déclara Sergeï qui se baissa pour ramasser un éclat d'os parmi les centaines qui jonchaient le sol. Je ne me doutais pas qu'ils avaient découvert ce site. C'est une honte ! Aucune méthode : on dirait qu'on s'est acharné au marteau.

— En fait, il s'agit d'un marteau-piqueur portatif.

Cette précision venait d'un homme trapu qui les contemplait du haut de la paroi. Son visage large, ses yeux plissés, ses paupières tombantes et ses pommettes saillantes trahissaient son ascendance mongole. Une fine moustache encadrait sa bouche aux lèvres minces. Karla avait fait du russe à Fairbanks et comprit donc l'essentiel de ce qu'il disait. De toute façon, le fusil à pompe qu'il tenait était plus éloquent qu'un long discours.

Il siffla et, une seconde plus tard, quatre autres hommes surgirent de chaque côté de la gorge, tous armés des mêmes fusils. Avec leur visage au poil dru, leurs ricanements et leur regard dur, ils n'avaient pas l'air commode.

Sergeï était peut-être vaniteux et désagréable, mais il fit montre en l'occurrence d'un courage inattendu puisé dans la rage du scientifique.

— C'est votre œuvre ? dit-il en désignant les ossements brisés. » L'homme répondit d'un haussement d'épaules. « Qui êtes-vous ? poursuivit Sergeï.

Négligeant la question, l'homme regarda derrière Sergeï.

— Nous recherchons la dénommée Karla Janos.

Bien que l'homme la dévisageât, elle fut stupéfaite d'entendre son nom dans la bouche de cet étranger. Sergeï tourna machinalement les yeux dans sa direction puis se ravisa aussitôt.

— Personne ici ne s'appelle ainsi.

Le Mongol lança un ordre bref et les doigts crasseux de l'homme le plus proche de Karla l'empoignèrent brutalement pour la tirer à l'écart.

Elle résista et il serra plus fort ; puis, la voyant grimacer de douleur, il sourit et approcha son visage du sien. Elle réprima un haut-le-cœur en sentant l'odeur de son corps mal lavé et son haleine.

Elle jeta un coup d'œil par-dessus son épaule. On entraînait ses compagnons vers un autre ravin. L'homme juché en haut de la paroi avait disparu. On la poussa encore plus loin, mais elle entendit Maria hurler puis des voix d'hommes qui vociféraient.

Des coups de feu claquèrent et le fracas des détonations se répercuta contre les versants de la gorge. Elle fit une tentative pour rejoindre ses collègues, mais l'homme réagit aussitôt, la saisit par les cheveux et la tira en arrière. Elle éprouva d'abord une douleur terrible puis de la colère. Elle se retourna pour griffer les yeux de son agresseur, mais il recula et elle ne réussit qu'à labourer une barbe hérissée.

Il riposta d'un revers de main. A demi assommée, elle n'offrit qu'une faible résistance quand, d'une pression du pied sur ses mollets, il lui fit perdre l'équilibre. Sa nuque heurta le sol et des myriades d'étoiles se mirent à danser devant ses yeux. Quand elle recouvra une vision normale, elle vit que l'homme la dévisageait avec amusement puis avec concupiscence.

Il avait décidé de s'amuser un peu avec sa ravissante prisonnière. Posant son fusil hors de portée, il commença à déboutonner sa braguette. Karla essaya de ramper pour s'éloigner un peu, mais il appuya en riant la semelle de sa botte sur le cou de la jeune femme. Elle martelait de coups sa cheville et s'efforçait de lui échapper. Elle pouvait à peine respirer.

Soudain l'homme toussa, la stupéfaction se lut sur son visage en même temps qu'un filet de sang perlait à la commissure de ses lèvres. Il pivota lentement, sa botte glissa du cou de Karla, et elle aperçut, pointant entre ses omoplates, le manche d'un couteau de chasse. Puis ses jambes se dérobèrent sous lui et il s'écroula.

Karla roula sur le côté pour ne pas être écrasée par le corps. Son soulagement fut de courte durée : un autre homme s'approchait.

Il était grand et boitait. Le soleil était dans son dos et son visage se trouvait dans l'ombre. Elle chercha à se relever mais elle était encore étourdie.

Une voix qu'elle n'avait pas entendue depuis des années prononça son prénom.

Là-dessus, elle s'évanouit.

Lorsqu'elle reprit connaissance, l'homme, penché sur elle, lui tenait la tête et humectait ses lèvres meurtries avec l'eau d'une gourde. Elle reconnut le visage allongé et les yeux bleu pâle au regard soucieux. Elle sourit bien que cela la fît souffrir.

— Oncle Karl ? interrogea-t-elle comme dans un rêve.

Schroeder lui glissa sous la tête son bonnet de fourrure en guise d'oreiller, puis récupéra son poignard dont il essuya la lame sur le manteau de l'homme. Il ramassa ensuite le fusil et le passa à son épaule. Puis il reprit son bonnet, glissa les bras sous le corps de Karla et la souleva tel un pompier sauvant une rescapée.

Au détour du ravin, on entendait des voix qui se rapprochaient.

Malgré une douleur lancinante à la jambe qui remontait de la cheville, il emporta Karla dans la direction opposée et disparut derrière un lacet quelques secondes avant que le Mongol et le reste de la bande ne découvrent leur compagnon. Il ne leur fallut qu'un instant pour constater qu'il était mort. Ils avancèrent alors prudemment le long de la paroi, le doigt sur la détente.

Schroeder, qui portait toujours Karla dans ses bras, se mit à courir aussi vite qu'il en était capable.

24

MOINS DE DOUZE HEURES après avoir quitté Washington, l'avion d'affaires turquoise de la NUMA descendait au-dessus de l'Alaska pour se poser sur l'aéroport de Nome. Austin et Zavala abandonnèrent le jet pour un bimoteur à hélices de la Behring Air, qui décolla une heure plus tard à destination de Providenya sur la rive russe du détroit de Behring, à moins de deux heures de vol.

L'aéroport de Providenya était situé dans une baie spectaculaire cernée par de hautes montagnes grises. Pendant la Seconde Guerre mondiale les avions du prêt-bail qui s'envolaient des États-Unis vers l'Europe y faisaient étape, mais ces jours de gloire appartenaient au passé. Il n'y avait plus que quelques avions-taxis et deux ou trois hélicoptères militaires quand leur appareil roula jusqu'au bâtiment qui faisait tout à la fois office de tour de contrôle et de bureaux, un baraquement en aluminium fatigué qui semblait dater du règne de Pierre le Grand.

Comme ils étaient les seuls passagers à débarquer, Austin et Zavala s'attendaient à se débarrasser rapidement des formalités de douane et d'immigration. Mais la charmante préposée au contrôle des papiers lut, leur sembla-t-il, chaque ligne du passeport d'Austin, fit de même avec celui de Zavala, puis posa les deux documents côte à côte.

— Ensemble ? demanda-t-elle en les regardant tour à tour. »

Austin acquiesça. La femme fronça les sourcils puis fit signe à un garde armé qui attendait à quelques pas. « Suivez-moi, lança-t-elle comme un sergent instructeur.

Elle ramassa leurs papiers et les précéda jusqu'à une porte à l'autre bout de la salle ; le garde fermait la marche.

— Je croyais que tu avais des amis haut placés, observa Zavala.

— C'est sans doute pour nous remettre les clefs de la ville, répondit Austin.

— Ils veulent nous faire une piqûre, dit Zavala. Regarde audessus de la porte.

Austin déchiffra les lettres rouges sur le panneau blanc et lut, écrit en anglais et en russe, le mot QUARANTAINE. Ils franchirent la porte et pénétrèrent dans une petite pièce grise et nue à l'exception d'une table et de trois chaises métalliques. Le garde les suivit et se posta devant la porte.

La fonctionnaire de l'immigration fit claquer les passeports sur la table.

— Déshabillez-vous, ordonna-t-elle.

Austin avait réussi à dormir quelques heures dans l'avion, mais il avait encore les yeux bouffis de sommeil et n'était pas sûr d'avoir bien entendu. La femme répéta.

— Fichtre, fit Austin avec un sourire. On se connaît à peine.

— On m'a dit que les Russes étaient accueillants, renchérit Zavala, mais je ne pensais pas que c'était à ce point.

— Déshabillez-vous ou on va vous y obliger, déclara la femme avec un coup d'œil au garde pour bien souligner son propos.

— Avec plaisir, dit Austin. Mais chez nous, les femmes d'abord.

A sa grande stupéfaction, la jeune femme sourit.

— On m'avait prévenue que vous n'étiez pas commode, monsieur Austin.

Austin, qui commençait à trouver tout cela bizarre, demanda en penchant la tête :

— Qui a bien pu vous dire une chose pareille ?

Il avait à peine terminé de poser sa question que la porte s'ouvrit. Le garde s'écarta et Petrov entra. Un grand sourire éclairait son visage, même si la cicatrice qui lui barrait la joue le tirait un peu vers le bas.

— Bienvenue en Sibérie, lança-t-il. Je suis heureux de voir que vous appréciez notre hospitalité.

— Ivan, gémit Austin. J'aurais dû m'en douter.

Petrov avait apporté une bouteille de vodka et trois verres à liqueur qu'il posa sur la table. Il s'approcha et prit Austin dans ses bras, puis serra Zavala contre lui à l'étouffer.

— Je vois que vous avez déjà fait la connaissance de Dimitri et de Veronika, mes deux plus fidèles agents.

— Joe et moi ne nous attendions pas à un accueil aussi chaleureux dans un endroit aussi froid que la Sibérie, dit Austin.

Petrov remercia ses subordonnés et les congédia. Il prit une chaise et invita les autres à l'imiter. Il ouvrit la bouteille de vodka, emplit les verres à ras bord et les distribua.

Il leva haut le sien et déclara :

— Aux ennemis d'autrefois.

Ils trinquèrent et vidèrent leurs verres. La vodka brûlait comme du feu, mais elle réveillait mieux que de la caféine pure. Petrov s'apprêtait à emplir de nouveau leurs verres, mais Austin l'arrêta d'un geste.

— Il va falloir attendre un peu. Nous avons quelques sérieux problèmes à régler.

— Je suis heureux que vous ayez dit *nous*, fit-il en se servant une nouvelle rasade. Mais expliquez-moi donc ce qui vous a poussés à sauter dans un avion et à traverser la moitié du monde pour atterrir dans cette charmante station balnéaire.

— C'est une longue histoire, répondit Austin avec une lassitude qui n'était pas seulement due aux longues heures d'avion. Elle commence et se termine sur un brillant savant hongrois du nom de Kovacs.

Il raconta en suivant la chronologie, remontant jusqu'à l'évasion de Kovacs depuis la Prusse pour arriver au passé récent, avec les vagues géantes et sa conversation avec Barrett.

Petrov écouta en silence et, lorsque Austin eut terminé, il repoussa son verre de vodka.

— Quelle histoire extraordinaire ! Vous croyez vraiment que ces gens sont capables d'inverser les pôles ?

— Vous en savez autant que moi. Et vous, qu'est-ce que vous en pensez ?

Petrov réfléchit un moment.

— Avez-vous entendu parler du projet russe Pic-Vert ? Il cherchait à contrôler le temps à des fins militaires en utilisant des radiations électromagnétiques. Votre pays a mené des recherches du même genre pour les mêmes raisons.

— Ces travaux ont-ils abouti ?

— Pendant un certain temps, on a observé dans les deux pays une série d'incidents météorologiques insolites tels que des vents violents accompagnés de pluies torrentielles et des périodes de sécheresse. Et même des tremblements de terre. Les recherches, m'a-t-on dit, auraient pris fin avec la guerre froide.

— Intéressant. Cela concorderait avec ce que nous savons.

Un petit sourire plissa les lèvres de Zavala.

— Sommes-nous bien certains qu'elles sont terminées ?

— Avez-vous regardé par la fenêtre dernièrement ?

Petrov parcourut du regard la pièce sans fenêtre avant de comprendre que Zavala parlait par métaphore. Il eut un petit rire et dit :

— J'ai tendance à prendre les déclarations au pied de la lettre. C'est un trait de caractère russe. Je sais pertinemment que le monde a connu pas mal d'extrêmes dans le domaine des phénomènes météorologiques.

— Joe a raison, renchérit Austin. Je n'ai pas les statistiques sous les yeux, mais les preuves sont assez concluantes. Tsunamis, inondations, ouragans, tornades, séismes se multiplient. Il s'agit peut-être d'une conséquence des premières expériences.

— Mais, d'après ce que vous dites, ces bouleversements électromagnétiques provoquent des perturbations dans l'océan. Qu'est-ce qui a changé ?

— Je ne pense pas que ce soit difficile à comprendre. Celui qui est derrière tout cela a vu une raison de se concentrer sur une méthode précise avec un objectif précis.

— Mais vous ne savez pas lequel.

— C'est vous l'ancien du KGB. Je ne suis qu'un simple ingénieur maritime.

Petrov porta la main à sa cicatrice.

— Vous n'êtes pas qu'un simple ingénieur, mon ami, mais vous avez raison d'évoquer mon esprit de conspirateur. Pendant que nous discutions, je me suis souvenu d'une déclaration faite par l'un de nos dirigeants, Zbigniev Brzezinski, il y a bien des années. Il prédisait l'avènement d'une élite utilisant la technologie moderne pour influencer le comportement du public et exercer sur la société un contrôle et une surveillance sans faille. Ses membres auraient recours à des crises sociales et aux médias pour parvenir à leurs fins en menant une guerre secrète qui utiliserait des modifications météorologiques. Ces personnages que vous citez, Margrave et Gant, correspondent-ils à ce profil ?

— Je ne sais pas. Cela me paraît peu probable. Margrave est un riche néo-anarchiste et Gant dirige une fondation qui se bat contre les multinationales.

— Vous n'êtes peut-être en effet qu'un simple ingénieur, mais si vous faisiez partie d'une élite qui aurait conçu un complot contre le monde, le crieriez-vous sur les toits ?

— Je vois ce que vous voulez dire. Non, je ferais croire à l'opinion que je suis contre l'élite.

Petrov battit des mains.

— Vous ne pouvez savoir à quel point je suis heureux d'apprendre que le complot contre l'humanité le plus récent a pour instigateurs des Américains et non un nationaliste russe fou qui se prend pour un tsar.

— Je suis content de savoir que cela vous passionne à ce point, mais nous devrions nous mettre au travail.

— Je suis tout à votre service. De toute évidence, vous avez un plan, sinon vous ne seriez pas ici.

— Ne sachant pas vraiment de qui il s'agit ni pourquoi il se comporte ainsi, nous en sommes réduits à nous concentrer sur quel est son objectif. L'inversion des pôles. Il faut l'empêcher.

— Je suis d'accord. Dites-m'en plus sur l'antidote dont vous parliez.

— Dans notre équipe, c'est Joe le technicien. Il vous expliquera cela mieux que moi.

— Je vais essayer, dit Joe. D'après ce que je comprends, l'idée est de provoquer une inversion des pôles en utilisant des émissions électromagnétiques dirigées sur le manteau terrestre pour créer par résonance des vibrations dans le noyau. On peut comparer ces émissions à des ondes sonores. Dans un hôtel par exemple vous réussiriez à masquer le bruit des voix qui provient de la chambre voisine en allumant un ventilateur : les vibrations neutraliseraient le bruit. Pour masquer une tonalité plus aiguë, comme celle d'un sèche-cheveux, il vous faudrait un jeu de fréquences différent. C'est ce qu'on appelle un bruit blanc, ou un bruit de fond. Un peu comme un sifflement ou le froissement des feuilles. On peut y assimiler l'antidote en question mais, pour qu'il fonctionne, il est indispensable de disposer des fréquences exactes.

— Que cette jeune scientifique, Karla Janos, connaîtrait ?

— Sans le savoir peut-être, mais tout semble le confirmer, répondit Austin. Outre les implications à l'échelle de la planète, la vie d'une jeune femme innocente est en jeu.

— Voilà une des nombreuses raisons pour lesquelles je vous aime bien, Austin, lança Petrov, une lueur amusée dans le regard sans toutefois quitter son air grave. Vous êtes la galanterie incarnée, un vrai chevalier.

— Merci du compliment, mais nous n'avons pas beaucoup de temps, Petrov.

— J'en conviens. Pas de questions ?

— Si, répliqua Zavala. Vous connaissez le numéro de téléphone de Veronika ?

— Demandez-le-lui vous-même, suggéra Petrov.

Il vida son verre de vodka, revissa le bouchon, glissa la bouteille sous son bras et les précéda jusqu'à la sortie où les attendait une voiture.

— Nos bagages sont un peu hors norme, il faut en prendre bien soin, précisa Austin en désignant leurs deux énormes sacs.

— Tout a été transféré.

Le chauffeur les conduisit dans la partie de l'aéroport située à la limite de l'eau. Un bateau d'une vingtaine de mètres se trouvait à quai et quelques hommes attendaient près de la passerelle.

Austin descendit et demanda ce que signifiaient les caractères cyrilliques peints sur la coque blanche.

— Arctic Tours, le nom d'une authentique compagnie touristique qui, moyennant des sommes exorbitantes, emmène de riches Américains dans des endroits absolument perdus. Au cas où on nous poserait des questions, nous emmenons des boy-scouts en excursion botanique.

Petrov les accompagna sur la passerelle et Austin constata avec plaisir que, comme par magie, leurs affaires les avaient précédés sur le pont. Ils n'avaient emporté qu'un sac marin chacun et les deux bagages très volumineux pour lesquels Austin avait recommandé une attention particulière.

Petrov les emmena jusqu'à la cabine principale où un simple coup d'œil suffit à Austin pour savoir qu'ils n'avaient pas embarqué sur un banal bateau d'excursion : la majorité du mobilier encastré avait été retirée et ne restaient, au milieu de la pièce, qu'une grande table et, le long des cloisons, des banquettes capitonnées. Dimitri et Veronika étaient assis sur l'une d'elles à côté de quatre hommes en tenue de camouflage qui, pour le moment, nettoyaient un arsenal d'armes automatiques.

— Il semblerait que vos boy-scouts se préparent à passer leur diplôme de tireur d'élite. Qu'en penses-tu, Joe ?

— L'éclaireuse m'intéresse davantage, rétorqua Zavala en s'approchant aussitôt de la jeune Russe pour engager la conversation.

Austin lança à Petrov un regard interrogateur.

— Je sais, répondit ce dernier, que vous préconisiez une approche discrète et je suis bien d'accord. Ces gens ne sont là qu'en réserve. Regardez, ils ne sont que six : ils ne constituent pas vraiment une armée.

— Leur puissance de feu est cependant supérieure à celle dont disposaient ensemble les deux adversaires de la bataille de Gettysburg, observa Austin.

— Nous en aurons peut-être besoin, répondit Petrov. Venez dans ma cabine, je vous expliquerai la situation.

Une fois dans sa petite cabine, Petrov prit une grande enveloppe posée sur la couchette. Elle contenait un certain nombre de photographies qu'il tendit à Austin. L'Américain se rapprocha du hublot qui laissait filtrer un peu de lumière et découvrit des vues d'une île grisâtre, de forme allongée avec, au centre, une montagne dressée comme un gros beignet.

— L'île d'Ivoire ? s'enquit-il.

— Ces vues ont été prises par satellite ces jours derniers. » Petrov prit une petite loupe dans sa poche et désigna une indentation dans la côte sud de l'île. « Voici la rade naturelle utilisée pour ses allées et venues par le brise-glace qui assure le transport et le ravitaillement de l'expédition. Il y a deux jours, il y a déposé Karla Janos qui rejoignait les scientifiques déjà au travail.

— Quel est le but de cette expédition ?

— De la science-fiction ! Quelques fous, russes et japonais, espèrent trouver l'ADN d'un mammouth pour le greffer sur une créature vivante et obtenir un clone. Regardez, ici, sur l'autre côté de l'île, là où le permafrost a été érodé, on voit des anses naturelles.

Austin distingua une forme allongée au fond d'une crique.

— Un navire ?

— Son propriétaire en tout cas ne veut pas être vu, sinon, il aurait mouillé dans le port. Je crois que les assassins sont déjà arrivés.

— En combien de temps pouvons-nous arriver jusque-là ?

— Dix heures. Le bateau file à quarante nœuds, mais peut être ralenti par la glace.

— C'est trop long.

— Je suis d'accord. C'est pourquoi j'ai prévu un plan de secours, fit-il en jetant un coup d'œil à sa montre. Un hydravion arrive du continent dans quarante-cinq minutes. Quand il aura refait le plein, il vous emmènera, Zavala et vous, à un endroit convenu avec le brise-glace *Kotelny* et situé entre l'île Wrangel et la banquise. Environ trois heures de vol, puis le brise-glace vous conduira à l'île d'Ivoire.

— Et vous et vos amis ?

— Nous partirons juste après vous et, avec de la chance, nous serons sur place demain.

— Je ne sais pas comment vous remercier, Ivan, fit Austin en serrant vigoureusement la main de Petrov.

— C'est à moi de vous remercier. Hier, je moisissais dans mon bureau de Moscou. Aujourd'hui, je cours sauver une demoiselle en détresse.

— Je vais peut-être rencontrer des difficultés pour arracher Zavala d'ici, plaisanta Austin.

Ses craintes n'étaient d'ailleurs pas fondées car il retrouva Zavala dans la cabine principale en train de parler d'armes avec l'un des hommes de Petrov tandis que Veronika et Dimitri, assis à l'écart, tenaient une conversation animée.

— Désolé d'interrompre ton idylle, fit Austin.

— Ne te fais pas de souci. Petrov ne m'avait pas signalé que Veronika et Dimitri étaient mariés ensemble. Où va-t-on ?

Austin lui expliqua les plans de Petrov et ils montèrent attendre l'hydravion sur le pont ; l'appareil, arrivé avec un quart d'heure d'avance, s'amarra aussitôt au bout de la jetée, près de la pompe à essence. Austin surveilla le chargement des bagages pendant qu'on faisait le plein puis embarqua avec Zavala. Quelques minutes plus tard, l'hydravion filait sur les eaux de la baie, son nez se souleva, et il s'éleva rapidement au-dessus des pics déchiquetés avant de partir cap au nord, vers l'inconnu.

25

KARLA OUVRIT LES PAUPIÈRES et ne vit d'abord que du noir puis, très vite, elle retrouva des sensations : le goût cuivré du sang séché dans sa bouche, l'impression d'être allongée sur un lit de clous, puis elle perçut un froissement d'étoffe. Elle se souvint alors de son agresseur aux dents jaunes et, encore à demi inconsciente, elle agita ses bras dans le noir pour se défendre contre un ennemi invisible.

— Non ! cria-t-elle quand elle heurta de la chair.

Une grosse main aux doigts d'acier se referma alors sur sa bouche et une lumière jaillit, dont le faisceau éclaira une physionomie désincarnée flottant dans les ténèbres.

Elle cessa de lutter. Le visage avait spectaculairement vieilli depuis la dernière fois qu'elle l'avait vu. Les rides s'étaient multipliées et la peau jadis aussi tendue que celle d'un tambour s'était relâchée. Des pattes-d'oie, des poches et des sourcils blancs cernaient maintenant les yeux qui n'avaient cependant rien perdu de leur vigilance ni du bleu perçant enfoui dans ses souvenirs.

— Oncle Karl, murmura-t-elle avec un sourire.

Les lèvres minces se retroussèrent légèrement.

— Théoriquement, je suis ton parrain. Mais oui, c'est bien moi. Ton oncle Karl. Comment te sens-tu ?

— Ça va aller.

Elle se força à s'asseoir, bien que cet effort l'étourdît légèrement. Elle passa la langue sur ses lèvres tuméfiées et évoqua l'agression.

— Il y avait quatre autres scientifiques avec moi. On les a emmenés, et puis j'ai entendu des coups de feu.

Une lueur attristée envahit les yeux pâles.

— Je crois qu'ils ont hélas ! été tués.

— Tués ! Mais pourquoi ?

— Parce qu'ils étaient témoins.

— Témoins de quoi ?

— De ton meurtre, de ton enlèvement. Je ne connais pas les intentions exactes de ces hommes, en tout cas, elles étaient mauvaises.

— C'est insensé. Je n'étais là que depuis deux jours. Je suis une étrangère ici. Une archéologue comme les autres. Quelle raison aurait-on de me tuer ?

Schroeder tourna légèrement la tête comme s'il avait perçu un bruit, puis éteignit sa torche. Dans l'obscurité, sa voix résonnait, calme et apaisante.

— Ils pensent que ton grand-père détenait un secret d'une grande importance et qu'il te l'avait transmis. Ils veulent s'assurer que personne d'autre n'en a connaissance.

— Grand-père ! fit Karla en riant presque. Mais c'est ridicule. Je ne connais aucun secret.

— Ils en sont néanmoins persuadés et c'est ce qui importe.

— Alors, ces scientifiques sont morts par ma faute.

— Absolument pas. Les responsables sont ceux qui ont tiré.

Pour tenter de la calmer, il glissa la lampe dans sa main. Elle promena autour d'elle le faisceau qui éclaira les parois de roche noire et la voûte.

— Où sommes-nous ? demanda-t-elle.

— Dans une grotte où je t'ai portée. Après avoir, par chance, trouvé un passage pour grimper hors du ravin, je suis tout de suite tombé sur une muraille de pierre toute fissurée et j'ai pensé qu'une de ces anfractuosités constituerait une bonne cachette. J'ai aperçu une ouverture à l'extrémité d'une fente étroite puis j'ai coupé quelques buissons avec lesquels j'ai dissimulé l'entrée de la grotte.

Elle tendit le bras dans l'obscurité et serra sa grande main.

— Merci, oncle Karl. Tu es un véritable ange gardien.

— J'avais promis à ton grand-père de veiller sur toi.

Assise dans le noir, Karla repensa à leur première rencontre. Elle était toute jeune et vivait chez ses grands-parents depuis la mort de ses parents. Il était apparu un jour, les bras chargés de cadeaux. Il paraissait extrêmement grand et fort et ressemblait plus à un arbre en marche qu'à un homme. Malgré cette impression de force, ses yeux d'enfant avaient aussitôt décelé chez lui beaucoup de bonté ; elle avait été conquise sur-le-champ.

Leur dernière rencontre datait du jour de l'enterrement de son grand-père. Il n'oubliait jamais son anniversaire et, tous les ans jusqu'à sa sortie de l'université, il lui envoyait une carte avec de l'argent. Elle ne connaissait rien des liens qui unissaient Schroeder à sa famille mais elle savait pour avoir souvent entendu cette histoire que son grand-père avait persuadé ses parents de l'appeler Karla à cause de cet oncle mystérieux.

— Je me demande comment tu m'as retrouvée dans ce coin perdu, s'étonna-t-elle.

— Ça n'a pas été bien difficile : l'université m'a renseigné. En revanche, il n'a pas été aussi facile d'arriver ici. Je suis venu à bord d'un bateau de pêche que j'ai loué puis, ayant trouvé le camp vide, j'ai suivi vos traces. Mais la prochaine fois, tâche de choisir une expédition moins lointaine, car je commence à me faire vieux pour ce genre d'aventure. » Il tendit l'oreille. « Chut !

Ils restèrent immobiles et silencieux, à l'écoute du moindre bruit. Ils entendirent bientôt des voix étouffées, et des bottes crisser sur la roche et le gravier devant l'entrée de la grotte. Puis une lumière jaune dissipa l'obscurité : on écartait les branchages qui bloquaient l'entrée.

— Par là, lança une voix en russe. » Schroeder pressa la main de Karla pour lui demander de garder le silence, geste inutile car elle était pétrifiée de peur. « Nous savons que vous êtes là, reprit la voix. On voit bien que quelqu'un a coupé les buissons. Ce n'est pas très poli de ne pas répondre quand on vous parle.

Schroeder rampa sur quelques mètres afin de voir l'entrée de la cavité.

— Ce n'est pas très poli non plus de tuer des innocents.

— Vous avez tué un de mes hommes, mon ami, qui était innocent.

— Votre ami était surtout stupide et méritait de mourir, répliqua Schroeder.

Un rire guttural accueillit sa réponse.

— Dis donc, le dur, je m'appelle Grisha. Et toi, qui es-tu donc ?

— Ton pire cauchemar devenu réalité.

— J'ai entendu cette réplique dans un film américain, tu n'es qu'un vieillard, martela la voix. Que veux-tu faire d'une jeune fille ? Je te propose un marché. Tu nous donnes la fille et je te laisse partir.

— Cette réplique aussi, je l'ai entendue dans un film américain, rétorqua Schroeder. Tu me crois stupide ? Parlons encore un peu. Dis-moi pourquoi tu veux tuer la fille.

— Nous ne voulons pas la tuer, elle représente beaucoup d'argent pour nous.

— Alors, tu ne lui feras pas de mal ?

— Mais non, mais non. Je te l'ai dit : otage, elle vaut bien plus cher.

Schroeder marqua un temps et feignit de considérer sérieusement la proposition.

— Moi aussi j'ai plein d'argent. Je peux t'en donner tout de suite, tu n'auras même pas à attendre. Que dirais-tu d'un million de dollars américains ?

On entendit des chuchotements, puis le Russe reprit :

— Mes hommes sont d'accord à condition de voir l'argent d'abord.

— Très bien. Approche et je te le lancerai.

Les tractations se faisaient en russe et Karla n'en avait compris qu'une partie. Schroeder lui murmura de s'enfoncer dans la grotte et de se boucher les oreilles. Il fouilla dans son sac et en tira un objet qui ressemblait à un petit ananas en métal. Son offre attirerait les assaillants comme des chacals et, avec un peu de chance, il réussirait à tous les liquider. Il se leva et une douleur lancinante traversa sa jambe droite. La course puis l'ascension, la jeune femme dans les bras, n'avaient pas arrangé sa blessure à la cheville.

Il se rapprocha davantage de l'entrée et distingua des ombres qui avançaient. La grotte faisait un léger coude et on n'y accédait que par une fente étroite : il faudrait frapper juste et au bon moment.

— Voici l'argent, dit-il en tirant la goupille de la grenade.

Il fit un pas en avant pour viser l'ouverture, mais sa jambe blessée se déroba sous lui ; il tomba et sa tête heurta la paroi. Il faillit s'évanouir et ses yeux se fermaient déjà quand il vit la grenade rouler sur le sol et s'arrêter à moins de deux mètres de lui. Luttant alors de toutes ses forces contre sa défaillance, il plongea ; sa main palpa le métal et lança une nouvelle fois le projectile.

Cette fois il avait mieux visé, mais la grenade frôla la paroi et retomba au beau milieu de l'ouverture.

Schroeder se jeta vers le fond de la grotte pour s'abriter derrière le coude et porta les mains à ses oreilles juste au moment de l'explosion. Il y eut un violent éclair et un jaillissement de débris brûlants tandis que des éclats arrosaient la grotte qui s'emplit aussitôt de fumée.

Schroeder leva la tête et rampa en direction d'un bruit de toux. Il parvint à allumer sa torche mais le faisceau se noya dans la poussière qui flottait dans l'air.

— Que s'est-il passé ? s'inquiéta Karla quand la poussière fut un peu retombée.

Schroeder poussa un gémissement et cracha par terre.

— Je te disais bien que je n'ai plus l'âge de ce genre de choses. J'allais lancer la grenade quand j'ai trébuché et me suis cogné la tête. Attends.

Armé de la torche, il se dirigea vers l'entrée. Il revint une minute plus tard en disant :

— J'ai fait du bon travail. Nous ne pouvons pas sortir, mais eux ne peuvent pas entrer.

— Je n'en suis pas si sûre, déclara Karla. Le chef de ces hommes a dit qu'ils disposaient d'un marteau-piqueur portatif.

Schroeder réfléchit.

— Il faut donc que nous nous enfoncions plus profondément dans cette grotte.

— Mais elle peut s'étendre sur des kilomètres ! Nous risquons de nous perdre complètement.

— Je sais. Nous nous arrêterons dès que nous aurons trouvé un endroit propice à une embuscade. Et la prochaine fois, j'essaierai d'être moins maladroit.

Karla était perplexe : parlait-elle vraiment à celui qui, voilà bien des années, la faisait sauter sur ses genoux ? Son interlocuteur actuel venait de liquider sans bavure l'homme qui avait tenté de la violer, avant de négocier calmement avec une bande d'assassins pour tenter, le plus naturellement du monde, de les éliminer tous.

— Très bien, dit-elle. Mais ce secret dont tu as parlé, qu'est-ce que j'en sais ?

Karl tira une bougie de son sac, l'alluma et la fixa sur un rebord avec de la cire fondue.

— Ma première rencontre avec ton grand-père date de la fin de la Seconde Guerre mondiale. Cet homme brillant et courageux est tombé, il y a bien des années, sur un principe scientifique capable, si on en faisait mauvais usage, de causer de multiples dommages et de faire de nombreuses victimes. Il a écrit un article pour évoquer ces possibilités et le résultat n'a pas été celui qu'il escomptait : les nazis se sont emparés de lui et l'ont forcé à travailler sur une arme nouvelle en utilisant ses théories.

— C'est incroyable. Il n'a jamais laissé entendre qu'il était autre chose qu'un inventeur et un homme d'affaires.

— C'est vrai. Pourtant, c'est moi qui l'ai aidé à s'enfuir de son laboratoire. Il avait refusé de livrer ses secrets et son entêtement lui a coûté sa famille. Parfaitement. Avant de s'installer aux États-Unis après la Seconde Guerre mondiale, il était marié et avait un enfant. Il a emporté son secret dans la tombe, mais ces hommes, ou ceux pour lesquels ils travaillent, croient qu'il te l'a transmis.

— Qu'est-ce qui leur fait croire que je sais quoi que ce soit de ce genre ?

— L'Histoire se répète. Tu as publié un article sur l'extinction des mammouths.

— C'est exact. J'ai dit qu'elle était due à des changements climatiques provoqués par une inversion des pôles. J'ai utilisé certains des documents de mon grand-père et quelques-uns de ses calculs pour étayer ma théorie. Seigneur ! C'est *ça* qu'ils veulent ?

— Ça et d'autres choses encore. Ils sont prêts à tout et même à tuer pour l'obtenir.

— Mais tout ce que je sais est de notoriété publique. Je ne détiens aucun secret.

— Ton grand-père disait la même chose aux nazis. Ils ne l'ont pas cru non plus.

— Qu'est-ce que je peux faire ?

— Pour le moment, t'occuper de toi. » Il fouilla une nouvelle fois dans son sac et en tira du pemmican et de l'eau. « Ce n'est pas exactement de la grande cuisine, mais cela ira pour l'instant. Peut-être trouverons-nous des chauves-souris pour en faire un ragoût.

— Maintenant, je me souviens, dit Karla avec un sourire. Tu parlais toujours de préparer pour moi des choses insensées. Des escargots, des chiots, des choux de Bruxelles. Pouah ! Dégoûtant !

— C'était ce que je pouvais faire de mieux. Je n'avais guère d'expérience pour distraire les enfants.

Tout en mastiquant le pemmican avec application, ils évoquèrent de vieux souvenirs. Ils buvaient un peu d'eau pour faire passer la viande séchée quand ils entendirent comme un pic-vert géant s'affairer à l'entrée de la grotte.

— Ils commencent à creuser, commenta Karla.

Schroeder ramassa ses affaires.

— Il est temps de partir.

Il tendit une torche à Karla et lui conseilla, bien qu'il emportât toujours d'importantes réserves de piles, de l'utiliser avec modération. Puis ils s'enfoncèrent dans les entrailles de la caverne.

Schroeder, qui s'attendait à une élévation de la température au fur et à mesure de leur progression, eut l'agréable surprise de constater qu'elle demeurait au contraire supportable et relativement fraîche. Il le fit remarquer à Karla et émit l'hypothèse que l'air libre n'était peut-être pas loin. Espoir bien mince cependant, surtout quand le sol commença à descendre, mais cela parut donner du courage à Karla.

Le couloir sinuait, tantôt vers la gauche, tantôt vers la droite, mais continuait de descendre. La hauteur de la paroi leur permettait parfois de marcher debout, mais quand elle ne dépassait pas un mètre vingt, il leur fallait s'accroupir. Schroeder fut soulagé de voir qu'il n'y avait qu'un seul tunnel, pas d'embranchement qui aurait exigé une décision et accru les risques de se perdre à jamais.

Ils marchaient depuis près d'une heure quand la grotte déboucha sur un espace plus vaste. De quelles proportions, ils n'en avaient aucune idée avant de commencer à l'explorer.

Les faisceaux de leurs torches balayaient la voûte et les parois couvertes de moisissure et ils découvrirent bientôt que la caverne était aussi grande qu'un hall d'hôtel avec un sol pratiquement plat. Tout au fond, en face de l'endroit par lequel ils étaient arrivés, se trouvait une autre issue, la seule, aussi large qu'une porte de garage.

Ils traversèrent la salle, burent à petites gorgées l'eau de leur gourde et s'émerveillèrent des dimensions du lieu. Schroeder l'avait, quant à lui, examiné en songeant à la façon d'y tendre une embuscade et avait conclu que, avec ses niches et ses recoins, le site convenait parfaitement. Karla, elle, s'était aventurée vers l'autre entrée puis l'avait franchie après l'avoir balayée avec le faisceau de sa torche.

— Oncle Karl, appela-t-elle, sa voix résonnant sous la voûte.

Il la rejoignit et la trouva agenouillée sur le sol. Le petit rond lumineux de sa lampe éclairait une végétation brunâtre.

— Qu'est-ce que c'est ? demanda-t-il.

— On dirait de la crotte d'éléphant, répondit-elle au bout d'un moment de réflexion.

— Tu crois qu'un cirque est passé par là ? plaisanta Schroeder.

Elle se releva et toucha le tas du bout de sa botte, libérant des relents musqués d'herbe.

— J'ai besoin de m'asseoir, dit-elle. » Ils s'installèrent sur un saillant de la paroi et Karla raconta à Schroeder l'histoire du bébé mammouth découvert non loin de l'entrée de la grotte. « Je n'arrivais pas à comprendre comment il pouvait être aussi bien conservé, poursuivit-elle. On n'avait encore jamais trouvé de spécimen en aussi bon état. Il semblait mort depuis seulement quelques jours ou quelques semaines.

— Est-ce que tu penses que des mammouths vivraient dans ces cavernes ?

— Non, bien sûr que non, fit-elle en riant. Ce serait impossible.

Mais peut-être y en a-t-il eu. Écoute cette histoire. En 1918, un chasseur russe voyageait à travers la taïga, la grande forêt sibérienne, quand il aperçut d'énormes empreintes dans la neige. Des jours durant, il traqua les créatures qui les avaient laissées et trouva sur leur passage des amas d'excréments et des branchages brisés. Il déclara avoir vu deux gigantesques éléphants avec une fourrure châtaine et d'énormes défenses.

— Le récit apocryphe et sans preuve d'un chasseur cherchant à impressionner ?

— C'est possible. Mais les Esquimaux et des Indiens d'Amérique du Nord évoquent eux aussi des légendes au sujet de grandes bêtes velues. En 1993, on a découvert sur l'île Wrangel, pas loin d'ici, entre la Sibérie et l'Alaska, des squelettes de mammouths nains. On a daté leurs ossements entre sept mille et trois mille cinq cents ans, ce qui signifie que des mammouths parcouraient la Terre bien au-delà de l'ère paléolithique, à l'époque où les hommes édifiaient Stonehenge et les Pyramides.

Schroeder se mit à rire et lança :

— Tu aimerais pousser plus loin ces recherches, n'est-ce pas ?

— Je ne voudrais pas laisser passer une occasion pareille et rester assise à me tourner les pouces. Peut-être allons-nous tomber sur des échantillons bien conservés.

— Je ne crois pas qu'on puisse dire quand on se prépare à affronter une bande d'assassins désespérés « je me tourne les pouces », mais cela ne me surprendrait pas. Un jour, quand tu étais enfant, je t'ai lu *Alice au pays des merveilles.* Peu de temps après, je t'ai trouvée dans la cour essayant de passer ta tête par l'ouverture d'un terrier. Tu prétendais que tu possédais une potion magique qui te ferait rapetisser, comme Alice.

— C'est certainement parce que tu me faisais lire ce genre d'histoires.

— Eh bien, i semble maintenant que nous n'ayons pas le choix, conclut-il d'un ton las.

Il prit son sac et s'approcha de l'ouverture en boitillant.

— Descendons dans le terrier du lapin.

26

L'*ÉTALON BAI GALOPAIT DANS LA CAMPAGNE* verdoyante de Virginie comme s'il courait le Derby du Kentucky. Penché sur son encolure, le jockey, plutôt mûr, lui cravachait énergiquement les flancs et imposait un train d'enfer à sa monture qui, les yeux exorbités, sa robe luisante de sueur, tirait éperdument la langue. Gant n'en tenait cependant aucun compte, non par cruauté – ce qui l'aurait supposé capable d'émotion – mais plutôt à cause du mépris qu'il portait à tout ce qui dépendait de lui.

Après avoir traversé clairières et pâturages, Gant s'engagea dans une allée bordée de peupliers qui conduisait à une vaste maison de campagne. Laissant l'animal épuisé prendre le trot puis le pas, il l'arrêta enfin devant des écuries situées un peu en retrait. Gant mit pied à terre et prit la serviette que lui tendait un palefrenier auquel il lança nonchalamment les rênes. Le cheval s'éloigna en boitillant.

Gant remonta l'allée empierrée qui menait à la porte d'entrée ; sa tenue de polo, chemisette noire à manches courtes et jodhpur, soulignait son physique athlétique. Tout en marchant, il frappait de sa cravache ses bottes en cuir de Cordoue, comme si son bras avait sa propre autonomie. A son approche la lourde porte en bois s'ouvrit sur un vestibule immense au centre duquel bouillonnait une fontaine.

— Monsieur, annonça le maître d'hôtel cadavérique qui l'avait accueilli pour prendre ses gants et sa serviette, votre invité est arrivé. Il vous attend dans la bibliothèque.

— Un martini Bombay Saphir sec et pour moi comme d'habitude.

Le maître d'hôtel s'inclina et disparut dans un long couloir tandis que Gant pénétrait dans une pièce immense aux murs tapissés du sol au plafond par une collection de livres inestimables. Margrave, debout près d'une porte-fenêtre qui s'ouvrait sur une pelouse aussi verte qu'un tapis de billard, feuilletait un ouvrage ancien relié de cuir rouge.

— C'est une édition très rare de la *Divine Comédie* qui date de 1507, expliqua Grant. Il n'en existe que trois exemplaires connus et je les possède tous.

— Votre collection d'œuvres de Dante est en effet superbe.

— A vrai dire, renchérit Gant sans aucune prétention, c'est la plus belle du monde.

Margrave sourit et remit le livre sur le rayonnage.

— Je n'en attendais pas moins. Bonne promenade ?

— Je fais toujours de bonnes promenades, précisa Gant en lançant sa cravache sur un guéridon. C'est l'animal qui accomplit tout le travail. Celui que je montais aujourd'hui, un nouveau dans mes écuries, est un étalon qui a besoin qu'on lui montre qui est le patron. Je soumets toujours les nouveaux venus à un galop d'essai : ceux qui survivent sont traités comme des rois, ceux qui ne tiennent pas le parcours finissent dans une usine de colle.

— En somme, la survie des plus aptes.

— Je suis un grand admirateur de Darwin.

Le maître d'hôtel arriva, portant un plateau avec deux verres. Gant en offrit un à Margrave et garda pour lui son whisky de seize ans d'âge servi avec des glaçons.

— Ce martini est parfait, apprécia Margrave après avoir bu une gorgée. Vous savez exactement ce que je bois. Je suis impressionné.

— N'oubliez pas que, dans ma profession, l'alcool sert souvent de lubrifiant, répondit Gant. Rien ne crée une impression plus favorable chez un visiteur que de se rappeler quel est son poison préféré. » Il s'installa dans un fauteuil confortable et fit signe à Margrave de l'imiter. « Quelles nouvelles de notre projet ?

— Nous sommes dans les délais, mais le Tatoué m'inquiète : je n'ai aucune nouvelle de lui depuis quelques jours, depuis qu'il a quitté l'île.

— Barrett est un grand garçon, rétorqua Gant, assez grand pour se débrouiller tout seul.

— Ce n'est pas sa santé qui me préoccupe, mais sa langue. Il a eu une brusque crise de conscience et je n'ai pas envie qu'il raconte notre projet sur *Soixante Minutes* à la télévision.

— N'a-t-il pas dit qu'il acceptait de rester avec nous en attendant que vous ayez pris contact avec Karla Janos ?

— Exact. Il veut être certain qu'on peut, si nécessaire, stopper immédiatement le projet.

— Vous n'avez donc aucune raison de vous inquiéter, Barrett rumine sans doute tout cela dans son coin. La vraie question est de savoir si, sans lui, le projet reste faisable.

— Pas de problème, le Tatoué a déjà exécuté les travaux qui le rendaient indispensable. Aussi pouvons-nous nous passer de lui. Tout se déroule comme prévu. J'ai préparé cette présentation à votre intention. » Margrave ouvrit alors un porte-documents et en tira un lecteur de DVD portable qu'il posa sur le bureau en acajou. Il pressa le bouton MARCHE et le profil schématique d'un bateau apparut sur l'écran. « C'était l'un des navires émetteurs prévus à l'origine : ici, dans la cale, les centrales branchées sur l'antenne électromagnétique à basse fréquence qu'on peut faire descendre dans la mer. » Il avança d'une image. « Et voici le nouveau bateau qui fera le travail de quatre bateaux expérimentaux.

— Un petit paquebot. Ingénieux. Dans combien de temps sera-t-il sur le site ?

— Les anciens bateaux émetteurs ont quitté le chantier naval du Mississippi et se dirigent vers le point de débarquement à Rio ; ils serviront de leurres. Le paquebot – il s'appelle *Aventure polaire* – se rendra lui aussi à Rio, mais personne ne se doutera de la cargaison qu'il transporte.

— Cela signifie-t-il que vous avez choisi l'emplacement définitif du site ? » Margrave appuya sur une touche du lecteur et une carte de l'hémisphère austral apparut sur l'écran. On y distinguait une tache rougeâtre, une sorte de sphère aplatie, qui couvrait une bonne partie de l'océan entre la côte du Brésil et l'Afrique du Sud. « L'anomalie de l'Atlantique Sud.

— Au sein de cette anomalie, vous le savez, reprit Margrave en acquiesçant, le champ électromagnétique circule à l'envers ; certains savants la décrivent comme un « trou » dans le champ. Dans certains secteurs le champ est complètement inversé et affaibli. Le satellite Magsat a découvert une région proche du pôle Nord ainsi qu'un point au-dessous de l'Afrique du Sud où le magnétisme est devenu extrêmement faible : exploiter la faiblesse du champ électromagnétique de ce dernier provoquera une réaction similaire dans la région du pôle Nord.

— Et voilà en quoi ce projet est génial, s'esclaffa Gant. Nous ne précipitons pas vraiment les événements, nous nous contentons de hâter leur arrivée.

— Parfaitement. Dans le passé, les pôles magnétiques nord et sud se sont inversés spontanément et, il y a environ cent cinquante ans, le champ électromagnétique terrestre a commencé à s'effondrer tout seul. Le magnétisme terrestre est déjà affecté par les tourbillons qui se produisent sous la croûte dans le noyau en fusion. Provoquons de légères turbulences supplémentaires et un petit rien entraînera l'inversion. Comme vous venez de le résumer, nous nous contentons de favoriser le processus.

— Fascinant, déclara Gant, et je présume que tout demeure inchangé dans ce que nous attendons de l'impact de ce petit rien.

— Les modèles informatiques continuent de le confirmer : les principaux champs magnétiques vont s'affaiblir pour finir par disparaître complètement et ce pendant à peu près trois jours ; ensuite ils reviendront, mais inversés. Ainsi les boussoles qui, normalement, pointent vers le nord, désigneront-elles alors le sud. Ce chambardement électromagnétique mettra hors d'usage réseaux électriques et satellites, sèmera le désarroi chez les oiseaux et les animaux, déclenchera des aurores boréales au-dessus de l'équateur et élargira les trous dans la couche d'ozone. Le danger sera alors à son maximum. L'effondrement du champ magnétique anéantira les défenses de la Terre contre les tempêtes solaires, ce qui, à long terme, induira une recrudescence des cas de cancers de la peau

— Regrettables dommages collatéraux, commenta négligemmen. Gant. Cette maison dispose d'un vaste abri souterrain. Je présume que vous avez pris des précautions analogues.

— Pendant notre voyage de retour, le navire, à l'abri des radiations, nous protégera ; et, une fois rentré chez moi, je m'installerai dans le confortable refuge dont dispose mon phare. Je pourrais y vivre agréablement pendant cent ans, mais la période dangereuse diminuera après les poussées initiales.

— En compagnie des autres membres de Lucifer ?

— Quelques personnes seulement, et sélectionnées avec soin. Les anarchistes savent à merveille créer le chaos, mais ils sont complètement désemparés quand ils n'ont plus de vitres à briser. Quant aux autres, ils auront joué leur rôle et seront livrés à eux-mêmes.

— Vous abandonnerez la Légion de Lucifer à une mort sans doute atroce ? interrogea Gant.

— A moins que vous ne les invitiez dans votre abri, répliqua Margrave avec un sourire sardonique.

— Il me faut de la place pour mes chevaux, rétorqua Gant.

— C'est compréhensible. Que projetez-vous pour la période qui suivra le grand éclair ?

— La confusion sera extraordinaire : les gens ne pourront plus ni communiquer ni naviguer ; il y aura des coupures de courant. Une fois les communications rétablies, nous diffuserons à grands frais un message destiné aux dirigeants mondiaux pour exiger la convocation d'une conférence internationale sur le démantèlement des instruments de mondialisation. Nous commencerons par réclamer la suppression immédiate de la Banque mondiale ainsi que celle de l'Organisation mondiale du commerce.

— Et s'ils n'obtempèrent pas ?

— A mon avis, ce ne sera pas un problème, répondit Gant. Nous soulignerons la fragilité de l'infrastructure mondiale et leur rappellerons que, même s'ils la reconstruisent, il sera très simple de la détruire une nouvelle fois. Nous sommes à même de faire basculer les pôles magnétiques aussi longtemps qu'ils nous y obligeront.

— Que ressent-on quand on siège parmi les dieux de l'Olympe ?

Gant but une gorgée de son verre.

— Grisant, cependant les dieux eux-mêmes doivent parfois faire un peu de ménage : il y a le problème de cette femme, Karla Janos.

— Aux dernières nouvelles, une équipe de chez nous était en route vers la Sibérie pour s'occuper d'elle.

Gant se leva et s'approcha des portes-fenêtres. Perdu dans ses pensées, il contemplait les vastes pelouses, puis se tourna vers Margrave.

— Il se passe quelque chose et je ne sais pas très bien quoi. L'équipe de tueurs est bien arrivée en Alaska mais n'est pas allée plus loin que Fairbanks. Ils ont tous été liquidés à l'hôtel, dans leurs chambres.

— Liquidés ? s'étonna Margrave en reposant son verre.

— Parfaitement, d'une balle dans la tête. Du travail de professionnel. Ils appartenaient tous à notre société de sécurité. On n'a pas cherché à se débarrasser des corps. On les a exécutés froidement, sans précaution, ce qui me fait penser que celui qui a conçu ce plan l'a fait dans une certaine précipitation.

— Qui connaissait l'existence de ce groupe ?

— Vous. Moi. Et la mafia russe, naturellement.

— Vous croyez les Russes responsables ?

— Ils sont capables de tout, mais ça ne colle pas. Ils savaient qu'une équipe était en route mais ils ignoraient qui en faisait partie et où elle était descendue. Elle se faisait passer pour une équipe de télévision qui devait partir pour la Sibérie.

— La police a des pistes ? demanda Margrave.

— Une seule. Le pilote de l'avion-taxi engagé pour transporter l'équipe a déclaré avoir parlé à un individu qui serait peut-être le dernier à les avoir vus. D'ailleurs, c'est lui qui a pris leur place sur le vol pour la Sibérie. Un homme d'un certain âge, dans les soixante-dix ans sans doute.

— Votre premier contact concernant Karla Janos, celui qui a tué deux gardes de sécurité, n'avait-il pas lui aussi un certain âge ?

— Si et, à mon avis, il s'agit d'un seul et même homme.

— Qui est donc ce type ? Nous cherchons Karla Janos et nous tombons sur un tueur assez vieux pour toucher sa retraite.

— Quand mes hommes ont fouillé sa maison, ils ont trouvé sur son ordinateur des lettres écrites à Janos et des réponses de la fille. Il signait « Oncle Karl ».

Margrave fronça les sourcils.

— Notre dossier concernant la famille Kovacs ne comporte aucune mention d'un oncle.

— Je ne m'en inquiéterais pas trop. Quand j'ai annoncé aux Russes que l'équipe ne viendrait pas prendre livraison de mademoiselle Janos, ils ont demandé ce qu'ils devraient faire d'elle. Je leur ai dit de la tuer et le vieil homme aussi au cas où ils tomberaient sur lui, comme je m'y attends.

— Vous n'avez pas perdu de temps, approuva Margrave.

— Je n'aime pas laisser traîner les détails, comme Kurt Austin, par exemple, l'homme de la NUMA. Je pense qu'il faudrait l'éliminer.

— Je croyais que nous attendions de vérifier si Austin constitue une réelle menace.

— Quand Austin est entré dans le tableau, je me suis renseigné sur ses antécédents : ingénieur maritime et spécialiste en renflouage d'épaves à la NUMA, il a à son actif des missions assez remarquables. Or il a vu l'appareil sur le bateau de Barrett et je le crois en mesure de nous causer pas mal d'ennuis.

— Il en est capable en effet, mais nous n'y pouvons pas grand-chose.

— Dois-je comprendre qu'Austin pourrait torpiller notre projet ?

— Pas s'il est mort. Comme disait Joseph Staline : «... pas d'homme, pas de problème. » Doyle s'apprêtait à s'occuper d'Austin quand ce dernier a brusquement et malencontreusement quitté son domicile pour une destination inconnue.

— Alors, que faisons-nous ?

— Nous continuons à surveiller la maison d'Austin et quand il rentrera, nous réglerons notre problème. Pour le moment, je suggérerais que vous fassiez tout votre possible pour accélérer le projet sur le plan technique.

— Dans ce cas, observa Margrave, mieux vaut que j'y aille.

Gant raccompagna son invité jusqu'à sa voiture. Ils échangèrent une poignée de main et convinrent de rester en contact. Gant regagnait sa maison quand le palefrenier s'approcha.

— Comment va le nouveau cheval ? lui demanda Gant.

— Il boite, monsieur.

— Abattez-le, ordonna Gant en entrant chez lui.

27

LES SALLES ET LES COULOIRS DE LA CAVERNE offraient un paysage fantasmagorique : des rideaux minéraux orange tamisé et jaune drapaient les parois et du plafond pendaient des stalactites tantôt aussi fines que des crayons, tantôt aussi larges que la carrure d'un homme.

La beauté éthérée de ce décor souterrain laissait Schroeder indifférent. De sa bosse au front irradiaient des élancements incessants et la marche sur le sol inégal de la grotte aggravait la douleur qui tenaillait sa cheville. Il gravissait péniblement un escalier naturel quand il fut submergé par un vertige.

Sa vision se brouilla et il commença à voir double ; il perdit l'équilibre et fut pris de nausées. Malgré la fraîcheur de l'air, des gouttes de sueur perlaient sur son front. Il s'arrêta et appuya sa tête contre la paroi : le froid de la roche, telle une poche de glace, lui procura un effet apaisant.

Karla se trouvait juste derrière lui ; elle le vit défaillir et se précipita.

— Ça va ?

— Je me suis cogné le crâne à l'entrée de la grotte et je dois avoir une légère commotion. Mais ça m'empêche au moins de penser à ma cheville.

— Arrêtons-nous pour nous reposer, proposa Karla.

Schroeder repéra une petite corniche, s'y assit et, adossé au mur, ferma les yeux. Il avait l'impression d'avoir vieilli de vingt ans.

L'humidité attaquait ses articulations, il respirait avec difficulté et sa cheville avait beaucoup enflé.

Pour la première fois de sa vie il se sentit vieux. Bon sang, mais il l'était vraiment. Il jeta un coup d'œil à Karla assise auprès de lui et constata avec stupéfaction que le bébé qu'il avait tenu avec maladresse dans ses bras lors de leur première rencontre s'était transformé en une jeune femme ravissante et, de surcroît, brillante. Quelle tristesse de ne jamais s'être autorisé le luxe de fonder une famille. Mais il se consola : Karla représentait sa famille. Même s'il ne l'avait pas promis à son grand-père, il aurait tout fait pour la protéger.

Leur répit fut de courte durée : des voix étouffées commençaient à leur parvenir du passage qu'ils venaient de quitter. Schroeder se leva aussitôt et souffla à Karla d'éteindre la torche. Puis, immobiles dans les ténèbres, l'oreille aux aguets, ils attendirent que les murmures émis par des créatures invisibles et déformés par le labyrinthe de la caverne se fassent plus distincts ; ils ne tardèrent pas à identifier des voix masculines qui s'exprimaient en russe.

Schroeder comprit qu'il avait sous-estimé la détermination de Grisha et de ses impitoyables chasseurs d'ivoire, et se vit donc contraint à s'enfoncer davantage dans la montagne – ce qu'il aurait voulu éviter par crainte de se perdre sur le chemin du retour.

Ne faisant que peu de cas de ses souffrances, il repartit. Le passage, en pente douce sur quelques dizaines de mètres, redevint plat. Sa cheville fatiguée par la marche l'obligeait, pour ne pas tomber, à s'appuyer souvent contre la paroi alors qu'ils risquaient à tout moment d'être rattrapés par leurs poursuivants.

Karla aperçut, la première, la fissure dans la paroi. Schroeder se concentrait tellement sur la distance qu'il voulait mettre entre les chasseurs et eux qu'il s'était engouffré dans une fente où la paroi s'était repliée sur elle-même en créant une ouverture large d'une trentaine de centimètres et haute d'un mètre cinquante.

Son premier réflexe fut de continuer sans s'arrêter, car cet orifice pouvait s'avérer un piège mortel ; il passa quand même la tête et découvrit qu'à quelques mètres le tunnel s'élargissait. Il dit à Karla d'attendre, avança d'une cinquantaine de pas et posa sa torche par terre, ce qui permettait de croire qu'il l'avait fait tomber en fuyant.

Les voix se faisaient plus fortes. Il rejoignit Karla, se coula à travers la fissure puis aida la jeune femme à passer. Un peu plus loin, le couloir formait un léger coude derrière lequel ils se postèrent. Schroeder prit le fusil qu'il portait en bandoulière et s'adossa à la paroi : le premier qui s'engagerait le paierait de sa vie. Ils distinguaient maintenant des lueurs fantomatiques dans la galerie principale et entendaient la voix rauque de Grisha prodiguer menaces et plaisanteries à ses hommes ; puis les chasseurs d'ivoire arrivèrent au niveau de la fissure, ils poussèrent alors une clameur : ils avaient repéré la torche. Les voix s'éloignèrent.

Schroeder avait projeté de regagner la galerie principale pour revenir sur ses pas, mais Grisha, loin d'être stupide, flaira le stratagème : il fit faire demi-tour à ses hommes et tous revinrent jusqu'à la fissure dans la paroi.

De son côté Schroeder avait demandé à Karla d'avancer ; ils retrouvaient le coude du couloir quand il décida qu'ils n'avaient plus qu'une solution : continuer. D'ailleurs, la torche donnait des signes de faiblesse – les piles s'usaient – et il devenait impératif de choisir le lieu de l'embuscade avant qu'ils ne fussent perdus ou enfoncés trop avant dans le cœur de la montagne.

Ils marchèrent encore dix minutes. Une odeur de moisi imprégnait l'air qui demeurait néanmoins respirable ; il en arrivait donc de l'extérieur. La caverne se rétrécit et Schroeder se trouva face à une étroite faille dans laquelle il tenta de se glisser ; mais son pied se posa dans le vide et il fit une chute de quelques mètres.

Il rampa un peu plus loin, ramassa la torche et braqua le faisceau sur Karla, à peine deux mètres au-dessus de lui ; elle semblait abasourdie : un instant plus tôt, Schroeder était là à lui montrer le chemin, puis il avait disparu, la torche aussi, et elle avait entendu un choc sourd.

— Je n'ai rien, la rassura-t-il, mais fais attention, il y a une dénivellation.

Elle se glissa par la fissure et descendit prudemment la déclivité. Schroeder essaya de se relever mais la chute n'avait pas arrangé sa cheville blessée et une vive douleur lui traversa la jambe quand il prit appui sur son pied. Il dut se tenir à Karla.

— Où sommes-nous maintenant ? demanda-t-elle.

Schroeder explora les alentours à l'aide du faisceau de sa torche ; ils se trouvaient dans une galerie aussi haute que large, d'une dizaine de mètres environ. Le plafond était voûté et, contrairement à celui de la caverne, le sol était parfaitement uni.

— Il ne s'agit pas d'une grotte naturelle, dit Schroeder, elle a été creusée par l'homme. Tiens, reprit-il en éclairant la paroi opposée, on dirait que nous avons de la compagnie.

Des dessins ornaient la paroi ; ils représentaient une procession d'hommes et de femmes grandeur nature, peints de profil ; ils portaient des fleurs, des cruches et des paniers de fruits et poussaient devant eux des moutons, des vaches et des chèvres guidés par des chiens de berger.

Les femmes portaient de longues robes blanches diaphanes et des sandales, les hommes des kilts et d'amples chemises à manches courtes. Des arbres et de la verdure servaient de décor à ce défilé.

Les personnages avaient le teint clair, des pommettes saillantes et des cheveux d'un noir de jais coiffés en chignon chez les femmes et coupés court chez les hommes. Leur visage n'exprimait pas plus la gravité que le bonheur, mais plutôt l'air indifférent de promeneurs du dimanche. Les couleurs étaient vives comme si on les avait peintes la veille.

Ces fresques murales couvraient les deux parois. Chaque portrait était différent. La plupart des sujets étaient jeunes – entre quinze et vingt ans – mais on trouvait aussi quelques enfants et des gens plus âgés parmi lesquels des hommes aux cheveux gris arborant des coiffes élaborées, peut-être des prêtres.

— Cela fait penser à une procession, observa Karla. Ces personnages apportent des dons à un dieu ou à un chef.

Ils avançaient dans la galerie, Schroeder boitillant, Karla le soutenant, et les personnages commençaient à se compter par centaines.

— En tout cas, observa Schroeder, ils nous tiennent compagnie. Et peut-être même que nos nouveaux amis vont nous montrer le chemin de la sortie.

— Ils se dirigent sûrement quelque part. Regarde !

Les peintures murales avaient changé de nature. De nouveaux

animaux avaient fait leur apparition : des créatures grandes et massives qui, sans le pelage velu qui recouvrait leur corps, auraient ressemblé à des éléphants. On avait orné leur fourrure de fleurs. Ces animaux avaient la tête allongée et un tronc puissant. Certains portaient des défenses presque aussi longues que leur corps et qui s'incurvaient comme les patins d'un traîneau. Des hommes les montaient à la manière des cornacs indiens.

— Impossible, s'exclama Schroeder.

Fascinée, Karla s'approcha pour regarder de plus près, oubliant dans sa hâte qu'elle servait de béquille à Schroeder qui s'affaissa sur un genou.

— Pardonne-moi, dit-elle alors qu'elle l'aidait à se relever. Sais-tu ce que signifient ces tableaux ? Que des populations à la civilisation avancée ont vécu sur cette île des milliers d'années avant que les Égyptiens aient bâti les Pyramides. Sans doute à l'époque où l'île était rattachée au continent. C'est déjà assez stupéfiant. Mais le fait qu'ils aient domestiqué des mammouths sauvages est tout simplement ahurissant. Mon article sur l'exploitation des mammouths par l'homme ne vaut pas tripette ! J'y affirmais que l'homme dépendait du mammouth comme source de nourriture et utilisait ses os et ses défenses pour fabriquer des outils et des armes. La réalité – nous l'avons sous les yeux – est que ces créatures sauvages leur servaient de bêtes de somme. La découverte scientifique du siècle. Tous les manuels sont à réécrire.

— Je partage ton enthousiasme, dit Schroeder, mais je pense que nous ne devons pas négliger le côté pratique car si nous ne sortons pas d'ici, cette découverte restera méconnue.

— Pardon, s'excusa-t-elle en s'arrachant à la contemplation des peintures murales, mais c'est tellement... Que faut-il faire ?

Schroeder balaya la paroi du faisceau de sa torche.

— Laissons nos amis nous le dire. Ces charmantes jeunes femmes portent des fleurs à l'intérieur de la montagne. Tâchons de découvrir d'où elles viennent et si cette galerie débouche sur l'extérieur. Tu t'en doutes, je ne concourrai pas pour les jeux Olympiques ; de plus notre torche faiblit.

— Tu as raison, approuva Karla. Partons avant que je ne change d'avis.

Ils se remirent en route et avaient fait à peine quelques pas quand retentirent à nouveau les voix des Russes : Grisha avait trouvé l'ouverture menant à la galerie principale. Schroeder n'avait plus qu'à faire demi-tour pour prendre la direction opposée.

Il se mit à courir, tant bien que mal, sans se soucier de sa cheville enflée, serra les dents et continua. S'appuyer sur Karla l'aidait mais, en même temps, le ralentissait. Il suggéra d'éteindre la torche, qui n'éclairait presque plus maintenant mais encore suffisamment pour servir de repère à leurs poursuivants, et se guida à l'aide de sa main libre le long de la paroi de la galerie, mais celle-ci semblait sans fin.

Rapidement, les voix se firent plus fortes : Grisha les talonnait. Schroeder essayait d'allonger le pas, ce qui exigeait de lui un effort qui lui faisait perdre le rythme et qui ne faisait que les ralentir.

— Je vois de la lumière, annonça Karla à la place des protestations auxquelles il s'attendait de sa part.

Schroeder essuya la sueur qui coulait dans ses yeux et scruta les ténèbres : devant eux, une vague pâleur, une pénombre tranchant sur l'obscurité totale. Cela le surprit : se serait-il trompé et les peintures murales les auraient-elles conduits vers l'extérieur ?

Ils avançaient sur un sol qui grimpait légèrement quand la galerie déboucha soudain dans une vaste caverne : elle était occupée, aussi loin que portait le regard, par des bâtiments d'un étage, au toit plat, édifiés dans un matériau brillant dont les reflets vert argenté baignaient la scène d'une lueur crépusculaire.

Des voix rauques retentirent derrière eux, les tirant de leur transe. Habités par un mélange de stupéfaction et d'appréhension, ils descendirent la longue rampe qui conduisait à la ville de cristal.

28

O*N TROUVE AU DIXIÈME ÉTAGE DU SIÈGE* de la NUMA un équivalent moderne de la célèbre Bibliothèque d'Alexandrie : un centre informatique qui, entouré de parois de verre, investit tout l'espace et possède une abondante bibliothèque numérique renfermant la totalité des ouvrages et articles ainsi que l'inventaire complet des faits scientifiques concernant les océans du monde ; l'ensemble est connecté à un réseau informatique ultrarapide capable de transférer en un clin d'œil des quantités phénoménales de données.

Ce centre abrite l'entité d'intelligence artificielle conçue par Hiram Yeager, l'as de l'informatique de la NUMA, qui baptisa lui-même son génial bébé « Max ». Et c'est aussi Yeager qui eut l'idée de représenter Max sous la forme d'une image holographique en trois dimensions avec des cheveux châtains, des yeux topaze et une douce voix féminine.

Paul Trout avait décidé qu'il ne flirterait pas avec l'image holographique de Max et qu'il utiliserait plutôt le tableau central de contrôle par lequel Yeager communiquait avec l'ordinateur ; il s'était installé dans une salle de réunion située un peu à l'écart et puisait parmi les vastes connaissances de Max grâce à un banal clavier relié à un écran de contrôle gigantesque qui tapissait une cloison entière. Autour de lui, assis à la même table d'acajou, Gamay, sa femme, le Dr Adler, spécialiste des vagues, et l'expert en électromagnétisme de la NUMA, Al Hibbet.

Trout les remercia d'être venus et leur expliqua qu'Austin et Zavala avaient été retenus ; puis en pianotant sur le clavier, il fit apparaître sur l'écran le visage mince et les mélancoliques yeux gris d'un homme brun.

— J'aimerais vous présenter ce gentleman, commença Trout, dont le génie motive notre réunion d'aujourd'hui. Je veux parler de Lazlo Kovacs, le brillant ingénieur électricien hongrois. Cette photo a été prise à la fin des années trente, à l'époque où il travaillait sur ses théories révolutionnaires de l'électromagnétisme. Et voici maintenant ce qui peut arriver quand la perversion s'empare d'un esprit scientifique exceptionnel. » Sur l'écran apparurent deux photos prises par satellite : à gauche, les vagues scélérates qui avaient englouti la *Belle du Sud*, à droite, le tourbillon géant vu de l'espace. Trout laissa les images faire leur effet. « Nous avons émis l'hypothèse que quelqu'un aurait pu utiliser des émissions électromagnétiques en s'appuyant sur les théorèmes de Kovacs pour provoquer ces perturbations. Comme vous le savez, Gamay et moi sommes allés à Los Alamos pour discuter avec une personne qui fait autorité sur les travaux de Kovacs. Il a confirmé nos soupçons quant à une intervention humaine et nous a laissé entendre que le genre de manipulation électromagnétique que nous avons observé pourrait fort bien causer une inversion des pôles.

— Je présume, avança Adler, qu'il s'agit d'une inversion des pôles magnétiques.

— Je le voudrais bien, soupira Gamay. Toutefois, nous risquons de nous trouver devant une inversion des pôles géologiques au cours de laquelle la croûte terrestre se déplace en fait sur son noyau.

— J'ai beau ne pas être géologue, je pressens dans tout cela les préludes d'une catastrophe, remarqua Adler.

— A vrai dire, fit Gamay avec un pâle sourire, nous parlons peut-être de la fin du monde.

Un lourd silence suivit cette déclaration puis Adler se racla la gorge.

— J'ai entendu le mot « peut-être ». Vous laisseriez-vous une certaine marge de manœuvre ?

— Je serais ravie, répondit Gamay, de pouvoir échapper complètement à cette situation. Mais vous avez raison de penser que nous nous sommes accordé une marge d'erreur. Nous ne savons pas avec exactitude quel crédit attribuer à notre source de Los Alamos, aussi Paul a-t-il trouvé un moyen de tester les théorèmes de Kovacs.

— Comment est-ce possible ?

— En recourant à une simulation, expliqua Trout, en recréant en laboratoire les conditions de la mer grâce à une machine à faire des vagues ou à un modèle informatique.

— Kovacs, intervint Hibbet, a rédigé ses théories de façon générale, il a laissé de côté certaines précisions.

— C'est vrai, reconnut Gamay. Mais Kovacs a publié, à compte d'auteur, le résumé détaillé de ses théorèmes qui avait servi de base pour les ouvrages que l'on trouve dans le commerce. Il n'en existe qu'un seul exemplaire.

— Si seulement nous l'avions, murmura Adler.

Gamay ne fit aucun commentaire et se contenta de faire glisser sur la table le dossier Kovacs.

Adler prit les documents avec précaution et remarqua au passage le nom inscrit sur la couverture : Lazlo Kovacs, et commença à feuilleter les pages jaunies.

— C'est en hongrois, dit-il.

— Un des traducteurs de la NUMA nous a fourni un exemplaire en anglais, le rassura Trout. Les mathématiques étant un langage universel, la traduction n'a pas posé de problème. En revanche, tester les théorèmes, c'était une autre histoire. Et puis je me suis souvenu de travaux effectués au Laboratoire national de Los Alamos par des chercheurs qui ont découvert comment tester les bombes nucléaires de notre arsenal sans violer les traités internationaux. Ils essaient les composants de la bombe en tenant compte de facteurs tels que la détérioration des matériaux et ils enregistrent ces données dans un ordinateur qui effectue une simulation. Je me propose d'en faire autant.

— Cela vaut certainement la peine d'essayer, approuva Hibbet.

Trout pianota sur le clavier et une image de la Terre apparut sur l'écran. Une section du globe, découpée comme un quartier d'orange, montrait les couches du noyau interne, le fer liquide de la partie extérieure du noyau, le manteau et l'écorce.

— Al, voudriez-vous commenter ce diagramme.

— Avec plaisir, répondit Hibbet. La Terre est comme un énorme aimant. La vitesse de rotation du noyau interne, de fer solide, est différente de celle du noyau externe, de fer en fusion. Ce mouvement crée un effet de dynamo qui engendre le champ magnétique qu'on appelle la géodynamo. » L'image suivante montrait un globe terrestre intact et des lignes partant d'un pôle dans l'espace avant de se recourber vers le pôle opposé. « Ce sont les lignes de force magnétique, expliqua Hibbet. Elles créent un champ qui nous permet d'utiliser la boussole. Plus important encore, la magnétosphère, qui entoure la Terre sur une distance d'environ soixante kilomètres, crée une barrière qui nous protège des radiations nocives des vents solaires et absorbe les particules mortelles qui, de l'espace, bombardent notre planète.

Trout passa ensuite à une nouvelle image informatique : une carte du globe. La surface de l'océan était parsemée de taches bleues et or.

— Dans les années 1990, des savants collectèrent tout ce qu'on savait sur le noyau en fusion de la Terre et enregistrèrent ces données dans un ordinateur, dit Trout. Ils y introduisirent toute sorte d'informations : température, dimensions, viscosité. Ils découvrirent alors que les pôles s'inversaient à peu près tous les cent mille ans, quand l'un d'eux commençait à s'affaiblir. Ce qui permet d'imaginer que nous sommes bons pour un nouveau cycle.

— La Terre subirait un renversement naturel des pôles ? s'étonna Adler.

— Apparemment, répondit Trout. Le champ magnétique de la Terre a commencé à se détériorer sérieusement il y a environ cent cinquante ans. Depuis lors, sa force a diminué de dix à quinze pour cent et la détérioration du champ n'a fait que s'accélérer. Si la tendance se poursuit, le principal champ magnétique devrait s'affaiblir et presque disparaître pour réapparaître avec une polarité inversée.

— Les aiguilles qui montrent le nord pointeraient alors vers le sud, précisa Hibbet.

— Exactement, confirma Trout. Une inversion des pôles magnétiques provoquerait une série de perturbations, mais l'impact serait minime. La plupart d'entre nous parviendraient à s'adapter et à survivre. Des études démontrent que les pôles magnétiques se sont souvent inversés.

— Hérodote a parlé du soleil se couchant là où normalement il se levait, ajouta Gamay. Les Hopis évoquaient le chaos consécutif au changement de position des jumeaux qui maintenaient la Terre en place. Probablement une interprétation d'anciennes inversions des pôles.

— Les légendes sont fascinantes et renferment souvent un grain de vérité, mais nous tous autour de cette table connaissons bien la méthode scientifique, observa Adler.

— C'est pourquoi je n'ai évoqué ni les voyantes ni les pseudo-scientifiques qui nous prédisent la fin du monde, répliqua Gamay. Le concept de l'inversion des pôles s'est trouvé amalgamé avec des théories concernant l'Atlantide et des astronautes de l'Antiquité.

— En tant que spécialiste des vagues, j'ai à faire à des forces de l'océan énormes, exprima Adler, mais envisager un déplacement touchant à la surface de tout un monde me semble tout simplement incroyable.

— En temps normal, je serais d'accord, répondit Gamay. Mais des paléontologues ont démontré, à l'étude des coulées de lave, que le sol s'est déplacé par rapport au nord magnétique de la Terre. L'Amérique du Nord se situait anciennement très bas dans l'hémisphère sud et chevauchait l'équateur. Einstein pensait qu'une certaine accumulation de glace sur la calotte polaire pourrait provoquer une inversion des pôles. Selon d'autres savants une profonde réorganisation des plaques tectoniques de la Terre se serait produite il y a environ cinq cents millions d'années ; les anciens pôles nord et sud s'étaient installés vers l'équateur où ces points sont devenus les pôles actuels.

— Ce processus s'étend sur des millions, voire même des milliards d'années, observa Adler.

— Et c'est pourquoi, intervint alors Trout pour réorienter la discussion sur la simulation informatique, nous devrions regarder de plus près le présent. L'image sur l'écran montre les champs magnétiques terrestres : les taches bleues désignent les champs orientés vers l'intérieur, les dorées, ceux qui sont orientés vers l'extérieur. La marine britannique conserve depuis trois cents ans dans ses archives la trace du nord réel et du nord magnétique, ce qui constitue une assez bonne banque de données. Et ici, nous découvrons un accroissement du nombre des îlots bleus.

— Ce qui indiquerait des anomalies magnétiques là où le champ est orienté dans le mauvais sens, suggéra Hibbet.

— La grande tache de couleur, c'est l'anomalie de l'Atlantique Sud où le champ s'oriente déjà dans le mauvais sens, précisa Trout. L'ampleur de l'anomalie s'est accélérée depuis le début du siècle. Cela corrobore les relevés de Magsat qui révèlent des zones faibles en Arctique et au-dessous de l'Afrique du Sud. Ces observations confirment les simulations informatiques qui montrent l'amorce possible d'un basculement.

— Vous avez exposé de façon convaincante que des inversions des pôles géologiques et magnétiques ont pu se produire, reprit Adler. Mais nous évoquons en ce moment la possibilité que l'homme précipite un pareil processus. C'est beaucoup d'orgueil que de nous prêter un tel pouvoir. L'homme peut bien des choses mais nos misérables efforts sont incapables de déplacer la totalité de la surface de notre planète.

— Ça paraît fou, n'est-ce pas ? fit Trout avec un sourire un peu crispé. » Il se tourna vers Hibbet. « Vous êtes notre expert en électromagnétisme. Qu'en pensez-vous ?

— J'ignorais totalement que les anomalies des mers australes s'étaient accrues aussi rapidement, répondit Hibbet après avoir contemplé l'écran. » Il réfléchit un moment puis reprit en choisissant ses mots avec soin. « Les recherches de Lazlo Kovacs touchaient en fait aux rapports de la matière et de l'énergie. Il a découvert que la matière oscille entre le stade de la matière proprement dite et celui de l'énergie. L'énergie n'obéit pas aux lois du temps et de l'espace, aussi le passage d'une phase à l'autre est-il instantané. Et la matière se laisse conduire par l'énergie. Pour aborder cette question, il nous faut considérer ce qui constitue le champ électromagnétique de la Terre. Si l'énergie électromagnétique subit une transformation, la matière – en l'occurrence, l'écorce terrestre – peut elle aussi en subir une.

— Donc, selon vous, une inversion des pôles géologiques est possible, résuma Gamay.

— Selon moi, une inversion des pôles magnétiques provoquée par l'homme, phénomène intense et de courte durée, risque de précipiter un mouvement géologique irréversible, surtout alors qu'une inversion se prépare. Il suffit d'un rien. Une augmentation, ou une décharge, de l'énergie électromagnétique qui modifierait le champ pourrait entraîner des modifications dans la matière. Des perturbations cycloniques de l'écorce terrestre ou du champ magnétique ont pu être responsables des vagues scélérates ou des tourbillons, mais cela n'a rien à voir avec le lent déplacement des plaques tectoniques. La structure de la planète tout entière pourrait, en un instant, se modifier.

— Avec quels résultats ? s'enquit Gamay.

— Catastrophiques. Si l'écorce glissait sur le noyau en fusion, la force d'inertie entrerait en jeu. L'inversion créerait des tsunamis qui balaieraient des continents ainsi que des vents plus puissants que n'importe quel ouragan. On verrait des tremblements de terre et des éruptions volcaniques avec d'énormes coulées de lave. Il y aurait des changements climatiques radicaux et des tempêtes de radiations. Et peut-être même, reprit-il après une pause, des espèces disparaîtraient-elles.

— On a observé au cours des dernières décennies, dit Gamay, une recrudescence des phénomènes violents. S'agirait-il de signes annonciateurs ?

— Peut-être, fit Hibbet.

— Avant de céder à la panique, revenons aux faits, suggéra Trout. J'ai pris comme base les simulations d'inversion des pôles de Caltech et de Los Alamos. J'ai entré dans l'ordinateur le rapport sur les perturbations océaniques préparé par le Dr Adler ainsi que les données fournies par Al sur l'utilisation des émissions électromagnétiques à basses fréquences. Nous avons simulé également des conditions de courants en fusion dans le noyau de la Terre là où se forment les champs magnétiques. Les documents de Kovacs viennent compléter l'équation. Si nous sommes tous prêts..., fit-il en pianotant sur le clavier.

Le globe disparut de l'écran et fut remplacé par un message.

BONJOUR, PAUL. COMMENT SE PORTE LE PLUS ÉLÉGANT DES MEMBRES DE L'ÉQUIPE DES OPÉRATIONS SPÉCIALES ?

Max avait reconnu son mot de passe, et Trout se tortilla sur son siège, regrettant l'époque où les ordinateurs n'étaient que des machines stupides. Il tapa :

BONJOUR, MAX. NOUS SOMMES PRÊTS POUR LA SIMULATION INFORMATIQUE.

S'AGIT-IL D'UN EXERCICE THÉORIQUE, PAUL ?

NON.

Max marqua une pause de quelques secondes, réaction inhabituelle pour un ordinateur à haut débit.

ON NE PEUT PAS LAISSER CET ÉVÉNEMENT SE PRODUIRE.

Trout relut le message. Était-ce son imagination ou Max semblait-elle réellement inquiète ? Il tapa :

POURQUOI PAS ?

PARCE QU'IL EN RÉSULTERAIT LA DESTRUCTION TOTALE DE LA TERRE.

Trout avala sa salive avant de taper :

COMMENT ?

REGARDE.

Le globe réapparut sur l'écran : les taches dorées sur les océans commencèrent à se déplacer et la tache rouge dans l'Atlantique Sud se rattacha à d'autres taches de la même couleur jusqu'à recouvrir la totalité de la surface maritime entre l'Amérique du Sud et l'Afrique du Sud. Puis les continents bougèrent : l'Amérique du Nord et l'Amérique du Sud pivotèrent de 180° si bien qu'elles se côtoyèrent. Les points, marqueurs jadis de l'équateur, devinrent les pôles Nord et Sud. De violents phénomènes de surface – comme une éruption virulente généralisée – se manifestèrent partout sur le globe.

Trout tapa une autre question et retint son souffle.

EXISTE-T-IL UN MOYEN DE NEUTRALISER CE PROCESSUS ?

OUI. NE PAS LE LAISSER COMMENCER CAR ON NE PEUT PAS L'ARRÊTER.

Y A-T-IL UN MOYEN DE STOPPER L'INVERSION ?

JE NE DISPOSE PAS DE DONNÉES SUFFISANTES POUR RÉPONDRE A CETTE QUESTION.

Trout comprit qu'il ne pouvait pas aller au-delà et se tourna vers ses collègues. Adler et Hibbet ressemblaient aux hommes qu'on vient de condamner au peloton d'exécution. Gamay était tout aussi stupéfaite, mais gardait un visage calme et un regard déterminé.

— Quelque chose là-dedans ne tient pas debout. Pourquoi commettre un acte qui signifierait la fin du monde et celle de son instigateur ?

— Peut-être, avança Trout en se grattant le menton, l'éternelle tentation de jouer avec le feu. Peut-être ne *se rendent-ils pas compte* du danger qu'implique ce qu'ils préméditent.

Gamay secoua la tête.

— L'entêtement de l'espèce humaine ne cessera jamais de m'étonner.

— Courage, répondit Trout. Pardonne-moi cet humour macabre, mais, si les choses vont à leur terme, il n'y aura plus d'espèce du tout.

29

LA PLUPART DES AMÉRICAINS que le capitaine Ivanov avait rencontrés étaient des touristes en excursion dans la mer de Sibérie : la cinquantaine, aisés, armés de jumelles et d'appareils photo, ils étaient prêts à toutes les audaces pour capter dans leur objectif un oiseau, rare ou non. Mais les deux hommes descendus du ciel pour s'embarquer sur son bateau n'étaient pas de ceux-là.

L'hydravion qui transportait Austin et Zavala avait rejoint le brise-glace russe *Kotelny* au nord-ouest de l'île Wrangel et amerri à quelques centaines de mètres. Le capitaine Ivanov fit mettre un canot à la mer pour aller chercher ses passagers ; il attendait avec curiosité sur le pont ces Américains aux relations politiques assez puissantes pour transformer son navire en ferry personnel.

Le premier qui monta à bord avait de larges épaules, des cheveux blond pâle et des yeux bleu clair qui ressortaient sur son visage énergique et bronzé. Le suivait un homme plus mince, au teint mat, à la démarche souple et athlétique, souvenir du temps où il était le champion de boxe de son collège.

Le capitaine s'avança pour se présenter. Tout irrité qu'il fût, il respectait scrupuleusement les coutumes des gens de mer. La poignée de main qu'il échangea avec les nouveaux venus était ferme et, derrière les sourires aimables, le capitaine décela une assurance tranquille qui lui confirma que ces gaillards n'étaient pas là pour observer les oiseaux.

— Merci de nous accueillir à bord, capitaine Ivanov, dit l'homme aux yeux bleus. Je m'appelle Kurt Austin et voici mon ami et partenaire Joe Zavala. Nous appartenons tous deux à la NUMA, la National Underwater and Marine Agency.

L'expression du capitaine se radoucit. Durant ses nombreuses années passées en mer, il avait rencontré à plusieurs reprises des scientifiques de la NUMA et il avait été impressionné par les navires de l'Agence et le professionnalisme de ses collaborateurs.

— C'est un honneur pour moi de vous recevoir, répondit-il avant d'ordonner à son second de reprendre la route.

Puis le capitaine invita ses passagers dans sa cabine et tira d'une armoire à liqueurs une bouteille de vodka.

— Dans combien de temps serons-nous en vue de la terre ? demanda Austin.

— Nous arriverons au large de l'île d'Ivoire d'ici à deux heures environ, répondit le capitaine.

— Alors, nous nous passerons de vodka pour le moment. Est-il possible d'atteindre l'île plus rapidement ?

Le capitaine se rembrunit : NUMA ou pas, changer de route pour revenir vers l'île l'avait agacé, et il n'était pas ravi des ordres qu'il avait reçus du commandement de la Marine spécifiant qu'il devait se plier à toutes les exigences de ses visiteurs, quelles qu'elles fussent.

— Oui, bien sûr, si nous augmentons la vitesse, dit-il. Mais je n'ai pas l'habitude que des étrangers me dictent comment diriger mon navire.

Le ton acide du capitaine n'échappa pas à Austin.

— Après tout, si nous prenions cette vodka, qu'en dis-tu, Joe ?

— Ma foi, observa Zavala, le soleil n'est pas loin de se coucher.

Le capitaine emplit trois verres à ras bord et servit ses invités. Ils trinquèrent, et les hommes de la NUMA vidèrent leur verre d'un trait sous le regard impressionné du capitaine qui pensait – et espérait – les voir s'étrangler en avalant cet alcool corsé.

Austin le félicita de la qualité de sa vodka et ajouta :

— Pardonnez-nous, capitaine, d'avoir dérouté votre navire, mais il est capital que nous atteignions l'île d'Ivoire aussi vite qu'il est humainement possible.

— Mais si vous êtes pressés, pourquoi ne pas y être allés en hydravion ?

— Pour arriver sans nous faire remarquer, expliqua Austin.

— Le *Kotelny* n'est pas exactement invisible, rétorqua Ivanov en riant.

— Très juste. C'est pourquoi le bateau devra rester hors de vue. Nous terminerons le trajet par nos propres moyens.

— Comme vous voulez. L'île d'Ivoire est un endroit isolé et vous n'y trouverez que quelques scientifiques lancés dans une expédition insensée : ils veulent cloner des mammouths !

— Cette expédition, fit Austin, est précisément la raison de notre présence ici car nous pensons que l'un de ces scientifiques, une jeune femme du nom de Karla Janos, est en danger.

— Mademoiselle Janos était passagère du *Kotelny*. Quel genre de danger court-elle ?

— Il y a probablement sur l'île des gens qui en veulent à sa vie.

— Je ne comprends pas.

— Nous n'avons pas beaucoup de détails. Nous savons seulement que nous devons arriver là-bas le plus tôt possible.

Le capitaine Ivanov décrocha le téléphone de bord et donna l'ordre à la salle des machines de pousser la vitesse. Austin haussa les sourcils. Karla devait être une jeune femme remarquable car elle avait, de toute évidence, fait la conquête du vieux loup de mer russe.

— J'ai encore une autre requête si vous permettez, reprit Austin. Y aurait-il sur le pont une partie dégagée où Joe et moi pourrions travailler sans gêner l'équipage ?

— Oui, bien sûr, à l'arrière. Il y a toute la place que vous voulez.

— Nous avons à bord deux gros sacs. Pourriez-vous demander qu'on les dépose à l'arrière ?

— Je donne l'ordre immédiatement.

— Encore une chose, ajouta Austin en se levant.

Les exigences de ces Américains semblaient ne pas avoir de fin.

— Oui, lâcha-t-il d'un ton bourru.

— Ne rangez pas la bouteille, fit Austin en souriant. Pour fêter le retour, saine et sauve, de mademoiselle Janos.

L'air maussade du capitaine céda la place à un large sourire assorti de claques dans le dos à leur briser les reins. Il les entraîna ensuite sur le pont où il réunit deux ou trois hommes d'équipage pour transporter les sacs derrière la superstructure.

Le capitaine parti vaquer à ses occupations, les marins, fascinés, regardèrent Austin et Zavala sortir de leurs bagages un cadre métallique circulaire.

Le sac à dos renforcé par une armature d'aluminium renfermait un petit moteur deux temps, un bidon d'essence de dix litres et une hélice à quatre pales. Austin et Zavala fixèrent le cadre à un siège étroit, puis attachèrent les cordons du cadre à une toile de nylon qu'ils déployèrent sur le pont. Ils venaient, en quelques instants, d'assembler un parapente.

Zavala qui avait piloté toute sorte d'appareils, jeta à l'engin un coup d'œil sceptique.

— Ça ressemble au croisement d'un ventilateur et d'un fauteuil de coiffeur.

— Désolé, répliqua Austin, je n'ai pas réussi à faire entrer un hélicoptère dans un sac à dos.

— Nous ferions mieux d'aller chercher notre équipement, conclut Zavala en secouant la tête.

Le reste de leurs bagages avait été rangé dans une cabine. Austin prit un baudrier dans son sac, vérifia que son revolver Bowen était bien chargé et glissa quelques munitions supplémentaires dans une banane. Pour cette mission, Zavala avait choisi un Heckler & Koch 45 spécialement conçu pour les Forces spéciales. Ils se munirent également d'un GPS, d'une boussole, de radios portables, d'une trousse d'infirmerie et d'un matériel d'urgence. A la place du gilet de sauvetage, trop encombrant, ils portaient une ceinture gonflable et, pour se protéger de l'humidité, une combinaison étanche par-dessus leurs vêtements de laine.

Un matelot frappa à la porte, porteur d'un message : le capitaine les invitait à monter dans le poste de pilotage. Ivanov les attendait devant un radar pour leur montrer sur l'écran un bip allongé.

— Voici l'île d'Ivoire, à une dizaine de kilomètres. Jusqu'à quelle distance voulez-vous que nous nous approchions ?

Une légère brume montait de l'eau verte parsemée de glaçons. Le ciel était couvert. La visibilité ne dépassait pas un mille.

— Que quelqu'un surveille l'horizon à la jumelle, répondit Austin. Quand il apercevra l'île, jetez l'ancre.

Le capitaine déploya une carte.

— Le port principal se trouve sur la côte sud de l'île, mais il y a dans ce périmètre de nombreuses anses et petites criques.

Après avoir discuté avec Zavala, Austin décida d'explorer le campement de l'expédition puis de remonter la rivière vers l'intérieur.

— Notre réserve de carburant nous permet de tenir l'air environ deux heures, il nous faudra donc limiter nos recherches, déclara Austin.

Ils finissaient d'étudier une nouvelle fois leur plan quand la vigie annonça que l'île était en vue.

— Joe et moi vous remercions encore de votre aide, dit Austin au capitaine.

— Mademoiselle Janos me rappelle ma propre fille, répondit le capitaine, alors, je vous en prie, faites tout votre possible pour elle.

A la demande d'Austin, le navire fut positionné arrière au vent et une partie du pont dégagée pour le décollage. Austin constata avec plaisir que le vent ne soufflait pas à plus de quinze kilomètres à l'heure ; plus fort, il les aurait en effet repoussés, mais il ne négligeait pas pour autant le fait que, dans les airs, la vitesse du vent serait supérieure.

Ils s'entraînèrent d'abord sans la toile, l'important, pour un décollage en tandem, étant de courir avec des mouvements synchronisés puis de démarrer en douceur.

— Ça n'était pas si mal, déclara Austin après une première tentative quelque peu incertaine.

Zavala jeta un coup d'œil vers l'équipage qui avait suivi leurs essais avec un mélange d'amusement et de consternation.

— Je parie que nos amis russes n'ont encore jamais vu de canard à quatre pattes.

— Cette fois, nous allons faire mieux, assura Austin.

Mais ils trébuchèrent à mi-course ; enfin, les deux tentatives suivantes furent presque parfaites. Ils déployèrent alors la toile, tendirent les filins et les attachèrent à leur sac à dos. Austin actionna le démarreur et le moteur se mit à ronronner doucement. La toile, gonflée par le souffle de l'hélice, se souleva au-dessus du pont. Austin tourna la manette des gaz pour emballer le moteur et ils amorcèrent leur course à quatre jambes vers l'arrière et contre le vent. Les trois cents mètres carrés de toile prirent le vent et les firent bondir dans les airs.

Dès qu'ils eurent pris un peu de hauteur, Austin augmenta la puissance ; le parapente, ralenti par leur tandem, s'éleva poussivement, puis finit quand même par atteindre une altitude de cent cinquante mètres. Austin abaissa l'aileron en tirant sur le filin gauche et le parapente vira sur la gauche. Ils se dirigèrent alors vers l'île à une vitesse de quarante kilomètres à l'heure.

Une fois à l'approche, Austin tira simultanément sur les deux ailerons et l'appareil amorça sa descente. Ils survolèrent la pointe est de l'île, qui protégeait le port, et virèrent lentement jusqu'à la plage déserte, vers la rivière qu'ils avaient repérée sur les cartes. Austin aperçut un objet près du cours d'eau mais la brume dans laquelle ils volaient ne lui permit pas d'en distinguer les détails.

— Un corps ! Là-bas ! cria Zavala.

Austin descendit un peu plus : le corps gisait dans un petit radeau de sauvetage gonflable qui avait été tiré sur la berge, hors d'atteinte du courant ; il avait des cheveux longs et gris. Austin vira contre le vent, coupa le moteur et tira sur les deux freins.

L'aile était censée jouer le rôle de parachute pour permettre un atterrissage debout. Mais ils arrivaient trop vite et de trop haut. Leurs genoux se dérobèrent sous eux et ils se retrouvèrent le nez dans le sable ; en tout cas, ils avaient atteint leur but.

Ils affalèrent l'aile, se dégagèrent du sac à dos et s'approchèrent du corps, celui d'une femme, recroquevillé dans le radeau. Austin s'agenouilla et lui tâta le pouls : il était faible mais elle vivait. Zavala et lui, en la couchant sur le dos, découvrirent du sang sur son blouson, près de l'épaule gauche. Austin attrapa la trousse de secours pendant que Zavala examinait la blessure. La femme poussa un gémissement et ses yeux s'emplirent de terreur quand elle aperçut les deux étrangers.

— Ne vous inquiétez pas, la rassura Zavala. Nous sommes ici pour vous aider.

Austin porta sa gourde jusqu'aux lèvres de la rescapée et lui fit boire une gorgée d'eau.

— Je m'appelle Kurt et voici mon ami Joe, déclara Austin quand il eut constaté qu'elle avait repris des couleurs. Pouvez-vous nous dire votre nom ?

— Maria Arbatova, fit-elle d'une voix faible. Mon mari..., commença-t-elle, mais elle ne termina pas sa phrase.

— Vous faites partie de l'expédition, Maria ?

— Oui.

— Où sont les autres ?

— Morts. Tous morts.

Austin ressentit comme un coup de pied dans l'estomac.

— Et la jeune femme ? Karla Janos ?

— Je ne sais pas, ils l'ont emmenée.

— Ceux qui ont tiré sur vous ?

— Oui. Des chasseurs d'ivoire. Ils ont tué Sergeï, mon mari, et les deux Japonais.

— Où cela s'est-il passé ?

— Près de l'ancien lit de la rivière. Je me suis traînée jusqu'au camp et j'ai mis le radeau à l'eau.

Là-dessus, elle battit des paupières et s'évanouit.

Ils examinèrent alors plus attentivement son épaule : la blessure n'était pas fatale, mais Maria avait perdu beaucoup de sang. Zavala nettoya et pansa la plaie tandis qu'Austin appelait le *Kotelny* sur sa radio portative.

— Nous avons trouvé une femme blessée sur la plage, annonça-t-il au capitaine.

— Mademoiselle Janos ?

— Non. Maria Arbatova, une des scientifiques de l'expédition. Elle a besoin de soins.

— J'envoie immédiatement un canot avec le médecin du bord.

Austin et Zavala installèrent Maria le plus confortablement possible, puis le canot arriva avec le médecin et deux hommes d'équipage. Ils embarquèrent la femme et repartirent vers le brise-glace.

Austin et Zavala se harnachèrent de nouveau au parapente et décollèrent beaucoup plus en douceur que du *Kotelny* ; ils suivirent de haut le cours d'eau tout en guettant les chasseurs d'ivoire que leur avait signalés Maria. Quelques minutes plus tard, ils atterrirent sans heurt sur le permafrost non loin des vieux hangars. Arme au poing, ils s'avancèrent avec précaution.

Couvert par Joe, Austin inspecta la tente principale. Il y avait des coquilles d'œufs cassées dans la poubelle, reliefs d'un petit déjeuner récent. Ils regardèrent rapidement l'autre tente, plus petite, puis se dirigèrent vers les cabanes. Aucune n'était fermée sauf une. Ils firent sauter le cadenas avec un caillou ; il tint bon, mais les clous plantés dans le bois pourri cédèrent. Ils ouvrirent la porte et entrèrent, accueillis par des relents musqués. Le rai de lumière provenant de la porte ouverte éclaira, étendue sur une table, une créature couverte de fourrure.

— Voilà quelque chose qu'on ne voit pas au zoo de Washington, me semble-t-il, lança Zavala.

Austin se pencha sur la carcasse gelée pour examiner le tronc trapu et les petites défenses.

— Il faudrait y ouvrir une galerie préhistorique, parce que cela ressemble fort à un bébé mammouth.

— L'état de conservation est incroyable, observa Zavala, comme s'il avait été congelé.

Ils inspectèrent l'animal encore quelques minutes puis ressortirent. Austin remarqua sur le permafrost des traces de bottes qui menaient à un sentier longeant la rivière. Ils installèrent le parapente sur une petite colline d'où ils décollèrent pour survoler les sinuosités du cours d'eau, estimant que Maria Arbatova n'en était pas très éloignée quand on avait tiré sur elle. Austin aperçut alors trois corps gisant près d'un embranchement au fond d'un canyon étroit. Il tourna autour de la zone mais, ne voyant aucune trace des chasseurs d'ivoire, il dirigea le parapente près du bord de la gorge.

Ils descendirent à pied jusqu'aux corps. Les trois hommes avaient été abattus. Austin serra les dents et le regard de ses yeux bleus se durcit. Il imagina la fuite épuisante de Maria Arbatova et se jura de faire payer le responsable.

Zavala était penché sur des empreintes dans le sable.

— Ces types ne se sont même pas donné la peine d'effacer leurs traces. On ne devrait pas avoir de mal à suivre leur piste.

— Allons donc les saluer, proposa Austin.

Ils avancèrent sans bruit, arme au poing, et suivirent les traces le long des méandres du ravin. Au détour d'un virage, ils tombèrent sur un quatrième cadavre.

Zavala s'agenouilla auprès du mort.

— Une blessure au couteau entre les omoplates. Bizarre. Ce monsieur n'a pas été abattu comme les autres. Je me demande qui c'est.

Austin retourna le corps et observa le visage mal rasé.

— Pas le genre à siéger à la chambre de commerce.

Ils repérèrent sur le sol des traces de lutte ainsi que des marques de pas s'éloignant du corps, parmi lesquelles Austin crut distinguer des empreintes plus petites probablement faites par des bottes de femme. Redoublant de précaution, ils s'enfoncèrent encore plus avant dans la gorge et finirent par déboucher sur un endroit où les traces de pas s'arrêtaient et où la berge avait été démolie.

Ils quittèrent le canyon et reprirent le sentier sur le permafrost. La campagne était plate et la vue portait à des kilomètres, mais aucun signe de vie à part quelques oiseaux de mer qui tournoyaient au-dessus de leurs têtes. Le chemin les mena à une petite vallée ; ils la suivirent et, un peu plus tard, tombèrent sur l'entrée d'une caverne.

— On a creusé par là, déclara Zavala.

— Bien vu, Sherlock, apprécia Austin tout en ramassant un marteau-piqueur relié à un compresseur mobile posé sur le sol à proximité.

Zavala inspectait des débris calcinés autour de l'excavation.

— Élémentaire, mon cher Watson. On a foré également ici.

— Même pas une heure que je suis sur l'île d'Ivoire, déclara Austin, et je la déteste déjà. » Il se coula par l'orifice et ressortit une minute plus tard en secouant la tête. « Ce serait du suicide : nous ne savons pas où ça mène et nous n'avons même pas de torche.

Ils revinrent auprès du parapente, appelèrent le brise-glace et demandèrent à Ivanov d'envoyer des hommes – armés, conseilla Austin – pour ramasser les morts et apporter des torches électriques. Conscient de l'intérêt que le capitaine portait à Karla, Austin précisa qu'il espérait que la jeune femme était toujours en vie. Le capitaine annonça qu'on avait soigné Maria Arbatova et qu'elle allait bien. Ils se souhaitèrent mutuellement bonne chance et raccrochèrent.

Quelques minutes plus tard, le parapente décollait d'un tertre avec toute la grâce d'un albatros. Ils prirent de l'altitude et tournèrent autour de l'île. Austin avait eu beau soigneusement examiner les cartes, il était surpris par les dimensions de l'île : la surface à couvrir était importante pour un appareil dont la vitesse de croisière ne dépassait pas quarante kilomètres à l'heure.

Austin, prenant comme centre leur point de décollage, décrivit une spirale de plus en plus ample afin d'élargir l'étendue à surveiller. Mais rien, rien que la monotonie du permafrost. Il se résignait déjà à regagner la plage pour y retrouver le canot du *Kotelny* quand Zavala lui cria quelque chose à l'oreille.

En regardant dans la direction que lui indiquait le doigt de Zavala, Austin distingua une piste bien marquée qui menait au flanc du volcan. En changeant de cap, ils constatèrent qu'il ne s'agissait pas d'un accident de terrain mais de lacets taillés dans le flanc de la montagne. Austin crut y voir la main de l'homme.

— Une route ? avança-t-il.

— C'est ce que je pensais. Tu veux vérifier ?

Question bien inutile : Austin avait déjà viré de bord et ils planaient vers le bord du cratère.

30

UNE ANTIQUE MÉTROPOLE QUADRILLAIT le socle de la gigantesque caverne souterraine coiffée d'un dôme imposant ; le soleil n'y pénétrant jamais, la ville aurait été plongée dans une obscurité totale n'eût-ce été la lumière d'un vert argenté qui rayonnait de chaque construction, de chaque rue.

— Comment tout cela peut-il luire ainsi ? s'étonna Schroeder qui boitillait auprès de Karla.

— J'ai étudié en cours de géologie les minéraux émetteurs de lumière. Certains, expliqua Karla, brillent sous l'influence de rayons ultraviolets, d'autres à cause de radiations ou lors d'une modification chimique. Mais ici, si notre hypothèse d'un ancien volcan est exacte, il s'agit probablement d'un effet thermoluminescent dû à la chaleur.

— Une chambre de magma alors ? avança Schroeder.

— C'est possible mais, franchement, je ne sais pas. Je ne suis absolument sûre que d'une seule chose.

— Laquelle, ma chère enfant ?

Elle contemplait les édifices scintillants qui se dressaient de tous côtés.

— Nous sommes des étrangers dans un pays étrange.

Après avoir quitté le tunnel menant à la ville, ils étaient passés sous une saillie située au pied d'une large rampe qui aboutissait à une grande place au milieu de laquelle d'énormes blocs de pierre composaient une pyramide élevée ; un motif décoratif, une longue procession de mammouths domestiqués – aux couleurs moins vives que dans le tunnel d'accès –, l'ornait sur toute sa hauteur. Karla supposa qu'ils se trouvaient devant un temple, ou une plate-forme, d'où prêtres et orateurs s'adressaient au peuple rassemblé sur la place.

Un boulevard pavé, d'une quinzaine de mètres de large, conduisait au cœur de la cité. Ils avaient arpenté cette grande artère tels deux touristes fascinés par les brillantes lumières de Broadway. Ces édifices bien plus bas certes que les gratte-ciel de Manhattan – trois étages tout au plus – constituaient cependant, compte tenu de leur âge présumé, des merveilles architecturales.

Des piédestaux bordaient la promenade, mais les statues qu'ils supportaient jadis gisaient en tas de pierres méconnaissables, comme si des vandales les avaient poussées de leur socle.

Schroeder laissa sa cheville endolorie se reposer un peu, puis, avec Karla, explora deux ou trois constructions : ils les trouvèrent aussi vides que si on en avait balayé le contenu.

— De quand daterais-tu ce site ? demanda Schroeder tandis qu'ils s'avançaient dans la ville.

— A chaque tentative, je me perds dans les contradictions. Ces décorations murales, où l'on voit coexister des hommes et des mammouths, renvoient au pléistocène, soit entre un million huit cent mille et dix mille ans ; or, même en nous en tenant à la date la plus récente de dix mille ans, un tel degré de civilisation demeure stupéfiant. On suppose en effet depuis toujours que l'espèce humaine n'a quitté son état primitif que beaucoup plus tard : la civilisation égyptienne ne date que de cinq mille ans.

— A qui, selon toi, devons-nous cette merveilleuse cité ?

— Aux Sibériens de l'Antiquité, alors que l'île était reliée à une plate-forme arctique prolongeant le continent. Sans image de bateau – je n'en ai vu aucune – je ne peux pas parler d'une société insulaire. En tout cas, d'après ce que nous avons sous les yeux, il s'agissait d'une ville prospère.

— Alors, pourquoi a-t-elle périclité ?

— Peut-être que ce n'est pas le cas. Peut-être qu'elle s'est tout simplement installée ailleurs pour devenir la base d'une autre société. On a la preuve que l'Amérique du Nord a été peuplée aussi bien par des Européens que par des Asiatiques.

Schroeder songeait à tout ce qu'impliquait l'analyse de Karla quand des voix excitées se mirent à crier aux portes de la cité. Il se retourna et vit des points lumineux bouger sur la place : les chasseurs d'ivoire venaient à leur tour de découvrir la ville souterraine.

— Ainsi à découvert, remarqua Schroeder, nous offrons une cible idéale, mais nous les sèmerons sans mal si nous abandonnons cette superbe avenue.

Il se glissa dans un passage qui menait à une petite rue latérale dont les bâtiments, plus modestes et dotés d'un seul étage, ressemblaient davantage à des résidences que les édifices imposants bordant l'artère principale.

Grâce à son passé de soldat, Schroeder évalua avec précision les possibilités défensives de l'immense labyrinthe de rues qu'était en fait la ville : même avec le halo lumineux qui baignait tout, il suffisait de rester sur ses gardes et de se déplacer sans cesse pour que leurs poursuivants ne les rattrapent jamais. Mais Schroeder savait aussi que Karla et lui ne pourraient pas courir indéfiniment, qu'ils se retrouveraient bientôt à court de vivres, d'eau, ou de chance.

Il décida de gagner l'autre extrémité de la ville car il espérait, la qualité de l'air étant relativement bonne, qu'il existait une autre issue. Ceux qui avaient bâti cette métropole souterraine semblaient l'avoir fait avec logique et raison, et il paraissait donc raisonnable de tabler sur plusieurs accès. Ils avaient déjà traversé une bonne moitié de la cité quand Karla poussa un cri de frayeur en serrant très fort le bras de Schroeder.

— Qu'est-ce qu'il y a ? s'inquiéta-t-il en saisissant machinalement son fusil.

Il jeta un coup d'œil aux fenêtres des façades silencieuses comme s'il s'attendait à y découvrir les visages ricanants des chasseurs d'ivoire.

— J'ai vu quelque chose passer dans la rue en courant.

Schroeder regarda dans la direction qu'elle lui indiquait du doigt. Les bâtiments avaient beau produire leur propre lumière, leur implantation était trop serrée pour éclairer les intervalles étroits qui les séparaient.

— Quelque chose ou quelqu'un ?

— Je... je ne sais pas. Peut-être, avoua-t-elle en riant, que je suis restée trop longtemps sous terre.

— Attends-moi ici. » Le doigt sur la détente, il avança jusqu'à l'allée, passa la tête au coin de la rue et alluma sa torche. Quelques secondes plus tard, il fit demi-tour. « Rien, dit-il.

— Pardon, mon imagination, probablement.

— Viens, reprit-il, et il entraîna Karla vers la rue.

— Où vas-tu ? s'étonna-t-elle.

— S'il y a réellement quelque chose par ià, il vaut mieux que nous lui tombions dessus par surprise et non le contraire.

Karla hésita : son premier réflexe aurait été de s'enfuir dans la direction opposée. Mais Schroeder avait l'air de savoir ce qu'il faisait et elle s'empressa de lui emboîter le pas.

L'allée débouchait sur une autre rue bordée elle aussi de bâtiments, et tout aussi déserte. Schroeder, se fiant à son sens de l'orientation, continua vers ce qu'il espérait être la sortie de la ville. Quelques pâtés de maisons plus loin, il s'arrêta soudain et épaula son fusil un instant.

— Cet étrange éclairage me rend fou, maugréa-t-il en se frottant les yeux. C'est moi maintenant qui ai des visions. J'ai aperçu quelque chose qui traversait la rue.

— Je l'ai vu moi aussi, le rassura Karla. C'était gros... Pas humain, je crois.

— Tant mieux, fit Schroeder en reprenant sa marche, parce que nous n'avons pas eu tellement de chances avec les humains ces derniers temps.

Les narines de Karla perçurent alors des relents musqués, les mêmes que ceux qui flottaient dans la cabane abritant le bébé mammouth.

— Ça sent la basse-cour, ajouta Schroeder tout en empruntant une autre rue où l'odeur de boue, d'animaux et de fumier devenait de plus en plus forte.

Ils débouchèrent alors sur une esplanade semblable à celle qui commandait l'accès de la cité : rectangulaire, large d'une soixantaine de mètres et dominée par une pyramide d'environ quinze mètres de haut.

Mais – et c'est ce qui attira immédiatement l'attention de Karla – contrairement à l'autre place qui, comme le reste de la ville, était pavée de pierres lumineuses, ce nouvel espace semblait couvert d'une épaisse couche de pousses et de mauvaises herbes qui rappela à Karla les pelouses mal entretenues de certains jardins publics. Idée absurde, compte tenu de l'absence de soleil ; aussi, mue par sa curiosité naturelle, s'approcha-t-elle de la pyramide.

La végétation commença alors à s'agiter.

Schroeder qui, avec l'âge, distinguait mal les détails dans la pénombre, perçut quand même ce mouvement ; ses vieux réflexes s'activèrent : on lui avait enseigné qu'un rideau de plomb constituait la meilleure protection contre une menace potentielle. Il se plaça donc devant Karla, cala son fusil contre sa hanche et, le doigt sur la détente, s'apprêta à arroser la place d'une grêle de projectiles.

— Non ! cria Karla en posant la main sur la poitrine de son défenseur.

Du sol qui s'était mis à onduler montaient des couinements, des grognements, et des corps massifs commençaient à bouger : l'image de végétation cédait la place à des créatures couvertes de fourrure, aussi corpulentes que des gros porcs, et bien réelles.

Schroeder discerna dans ces choses étranges qui grouillaient sous ses yeux des troncs trapus, des défenses retroussées et une épaisse fourrure.

— Des bébés éléphants ! s'exclama-t-il enfin.

— Non, rétorqua Karla avec un calme étonnant malgré son enthousiasme. Des mammouths nains.

— Impossible, les mammouths ont disparu.

— Je sais, mais regarde bien, fit-elle en braquant le faisceau de sa torche sur les animaux. » Quelques-uns levèrent la tête et révèlèrent des yeux ronds et brillants d'une couleur ambrée. « Les éléphants n'ont pas de fourrure.

— Impossible, répéta Schroeder, incrédule.

— Pas tout à fait. L'île de Wrangel recèle des traces de mammouths nains qui ne remontent pas au-delà de deux mille ans avant Jésus-Christ, autrement dit tout près dans le temps. Mais tu as raison de dire que c'est incroyable. Je n'ai jamais vu de ces créatures autre chose que les ossements fossilisés de leurs ancêtres.

— Pourquoi ne s'enfuient-ils pas ? demanda Schroeder.

Avoir été dérangés dans leur sommeil par des humains ne semblait pas inquiéter les mammouths qui évoluaient, solitaires ou par groupes de deux ou trois, sans guère manifester de curiosité pour ces étrangers.

— Ils ne nous craignent pas, répondit Karla. Ils n'ont probablement encore jamais vu d'humains. A mon avis, ils descendent des animaux bien développés représentés sur les peintures murales qui, au fil des générations, se sont adaptés au manque de soleil et de nourriture.

— Karla, interrogea Schroeder en contemplant ce troupeau de mammouths pygmées, comment subsistent-ils ?

— L'air ne manque pas ; l'aération doit se faire par la voûte ou par des crevasses que nous n'avons pas repérées. Quant à la nourriture, ils auront appris à hiberner pour la conserver.

— Bon, mais que mangent-ils ?

— Il doit y avoir une source quelque part, dit-elle en jetant un coup d'œil autour d'elle. Et puis ils sortent peut-être. Voilà ! C'est probablement ce qui est arrivé au prétendu bébé découvert par l'expédition : il cherchait de la nourriture.

— Essayons de trouver où ils vont, conclut Schroeder qui se dirigea vers la pyramide, Karla sur ses talons.

La plupart des mammouths s'écartèrent sur leur passage, mais d'autres, plus lents, se laissèrent frôler par ces nouveaux venus obligés de se frayer un chemin entre des tas de fumier. Schroeder et Karla atteignirent enfin la pyramide et commencèrent à l'escalader. Cela demanda un effort à Schroeder, à cause de sa cheville blessée, et il dut grimper à quatre pattes, mais il parvint malgré tout au sommet.

De la plate-forme, ils découvrirent la place dans son ensemble ; elle grouillait d'animaux qui tournaient en rond sans raison apparente.

Pendant que Karla estimait leur nombre – à peu près deux cents –, Schroeder, de son côté, inspectait cette masse désorganisée avec d'autres objectifs en tête ; au bout de quelques minutes, il vit ce qu'il cherchait.

— Regarde, dit-il. Les mammouths forment une file dans ce coin de la place.

Karla constata que le troupeau, comme attiré par un même but, s'était engouffré dans une rue. Karla et Schroeder s'efforçaient de ne pas effrayer les animaux, inutilement d'ailleurs car les mammouths semblaient les avoir acceptés au sein de leur harde.

Une dizaine de minutes plus tard, ils commencèrent à observer un changement dans l'aspect de la cité : certaines maisons étaient endommagées, leurs murs semblant avoir été démolis par un bulldozer fou, puis ils atteignirent une zone qu'on aurait crue bombardée : il ne restait même plus d'immeubles isolés, seulement des tas de gravats qui brillaient au milieu d'énormes blocs de roche d'une matière différente et qui ne dégageait aucune lumière.

Ce spectacle éveilla chez Schroeder de déplaisants souvenirs ; il s'arrêta pour reposer sa cheville et contempla le paysage dévasté.

— Ça me rappelle Berlin à la fin de la Seconde Guerre mondiale. Viens. Dépêchons-nous si nous ne voulons pas les perdre.

— Aucun risque, nous ne perdrons pas leur trace, remarqua Karla qui contournait un tas de fumier.

Le rire tonitruant de Schroeder retentit entre les murs de décombres qui s'élevaient maintenant de chaque côté. Karla le suivait, malgré sa fatigue et sa peur ; ils hâtèrent le pas, plus pressés de trouver une sortie qu'inquiets à l'idée d'être semés par le troupeau.

Les roches luminescentes, qui se faisaient de plus en plus rares, finirent par disparaître et le chemin devant eux s'assombrit. Karla alluma sa torche ; le faible faisceau éclaira la queue des mammouths qui semblaient n'avoir aucune difficulté à naviguer dans le noir. Sans doute, estima Karla, leurs yeux s'étaient-ils adaptés au manque de lumière de même que leur corps avait rapetissé pour supporter un manque croissant de nourriture.

Là-dessus, la torche s'éteignit, les obligeant à se guider d'après les piétinements, les grognements et les reniflements. L'obscurité totale se transformait en un voile bleuté qui, peu à peu, vira au gris sombre. Ils distinguaient maintenant les croupes poilues à une quinzaine de mètres. La grisaille blanchissait. Un virage vers la droite, un autre vers la gauche, et ils se retrouvèrent à l'air libre, clignant les yeux dans la lumière du soleil.

Les mammouths continuèrent mais les deux humains s'arrêtèrent, la main en visière pour protéger leurs yeux. Leur vision s'accommodait peu à peu du changement de luminosité et ils examinèrent les alentours. Ils avaient émergé d'une brèche dans un petit tertre et se trouvaient au bord d'une cuvette naturelle de quelques centaines de mètres de large où les mammouths broutaient l'herbe qui couvrait le sol.

— C'est stupéfiant, s'exclama Karla. Ces créatures se sont habituées à deux mondes : l'un d'obscurité, l'autre de lumière. Ce sont non seulement des anachronismes, mais aussi des miracles d'adaptation.

— Très intéressant en effet, répondit Schroeder avec la plus parfaite indifférence.

Non par grossièreté mais parce qu'il n'envisageait que le côté pratique de la situation : leurs poursuivants les talonnaient peut-être. Il inspecta les énormes rochers noircis qui cernaient ce bassin naturel d'une véritable muraille et proposa d'en faire le tour pour chercher une issue.

Karla aurait préféré rester avec les mammouths ; elle grimpa pourtant avec Schroeder la pente abrupte jusqu'au bord de l'éboulis de roches : il y en avait de toutes les tailles, les unes grosses comme une voiture et d'autres comme une maison, empilées en tas atteignant parfois plusieurs dizaines de mètres de haut, et par endroits si serrées les unes contre les autres qu'on n'aurait pas pu y glisser la lame d'un couteau.

Les ouvertures qu'ils découvrirent ne menaient qu'à quelques mètres tout au plus et Karla sentit le découragement la gagner : ils n'avaient échappé au feu que pour plonger dans un immense chaudron. En revanche, Schroeder, tout ragaillardi d'avoir retrouvé l'air libre et ne se souciant plus de sa cheville douloureuse, scrutait la façade de la muraille ; il disparut dans une brèche et, quelques minutes plus tard, poussa un cri de triomphe.

Il réapparut en annonçant qu'il avait découvert un chemin à travers la barrière rocheuse. Il saisit la main de Karla comme s'il conduisait un enfant et ils commencèrent à s'enfoncer parmi les monolithes. Ils avaient fait quelques pas à peine quand un homme surgit de derrière un rocher : Grisha, le chef des chasseurs d'ivoire meurtriers.

31

ACCROCHÉ AU PARAPENTE QUI, tel un condor, planait au-dessus du volcan, Austin observait le cratère béant. La route à flanc de montagne qu'ils avaient suivie franchissait une brèche puis descendait en pente douce jusqu'au milieu de la cuvette où elle se terminait sur un petit tertre. De l'autre côté, la paroi plongeait presque à la verticale dans un champ de rochers. Une tache verte de forme circulaire était coincée entre le fond de la cuvette et les roches.

Austin amorça une lente spirale dans le cratère tout en cherchant où il pourrait se poser.

— Qu'y a-t-il en bas ? demanda Zavala en désignant l'endroit où s'arrêtait la route. On dirait un troupeau de vaches.

— Trop poilus pour des vaches, fit Austin en regardant avec ses jumelles. Des yaks peut-être. » Là-dessus, Zavala lui indiqua une autre partie de la tache verte. « Bon sang, s'exclama Austin, des gens.

Le groupe se tenait près de l'éboulis. Le parapente continuant de descendre, Austin put se rendre compte que l'un des individus était en train d'en assommer un autre et qu'un troisième personnage, qui se précipitait au secours de celui qui venait de s'effondrer, était violemment repoussé ; le parapente était maintenant assez bas pour qu'Austin pût entrevoir une chevelure blonde.

— Nous venons, je crois, déclara-t-il, de retrouver Karla Janos.

Un méchant rictus découvrant ses mauvaises dents, Grisha lâcha quelques mots en russe et, aussitôt, ses sinistres acolytes jaillirent de derrière les rochers où ils se tenaient cachés.

Schroeder analysa la situation : Karla et lui, en zigzaguant dans le labyrinthe des rues secondaires, avaient laissé le temps à Grisha et ses hommes de suivre l'artère principale d'un bout à l'autre qui les avait ainsi directement menés à la sortie.

Au moment où prisonniers et poursuivants émergèrent à l'air libre, Grisha aperçut les mammouths.

— Qu'est-ce que c'est que ça ? dit-il. Des moutons ?

— Non, ironisa Schroeder, des papillons.

Il ne s'attendait pas à ce que Grisha réagît aussi violemment – le Russe n'aimait pas en effet qu'on l'humiliât devant ses hommes ; il rugit comme un fauve et, son fusil en guise de matraque, frappa Schroeder en plein visage. Le vieil homme s'écroula sur le sol, le hurlement de Karla retentissant dans ses oreilles.

— Elle me semble avoir fait de mauvaises rencontres, commenta Zavala qui avait suivi le drame qui se déroulait en bas. Comment veux-tu régler ça ? En douceur ou à la cow-boy ?

Autrement dit, devaient-ils approcher furtivement ou débarquer revolver au poing ?

— Que penserais-tu du style Butch Cassidy ?

— C'est nouveau, mais pourquoi pas ?

— Passe-moi ton revolver et prends les commandes. Arrivons par-derrière, ainsi ils auront le soleil dans les yeux.

Zavala sortit son pistolet de son étui, le tendit à Austin et se mit aux commandes. Ils descendaient rapidement. Austin, en véritable héros de western, tenait une arme dans chaque main.

Grisha, un bras autour du cou de Karla, agrippait sa chevelure et, de la paume de l'autre main, appuyait sur son visage, empêchant la jeune femme de respirer. D'un geste, il aurait pu lui briser le cou – il était assez furieux pour avoir envie de la tuer –, mais son avidité l'emporta sur ses instincts violents. Elle valait davantage vivante que morte.

Cela n'excluait pas pour autant que lui et ses hommes pourraient s'amuser avec une aussi belle jeune femme. Il lui lâcha le visage et fit glisser la fermeture de son blouson. Exaspéré par la superposition de ses vêtements chauds, il poussa un juron et la jeta à terre. Un des hommes se mit alors à crier.

Grisha, qui aperçut une ombre se déplacer sur le sol, leva les yeux et resta bouche bée de stupéfaction : un homme à deux têtes fonçait sur lui du haut du ciel.

Quand il ne fut plus qu'à une cinquantaine de mètres, Austin fit feu de ses deux pistolets, visant de côté pour ne pas toucher Karla ; les ravisseurs s'enfuirent en courant.

Karla n'étant plus dans sa ligne de tir, Austin pouvait viser les fuyards, mais difficile de faire mouche tant qu'il était en mouvement. Zavala lui cria alors de se préparer à l'atterrissage. Austin remit un pistolet dans son étui et fourra l'autre dans sa ceinture.

Ils tentèrent d'atterrir sur leurs pieds, mais ils arrivaient trop vite. Ils heurtèrent rudement le sol, trébuchèrent et se retrouvèrent à quatre pattes. La végétation, heureusement, amortit le choc. Ils se débarrassèrent rapidement du moteur et, tandis que Zavala enroulait les filins de la toile, Austin s'approcha de la jeune femme blonde agenouillée auprès d'un homme plus âgé.

— Miss Janos ? se renseigna Austin.

— Qui êtes-vous ? répondit-elle en levant vers Austin des yeux d'un gris étonnant.

— Kurt Austin. Mon ami Joe et moi vous cherchions. Vous allez bien ?

— Oui, ça va, mais mon oncle a besoin d'aide.

Austin tira de son sac une trousse de secours. Allongé sur le dos, les yeux grands ouverts, l'homme n'avait pas perdu connaissance. Il pouvait avoir entre soixante-cinq et soixante-quinze ans, mais c'était difficile à apprécier car son visage allongé était couvert de sang ruisselant de meurtrissures à la joue et au front.

Austin s'agenouilla auprès de lui, nettoya la plaie et la tamponna d'antiseptique. Ce devait être douloureux mais l'homme ne broncha pas. Ses yeux d'un bleu de glacier suivaient chacun des gestes d'Austin.

— Bon. Aidez-moi à me relever, exigea-t-il, les premiers soins à peine prodigués.

Austin aida Schroeder à se remettre debout : il était grand et dépassait d'une bonne dizaine de centimètres le mètre quatre-vingts d'Austin.

Karla prit son oncle par la taille.

— Ça va ?

— Je suis un vieux lézard coriace, répondit-il. C'est pour toi que je m'inquiète.

— Je vais très bien, oncle Karl, grâce à ces messieurs.

Austin remarqua les liens qui, d'évidence, rapprochaient le vieil homme et la jeune femme. Il se présenta ainsi que Zavala.

— Je m'appelle Schroeder, dit l'homme. Merci de votre aide. Comment nous avez-vous trouvés ?

— Une femme, Maria Arbatova, nous a renseignés.

— Maria ? Comment va-t-elle ? demanda Karla.

— Elle se rétablira, mais son mari a été tué ainsi que deux autres hommes. Je suppose qu'il s'agissait de vos collègues. Mais nous avons trouvé un autre homme que nous n'avons pas pu identifier.

Karla jeta un coup d'œil à Schroeder qui se contenta de dire :

— Il attaquait Karla. J'ai dû l'arrêter. L'endroit est dangereux, ajouta-t-il en se tournant vers les rochers. Ils vont revenir. Ils possèdent des armes automatiques et ici nous sommes exposés.

— Vous connaissez un peu le secteur, dit Austin. Où pouvons-nous nous mettre à couvert ?

— En bas, dans la ville, suggéra Schroeder en désignant le contrefort du cratère.

Austin regarda le vieil homme et se demanda si ses blessures ne lui avaient pas fait perdre la tête.

— Vous avez dit « la ville » ? s'étonna-t-il car, tout en bas, il n'apercevait que de petits monticules.

— Parfaitement, renchérit Karla. Mais les nains sont sans doute partis : la fusillade a dû leur faire peur.

Ce fut cette fois au tour de Zavala de se demander s'il avait bien entendu.

— Les nains ?

— Oui, des mammouths nains, précisa Karla.

Austin et Zavala se regardèrent, interloqués.

— Assez discuté. Il faut se remuer, décréta alors Schroeder en même temps que, cramponné au bras de Karla, il partait en boitillant en direction du bord de la cuvette.

Austin et Zavala les suivirent. Schroeder avait été bien inspiré : à peine avaient-ils atteint la clairière que Grisha et ses hommes, jaillissant soudain de derrière les rochers, faisaient feu sur eux.

Des mottes de terre giclèrent dans l'herbe à quelques mètres derrière le petit groupe.

En une seconde Grisha et ses hommes seraient à portée, aussi Austin cria-t-il aux autres de continuer. Il tourna les talons, se jeta à plat ventre et visa soigneusement le Russe le plus proche.

Il tira deux ou trois coups : trop courts. Grisha et ses hommes ne prenaient pas de risques ; ils cessèrent de tirer et se couchèrent eux aussi.

Austin se retourna et, voyant que ses compagnons avaient presque atteint le pied de la colline, il se releva et courut pour les rejoindre. Les adversaires ouvrirent aussitôt le feu, et leurs balles s'enfonçaient dans le sol pratiquement sur ses talons quand il plongea avec les autres dans une brèche de la muraille.

Karla secoua sa torche ; les piles ne devaient pas être tout à fait mortes car l'ampoule émit une faible lumière. Ils en profitèrent pour s'engager dans les sinuosités du sentier. Quand la torche finit par clignoter avant de s'éteindre complètement, ils étaient arrivés dans un secteur où quelques constructions subsistaient encore au milieu des décombres et on commençait à distinguer la lueur de la cité. Ils se dirigèrent vers elle, tels des insectes attirés par une flamme, et gagnèrent bientôt la métropole souterraine.

— Qu'est-ce que c'est que ça, le pays d'Oz ? s'exclama Austin, complètement abasourdi devant ce spectacle de rues et d'immeubles.

— C'est une cité souterraine, le renseigna Karla en riant, bâtie dans une sorte de minerai qui émet de la lumière. Nous ne savons pas qui l'a construite mais vous ne voyez ici que les faubourgs. La ville est très étendue.

Schroeder coupa court et suggéra d'attendre pour en discuter. Il les entraîna à travers un dédale de rues jusqu'à la place où se tenaient les mammouths.

Les animaux étaient revenus et s'étaient regroupés autour de la pyramide ; ils semblaient nerveux : ils erraient sur la place et grognaient fréquemment.

Karla, remarquant qu'Austin posait la main sur son revolver, le retint d'un geste.

— Ne vous inquiétez pas. Ils ne vous feront pas de mal. Le bruit a dû les affoler.

Ses missions avaient entraîné Austin partout dans le monde et sur les océans ; il avait assisté à quantité de spectacles étranges, mais il n'avait jamais rien vu de comparable : sous ses yeux évoluaient des créatures qui, du bout de leur queue jusqu'à leurs défenses incurvées, reproduisaient en version réduite les monstres d'antan rencontrés dans ses livres de classe.

Zavala était tout aussi abasourdi.

— Je croyais que ces bêtes-là avaient disparu.

— Elles ont effectivement disparu ou, plutôt, avaient disparu. Ces animaux descendent des mammouths grandeur nature qui vivaient jadis sur l'île, développa Karla.

— Karla, intervint Schroeder, il serait plus utile de discuter des moyens d'échapper à ces assassins.

— Il a raison, dit Austin. Existe-t-il un autre moyen de sortir d'ici ?

— Oui, fit Karla, mais le chemin est long et difficile.

— Je ne peux pas passer par là, déclara Schroeder, mais il n'y a aucune raison pour que vous ne le tentiez pas. Confiez-moi une arme, et je les coincerai ici pendant que toi et tes nouveaux amis vous échapperez par la caverne.

— Vous avez eu raison d'essayer, oncle Karl, fit Austin en souriant, mais la vocation de martyr s'est éteinte avec le Moyen Age. Nous restons ensemble.

— Je commence à me faire à cet endroit, renchérit Zavala. Chaleureux. Éclairage romantique, parfum... sans pareil.

Schroeder sourit à son tour. Il ne les connaissait pas mais il était content de savoir ces hommes auprès de Karla.

— Si vous êtes décidés à faire une folie, autant nous y préparer.

Sur le conseil d'Austin, Zavala se posta à l'angle de la rue et de la place.

— Des suggestions ? demanda Austin à Schroeder.

— Inutile de courir. Positionnons-nous sur la place et essayons de les prendre entre deux feux.

Austin fut content que Schroeder optât pour l'offensive. Certes la ville offrait un labyrinthe protecteur avec des douzaines d'endroits où se cacher mais, comme Schroeder, il savait que la fuite ne constituait pas une solution.

— Je ne sais pas de quelle puissance de feu nous disposons, remarqua Austin. Nous avons apporté un stock de munitions mais nous ne nous attendions pas à tomber sur une tribu d'Indiens.

— Il leur suffit d'attendre la fin de nos munitions et ensuite ils nous descendront l'un après l'autre. Dommage que j'aie utilisé ma grenade.

Austin lança à Schroeder un regard surpris : le vieil homme ne semblait pas du genre à se promener avec une grenade dans sa poche. Austin se rappela qu'il ne fallait pas juger les gens sur la mine. Schroeder avait peut-être l'âge de la retraite, mais il parlait comme s'il faisait partie des unités d'élite.

Zavala revint en courant de son poste d'observation.

— En scène. Nos copains descendent la rue.

— J'ai une idée un peu folle, lança Austin après avoir examiné la place, et il exposa brièvement son plan.

— Ça pourrait marcher, approuva Schroeder avec un frisson d'excitation dans la voix. Oui, ça pourrait marcher.

— Il vaudrait mieux, rétorqua Austin.

— Il n'y a pas d'autre moyen ? demanda Karla. Ces animaux sont si beaux.

— Je ne crois pas, malheureusement. Si nous nous y prenons bien, ils ne seront pas blessés.

Karla poussa un soupir, mais elle savait qu'ils n'avaient guère le choix. Sur les instructions d'Austin, ils se placèrent sans bruit sur le périmètre de la place en dégageant le côté le plus proche de la rue. Puis ils attendirent.

Les mammouths avaient relevé la tête en voyant les humains bouger et ils devinrent encore plus nerveux quand ils entendirent les voix rauques de Grisha et de ses hommes. Les chasseurs d'ivoire ne s'efforçaient nullement d'être silencieux : peut-être délibérément, pour effrayer leurs proies, à moins que ce ne fût par pure stupidité. Quoi qu'il en soit, leur arrivée énerva davantage encore le troupeau qui commença alors par s'éloigner pour s'arrêter en voyant les humains immobiles au bord de la place. Les animaux des premiers rangs firent demi-tour et se heurtèrent aux autres. Cris et grognements se firent plus forts.

Quelque chose bougea à l'entrée de la rue : Grisha passait la tête au coin de l'immeuble. La vue et l'odeur d'une autre de ces déplaisantes créatures à deux jambes affolèrent les mammouths les plus proches qui, dans leur hâte à fuir, commencèrent à se bousculer.

Enhardi par l'absence de réaction de ses proies, Grisha s'avança à découvert, les autres bandits lui emboîtant le pas. Ils s'arrêtèrent au bord de la place, fascinés par ces bêtes qu'ils n'avaient aperçues que de loin.

Le troupeau avait atteint sa masse critique ; Austin déclencha la réaction en tirant un coup de feu en l'air. Zavala en fit autant tandis que Schroeder et Karla poussaient des cris et frappaient les mains. En un instant, le troupeau, inquiet mais placide, se transforma en une meute terrifiée qui, barrissant de frayeur, fonça vers la seule issue possible, la rue étroite, l'unique refuge en dehors de la caverne.

Malheureusement pour eux, Grisha et ses hommes se dressaient entre la horde déchaînée et ce qui représentait pour les mammouths le chemin de la liberté.

Les Russes eurent beau brandir leurs fusils pour tirer sur les animaux affolés, le troupeau était déjà presque sur eux. Ils tournèrent les talons et s'enfuirent ; ils ne firent que quelques pas avant d'être renversés et piétinés par cette masse de chair. Grisha avait couru plus vite que les autres, son regard cherchant éperdument une issue, mais il glissa et disparut sous la charge des mammouths.

Austin et les autres, ne voulant pas courir le risque que le troupeau revînt, continuaient à faire le plus de vacarme possible.

En quelques secondes, tout fut terminé : la place était vide et le grondement des animaux lancés au galop diminuait dans le lointain. Austin et Zavala s'engagèrent prudemment dans la rue. Zavala regarda les amas ensanglantés qui avaient été des hommes et trouva sur le sol une torche électrique restée intacte. Austin cria à Schroeder et à Karla qu'ils pouvaient venir.

— Ça ne ressemble plus à des humains, fit Karla tandis qu'ils se frayaient un chemin au milieu des corps piétinés.

— L'ont-ils jamais été ? rétorqua Austin à la pensée des scientifiques dont les cadavres gisaient dans le ravin.

Schroeder éclata d'un rire sonore.

— J'ai appris il y a bien longtemps que, entre des mains expertes, n'importe quoi peut servir d'arme, dit-il. Mais je n'ai rien lu dans le manuel concernant des petits éléphants à fourrure.

Austin se demanda un instant à quel manuel Schroeder faisait allusion et quel collège il avait fréquenté, puis il chassa ces pensées. Ils n'étaient pas encore tirés d'affaire. Ils se frayèrent un chemin à travers les ruines de la cité. Le soleil qui filtrait par la brèche entre les rochers lui donnait un regain d'énergie. Ils allaient récupérer le parapente quand ils constatèrent que Grisha et ses hommes avaient démoli le moteur et lacéré la toile.

Après avoir confectionné une attelle pour Schroeder avec des bouts de tubulures et des morceaux de toile, ils entreprirent de quitter les lieux. Ils franchirent le petit tertre au fond de la cuvette, puis gravirent la route qui menait au bord du cratère ; les lacets facilitaient la montée mais allongeaient de beaucoup le trajet. Ils observaient de fréquentes haltes, à cause de Schroeder, mais celui-ci les poussait toujours à repartir.

Des heures plus tard, ils contemplaient enfin l'autre versant du volcan. La quasi-totalité de l'île baignait dans la brume. Après un rapide examen des lieux, ils entamèrent la descente, opération qui se révéla aussi difficile que l'ascension car la route n'était qu'un sentier de montagne à peine aménagé.

Ils avaient parcouru environ les deux tiers du trajet quand ils découvrirent qu'ils n'étaient pas seuls. Des silhouettes – des fourmis – remontaient la piste. Austin et ses compagnons poursuivirent leur chemin : ils avaient été vus, inutile donc de se cacher, mais ils gardaient leurs armes prêtes. Austin compta six personnes dans ce groupe d'inconnus. Quand ils furent plus près, l'homme de tête agita le bras et, quelques instants plus tard, Austin put reconnaître le visage souriant de Petrov.

Avec lui, des membres de son équipe des Opérations spéciales, dont Veronika et son mari. Petrov fit au pas de course les quelques mètres qui les séparaient.

— Bonjour, Austin, fit-il, haletant mais souriant. Vous et votre ami Joe avez ajouté l'alpinisme à vos nombreux talents. Vous ne cesserez jamais de m'étonner. Et voici, je présume, ajouta-t-il en se tournant vers Karla, mademoiselle Janos. Enchanté de vous rencontrer. Mais je ne connais pas ce monsieur, poursuivit-il à l'adresse de Schroeder.

— Je ne suis qu'un vieil homme qui devrait se prélasser chez lui, dans son rocking-chair, éluda Schroeder avec un sourire las.

— Comment nous avez-vous trouvés ? demanda Austin.

— Grâce au capitaine du brise-glace qui nous a appris que vous étiez partis explorer le volcan dans une sorte d'aile volante.

— Un parapente, en fait.

— Je me souviens maintenant : les deux gros sacs !

— Vous avez manqué de bons moments, dit Austin avec un hochement de tête.

— Au contraire, répliqua joyeusement Petrov. Nous nous sommes bien amusés. Nous avons rencontré des hommes armés arrivant par bateau ; ils nous ont réservé un accueil chaleureux, moins que le nôtre cependant. Le survivant a dit qu'on les avait envoyés au secours d'un groupe qui se trouvait déjà sur place.

Il regarda par-dessus l'épaule d'Austin comme s'il s'attendait à voir quelqu'un le suivre.

— Ces hommes nous ont quittés, expliqua Schroeder.

— C'est vrai. Ils ont été piétinés par un troupeau de mammouths, précisa Austin.

— De mammouths nains, corrigea Zavala.

Petrov secoua la tête.

— Voilà des années que j'étudie la culture américaine, mais je ne comprendrai jamais votre étrange sens de l'humour.

— C'est très bien, dit Austin. Même nous, nous ne le comprenons pas. Pourriez-vous nous aider à arriver en bas ?

— Bien sûr, répondit Petrov avec un large sourire. » Il fouilla dans son sac à dos pour en extraire une bouteille de vodka. « Mais, d'abord, nous allons boire un coup.

32

AUSTIN *FAISAIT UN RÊVE BIZARRE* : une procession de mammouths pygmées défilait dans les rues d'une ville de cristal aux accents de « St. Louis Blues ». Il ouvrit brusquement les yeux ; les mammouths et la ville avaient disparu, mais le blues persistait : son téléphone sonnait.

Se jurant d'éviter désormais ces fous de Russes qui buvaient de la vodka comme s'il s'agissait d'eau, il repêcha son portable dans son sac et parvint à articuler :

— Austin.

— Cela fait des jours que nous essayons de vous joindre, Joe et toi. Tu étais au fond d'une mine ?

— D'une caverne plutôt, rectifia Austin. Nous avons retrouvé Karla Janos et nous faisons route vers la Sibérie à bord d'un brise-glace russe.

— Je suis content de savoir qu'elle va bien. Elle représente peut-être notre seul espoir.

Frappé par le ton grave de Trout, Austin se redressa sur sa couchette.

— Notre seul espoir de quoi, Paul ?

— Gamay et moi avons découvert à Los Alamos un exemplaire des théorèmes de Kovacs. J'ai effectué une simulation informatique à partir des données de Kovacs et du matériel existant sur l'inversion des pôles. La situation n'est pas brillante.

— J'écoute, dit Austin, maintenant tout à fait réveillé.

Trout marqua un temps.

— La simulation a montré que l'inversion des pôles magnétiques n'est pas aussi élastique que certains le prétendent. Un choc assez fort pour causer cette inversion provoquera un glissement de l'écorce terrestre.

— Une fois déclenchée, une inversion des pôles serait irréversible ?

— C'est ce qu'il semble.

— Aucune marge d'erreur dans ta simulation ?

— Si faible qu'elle est négligeable.

Austin avait l'impression qu'un mur venait de s'effondrer sur lui.

— C'est une catastrophe que tu évoques là.

— Un scénario de fin du monde. Si ce phénomène se produit, les destructions qui s'ensuivront dépasseront tout ce qu'on a connu ou imaginé.

— Combien de temps avons-nous ?

— La réaction sera immédiate. Elle dépend du moment où ceux qui ont déclenché les tourbillons et les vagues géantes décident d'appuyer sur le bouton.

— Je suis peut-être en mesure de te donner une lueur d'espoir.

Austin parla alors à Trout de sa rencontre avec Barrett et de l'éventualité d'un antidote à une inversion des pôles.

— Encourageant en effet. Quand seras-tu de retour à Washington ?

— Nous accosterons en Sibérie demain. Un avion nous y attend. Je t'appellerai dès que nous aurons décollé pour te préciser l'heure prévue de notre arrivée.

— Très bien.

Austin raccrocha et resta dans l'obscurité de sa cabine à écouter le grondement des machines tout en maudissant la lenteur des voyages en mer. Quand le capitaine Ivanov l'avait invité à embarquer sur le brise-glace, il ne se doutait pas de l'urgence de la situation. Il aurait pu rentrer avec Petrov, mais il avait poliment refusé l'offre de ce dernier en expliquant qu'il avait besoin de parler à Karla Janos. Petrov lui avait décoché un sourire complice en lui disant qu'il pouvait l'appeler n'importe quand.

Il avait passé très peu de temps avec Karla. Après de touchantes retrouvailles avec Maria et une fois l'oncle Karl soigné, chacun avait regagné sa cabine pour prendre un repos bien mérité.

Austin s'habilla et sortit sur le pont dans la douce lumière arctique ; le *Kotelny* fendait les vagues à bonne allure. L'air froid qui fouettait ses poumons finit de réveiller Kurt ; il se dirigea alors vers le mess où il se servit un bol de café. A part deux ou trois hommes d'équipage venus là leur quart terminé, la salle était déserte. Il choisit une table d'angle, prit son portable et composa le numéro que lui avait donné Barrett.

— J'aimerais parler à Barrett, dit Austin à la voix féminine qui lui répondit.

— C'est bien moi. J'ai programmé une voix de femme à la place de la mienne.

— Vous ne croyez pas que vous poussez un peu loin vos petits trucs informatiques ?

— Dites donc, Kurt, répliqua Barrett, ce n'est pas sur vous qu'on a tiré. Vous ne savez pas à qui vous avez affaire.

— C'est pour cela que j'appelais. Pensez-vous que Gant et Margrave puissent entendre raison ?

— Gant est à peu près aussi raisonnable qu'un serpent à sonnette. Quant à Tris, il pourrait peut-être écouter, mais il est tellement convaincu que sa cause est juste qu'il se fiche pas mal de savoir qui en pâtira. Pourquoi me demandez-vous cela ?

Austin lui rapporta l'essentiel de sa conversation avec Trout.

Quand Barrett reprit la parole, ce fut avec une voix tout à fait masculine.

— C'est ce que je craignais. Oh ! mon Dieu, je suis responsable de la fin du monde. Je vais me suicider.

— Si c'est la fin du monde, vous n'en aurez pas besoin, observa Austin.

Barrett se calma.

— C'est le raisonnement le plus pervers que j'aie jamais entendu.

— Merci. Mais, pour en revenir à ma question, croyez-vous que Gant ou Margrave réagiraient comme vous si je leur exposais les faits ?

— La différence est que moi, je vous crois. Eux s'imagineront que vous cherchez à saboter leurs projets.

— Ça vaut quand même la peine d'essayer. Comment puis-je les joindre ?

— La fondation de Gant a un bureau à Washington.

— Je pensais à quelque chose de moins officiel.

— Laissez-moi réfléchir. J'ai lu dans le journal que Gant organise sur sa propriété une sorte de concours hippique privé au bénéfice d'une œuvre de charité. Allez-y, je vous aiderai.

— C'est déjà un début. Et Margrave ?

— Il quitte rarement son île du Maine où il vit comme s'il était retranché dans une citadelle. Des gardes surveillent les lieux, mais je trouverai un moyen de le contacter.

— Cela vaut la peine de tenter le coup. Je suis prêt à tout pour arrêter cela avant qu'il ait le doigt sur la détente. Vous continuez à vous déplacer tout le temps ?

— J'habite toujours dans mon sac de couchage. Appelez-moi quand vous serez rentré.

Austin raccrocha et termina son café ; il s'apprêtait à regagner sa cabine quand Karla entra dans le mess. Elle parut aussi surprise de le voir que lui de la voir arriver. Il lui fit signe de venir s'asseoir à sa table.

— Je n'arrivais pas à dormir, dit-elle en s'installant.

— Cela ne m'étonne pas. Vous en avez vu de toutes les couleurs ces jours derniers.

— Oncle Karl m'a dit que c'était à moi qu'en voulaient ceux qui ont massacré les membres de l'expédition. Quelque chose à propos d'un secret que je suis censée connaître. J'ignore ce qui se passe, mais je me sens en partie responsable de ce qui est arrivé.

— Ce n'est pas votre faute. Ils croient que votre grand-père, un ingénieur électricien du nom de Lazlo Kovacs, vous a transmis ce secret.

— Vous vous trompez. Mon grand-père s'appelait Janos, comme moi.

— C'est le nom, fit Austin en secouant la tête, qu'a pris votre grand-père après s'être échappé d'Allemagne à la fin de la Seconde Guerre mondiale.

— Je ne comprends pas.

— Les nazis ont forcé votre grand-père à travailler sur des armes électromagnétiques. Il s'est enfui d'un laboratoire secret peu après l'arrivée des Russes en Prusse-Orientale, apparemment grâce à un jeune membre de la résistance allemande, un certain Karl.

— Oncle Karl ! Je me suis toujours demandé quels liens il avait avec mon grand-père. Ils semblaient si différents et pourtant très liés.

— Maintenant vous savez.

— Mais c'est fou ! Mon grand-père ne m'a confié aucune formule secrète pour créer un rayon de la mort ou Dieu sait quoi.

— Vous en savez peut-être plus que vous ne croyez. Votre communication sur la disparition du mammouth révélait une profonde connaissance de ses travaux.

— Après la découverte de ces créatures sur l'île, mon article est devenu une farce. J'ai hâte de retourner là-bas pour poursuivre mes recherches.

— Petrov a promis de passer par des voies universitaires plutôt que gouvernementales pour protéger vos amis à fourrure. Il a connu quelques ennuis politiques et il pense que cela l'aidera.

— Je suis ravie de l'apprendre. Mais, pour en revenir à mon grand-père, je l'ai consulté, quand j'étais à l'université, au sujet de ma théorie – la disparition des mammouths causée par un cataclysme – car il était le seul scientifique que je connaissais. Le scepticisme était de mise quant à la possibilité d'une inversion des pôles. Lui disait que cela pouvait se produire, et s'était bel et bien produit. Provoqué, selon lui, par un phénomène naturel ou, dans l'avenir, par l'homme quand la technologie le permettrait. Il m'a montré des équations sur l'électromagnétisme qui, toujours selon lui, apportaient la preuve de ce qu'il avançait. Voilà tout. Après sa mort, j'ai incorporé ses travaux à ma thèse.

— C'est tout ce qu'il a dit à ce propos ?

— Oui. En fait, nous n'avons pas souvent abordé le sujet de la science, lui et moi. A la mort de mes parents, il est devenu pour moi un père et une mère. Je me souviens qu'il inventait des berceuses pour m'endormir. » Elle but une gorgée de café. « Comment se fait-il que Joe et vous soyez venus à notre secours ?

— J'ai appris d'une source fiable que vos liens familiaux mettaient votre vie en danger.

— Et vous avez traversé la moitié du monde pour ça ?

— Si j'avais su qu'oncle Karl avait la situation bien en main, je ne me serais pas fait autant de soucis.

— Oncle Karl m'a sauvé la vie, mais je crois bien que nous touchions le fond quand Joe et vous êtes tombés du ciel. Je suis quand même étonnée parce que je pensais la NUMA spécialisée dans l'étude des océans.

— C'est exactement la raison de ma présence ici. On a observé dans la mer d'étranges perturbations qui pourraient avoir un rapport avec une publication de votre grand-père, une série d'équations qu'on appelle les théorèmes de Kovacs.

— Je ne comprends pas.

— Vous venez de parler d'une théorie, émise par Lazlo Kovacs, selon laquelle on pourrait, dans le futur, déclencher une inversion des pôles en utilisant des émissions électromagnétiques.

— Oui, c'est exact.

— Eh bien, le futur, c'est maintenant.

— Qui chercherait à faire une chose pareille ? Et dans quel but ?

— Je n'ai aucune certitude, fit Austin, mais, à notre retour à Washington, j'aimerais que vous rencontriez quelqu'un, pour lui parler et, peut-être, l'éclairer sur tout cela.

— J'espérais m'arrêter d'abord à Fairbanks.

— Je crains que nous n'en ayons pas le temps. L'enjeu est trop important.

— Je comprends. Je ne suis pas personnellement responsable de cette situation mais, d'après ce que vous m'avez expliqué, ma famille y joue un rôle et je ferai tout mon possible pour réparer cela.

— C'est la réponse que j'attendais de vous. Nous arriverons en Sibérie demain. Un avion de la NUMA nous ramènera à Washington. Mes collègues, Gamay et Paul Trout, possèdent une maison à Georgetown où, j'en suis sûr, ils seront ravis de vous accueillir. La NUMA réglera les factures de tous les vêtements dont vous aurez besoin.

Karla eut alors un geste inattendu : elle se pencha par-dessus la table et posa un léger baiser sur les lèvres d'Austin.

— Merci de tout ce que vous avez fait pour moi et pour oncle Karl. Je ne sais pas comment vous remercier.

En temps normal, Austin aurait répondu à une femme aussi belle et intelligente que Karla par une invitation à dîner. Mais cette réaction le surprit à tel point qu'il ne parvint qu'à articuler un « Je vous en prie » poli et à suggérer de récupérer un peu de sommeil.

Karla lui répondit qu'elle restait là encore un peu et qu'elle le verrait le lendemain matin. Ils échangèrent une poignée de main et se souhaitèrent bonne nuit. En sortant du mess, Austin se retourna. Karla, le menton appuyé sur ses mains, était apparemment plongée dans ses pensées. Malgré ses lectures philosophiques, Austin ne se faisait pas une idée très claire de la façon dont fonctionnait le destin. Les dieux devaient bien rire du dernier tour qu'ils avaient joué à l'humanité : enfermer le secret capable de sauver le monde dans la tête joliment sculptée d'une ravissante jeune femme.

33

GANT CONSIDÉRAIT LES DERNIERS INSTANTS d'une chasse au renard comme les plus sublimes. L'éclat des jaquettes rouges, la sonnerie des cors, les cris rauques des veneurs et le martèlement des sabots, tout cela ne constituait qu'un prélude ; le dénouement, le moment de vérité, survenait lorsque les chiens, en aboyant furieusement, s'emparaient de l'animal terrifié pour le déchiqueter.

La proie, cette fois, s'était montrée étonnamment habile : malin, le renard avait remonté un ruisseau, couru sur un arbre abattu par l'orage puis, afin de semer ses poursuivants, était revenu sur ses pas. Mais la meute avait fini par coincer l'animal condamné contre une haie de troènes imaginée par Gant pour rabattre les renards dans une impasse condamnée par un mur de pierres. La bête avait néanmoins tenté de se défendre avant d'être mise en pièces.

Resté seul – il avait envoyé ses compagnons de chasse fêter cette conclusion satisfaisante au manoir –, Gant mit pied à terre et revécut les derniers instants du renard. Il voyait dans cet exercice, cruel certes, une métaphore de la vie : une lutte à mort entre les forts et les faibles.

Un hennissement venu d'une petite colline incita Gant à lever les yeux ; son visage se rembrunit lorsqu'il aperçut la silhouette d'un cavalier se découpant sur le ciel bleu. Personne, hormis les chasseurs, n'était censé chevaucher sur sa propriété. Il remonta en selle, talonna son cheval et gravit la pente au galop.

L'homme, monté sur un arabe bai, regardait Gant approcher. Il n'arborait pas la jaquette rouge des chasseurs, et portait un simple jean délavé et un polo turquoise. Une casquette de base-ball ornée de l'emblème des Harley-Davidson coiffait ses cheveux blonds.

Gant stoppa sa monture.

— Que faites-vous là ? lança-t-il. Vous êtes sur une propriété privée.

L'homme accueillit cette déclaration avec détachement et ses yeux bleu clair cillèrent à peine.

— Vous m'en direz tant.

— Je pourrais vous faire arrêter pour violation de propriété, insista Gant.

Un sourire froid plissa les lèvres de l'intrus.

— Et je pourrais vous faire arrêter pour chasser le renard. Même les Anglais l'ont interdit.

Gant, qui n'avait pas l'habitude qu'on lui résiste, se dressa sur ses étriers.

— Je possède plus de quatre-vingts hectares de terre ainsi que toutes les créatures vivantes qui s'y trouvent. Je fais ce que bon me semble de ce qui m'appartient. » Il porta la main à une radio portable agrafée à sa jaquette. « Partirez-vous de votre plein gré ou faut-il que j'appelle mes gardes ?

— Inutile de faire venir la cavalerie. Je connais la sortie. Mais les défenseurs des droits des animaux ne seront pas contents d'apprendre que vous laissez vos cabots dévorer les espèces sauvages de la région.

— Ce ne sont pas des cabots. Ce sont des fox-hounds de pure race, et j'ai payé très cher pour les faire venir d'Angleterre. » L'étranger hocha la tête et reprit ses rênes. « Attendez un peu, fit Gant. Qui êtes-vous ?

— Kurt Austin, de la National Underwater and Marine Agency.

Gant fut si surpris qu'il faillit tomber de son cheval, mais il se reprit et affecta de sourire.

— Il me semblait que la NUMA s'occupait d'hippocampes et non de pur-sang arabes, monsieur Austin.

— Vous ignorez beaucoup de choses sur notre compte, monsieur Gant.

— Vous connaissez mon nom ? répondit Gant, avec un bref mouvement d'irritation.

— Naturellement. Je suis venu ici pour vous parler.

— Inutile de faire intrusion chez moi pour me voir, s'esclaffa Gant. Appeler mon bureau pour prendre rendez-vous aurait suffi.

— Merci. Et, quand votre secrétaire me demandera l'objet de ma visite, je lui répondrai que j'aimerais discuter avec vous de vos projets concernant le déclenchement d'une inversion des pôles.

Il fallait rendre à Gant cette justice : sa maîtrise de soi était remarquable. Il ne réagit aux propos d'Austin que par une infime crispation des lèvres.

— Je devrais à regret vous répondre que je ne saurais pas de quoi vous parlez.

— La *Belle du Sud*, ce nom vous rafraîchirait peut-être la mémoire.

— Un bateau d'excursion sur le Mississippi sans doute ? proposa-t-il en secouant la tête.

— La *Belle*, un cargo immense qui a été coulé par des vagues géantes lors d'une traversée vers l'Europe.

— La fondation que je dirige s'efforce de lutter contre l'influence mondiale des multinationales. C'est à peu près mon seul contact avec le commerce transocéanique.

— Désolé de vous avoir fait perdre votre temps, dit Austin. Je devrais peut-être parler de cela à Tris Margrave.

Et il s'éloigna au trot.

— Attendez, fit Gant qui avait éperonné sa monture pour le rattraper. Où allez-vous ?

Le cheval arabe s'arrêta et Austin se retourna sur sa selle.

— Ne considérez-vous plus ma présence sur vos terres comme indésirable ?

— Je suis extrêmement impoli. Je vous invite à prendre un verre chez moi.

Austin réfléchit.

— Il est un peu tôt pour un whisky, je me contenterais d'un verre d'eau.

— Très bien, dit Gant. Suivez-moi.

Ils descendirent la colline, traversèrent des prés où broutaient des chevaux et arrivèrent à une allée bordée d'arbres qui menait à la maison de Gant. Austin s'attendait à une demeure imposante, mais pas à la monstruosité architecturale de style Tudor qui se dressait dans la campagne de Virginie.

— Belle bâtisse, observa-t-il. La fondation doit bien vous payer, monsieur Gant.

— J'ai mené une brillante carrière internationale dans les affaires jusqu'à ce que je prenne conscience de mes erreurs ; et j'ai alors organisé le Réseau des intérêts mondiaux.

— C'est bien d'avoir un violon d'Ingres.

— Il ne s'agit pas d'un violon d'Ingres, monsieur Austin, répliqua Gant en souriant de toutes ses dents. Mon travail me passionne.

Ils mirent pied à terre et tendirent les rênes aux garçons d'écurie qui emmenèrent les chevaux vers un parking où se trouvaient un certain nombre de vans.

Gant remarqua qu'Austin suivait son cheval du regard.

— Ils vont bien le soigner. Belle bête, au fait.

— Merci. Je l'ai empruntée.

— Je me posais la question de savoir comment vous avez réussi à franchir ma barrière de sécurité. Il y a des caméras et des alarmes sur tout le périmètre.

— La chance, sans doute, répondit Austin, imperturbable.

Gant se doutait que son visiteur avait dû aider un peu le hasard, mais il n'insista pas. Il verrait cela avec Doyle. Son chef de la sécurité approchait justement ; il jeta un coup d'œil à Austin, la seule personne à ne pas porter une tenue de chasse.

— Il y a un problème, monsieur Gant ?

— Pas du tout. Voici Kurt Austin. Il est mon invité. Souviens-toi de son visage afin de le reconnaître la prochaine fois que tu le verras.

Doyle sourit, mais le regard qui scrutait Austin était aussi impitoyable que celui d'une vipère.

Gant emmena Austin dans un vaste patio : des personnages vêtus de rouge – les intrépides chasseurs – vidaient des flûtes de champagne et riaient en évoquant la mise à mort de la matinée. Rien que des hommes et pas n'importe lesquels : Austin qui, pourtant, ne passait guère de temps à Washington, reconnut un certain nombre de politiciens, de hauts fonctionnaires ou encore de lobbyistes. Gant semblait avoir des relations.

Il le guida sur une allée de gravier jusqu'à une table en marbre installée dans le coin d'un jardin anglais. Il ordonna à un serviteur de leur apporter une carafe d'eau glacée et invita Austin à s'asseoir.

Austin s'assit, posa sa casquette sur la table et regarda autour de lui.

— Il reste encore des clubs de chasse au renard en Virginie ? Je ne le savais pas.

— Ce ne sont pas des clubs de chasse, du moins pas officiellement. Nous ne sommes qu'un groupe de vieux amis qui essayons de maintenir une vieille coutume anglaise qui se meurt.

— C'est fort louable. Je trouve triste que les coutumes britanniques se perdent.

— Voyons, fit Gant avec un petit rire. Nous sommes tous les deux des hommes occupés, alors ne perdons pas de temps à évoquer le passé. Que puis-je faire pour vous ?

— Annuler vos projets d'inversion des pôles.

— Pour vous faire plaisir, monsieur Austin, je vais faire semblant de savoir de quoi vous parlez. Donc, pour quelle raison annulerais-je cette prétendue inversion ?

— Pour la bonne raison que, si vous ne vous y résolviez pas, vous mettriez le monde entier en péril.

— Comment cela ?

— J'ignore ce qui vous pousse à vous intéresser au déclenchement d'une inversion des pôles magnétiques, las peut-être de massacrer d'innocentes espèces, mais vous ignorez sûrement que cette inversion provoquera un mouvement de l'écorce terrestre, dont l'impact sera catastrophique.

Gant fixa Austin un moment, puis il se mit à rire aux larmes.

— Un vrai sujet de science-fiction, monsieur Austin. La fin du monde ?

— Ou presque, articula Austin d'un ton qui montrait qu'il parlait sérieusement. Les perturbations océaniques qui ont coulé la *Belle du Sud* ainsi qu'un de vos navires émetteurs n'étaient que de petits signes avant-coureurs des dégâts à venir. J'espérais que vous comprendriez et que vous renonceriez à vos projets.

L'expression joviale de Gant céda la place à un sourire sardonique.

— A mon avis, monsieur Austin, répondit-il en regardant son interlocuteur droit dans les yeux, et pour des raisons qui m'échappent, quelqu'un a inventé cette histoire à dormir debout.

— Alors, déclara Austin, mes mises en garde ne vous ont pas fait changer d'avis.

Le domestique arriva avec une carafe et deux verres.

— Je suis curieux, monsieur Austin, de savoir ce qui vous pousse à croire que j'aie pu être impliqué dans une aventure aussi bizarre.

— Je tiens mes informations du Tatoué.

— Pardon ?

— Barrett le Tatoué, celui qui a mis au point le mécanisme d'inversion des pôles.

— Et c'est ce Barrett qui vous a raconté des histoires aussi invraisemblables que son surnom ?

— Pas invraisemblables. Lui et son associé, Margrave, sont des génies dotés des moyens financiers et de la capacité d'en prouver l'existence.

— Soyez sûr d'une chose, Austin. Vous avez commis une erreur en venant ici.

— C'est également ce que je pensais, répliqua Austin en reprenant sa casquette pour la poser sur ses genoux. De toute évidence, rien de ce que je vous dis ne vous intéresse. Je vais partir. Merci pour l'eau.

Il se leva et coiffa sa casquette. Gant se leva à son tour en annonçant :

— Je vais vous faire ramener votre cheval.

Sous l'effet de l'alcool, qui coulait généreusement, la bruyante conversation dans le patio tournait au brouhaha. On amena son pur-sang à Austin qui se mit en selle. Doyle le vit se préparer à prendre congé et s'approcha pour lui tenir les rênes comme s'il voulait l'aider.

— Je saurai retrouver mon chemin pour sortir, monsieur Gant. Merci de votre hospitalité.

— Il faudra que vous reveniez quand vous aurez plus de temps.

— Je n'y manquerai pas.

Il pressa des genoux les flancs de sa monture, ce qui obligea Doyle à s'écarter. Celui-ci était un enfant de la ville et les seuls chevaux qu'il avait approchés avant de venir travailler pour Gant étaient ceux de la police montée de Boston. Il lâcha donc la bride et recula pour ne pas être renversé. Austin lut la peur dans le regard de Doyle et sourit. Il fit claquer les rênes et quitta la maison au galop.

L'air mauvais, Doyle le regarda s'éloigner.

— Vous voulez que je m'occupe de lui ?

— Pas ici. Pas maintenant. Fais-le suivre. J'aimerais savoir comment il est entré dans la propriété.

— Je m'en charge.

— Quand tu auras fini, j'ai un autre travail à te confier. Retrouve-moi dans le jardin dans un quart d'heure.

Tandis que Gant s'en allait faire la conversation à ses invités, Doyle tira de sa poche une radio portative et lança un ordre à deux gardes assis dans une Jeep garée non loin de l'allée de la maison. Le chauffeur venait juste de répondre qu'il avait compris quand une jument arabe passa au galop, le cavalier penché sur son encolure. Le chauffeur démarra, passa en première et écrasa l'accélérateur.

La Jeep filait à près de cent à l'heure quand elle passa devant le bouquet de troènes où se cachait Austin. Celui-ci consulta un GPS et s'enfonça dans les champs jusqu'aux bois qui bordaient la propriété. Un cheval et un cavalier émergèrent alors d'un taillis et s'avancèrent vers lui.

— Joli temps pour une promenade en campagne, mon vieux, minauda Zavala dans une lamentable imitation d'accent anglais.

— Je ne vous le fais pas dire, mon bon, répondit Austin bien plus convaincant.

Ils mirent leurs chevaux au trot et sortirent du bois à l'endroit où des arbres avaient été abattus afin d'aménager une voie réservée aux patrouilles de sécurité. Pas de clôture, rien qu'un certain nombre de panneaux ENTRÉE INTERDITE se faisant face, chacun muni d'une caméra qu'actionnait le moindre mouvement.

Zavala prit dans sa poche un petit boîtier noir, pressa un bouton et attendit qu'un voyant vert s'allumât ; ils passèrent alors entre deux des panneaux puis s'engagèrent sur la route ; un peu plus loin, les attendait une grosse camionnette, un van en remorque.

Barrett le Tatoué les vit arriver et descendit de la cabine pour les aider à installer les chevaux dans le van.

— Il a marché comme un charme, annonça Zavala en tendant le boîtier noir à Barrett.

— Il est pourtant d'une conception extrêmement simple, expliqua Barrett. Ce gadget ne coupe pas l'émission, on le remarquerait aussitôt, il la retarde seulement de deux heures. Ils finiront par vous voir, mais en accéléré ; ce sera alors trop tard et ne les avancera pas à grand-chose. Laissez-moi vous montrer quelque chose d'encore plus amusant.

Il ouvrit la portière du camion et prit dans la cabine un petit écran de télévision branché sur l'allume-cigare. Il mit le contact et apparut sur l'écran l'image de Gant en train de dire : « Vous êtes sur une propriété privée » puis celle d'Austin lâchant sa réponse laconique : « Vous m'en direz tant. »

— On vous a déjà dit que vous êtes un petit prodige ? se renseigna Zavala.

— Souvent. » Barrett appuya sur « avance rapide » puis s'arrêta sur une image de Doyle. « Je vous présente l'enfant de salaud qui a essayé de me tuer.

Austin ôta sa casquette de base-ball et examina l'objectif de l'appareil photo miniature dissimulé dans le logo Harley-Davidson.

— M. Doyle aurait été très surpris s'il avait su que vos petits yeux perçants l'observaient depuis votre tombe.

Barrett se mit à rire.

— Quelle impression avez-vous de Gant ?

— Brillant. Arrogant. Psychopathe. Je l'ai observé après la chasse au renard : il fixait l'endroit de la curée comme s'il s'était agi d'un autel.

— Gant m'a toujours fait froid dans le dos, et que Tris ait pu se lier avec lui me laisse perplexe.

— Je suppose que les mauvaises actions rapprochent les gens. Je ne nourrissais aucune illusion sur l'effet de mes appels à la raison, mais cela m'a donné l'occasion de le jauger et... de planter un micro sous la table du jardin avant de partir.

— Il fonctionne très bien, mais n'a encore rien transmis.

— Pensez-vous que les Trout auront plus de chance avec Margrave ? demanda Austin.

— Je le voudrais bien, mais je ne suis pas très optimiste.

— Moi non plus, renchérit Austin en se remémorant sa rencontre avec Gant.

— A la santé d'Arthur Clarke, proposa Gant en levant son verre.

Il était assis dans son bureau en compagnie de trois chasseurs vêtus de l'habit rouge réglementaire.

— Qui est Clarke ? s'informa l'un d'eux, un homme trapu avec un cou de taureau.

Le sourire onctueux de Gant dissimulait à peine son mépris.

— Un auteur de science-fiction britannique : le premier à avoir, dès 1945, suggéré l'envoi sur des orbites de vingt-quatre heures de trois satellites habités, et ce dans le but de transmettre des signaux de télévision. C'est sa vision qui nous rassemble ici aujourd'hui.

— Je porte un toast en son honneur, lança avec un fort accent anglais l'homme au cou de taureau.

Et il leva son verre, imité aussitôt par Gant et les deux autres ; l'un était aussi décharné que l'homme trapu était gros ; le dernier, quatre-vingts ans environ, avait cherché à conjurer les inévitables servitudes de l'âge en recourant à la chirurgie plastique, à des produits chimiques divers et aux greffes : résultat de ce cocktail, un visage hideux, davantage celui d'un cadavre que celui d'un jeune homme.

Gant lui-même reconnaissait que ses associés ne brillaient pas par leurs qualités morales, mais ils étaient rusés, impitoyables, et les multinationales qu'ils contrôlaient en avaient fait des hommes fabuleusement riches. Qui lui étaient fort utiles. Pour l'instant du moins.

— Je vous ai demandé de venir pour vous informer de l'état d'avancement de notre projet, commença Gant. Les choses se présentent bien.

— Très bien ! Très bien ! approuvèrent les trois autres en chœur.

— L'industrie du satellite, vous le savez, a connu ces trente dernières années une expansion considérable. Il existe aujourd'hui des douzaines de satellites exploités par autant de sociétés, utilisés pour la télévision, les communications, la météorologie, la téléphonie, l'armée et, bientôt, pour d'autres services encore. Satellites qui engendrent des milliards de dollars de bénéfices. » Il marqua un temps d'arrêt. « D'ici peu, tous nous appartiendront.

— Etes-vous certain qu'il n'y aura pas de pépin ? s'enquit le vieil homme.

— Pas le moindre. La perturbation que provoquera l'inversion des pôles ne sera que provisoire, mais les réseaux de satellites seront tous exposés à un dérèglement magnétique.

— A l'exception du nôtre, intervint l'homme maigre.

Gant acquiesça de la tête.

— Nos satellites, protégés par un blindage en plomb, seront les seuls à continuer de fonctionner. Notre consortium sera alors en mesure de maîtriser les systèmes de communications du monde entier, position que nous conforterons en absorbant les réseaux existants et en lançant davantage de nos propres satellites.

— Produisant d'autres milliards, ajouta le vieil homme.

— En effet, approuva Gant. Et, délicieuse ironie, nous atteindrons notre objectif grâce aux forces anarchistes, les seules qui accepteront volontiers d'assumer la responsabilité de provoquer l'inversion des pôles. Et, quand la colère des peuples se déchaînera contre eux, Margrave et les siens seront anéantis.

— Pour le bien de tous, commenta le vieil homme. Mais, ne l'oubliez pas, notre objectif principal est l'argent.

— Et il n'en manquera pas, renchérit Gant, bien que cela lui importât peu.

Lui, visait en effet le pouvoir politique qui lui incomberait dès lors qu'il contrôlerait la totalité des communications mondiales. Il serait averti du moindre geste de quiconque. Des millions de conversations seraient écoutées. La possibilité d'accéder à tous les dossiers lui fournirait l'ensemble des outils nécessaires pour exercer un chantage politique. Aucune armée ne pourrait se déplacer à son insu. Ses stations de télévision canaliseraient les opinions publiques. Il aurait le pouvoir aussi bien de déclencher des émeutes que de les réprimer.

— A la santé de cet Anglais, répéta l'homme au cou de taureau. Rappelez-moi donc son foutu nom.

Gant le renseigna puis leva son verre pour porter un nouveau toast.

34

TROUT REMONTA SA LIGNE et considéra l'hameçon vide.

— Ça ne mord pas aujourd'hui, lâcha-t-il, écœuré.

Gamay reposa les jumelles qu'elle venait de braquer sur le phare qui dominait l'île de Margrave.

— Quand on a grandi au sein d'une famille de pêcheurs on devrait savoir que les hameçons donnent en général de meilleurs résultats si on y met un ver.

— Prendre un poisson gâcherait le sens de cette production théâtrale maritime qui ne vise qu'à donner l'impression que je pêche, rétorqua Trout.

Gamay jeta un coup d'œil à sa montre et leva les yeux vers la silhouette rayée de rouge et de blanc du phare juché sur la falaise.

— Cela fait deux heures que nous sommes ici. Ceux qui nous observent depuis l'île devraient être maintenant persuadés que nous sommes d'innocents pêcheurs.

— Je croyais que ma tenue les convaincrait.

Gamay considéra la canette de bière miniature agrafée au bord du chapeau froissé de Trout puis la chemise hawaiienne par-dessus le bermuda rouge.

— Comment en effet ne pas se laisser prendre à un déguisement aussi habile ?

— Je décèle dans tes propos une pointe de sarcasme que le gentleman que je suis a décidé d'ignorer, déclara Trout. Le vrai test va bientôt commencer.

Il rangea la canne à pêche dans une housse et fit semblant de s'escrimer à faire démarrer le moteur du hors-bord. Le fait d'avoir débranché le fil de la bougie expliquait peut-être la vanité de ses efforts. Acte I. Ensuite, Gamay et lui se dressèrent sur le pont en agitant les bras comme s'ils se disputaient violemment. Acte II. Et enfin, ils sortirent deux rames qu'ils placèrent dans les tolets et se mirent à souquer en direction de l'île. Acte III.

Le bateau n'était pas conçu pour être actionné à la rame et ils n'avançaient pas vite, mais ils arrivèrent quand même à une trentaine de mètres d'un quai tout en longueur, auquel étaient amarrés un gros canot à moteur et un voilier encore plus gros. Partout des panneaux ACCÈS INTERDIT. Pour mieux faire comprendre le message, un garde en tenue de camouflage s'approchait à pas tranquilles de l'extrémité du quai.

Il jeta sa cigarette dans l'eau et leur fit signe de s'éloigner, sans résultat ; il mit alors ses mains en pavillon et cria :

— Propriété privée. Vous ne pouvez pas accoster ici.

Trout se planta à l'arrière du bateau et répondit sur le même ton :

— Nous sommes en panne d'essence.

— Nous ne pouvons pas vous aider. C'est une propriété privée, ajouta-t-il en désignant un des panneaux ACCÈS INTERDIT.

— Laisse-moi essayer, fit Gamay.

— Si tu veux, dit Trout en s'effaçant pour laisser la place à Gamay. Mais je t'en prie, ne lui fais pas le numéro du mari qui ne sait rien faire : ça me donne un complexe d'infériorité.

— D'accord, je vais jouer le rôle de la femme désespérée. » Gamay ouvrit grands les bras comme pour implorer le garde. « Nous ne savons pas quoi faire. Notre radio ne veut pas marcher. Nous paierons l'essence, assura-t-elle en montrant la pompe installée sur le ponton.

Le garde jaugea la silhouette élancée de Gamay, sourit et leur fit signe d'approcher.

Ils ramèrent tant bien que mal jusqu'au quai, assez près pour apercevoir l'étui à revolver et le talkie-walkie attachés à la ceinture du garde ; Trout lui tendit un jerrican qu'il porta jusqu'à la pompe tandis que le couple restait sur le bateau. Quand il le rapporta, Gamay le remercia et demanda ce qu'elle lui devait.

— Rien du tout, répondit-il avec un sourire entendu.

— Alors, ayez l'obligeance de remettre ceci à M. Margrave en échange de l'essence, dit-elle en lui tendant une grosse enveloppe.

— Attendez ici, décida le garde après avoir regardé l'enveloppe.

Il s'éloigna hors de portée de voix et dit quelques mots dans sa radio. Puis il revint et annonça :

— Venez avec moi.

Il leur fit monter un escalier en bois assez raide ; une fois au pied de la falaise, il tira de sa poche une petite télécommande et appuya sur un bouton ; un pan de mur pivota pour révéler un ascenseur. Il entra avec eux dans la cabine et, une main sur la crosse de son arme, ne les lâcha pas du regard pendant les quelques secondes du trajet. La porte de la cabine s'ouvrit sur une pièce circulaire. D'un coup d'œil, les Trout comprirent qu'ils se trouvaient à l'intérieur du phare.

Le garde ouvrit une porte et ils débouchèrent à l'air libre, au sommet de la falaise, d'où l'on avait une vue magnifique sur les eaux étincelantes de la baie de Penobscot. On avait disposé là trois fauteuils pliants qui se faisaient face. Un homme occupait l'un d'eux, le dos tourné aux nouveaux arrivants, les yeux rivés sur une longue-vue.

Il avait un visage mince, l'air sombre et des yeux verts en amande, qui fixaient les Trout avec amusement.

— Bonjour, Gamay. Bonjour, Paul. Je vous attendais, fit-il, riant de leur étonnement.

— Je ne crois pas que nous nous soyons déjà rencontrés, déclara Trout en s'installant dans un fauteuil tandis que Gamay s'asseyait dans l'autre.

— Non, en effet, mais nous vous avons écoutés et observés toute la matinée. Nos oreilles électroniques sont bien plus sensibles que les appareils d'écoute proposés par les catalogues de matériel d'espionnage d'Internet. Nous n'avons perdu aucune de vos paroles. J'ai cru comprendre que vous m'apportiez un cadeau.

Le garde tendit l'enveloppe à Margrave. Il la décacheta et en fit glisser une disquette. Son sourire disparut quand il lut l'étiquette : « Les dangers de l'inversion des pôles. »

— Qu'est-ce que cela signifie ? demanda Margrave d'une voix d'où avait disparu toute trace de la chaleur qu'il feignait.

— La disquette, résuma Trout, contient tout ce que vous voulez savoir, plus quelques points que vous préféreriez ignorer.

D'un geste, Margrave congédia le garde.

— Vous devriez vraiment écouter la disquette, insista Gamay. Elle vous décrira l'ensemble de la situation.

— Pourquoi voulez-vous que je m'intéresse à l'inversion des pôles ? rétorqua Margrave.

— Tout simplement, répondit-elle avec un charmant sourire, parce que vous projetez de provoquer l'inversion des pôles magnétiques de la Terre grâce à des émissions électromagnétiques à fréquences ultrabasses, un processus fondé sur les travaux de Lazlo Kovacs.

Margrave, le menton dans une main, réfléchit aux paroles de Gamay.

— En supposant que je détienne ce pouvoir, il n'existe, que je sache, aucune loi interdisant de déclencher l'inversion des pôles.

— Mais il y en a beaucoup qui interdisent de cautionner destructions et massacres en masse, rétorqua Trout, même si vous n'auriez pas à vous en soucier puisque vous seriez morts comme nous tous.

— Je ne joue plus aux devinettes depuis longtemps. Que me racontez-vous ?

— Que provoquer une inversion des pôles déclenchera un mouvement irréversible de l'écorce terrestre avec des conséquences catastrophiques.

— Et qu'y aurait-il pour moi, ou un autre, à gagner là-dedans ?

— N'auriez-vous plus toute votre tête ou, plus probablement, seriez-vous tout simplement idiot ?

Les joues pâles de Margrave s'empourprèrent.

— On m'a donné bien des qualificatifs mais jamais celui d'idiot.

— Nous connaissons vos raisons : vous tentez d'arrêter la mondialisation économique. Mais vous avez choisi un moyen dangereux pour arriver à vos fins et vous seriez bien avisé d'y renoncer.

Margrave se leva brusquement, plia le bras en arrière puis le détendit vers l'avant. La disquette jaillit de sa main et décrivit une longue trajectoire qui s'acheva dans l'eau, à des dizaines de mètres plus bas, au pied de la falaise. Il fit signe au garde et se tourna vers les Trout.

— On va vous raccompagner à votre bateau. Tenez-vous éloignés de l'île, sinon je coulerai votre embarcation. Ensuite vous pourrez regagner la côte à la nage. Je ne vous ferai pas payer l'essence, ajouta-t-il avec un sourire.

Quelques instants plus tard, les Trout repartaient par l'ascenseur. Le garde les escorta jusqu'à leur bateau, les poussa loin du quai et resta planté là, la main sur l'étui de son revolver.

Du haut de la falaise, Margrave regarda les Trout s'éloigner puis il prit le portable fixé à sa ceinture et obtint la tonalité en prononçant un seul mot : « Gant. »

Jordan Gant répondit immédiatement.

— Je viens d'avoir de la visite, annonça Margrave. Des membres de la NUMA qui en savent long sur le projet.

— Quelle coïncidence, répondit Gant. Kurt Austin, lui aussi de la NUMA, s'est invité chez moi. Il avait également l'air bien renseigné sur nos plans.

— Ceux qui sortent d'ici prétendaient que nos agissements pourraient provoquer un cataclysme mondial.

— Vous vivez depuis trop longtemps sur votre île, fit Gant en riant. Quand vous aurez passé quelque temps dans une fosse à serpents comme l'est Washington, vous apprendrez que la vérité est exactement ce que l'on veut qu'elle soit. Ils bluffent.

— Que faut-il faire ?

— Avancer la date prévue. Dans le même temps, nous créerons une diversion pour les ralentir. En éliminant Kurt Austin, nous désorganiserons la NUMA, ce qui nous donnera le temps dont nous avons besoin pour mener à bien le projet.

— Des nouvelles de Karla Janos ? Je n'aime pas l'idée qu'elle pourrait surgir de nulle part.

— Je m'en suis occupé. Mes amis de Moscou m'ont affirmé qu'en y mettant un peu plus d'argent, Janos ne quitterait jamais vivante cette île de Sibérie.

— Vous faites confiance aux Russes ?

— Je ne fais confiance à personne. Les Russes ne toucheront le solde de leur prime que quand ils me montreront des preuves de sa mort. En attendant, elle est à des milliers de kilomètres d'ici, bien incapable d'intervenir.

— Comment comptez-vous réagir aux menaces d'Austin ?

— J'espérais pouvoir vous emprunter la Légion de Lucifer pour cette tâche.

— Lucifer ? Vous savez combien ils sont indisciplinés.

— Oui, mais je souhaite couvrir notre participation à cette disparition : si quelque chose tourne mal, on prétendra que ce groupe de tueurs fous a agi spontanément.

— Il faudra les surveiller.

— Pourquoi pas ?

— Je vais me rendre à Portland où je sauterai dans un hélicoptère à destination de Boston d'où je partirai pour Rio.

— Parfait. Je vous rejoindrai dès que j'aurai réglé quelques problèmes mineurs.

Après avoir discuté des détails de dernière minute, Margrave raccrocha et lança un ordre à son garde. Puis il entra dans le phare et passa un coup de téléphone. Il entassa alors dans un sac de voyage deux trois affaires et un ordinateur portable. Quelques minutes plus tard, il traversait le quai jusqu'à sa *Cigarette* dont la puissante machine chauffait déjà. Il embarqua avec deux hommes de la sécurité. On leva l'ancre et il emballa le moteur, fendant les eaux de la baie de Penobscot, la proue en l'air.

Le canot passa devant une toute petite île couverte de sapins. Assis sur un gros rocher à l'ombre des arbres, Paul et Gamay suivirent du regard le sillage que traçait sur la mer le puissant engin.

— M. Margrave semble pressé, nota Gamay.

— J'espère, ajouta Trout en souriant, que c'est à cause de ce que nous lui avons dit.

Ils traversèrent l'îlot et retrouvèrent leur bateau – ils l'avaient attaché à un arbre ; ils contournèrent la pointe de l'île, mirent les gaz et filèrent dans le sillage de Margrave.

35

La *National Underwater* and Marine Agency a installé ses bureaux dans une architecture tubulaire juchée sur une colline et qui, du haut de ses trente étages, domine le Potomac. Derrière sa façade en verre, des milliers d'océanographes et d'ingénieurs maritimes, ainsi que les laboratoires et ordinateurs qui constituent leurs instruments de travail.

Austin occupait au quatrième étage une pièce au décor spartiate : un ameublement quelconque – bureau, ordinateur et classeurs – et des murs ornés de photos de bâtiments de recherche de la NUMA, de cartes océanographiques et d'un tableau d'affichage tapissé de copies d'articles scientifiques et de coupures de presse. Sur la table de travail, la photo préférée d'Austin : ses parents à bord de leur bateau sur le Puget Sound, une photo prise en des jours plus heureux avant la mort de sa mère des suites d'une longue maladie.

La simplicité du décor était en partie délibérée : le travail de l'équipe des Missions spéciales était surtout clandestin et Austin tenait à se fondre dans la masse. Le côté strictement fonctionnel de son bureau s'expliquait aussi par les fréquentes missions qui l'emmenaient aux quatre coins du globe : les océans du monde étaient le véritable lieu de travail d'Austin.

Au même étage se trouvait l'imposante salle de réunion de la NUMA dans laquelle trônait une table de conférence de trois mètres de long construite à partir d'un fragment de la coque d'une goélette naufragée. Austin avait choisi un espace plus modeste pour exposer sa stratégie, une petite pièce tapissée de livres sur la mer, un endroit tranquille fréquemment utilisé par ceux qui avaient une présentation à faire.

En s'asseyant à la table en chêne qui occupait le centre, il pensait à la fameuse salle des opérations de Churchill et au Bureau ovale où avaient été prises tant de décisions sur l'avenir du monde. Lui, songea-t-il, ne disposait d'aucune division d'infanterie, d'aucune flotte puissante ; à ses côtés, Joe Zavala, qui préférait piloter sa Corvette décapotable accompagné d'une jolie femme, Barrett, un toqué de l'informatique avec une araignée tatouée sur le crâne, et la belle et intelligente Karla Janos avec qui Austin aurait préféré discuter devant un cocktail.

— Paul et Gamay arrivent du Maine, annonça-t-il. Ils ont essayé de persuader Margrave de renoncer au projet, mais ils ont fait chou blanc.

— Donc, conclut Karla, il ne nous reste qu'une solution : empêcher ces plans insensés de se réaliser.

Austin regarda Karla en s'attardant sur cette peau parfaite, cette bouche sans défaut, et songea qu'il était des plus injuste qu'une menace pesant sur le monde vînt entraver une possible idylle. Karla remarqua les yeux bleus d'Austin fixés sur elle et haussa un sourcil au dessin délicat.

— Oui, Kurt ?

Pris sur le fait, Austin s'éclaircit la voix.

— Avez-vous des nouvelles de votre oncle ?

— Théoriquement mon parrain ; il va bien, il est simplement épuisé. L'hôpital veut le garder quelques jours – il doit ménager sa cheville – mais, dès qu'il sera un peu reposé, à coup sûr, il s'échappera.

— Je suis heureux de savoir qu'il se rétablit. Je pourrai vous déposer à l'hôpital après notre réunion, car je dois ensuite aller informer Dirk Pitt, le directeur de la NUMA. Il s'est laissé embringuer dans une soirée de charité près de Bull Run. Il aimerait que je le mette au courant avant la réunion à la Maison-Blanche. Qu'est-ce que tu as, Joe ?

— De bonnes nouvelles. J'ai demandé à Yaeger de passer au

peigne fin les archives des constructeurs car je pensais que découvrir les chantiers d'où sortaient les navires émetteurs nous permettrait d'en retrouver la trace. Mais Max lui-même n'a rien obtenu. Je suis alors passé aux dynamos en me disant qu'on les trouvait peut-être dans le commerce.

— On ne peut certainement pas acheter des générateurs, tels que ceux que nous avons vus, chez l'électricien du coin.

— Seules quelques entreprises fabriquent du matériel de cette taille, répondit Zavala. J'ai contrôlé les ventes de chacune d'entre elles au cours des trois dernières années. Elles ont toutes alimenté des compagnies de fourniture d'électricité, à l'exception d'une commande censée avoir été livrée à une usine d'Amérique du Sud, qui appartient à la fondation de Gant. La multinationale propriétaire de l'usine possède également un chantier naval dans le Mississippi. Curieux assemblage d'entreprises pour un même propriétaire, surtout pour un groupe de lobbying à but non lucratif.

— Tu es sûr que tout cela appartient bien à la fondation ?

— Absolument. J'ai consulté les dossiers de la fondation puisqu'il s'agit d'une organisation à but non lucratif. C'est par l'intermédiaire d'une société écran du Delaware qu'elle est propriétaire du chantier naval. J'ai chargé quelqu'un de la NUMA d'y regarder de plus près en prétextant une réparation bidon sur un de nos navires de recherche. La société est semble-t-il réglo : on nous a répondu, sans entrer dans les détails, qu'ils venaient de terminer un gros travail d'aménagement et que notre commande les intéressait.

— Les navires sont donc toujours là.

— Ils sont partis il y a quelques jours. J'ai consulté les archives du satellite de la NUMA : quatre bateaux ont quitté le chantier naval la semaine dernière.

— Quatre ?

— Trois bateaux émetteurs et un paquebot de croisière qui se dirigeraient vers l'Amérique du Sud.

Barrett avait suivi sans rien dire l'intégralité de la simulation sur ordinateur.

— Merci de vous être donné tout ce mal, Joe. Je me sens horriblement coupable et je n'arrive pas à m'ôter de l'idée que cette tragédie est ma faute.

— Absolument pas, protesta Karla. Vous ne pouviez vraiment pas vous douter que vos travaux seraient utilisés à des fins destructrices. De même que mon grand-père, qui ne s'intéressait qu'à la science pure. » Karla secouait la tête quand un sourire apparut sur son visage. « *Sens dessus dessous.* » L'air abasourdi des autres la fit rire. « Une berceuse que me chantait mon grand-père. Ce n'est pas de la grande poésie, mais il me recommandait de m'en souvenir dans certaines occasions. » Elle fronça les sourcils et tenta de se rappeler les paroles.

Sens dessus dessous,
Sens dessus dessous,
Le monde est à l'envers,
Le ciel est en feu,
La terre a peur
La mer sort de son lit.

Un profond silence accueillit cette récitation, et ce fut Karla qui le rompit.

— Seigneur, murmura-t-elle, je viens de décrire des aurores boréales, des tremblements de terre et des tsunamis.

— Autrement dit, une inversion des pôles, commenta Austin.

— Je vais essayer. Ça fait longtemps, reprit-elle en regardant le plafond. Chaque couplet commence par « sens dessus dessous », et puis les paroles changent. Le couplet suivant dit : « La clef est sur la porte/Nous allons tourner la poignée et tirer le loquet/Pour calmer le grondement de l'océan. » Ça continue puis ça se termine sur mon couplet préféré : « Dis au revoir à la nuit/Tout est bien de nouveau/Comme le rêve, Karla/Car le monde est bien droit. »

Barrett tira de sa poche un stylo et un carnet qu'il fit glisser vers Karla.

— Pourriez-vous noter par écrit chaque couplet ?

— C'est possible bien sûr, fit Karla, déconcertée. Mais croyez-vous vraiment que ce charabia signifie quelque chose ?

— Il m'intrigue en tout cas, répondit Barrett.

— Il nous faut suivre toutes les pistes, même les plus futiles, renchérit Austin. Et maintenant, reprit-il après avoir jeté un coup d'œil à une pendule murale, je dois m'en aller. Retrouvons-nous ici dans deux heures.

Il demanda à Zavala de suggérer aux Trout de suivre la trace des bateaux émetteurs, puis se tourna vers Karla.

— Je peux vous déposer à l'hôpital, comme je vous l'ai proposé.

— Je verrai Oncle Karl plus tard parce que, si j'y vais maintenant, il me demandera de l'aider à s'enfuir. Mais je vous accompagnerai volontiers à votre rendez-vous avec M. Pitt, ajouta-t-elle.

— Il serait plus sûr, hésita Austin, que vous ne vous montriez pas.

— Certainement, mais je ne me sens pas bien, planquée. Il y a d'ailleurs de fortes chances pour que celui qui a commandité mon meurtre ignore que je suis encore en vie.

— Et j'aimerais que vous le restiez.

— Les travaux de mon grand-père sont à l'origine de cette folie, et j'estime de mon devoir d'empêcher qu'on pervertisse ses recherches.

La détermination de la jeune femme était telle qu'Austin comprit qu'il ne trouverait aucun argument capable de la convaincre.

Un quart d'heure plus tard, Austin et Karla quittaient le parking du garage de la NUMA pour se mêler à la circulation de Washington. Mais, de derrière les vitres noircies d'une camionnette bourrée d'équipements de surveillance et d'écoute dernier cri, on les observait à leur insu : sur la portière du fourgon, le blason de la Metropolitan Transit Authority.

Assis à l'intérieur, Doyle et un assistant ne quittaient pas des yeux les écrans de contrôle de caméras braquées sur les rues autour de l'immeuble de la NUMA, tandis que d'autres caméras installées dans un véhicule similaire enregistraient le visage de tous ceux qui sortaient du siège pour les comparer aux images d'une banque de données. Le système de reconnaissance faciale était capable de contrôler plus de mille visages à la seconde.

L'alarme du moniteur se déclencha : une image d'Austin au volant d'une Jeep Cherokee turquoise qui sortait du garage apparaissait sur un des écrans ; au-dessus, s'affichait un résumé d'informations le concernant. Une lueur d'excitation s'alluma dans les yeux de Doyle. Bingo ! Il venait à peine d'ordonner à son assistant de reprendre le volant de la camionnette pour suivre la Jeep qu'un second moniteur se mit à sonner : le visage d'une ravissante jeune femme assise dans la Jeep à la place du passager occupait tout l'écran ; la banque de données l'identifia aussitôt : Karla Janos.

Double bingo !

Un sourire plissa les lèvres minces de Doyle ; il avait hâte de voir l'expression de Gant quand il lui annoncerait que Karla était bien vivante et qu'elle paradait auprès de l'ennemi. Tandis que le fourgon démarrait pour filer la Jeep, Doyle appela un motel d'Alexandria devant lequel étaient garées six Harley-Davidson. Quelques minutes plus tard, six hommes sortirent en trombe de l'établissement, sautèrent sur leurs machines et, dans un rugissement de moteurs, foncèrent retrouver Doyle.

36

KARLA CONSIDÉRAIT CES HOMMES en uniforme gris des Confédérés ou en tenue bleue de l'Union qui, à bord de camionnettes ou de 4 × 4, investissaient la route de banlieue sur laquelle Austin et elle roulaient.

— Je croyais la guerre de Sécession terminée, dit-elle. J'ai dû me tromper.

— Vous avez connu une existence vraiment protégée, répondit Austin, car l'agression nordiste demeure bien vivante. Criez le nom de Robert Lee par la fenêtre, et vous recruterez en un rien de temps assez de volontaires rebelles pour rejouer la bataille de Gettysburg.

Austin suivit le flot de la circulation jusqu'à un parking aménagé près d'un champ de cinq ou six hectares et, après avoir garé la voiture de la NUMA, entraîna Karla vers la foule de spectateurs et de figurants qui se dirigeaient vers la prairie où ils s'apprêtaient à faire revivre la guerre de Sécession. Tout le long du chemin, des panneaux annonçaient que cette manifestation et le défilé de voitures à vapeur qui suivrait avaient pour but de récolter des fonds destinés aux Amis du champ de bataille national de Manassas.

Austin demanda son chemin à un barbu arborant l'uniforme gris des officiers de l'armée de Lee.

— Stonewall Jackson, pour vous servir, se présenta l'homme en saluant courtoisement.

— Enchanté de vous rencontrer, général. Vous paraissez en

forme, compte tenu des circonstances. Sauriez-vous par hasard où se trouvent les anciennes voitures à vapeur ? se renseigna Austin.

Jackson scruta l'horizon et tira sur sa barbe d'un air songeur.

— Techniquement, en 1861, les voitures n'avaient pas encore été inventées, je ne sais donc pas de quoi vous parlez. Mais je vous suggérerais de chercher près des toilettes chimiques qui, de notre temps, n'existaient pas davantage.

— Merci, général Jackson. J'espère que vous profiterez bien de la bataille.

— Je vous en prie, dit-il en levant son chapeau pour saluer Karla.

— Il prend son rôle très au sérieux, n'est-ce pas ? murmura-t-elle en regardant Jackson se fondre dans la foule.

— A Manassas, premier grand affrontement de la guerre de Sécession, expliqua Austin en souriant, les Nordistes s'imaginaient qu'ils ne feraient qu'une bouchée des Confédérés ; on était même venu de Washington avec son panier de pique-nique pour assister à la bataille, à peu près comme aujourd'hui. Ce jour-là, les Confédérés l'ont emporté mais, finalement, cela n'a pas empêché les Nordistes de reprendre le dessus.

— Pourquoi n'a-t-on pas choisi le site même de l'affrontement ?

— Parce que, il y a quelques années, une précédente reconstitution a tourné à la folie. C'est pourquoi elle se déroule aujourd'hui sur un terrain privé.

— Je vois ce que vous voulez dire, observa Karla après avoir regardé autour d'elle.

— Le vieux Stonewall dirait avec bonhomie : « Épargnez votre sang. Le Sud se relèvera un jour. »

Les six individus qui venaient de stopper près de la camionnette auraient pu avoir été clonés en laboratoire : ils portaient tous une petite barbiche et avaient tous le même front dégarni en pointe.

La Légion de Lucifer, un groupe d'extrémistes néo-anarchistes, estimait que, pour faire avancer sa cause, la violence était non seulement justifiée mais également indispensable. A l'instar de leurs prédécesseurs qui, le regard fou, lançaient des bombes, ils se tenaient en marge du mouvement anarchiste en général non violent et qui ne voulait pas entendre parler d'eux. Ils se déplaçaient de ville en ville sur leurs motocyclettes et laissaient le chaos dans leur sillage.

Margrave les enrôla quand il adhéra au mouvement néo-anarchiste ; il estimait en effet que ce qui était valable pour les Élites – à savoir disposer d'une police autorisée à utiliser la force et, dans certaines situations, à tuer –, l'était aussi pour ses partisans et lui. Il finança alors la Légion et en fit sa garde prétorienne personnelle. Il s'amusa de les voir se laisser pousser la barbe et se couper les cheveux pour se donner l'air satanique que Margrave possédait naturellement. Mais après plusieurs accrochages toujours plus sanglants avec des anarchistes, il se rendit compte qu'ils étaient incontrôlables.

Il continua à les financer, mais les employa de moins en moins. Il avait alors accepté, sur le conseil de Gant, d'engager le service de sécurité pour des opérations ponctuelles. Il avait d'abord été surpris quand Gant avait suggéré de recourir à la Légion pour supprimer Austin et Karla, mais il avait reconnu que, si les choses tournaient mal, les autorités penseraient avoir affaire à une bande de criminels agissant spontanément.

Margrave, plus conscient que Gant des tendances psychopathes de ces sbires, avait insisté pour qu'on leur imposât la surveillance de Doyle. Ce dernier avait retiré du fourgon l'inscription METROPOLITAN TRANSIT AUTHORITY. A l'arrivée des sinistres motocyclistes, il descendit pour les inspecter avec un sourire amical qui masquait en réalité un profond mépris.

Devant le regard vide, le rictus figé et la voix sourde de ces types, Doyle, pourtant un tueur sans état d'âme, avait la chair de poule ; il espérait que Gant savait ce qu'il faisait parce qu'il avait de temps en temps et, à son corps défendant, travaillé avec eux. En ce qui le concernait, ses terribles manifestations de violence étaient toujours contrôlées et calculées ; il tuait pour des raisons professionnelles : pour éliminer un concurrent, pour faire taire un informateur. Le comportement indiscipliné de la Légion de Lucifer heurtait son sens de l'ordre.

Il désigna une Jeep turquoise garée quelques rangées plus loin.

— Austin et la femme sont partis pour le champ de bataille. Retrouvez-les.

Les membres de la Légion, qui parvenaient à communiquer sans parler et se déplaçaient avec ensemble tels un vol d'oiseaux ou un banc de poissons, se déployèrent sur le parking ; ils repérèrent le camion d'une entreprise, « Costumes d'*Autant en emporte le vent* ». L'employé qui déchargeait un assortiment de tenues d'époque destinées à ceux qui ne possédaient pas leur propre uniforme se retrouva cerné par six clones grimaçants. L'un d'eux l'assomma avec une matraque télescopique tandis que les autres faisaient un écran de leurs corps pour dissimuler l'agression.

Ils jetèrent l'homme inconscient à l'arrière du camion et fouillèrent parmi les costumes jusqu'à ce qu'ils eussent trouvé ce qu'ils voulaient. Ils rapportèrent leur butin dans la fourgonnette de Doyle et se changèrent. En quelques instants, les motards en jean et T-shirt avaient disparu, remplacés par trois Confédérés et trois Nordistes. Ils glissèrent dans leur ceinture des fusils à canon scié, enfourchèrent leurs machines et s'élancèrent comme des loups affamés en quête de proies.

Doyle abandonna la camionnette et se mêla au flot de spectateurs et de participants costumés, son regard balayait la foule comme le faisceau d'un radar. Il était doté d'une vision quasi parfaite, un atout précieux pour un chasseur, et son œil perçant repéra très vite les cheveux argentés d'Austin et, une seconde plus tard, la jolie blonde qui l'accompagnait et dont le visage n'était autre que celui que l'ordinateur avait identifié, celui de Karla Janos.

Il saisit la radio accrochée à sa ceinture et lança un bref message aux hommes de la Légion de Lucifer.

Austin avait trouvé les voitures à vapeur, une vingtaine d'antiques Stanley alignées au bord du champ. Un homme d'un certain âge, un bloc-notes à la main, passait devant les machines.

— Je cherche un responsable, lui dit Austin.

— Ma foi, fit l'homme en lui tendant la main, je le suis autant qu'un autre. Doug Reilly, président du club des Voitures à vapeur Stanley de Virginie. Que puis-je faire pour vous ?

— Je cherche le propriétaire de l'une de ces voitures, Dirk Pitt.

— Oh ! oui, celle de Pitt, la réplique de la Stanley qui a gagné la

Coupe Vanderbilt en 1906, précisa Reilly en désignant un cabriolet rouge au capot aussi long qu'un cercueil. Il n'y en eut que deux exemplaires qui, à ma connaissance, n'existent plus. Mais le moteur est un Stanley d'origine. Formidable en côte.

— Laquelle est la vôtre ?

Reilly les emmena devant une limousine 1926 d'un noir étincelant et commença à leur en énumérer les caractéristiques uniques comme un père fier de son fils.

— Vous vous y connaissez en vieilles voitures ?

— J'en ai conduit une, à vapeur, lors d'un rallye et j'ai passé plus de temps à surveiller les cadrans que la route.

— Je vois, s'esclaffa Reilly, la Stanley à vapeur était la machine la plus rapide et la plus puissante de son époque. Une Stanley avec la carrosserie « canoë » a même battu le record du monde de vitesse en 1906 avec deux cent dix kilomètres à l'heure. Dès l'instant où on met les gaz, elles donnent toute leur puissance. Avec leur moteur diesel, elles pouvaient passer de zéro à cent alors que la plupart des voitures à essence en étaient encore à passer une vitesse après l'autre !

— C'est étonnant que nous ne conduisions pas tous des voitures à vapeur aujourd'hui, observa Austin.

— Les frères Stanley ne voulaient pas d'une production de masse. Henry Ford en sortait autant en un jour qu'eux en un an. La Cadillac 1912 a introduit le démarreur électrique. Toutes ces voitures que vous voyez sont en train de chauffer pour faire monter la pression. Si les Stanley avaient trouvé le moyen de faire démarrer leurs machines plus vite et s'ils en avaient amélioré la production et la commercialisation, aucun de nous ne piloterait aujourd'hui ce que les Stanley appelaient un « moteur à explosion interne ». Mais pardonnez-moi cette digression.

— Pas du tout, fit Karla. C'est passionnant.

Reilly rougit.

— Les autres propriétaires sont allés voir la reconstitution de la bataille. Moi, je surveille le parking. Quand la bataille sera terminée, nous défilerons autour du champ.

Austin remercia Reilly, puis guida Karla vers le lieu de la reconstitution. A en juger par le crépitement des mousquets et le grondement de l'artillerie, les hostilités avaient déjà commencé. A l'autre bout de la vaste prairie, ils aperçurent une multitude de spectateurs qui regardaient les rangs bleus avancer contre les gris; les mousquets crachaient leurs balles et l'odeur de la poudre flottait dans l'air.

Une vingtaine de retardataires leur avait emboîté le pas. Austin donnait à Karla un cours d'histoire sur les batailles de Bull Run quand, du coin de l'œil, il remarqua un individu qui s'approchait latéralement au lieu de suivre la foule. L'homme leur coupa le chemin, s'arrêta à une quinzaine de mètres devant eux et se tourna vers eux : c'était Doyle, l'homme de main de Gant.

Il était assez près pour qu'on pût distinguer son expression impitoyable. Il les dévisagea un instant, puis plongea la main sous son blouson. Austin, repérant tout de suite un reflet métallique, prit fermement Karla par le bras et lui fit faire demi-tour.

— Que se passe-t-il ? s'étonna-t-elle.

Un rugissement de moteur étouffa la réponse d'Austin; six Harley-Davidson fonçaient vers eux à travers le champ : trois motards Confédérés arrivaient de la gauche et trois Nordistes en bleu jaillissaient de la droite.

Austin cria à Karla de courir, et ils détalèrent; les motards exécutaient une manœuvre en tenaille qu'ils arrêtèrent brusquement avant d'avoir eu le temps de bloquer leurs proies : une voiture de police, gyrophares allumés, dévalait vers eux. Elle passa en trombe devant Austin et Karla puis stoppa; un policier en descendit en agitant les bras.

Il cherchait son carnet de contraventions dans sa poche quand un motard en bleu sortit un fusil de sous son manteau et le braqua sur lui. Le fracas de la détonation se mêla à la fusillade générale. Blessé à la jambe, le policier s'écroula sur le sol, et, sans lui jeter un regard, les motards formèrent une ligne et reprirent leur poursuite.

Reilly astiquait la carrosserie de sa limousine quand il entendit la pétarade des motos. Il leva les yeux, vit Austin et Karla qui couraient vers lui et esquissa un sourire qui se mua en expression de surprise dès qu'il eut réalisé que les motards étaient lancés à leurs trousses.

Austin se précipita vers les voitures et, désignant le cabriolet rouge Stanley avec le capot en forme de cercueil, dit à Karla de monter dedans ; il se glissait au volant quand Reilly accourut.

— Qu'est-ce que vous faites ?

— Appelez la police, lança Austin.

— Pourquoi ? demanda Reilly, abasourdi.

— Pour signaler un vol de voiture, répondit Austin.

Le rugissement des motos annonçant leur arrivée imminente, il desserra le frein à main et dévissa le verrouillage de la manette d'accélérateur fixée à l'arbre du volant : la vapeur s'engouffra dans le moteur.

Les motards ne se trouvaient plus qu'à quelques mètres quand la voiture accéléra sans heurt et presque sans bruit. Austin donna un coup de volant et évita de peu le véhicule garé à côté. Il freina, vira sous le nez d'une famille qui traversait la route avec deux enfants, puis s'engagea dans le champ. Doyle tenta de leur couper le passage en se dressant juste devant eux, son pistolet, qu'il tenait à deux mains, braqué sur eux.

Austin cria à Karla de se baisser et, la tête au niveau du volant, fonça droit sur Doyle, le forçant à faire un bond de côté pour éviter la voiture ; l'aile effleura quand même sa cuisse, et la balle fila vers le ciel.

La voiture à vapeur filait à travers champs. Ce type de machine, se souvint Austin, exigeait qu'on accélérât lentement pour permettre à la pression de monter, et il mobilisa toute sa concentration pour surveiller les jauges et les cadrans qui contrôlaient une demi-douzaine de fonctions différentes.

Il jeta un coup d'œil au rétroviseur : les motos, à trente mètres derrière lui, gagnaient du terrain et commençaient à former deux rangées entre lesquelles elles coinceraient la voiture. Poursuivis et poursuivants se rapprochaient dangereusement de la foule des spectateurs qui suivaient la reconstitution de la bataille.

Austin appuya sur la trompe. Quelques personnes se tournèrent vers lui, mais la fusillade et le bruit du canon noyaient ses appels. Il freina et pressa de nouveau la trompe. Quelqu'un finit par le remarquer et la foule commença à s'écarter ; mais les motards encadraient maintenant la Stanley.

La voiture à vapeur et son escorte de motos traversèrent en trombe le champ entre les troupes des Nordistes et celles des Confédérés, alignées face à face. Les tirs de mousquet et de canon cessèrent, soudain remplacés par un bruit auquel Austin ne s'attendait absolument pas : des applaudissements.

— Pourquoi ces idiots battent-ils des mains ? s'énerva Karla.

— Probablement parce qu'ils pensent que ça fait partie du spectacle. » Et il poussa un hurlement effroyable. « Mais oui, précisa-t-il en riant, cela fait longtemps que j'ai envie de pousser un cri de rebelle. Accrochez-vous.

Ils avaient atteint l'autre extrémité du champ de bataille et se dirigeaient vers une rangée de canons amenés là pour l'occasion. Austin freina de façon à pouvoir virer sèchement sans se retourner. Les motards, qui n'avaient pas ralenti, virent là une occasion de resserrer leur étau. Les deux premiers n'étaient qu'à quelques mètres des ailes de la voiture.

Karla regarda celui de droite et cria :

— Il a un fusil !

Le motard conduisait d'une main et, de l'autre, calait contre son bras un fusil dont le canon était braqué vers la tête de Karla. Austin ne réfléchit même pas : il se contenta de réagir et donna un brusque coup de volant.

Le lourd pare-chocs écrasa la jambe droite du motard. Sa machine oscilla, bascula puis, tel un taureau furieux, catapulta son pilote dans les airs. Austin tenta de récidiver avec l'autre moto mais le conducteur avait vu ce qui venait d'arriver à son copain et esquiva sans difficulté.

La Stanley grimpa une côte sans ralentir puis dévala l'autre versant. Austin voyait des voitures passer sur une route qui longeait le périmètre du champ. Il lui fallut éviter un muret de pierres et une clôture de rondins mais, quelques instants plus tard, la voiture sauta par-dessus la berme et atterrit entre deux voies de circulation.

Il redressa le volant et augmenta la pression de la vapeur. Une fois sur l'asphalte de la chaussée, la Stanley se comporta comme une jument qui piaffe au départ de la course. Les bandages vibraient sur le macadam. Les motards toujours à ses trousses, il doubla deux ou trois voitures et, quand la voie fut libre, accéléra jusqu'à cent trente. Quand un panneau indiqua une bretelle d'accès à l'autoroute, il freina légèrement, aussitôt imité par les motards qui craignaient une ruse.

Austin s'engagea sur la rampe de sortie et lança la Stanley sur l'autoroute. Austin zigzaguait sans cesse mais les motards, plus agiles, ne le lâchaient pas ; il essaya de les semer en accélérant : cent cinquante, cent soixante. Il était presque complètement aveuglé par l'air qui lui fouettait le visage.

— Une fois de plus, la police de la route n'est jamais là quand on en a besoin, cria-t-il.

— Quoi ? demanda-t-elle, recroquevillée sur son siège pour se protéger du vent.

— Vous avez un portable ?

— Vous voulez passer un coup de téléphone ? fit-elle, incrédule.

— Non, je veux que vous, vous en passiez un. Appelez la police et signalez-lui la présence d'un fou au volant d'une vieille voiture rouge poursuivi par une bande de motards en uniforme de la guerre de Sécession. Ça devrait suffire à attirer leur attention.

Karla hocha la tête, pianota un numéro d'urgence sur un téléphone qu'elle avait tiré de sa poche et transmit à la police le message d'Austin.

— Ils envoient quelqu'un, annonça-t-elle, mais je ne suis pas sûre qu'ils m'aient crue.

Les motards regagnaient du terrain sur Austin qui poussait pourtant la Stanley à fond. Il aurait dû vérifier les cadrans – niveau d'eau, pression, etc. –, mais il était trop occupé à rester sur la route.

Une ombre se dessina soudain sur la chaussée. Austin leva les yeux : un hélicoptère les suivait.

— Ils n'ont pas perdu de temps !

— Pas la police, rectifia Karla, la télévision locale.

L'hélicoptère arriva au-dessus d'eux et n'eut aucun mal à les prendre en chasse. Austin chercha frénétiquement un plan, mais il avait épuisé toutes les solutions. La voiture passa en trombe devant une bretelle de sortie. Austin jeta un coup d'œil au rétroviseur et vit les motos ralentir puis s'engager sur la rampe.

— Nos amis nous ont plaqués, annonça-t-il.

Karla se retourna juste au moment où le dernier soldat confédéré sortait de l'autoroute.

— Pourquoi ? s'étonna-t-elle.

— Pour éviter la caméra : ils ne souhaitent pas se retrouver au journal de vingt heures.

Il ralentit pour se contenter d'un raisonnable cent à l'heure. Karla et lui firent de grands gestes en direction de l'hélico.

Ils continuaient à agiter les bras quand trois voitures de patrouille de la police de Virginie les rattrapèrent. Austin, obéissant à la kyrielle de gyrophares et au hurlement des sirènes, se rangea sur le bas-côté. Des policiers, armés, entourèrent aussitôt la Stanley, et Austin conseilla à Karla de garder les mains bien en évidence. Après avoir vérifié le permis d'Austin et sa carte de la NUMA, ils se montrèrent moins nerveux et parurent tous beaucoup plus intéressés par la voiture que par ses occupants.

Austin leur parla des six motards qui avaient essayé de lui faire quitter la route et leur conseilla d'appeler la NUMA, laquelle se porta garante pour lui. Les reporters de la télévision locale confirmèrent les déclarations d'Austin et, au bout d'une heure, on lui rendit son permis en lui annonçant que Karla et lui étaient libres.

Après un arrêt à une station de lavage pour débarrasser la carrosserie de la boue et de l'herbe qui s'y étaient collées, Austin constata avec stupéfaction que la voiture n'avait subi aucun dommage. Les spectateurs qui les croisèrent en revenant du champ de bataille leur firent de grands signes amicaux. Un homme de haute taille, aux cheveux bruns et aux yeux d'un bleu d'opale, les attendait patiemment.

Austin freina et sourit.

— Salut, Dirk. Merci pour la voiture.

— Je vous ai vu foncer entre les lignes de bataille, des échappés de l'Équipée sauvage à vos trousses. Que se passe-t-il ?

— Je vous présente Karla Janos. Karla, Dirk Pitt.

— Mademoiselle Janos, fit Pitt avec son plus beau sourire, j'avais hâte de vous rencontrer.

— Merci, dit-elle.

— Jusqu'à combien l'avez-vous emmenée ? demanda-t-il à Austin.

— Dans les cent soixante.

— Impressionnant, admira Pitt. Je ne l'ai jamais poussée à plus de cent cinquante.

— Pardon de vous avoir emprunté votre voiture aussi cavalièrement, mais il était urgent que nous trouvions un moyen de transport : on a essayé de nous tuer.

— Ne vous en faites pas, ce n'est qu'une copie, le rassura Pitt en examinant la voiture qui lui parut en parfait état. Ce n'est pas donné à tout le monde de posséder une voiture qui a participé à la troisième bataille de Bull Run.

Austin s'excusa – son portable sonnait – et prit l'appel : Barrett, tout excité, avec, en fond sonore, un vrombissement de moteur étouffé.

— Je vous entends à peine, dit Austin. Qu'est-ce que c'est que ce raffut ?

— Je réfléchis mieux quand je roule. Je crois que je l'ai trouvée.

— Trouvé quoi ?

— La berceuse. C'était un code. J'ai la formule pour l'antidote.

— Répétez, lui demanda Austin, qui n'en croyait pas ses oreilles.

— L'antidote, hurla Barrett, croyant que le vacarme de sa motocyclette empêchait simplement Austin d'entendre. J'ai trouvé l'antidote de Lazlo Kovacs pour empêcher l'inversion des pôles !

37

LE BRÛLANT SOLEIL DU BRÉSIL venait à peine de disparaître derrière les montagnes que le magnifique *Aventure Polaire,* un navire d'exploration de plus de cent mètres de long, sortait discrètement du port de Rio de Janeiro et mettait cap au sud vers l'Atlantique à sa vitesse de croisière de quinze nœuds.

L'*Aventure Polaire* avait été construit dans des chantiers danois vers la fin des années 1990 et un emploi du temps chargé l'avait entraîné dans des croisières en Méditerranée, en Europe, au Groenland et, plus récemment, dans l'Antarctique. Le navire avait été racheté à ses anciens propriétaires pour la fondation de Gant par une compagnie bidon créée tout exprès.

Simple manipulation comptable en fait : d'après les comptes, les millions de dollars dépensés pour l'acquisition et le réaménagement du navire auraient été affectés à la construction d'une usine à Santiago du Chili. L'*Aventure*, conçu comme une version à petite échelle des grands paquebots de luxe, offrait à ses passagers des ponts et des cabines généreusement décorés de bois précieux et de cuivre, des cabines avec terrasse, une salle à manger avec hublots panoramiques, et des ponts promenades couverts ou encore une terrasse d'observation au-dessous de la passerelle.

Tandis que le navire fendait les eaux de l'Atlantique Sud, Gant et Margrave se tenaient dans les entrailles du bateau, sur un balcon dominant un vaste espace découvert. Au centre, soutenue par une grande armature, se dressait une haute structure métallique de forme conique, reliée par de gros câbles à quatre énormes dynamos, deux de chaque côté de l'appareil ; une cuve couverte, en forme de lune, permettait de le faire descendre dans l'océan.

— Nous avons libéré presque tout l'espace sous le pont principal pour installer cette machine, dit Margrave. Quelques expériences rudimentaires nous ont permis d'établir que quatre bateaux étaient nécessaires. Un seul navire, convenablement équipé, pourrait produire assez d'énergie pour faire le travail. Nous avons concentré les émissions à basses fréquences vers un point situé à équidistance des quatre bateaux.

— Ce qui, si je comprends bien, crée l'éparpillement des vibrations électromagnétiques sur la périphérie de la cible, provoquant des vagues inattendues et des tourbillons tels que ceux qui ont coulé notre vaisseau émetteur et la *Belle du Sud*.

— Exact. Nous avons alors résolu ce problème en utilisant un émetteur unique, celui que vous voyez ici, d'une puissance accrue. Cela signifiait aussi qu'il devenait inutile de construire un nouveau navire pour remplacer celui qui a été détruit dans l'expérience initiale. Nous nous sommes contentés de déplacer les dynamos des trois autres bateaux et d'en ajouter une.

— Satisfait de l'équipage que je vous ai fourni ?

— On dirait une bande d'assassins mais ils ont l'habitude des bateaux.

— C'est normal, ils ont pas mal de meurtres sur la conscience. J'ai fait appel à mes anciennes relations d'affaires pour les recruter. Ce sont tous d'anciens pirates venus travailler pour assurer la sécurité en mer de notre entreprise.

Les deux hommes quittèrent la cale de l'émetteur et traversèrent sans hâte le pont promenade jusqu'à la terrasse d'observation sous la passerelle. De larges baies permettaient de voir l'étrave effilée fendre l'océan.

— D'ici, les passagers observent la vie marine, expliqua Margrave. Quant à nous, nous suivrons l'inversion avec nos yeux électroniques.

Il pressa un bouton : un écran se déploya montrant un diagramme des hémisphères oriental et occidental.

— J'aime les films d'amateur, déclara Gant.

— Ceux-ci devraient vous plaire tout particulièrement, fit Margrave en riant. Nous verrons la totalité du secteur de la cible que surveillent nos satellites protégés par leur blindage de plomb. Nous verrons les vagues géantes et les tourbillons se former à la périphérie de la zone. Ce sera certainement très spectaculaire.

— Pas trop, j'espère.

— Ne me dites pas que vous croyez aux mises en garde fantaisistes d'Austin et de ses amis.

— Je suis un politicien, pas un scientifique. Mais j'ai quand même mesuré les efforts déployés par Austin pour torpiller ce projet dont il affirme que les conséquences seraient terribles et irréversibles. Et, ajouta-t-il en souriant, si j'étais à sa place et si j'assistais, impuissant, à des faits que je ne pourrais pas arrêter, j'agirais de la même façon que lui.

— Nous n'avons pas pris les théorèmes de Kovacs pour argent comptant. Nous avons effectué des dizaines de simulations informatiques : les vagues et les maelströms en limite de la zone tourneront vers l'extérieur et, d'ailleurs, l'activité maritime dans ce secteur ne semble pas très importante ; de toute façon, dans toute expérience de ce type, les dommages collatéraux sont inévitables.

— Nos boussoles se pointeront-elles immédiatement dans la direction opposée ?

— C'est ce que nous prévoyons. Juste avant de procéder à l'inversion, nous effectuerons un recalibrage de nos appareils de navigation et nous larguerons nos satellites protégés. Nous serons alors, conclut-il avec un sourire plus satanique que jamais, le seul navire au monde capable de naviguer. Ailleurs, ce sera une belle pagaille.

— Donnez-moi plus de détails sur la cible, demanda Gant.

— Vous la distinguez là sur l'écran, notre amie l'Anomalie de l'Atlantique Sud. Ainsi que je l'ai déjà expliqué, il s'agit essentiellement d'un "creux" de la magnétosphère, un endroit où la protection naturelle est moins forte. » Il désigna le point d'intersection des lignes de latitude et de longitude. « Cette zone de plus faible polarité – où serait possible une inversion naturelle des pôles – se trouve à environ cinq cents kilomètres de la côte brésilienne.

— Le nouveau pôle Nord, résuma Gant.

— J'ai hâte, répondit Margrave avec un sourire, de voir la tête des chefs des Élites quand ils comprendront qu'il y avait du vrai dans les menaces de Lucifer.

Gant sourit : il avait hâte de voir la tête de Margrave lorsqu'il réaliserait que tous les efforts et toute la fortune qu'il avait consacrés au projet d'inversion des pôles profiteraient à ces mêmes Élites qu'il méprisait.

38

*I*NSTALLÉ DANS UN COIN TRANQUILLE du bar de la taverne de Leesburg, Barrett griffonnait furieusement sur une serviette en papier, la tête penchée sur son travail ; la table était jonchée de douzaines de serviettes roulées en boule et une chope de bière intacte était posée près de son coude. Les autres clients regardaient furtivement l'araignée tatouée sur son crâne chauve, ce qui ne le préoccupait nullement.

Sentant qu'il avait de la compagnie – Austin et Karla venaient de s'asseoir à sa table –, Barrett leva un regard rêveur, puis sourit en les reconnaissant.

— Vous ne pouvez pas savoir combien je suis heureux de vous voir. J'étais sur le point d'exploser.

— Je vous en prie, pas tout de suite, dit Austin.

Il demanda à Karla ce qu'elle voulait boire et commanda deux black and tans, un mélange de Guinness et de bière blonde.

Traverser en trombe la campagne de Virginie en voiture décapotable lui avait donné soif : Austin but d'un trait la moitié de sa bière et Karla plongea avec délices le nez dans la mousse.

Avant de partir retrouver Barrett, Austin avait expliqué à Pitt où on en était du projet d'inversion des pôles. Pitt avait alors décidé d'appeler Sandecker, lequel rentrait le lendemain d'un voyage diplomatique, puis d'organiser une réunion d'information avec le Président dès son retour d'une tournée d'inspection dans une région du Middle-West dévastée par une tornade. Il demanda à

Austin de prendre contact avec le Pentagone et, en prime, lui donna carte blanche pour faire appel aux vastes ressources de la NUMA.

— Nous avons été longs à venir, s'excusa Austin, pourtant nous avons fait aussi vite que possible. Il y avait un bruit de fond quand vous avez téléphoné et je ne suis pas sûr de vous avoir bien compris. Vous disiez quelque chose à propos de la berceuse, mais je n'ai pas saisi le reste.

— Tout de suite après votre départ pour Manassas, je me suis penché sur la berceuse de Karla : son titre même, « Sens dessus dessous », ainsi que certains de ses vers correspondent à ce que nous savons de l'inversion des pôles ; il ne peut pas s'agir d'une coïncidence.

— J'ai en effet relevé certaines coïncidences, confirma Austin. Et, à propos de coïncidence, ajouta-t-il, figurez-vous que j'ai encore soif et qu'il y a une bière intacte sur la table.

— Je suis trop énervé pour boire, fit Barrett en poussant la chope vers Austin qui la partagea avec Karla.

— Nous parlions de coïncidences, reprit Austin.

Barrett hocha la tête.

— Kovacs étant amateur de cryptologie, j'ai pensé qu'il avait pu insérer un code dans la berceuse. J'ai commencé par mettre de côté les couplets sens dessus dessous, qui sont probablement des « nulls » – c'est-à-dire des lettres ou des mots qu'on place dans un message chiffré pour dérouter le lecteur –, et je me suis attaché au corps même de la berceuse. Les chiffres diffèrent des codes, lesquels nécessitent en général un carnet de déchiffrement pour la traduction. Pour lire un message chiffré, il faut avoir une clef, qui figure dans le message lui-même. Une phrase m'a immédiatement sauté aux yeux.

— La clef est sur la porte, le coupa Karla sans réfléchir.

— Exactement ! Ça semblait évident, presque trop évident, répondit Barrett, mais Kovacs, comme tous les savants, était certainement obsédé par la précision, et il aurait été plus précis en disant : la clef est sur la serrure.

— Alors, la clef se trouvait dans le mot *porte* lui-même, proposa Austin.

— C'est ce que je me suis dit, acquiesça Barrett, et j'ai fait de porte mon mot clef. Déchiffrer un code se fait en deux étapes : la première, mécanique, où on effectue des transpositions de mots, de lettres, et des substitutions ; la seconde où on considère le sens des choses. » Ils étaient manifestement interloqués. « Que fait une porte ? reprit-il alors.

— C'est facile, répondit Karla. Elle sépare deux pièces et il faut l'ouvrir pour passer de l'une dans l'autre, puis la refermer.

— Correct, approuva Barrett. La première lettre du mot est un *P*.

Il attrapa une serviette propre et écrivit au stylo à bille :

PQRSTUVWXYZABCDEFGHIJKLMNO

— C'est l'ordre alphabétique normal. J'ai pris la dernière lettre de *porte* et j'ai recommencé la même opération.

— Laissez-moi essayer, demanda Karla et, prenant le stylo, elle écrivit :

EFGHIJKLMNOPQRSTUVWXYZABCD

— Vous venez de gagner une entrée gratuite à Bletchley Park », la félicita Barrett. Il faisait allusion au quartier général du renseignement britannique durant la Seconde Guerre mondiale, où l'on déchiffra notamment le fameux code de la machine Enigma.

— En utilisant ainsi les alphabets pour écrire le mot *message*, on n'obtient que du charabia, résuma Karla en contemplant le résultat d'un air déçu.

— Votre grand-père ne voulait pas rendre les choses trop faciles. Je suis arrivé au même résultat. Puis je suis revenu au mot clef. Le mot *porte* comprend, entre *P* et *E*, cinq espaces. J'ai recopié tous les cinq mots du couplet principal, mais, instinctivement, je sentais que c'était trop. J'ai donc essayé toutes les cinq *lettres*. Toujours rien à quoi je puisse m'accrocher. Et puis, j'ai pensé que, dans l'alphabet, il y a seize espaces entre *P* et *E*. J'ai alors appliqué cette formule au poème en choisissant tous les seize mots. Puis j'ai utilisé l'alphabet normal et l'alphabet chiffré pour tenter la cryptanalyse. Vous me suivez ?

— Non, déclara Austin.

— Je comprends car c'était pareil pour moi, reconnut Barrett avec un sourire. Alors, j'ai triché et j'ai passé tout ce foutu fatras à l'ordinateur. » Il tira de sa poche une sortie imprimante d'ordinateur. « Voici ce que j'ai obtenu.

— Un méli-mélo de voyelles et de consonnes, mais pas le moindre mot, rétorqua Karla.

— J'ai tout essayé. J'ai appelé un professeur du MIT qui parle hongrois et je le lui ai envoyé par mail. Rien. Puis je me suis souvenu que Kovacs parlait roumain et j'ai contacté le propriétaire du restaurant Transylvania à Seattle. Il n'y a rien compris non plus. Je me serais arraché les cheveux s'il m'en était resté. Je suis alors revenu aux mots que j'avais écartés, notamment *sens dessus dessous*. J'ai pensé que cela s'appliquait peut-être à ce que je faisais.

— Comment avez-vous pu mettre le message à l'envers ? demanda Karla d'un ton sceptique.

— Je n'ai pas pu. Mais je pouvais interpréter les mots n'importe comment et les passer à l'envers. Ce que j'ai fait. Ça ne donnait toujours rien. Et puis, alors que je roulais sur ma moto, j'ai eu une illumination : j'ai compris tout d'un coup qu'il ne s'agissait peut-être pas de mots, mais de rien de plus que d'une suite de lettres. Une fois franchi cet obstacle, je me suis rendu compte qu'il y avait aussi des chiffres dans ce message. Me revoilà devant mon ordinateur. Certaines lettres servaient d'indicateurs pour indiquer que la lettre suivante était en fait un chiffre. *A* précédé d'une autre lettre égale *1*, *B* égale 2 et cetera.

— Je ne vous suis plus du tout, avoua Austin.

Quant à Karla, son air éberlué démontrait qu'elle n'était pas plus avancée.

Barrett posa la page d'imprimante et prit la serviette en papier.

— C'est une équation.

— Une équation pour quoi ?

— En soi, le message ne signifie rien, il faut le considérer dans son contexte : Kovacs voulait que ce message ne soit lu que par une seule personne : Karla. Il lui avait d'ailleurs recommandé de s'en souvenir dans certaines occasions.

— Etes-vous en train de dire ce que je crois entendre ? questionna Austin.

— Cela ne date que de quelques minutes, je n'en serai donc sûr qu'après avoir vérifié, rectifia Barrett. Il est malgré tout fort probable que Kovacs ait cherché à nous donner là un ensemble de fréquences électromagnétiques.

— L'antidote, murmura Karla.

Austin prit la serviette d'une main hésitante comme s'il craignait de la déchirer.

— La fréquence capable de neutraliser une inversion des pôles ?

Barrett avala sa salive.

— Bon sang, fit-il, je l'espère bien.

— Vous y êtes arrivé ! s'exclama Karla en posant un baiser sur le crâne chauve de Barrett.

— Peut-être, marmonna Barrett sans pourtant manifester l'enthousiasme que devrait ressentir un sauveur de l'humanité. Mais je crains que nous ne disposions que de peu de temps.

— Que voulez-vous dire ? s'inquiéta Austin.

— Après notre réunion, j'ai écouté les conversations téléphoniques enregistrées par le micro que vous aviez caché chez Gant. Il discutait avec Margrave ; ils ont dû quitter le pays maintenant.

— Bon Dieu, lança Austin. Pour aller où ?

— Je ne sais pas, Margrave n'a parlé à aucun moment des plans concernant la phase finale. Ce qui m'inquiète le plus, ce n'est pas où, mais pour faire quoi ? Je crois qu'ils sont sur le point de réaliser leur projet d'inversion des pôles.

— Vous avez une idée du temps qui nous reste ?

— Difficile à dire, répondit Barrett. La cible est située dans l'Atlantique Sud. N'ayant pas assisté aux dernières discussions, je ne connais pas le lieu exact. Mais, une fois qu'ils seront sur place, ce sera l'affaire de quelques heures pour qu'ils pressent le bouton.

Austin rendit la serviette à Barrett.

— Peut-on traduire cette équation en quelque chose d'utilisable pour neutraliser l'inversion ?

— Bien sûr. Exactement de la même manière qu'on a traduit $E = mc^2$ pour obtenir la bombe et la puissance nucléaire. Il suffit simplement de disposer de ressources et de temps.

— Les ressources, vous les aurez. Combien de temps pour construire ce qui fera le travail ?

— J'aurai besoin d'aide. J'ai fourni les données techniques et fabriqué la maquette pour le déclencheur, mais d'autres techniciens ont construit l'appareil.

— Je vous trouverai de l'aide. Alors, combien de temps ?

— Soixante-douze heures, avança Barrett avec un pâle sourire. Peut-être.

— Ne vous ai-je pas entendu dire trente-six ? De quelle taille sera l'appareil ?

— Vraiment grand, dit Barrett. Vous avez vu l'installation sur le navire émetteur.

— Fichtre, fit Austin. » Son inébranlable assurance vacilla une seconde, mais son esprit agile se remit aussitôt en marche. « Que faites-vous de ce machin une fois que vous l'avez construit ?

— Il doit émettre des ondes électromagnétiques couvrant approximativement la même surface que la zone d'inversion. Il va falloir trouver le moyen, ajouta-t-il, de transporter le neutralisateur jusqu'à la région de la cible. Bon sang ! Je me sens tellement responsable de toute cette sale histoire.

Sous son allure de motard, Barrett cachait un être sensible. Austin comprit que le brillant sorcier de l'informatique, taraudé par la culpabilité, risquait de devenir inefficace.

— Personne d'autre que vous n'est mieux qualifié pour réparer. Laissez-moi régler le problème du transport, j'ai une idée qui pourrait marcher.

Il se leva, posa quelques billets sur la table pour les consommations, et tous quittèrent la taverne.

— Où allez-vous ? demanda Austin au Tatoué en le voyant se diriger vers sa moto.

— Reprendre ma machine.

— J'enverrai quelqu'un la chercher, c'est trop dangereux, déclara Austin en le prenant par le bras tandis que Karla l'empoignait par l'autre bras.

Ils l'entraînèrent vers la Jeep. Tandis qu'ils roulaient vers Washington, Austin prit son portable et appela Zavala : il avait, lui dit-il, une mission importante à lui confier

— Je m'en occupe tout de suite, répondit Zavala après avoir pris connaissance des détails. Par ailleurs, les Trout m'ont donné de bonnes nouvelles : ils ont repéré par satellite le navire émetteur – il se dirige vers Rio – et ils sont déjà en route.

Moins d'une heure plus tard, Austin, après avoir garé la Jeep dans le parking de la NUMA, guidait Barrett et Karla le long des couloirs sombres et silencieux du troisième étage de l'immeuble. Seul un rai de lumière filtrait sous la porte du bureau contigu à la salle de réunion. Ainsi qu'Austin le lui avait demandé, Zavala avait fait venir Hibbet.

— Merci de votre présence, Alan, dit Austin. Désolé de vous déranger une nouvelle fois, mais nous avons besoin de votre aide.

— Je parlais sérieusement en disant que j'étais prêt à vous aider n'importe quand. Y a-t-il du nouveau depuis notre dernière conversation ?

— Nous avons eu la confirmation que le tourbillon et les vagues géantes étaient des effets secondaires d'une expérience destinée à provoquer une inversion des pôles, et que l'inversion des pôles magnétiques pouvait déclencher une inversion géologique avec des implications catastrophiques pour le monde entier.

Hibbet pâlit.

— Il n'y a pas de moyen d'empêcher cela ?

— Je compte sur vous, répondit Austin avec un sourire un peu crispé, pour nous le dire.

— Moi ? Je ne comprends pas.

— Je vous présente Barrett le Tatoué, poursuivit Austin. C'est lui qui a conçu le mécanisme permettant de déclencher l'inversion des pôles.

Hibbet jeta un coup d'œil à Barrett, à son air triste et à son tatouage sur le crâne. Il avait assez roulé sa bosse pour savoir que la science attirait son quota d'originaux. Il lui tendit la main :

— Beau travail.

— Merci, fit Barrett, ravi que l'on reconnaisse ses talents de professionnel.

Le courant passait entre les deux hommes, constata Austin.

— Nous voudrions que vous collaboriez avec le Tatoué, Joe et

Karla pour construire une antenne capable de neutraliser les ondes électromagnétiques à basses fréquences utilisées pour créer une inversion des pôles.

— Construire l'antenne ne pose pas de problème : ce n'est jamais que du métal et des fils, mais elle ne vous servira tout juste que de corde à linge si vous ne connaissez pas les fréquences capables de faire échec à celles qui sont utilisées pour déclencher le phénomène.

Karla sourit en tirant de son corsage une feuille de papier qu'elle déplia avec d'infinies précautions avant de la faire glisser à travers la table jusqu'à Hibbet. Il la prit et lut, les sourcils froncés, l'équation qui y était écrite. Puis son regard s'éclaira.

— Où avez-vous trouvé ça ? murmura-t-il.

— Chez mon grand-père, expliqua Karla.

— Autrement dit, Lazlo Kovacs, précisa Austin. Il avait codé son travail avant de le transmettre. Grâce au Tatoué, nous l'avons compris. Maintenant que nous avons fait le plus dur, pouvez-vous construire l'antenne ?

— Mais oui, dit Hibbet. En tout cas, je crois pouvoir le faire.

— Nous n'en demandons pas plus. Demandez-nous ce dont vous avez besoin : toutes les ressources du gouvernement américain sont à votre disposition.

Hibbet secoua la tête en souriant.

— C'est rudement mieux que de devoir passer par les comptables de la NUMA. Vous ne pouvez pas savoir le mal que j'ai à obtenir l'équipement nécessaire à mes expériences. » Il s'interrompit, l'air songeur. « Même si j'arrive à bricoler une antenne, il nous faudrait une plate-forme pour la transporter jusqu'à l'endroit où elle serait le plus efficace.

— Ce machin serait gros ? demanda Austin.

— Très gros, confirma Hibbet. Et puis il vous faudrait les générateurs pour alimenter l'antenne ainsi qu'un moyen de transport pour un engin qui pèse des tonnes.

— Ça, fit Austin, c'est la mauvaise nouvelle.

— Et la bonne nouvelle ? demanda Hibbet.

— La nécessité est la mère de l'invention, déclama Austin avec un sourire.

A cet instant précis, le téléphone se mit à sonner et Austin décrocha. Pitt avait dû faire jouer des relations efficaces car le Pentagone envoyait une voiture le chercher.

En une centaine d'emplacements différents, la Terre semblait en feu : des volcans en pleine éruption crachaient d'énormes coulées de lave incandescente dont la fumée répandait sur toute la planète un voile épais; des vents d'une violence inimaginable fouettaient l'énorme nuage et en détachaient des tourbillons qui balayaient les continents; des tsunamis frappaient les côtes américaines, à l'est comme à l'ouest, coinçant un continent rétréci entre deux océans déchaînés.

Puis l'image de la planète dévastée disparut, le grand écran de la salle de projection du Pentagone s'éteignit, et les lumières, tamisées pour la présentation, révélèrent les visages abasourdis, celui d'Austin et ceux d'une douzaine d'huiles et d'hommes politiques assis autour d'une longue table de conférence.

— La simulation informatique que vous venez de voir a été préparée par le Dr Paul Trout, un expert en graphisme informatique de la NUMA, dit Austin. Elle présente une image raisonnablement exacte des conséquences d'une inversion des pôles.

— Je serais le premier à reconnaître, déclara un général à quatre étoiles installé en face d'Austin, que cette image, si elle reflète la vérité, est terrifiante. Mais, avez-vous dit, il s'agit d'une simulation informatique, donc fondée aussi bien sur l'imagination que sur des faits.

— Je voudrais bien, général, que ce ne soit que le fruit de l'imagination. Nous n'avons pas eu le temps de consigner par écrit les principaux éléments auxquels nous nous trouvons confrontés; aussi permettez-moi de les exposer maintenant. Le premier maillon de la chaîne des événements qui motivent cette réunion a été forgé il y a plus de soixante ans grâce aux travaux d'un brillant ingénieur électricien, Lazlo Kovacs.

Pendant plus d'une heure, Austin exposa la chronologie des faits, évoquant Tesla, la façon dont Kovacs s'était évadé de Prusse-Orientale ainsi que les expériences de guerre électromagnétique menées par les Américains et les Soviétiques. Il décrivit sa rencontre avec Barrett, l'homme qui avait fait des théorèmes une réalité, il raconta comment des tourbillons avaient fait sombrer des navires et développa les projets d'inversion des pôles. Conscient que son récit était difficile à croire, il omit quelques détails : en effet, s'il ne les avait pas vus de ses yeux, il n'aurait jamais cru que des mammouths nains vivaient dans une cité de cristal enfermée dans les entrailles d'un ancien volcan.

Et même sans évoquer les détails les plus incroyables, il se heurtait à un mur de scepticisme. Austin exposa son affaire avec l'habileté d'un maître du barreau plaidant devant un jury, conscient qu'on s'apprêtait à le bombarder de questions. Un sous-secrétaire adjoint au Département de la Défense interrompit Austin lorsqu'il décrivit les liens qui unissaient Jordan Gant et Margrave.

— Pardonnez-moi, mais j'ai du mal à croire que le directeur d'une organisation à but non lucratif et le milliardaire, propriétaire d'une entreprise de logiciels réputée, se sont acoquinés pour déclencher une prétendue inversion des pôles, tout ça dans le but d'aider les tenants d'une vague cause néo-anarchiste.

— Contestez les détails si vous voulez, riposta Austin, mais il ne s'agit absolument pas d'une « vague cause ». Lucifer a bel et bien utilisé les lumières de Broadway pour envoyer son message au monde et bouclé New York à titre d'avertissement. Le 11 septembre n'a-t-il pas prouvé que vous êtes capables de courir le risque de ne pas tenir compte des mises en garde de présumés déséquilibrés ?

— Où sont ces prétendus navires émetteurs ? demanda un officier de marine.

— A Rio de Janeiro, répondit Austin.

— Au départ, ils étaient quatre, disiez-vous, puis l'un d'eux aurait coulé ?

— Exact. Nous supposions qu'un nouveau navire le remplacerait, mais, n'en ayant pas trouvé trace, nous pensons qu'ils se contenteront de trois.

— Cela ne devrait pas poser de problème, reprit le sous-secrétaire à la Défense. Je suggère d'envoyer le sous-marin le plus proche repérer ces navires et, s'ils affichent un comportement suspect, de les couler.

— Et les considérations diplomatiques ? demanda le général à quatre étoiles. Tirer d'abord et poser des questions ensuite en haute mer ?

— Tout comme on abattrait un appareil de l'aviation civile visant la Maison-Blanche ou le Congrès, répliqua le sous-secrétaire. Est-ce faisable ? demanda-t-il à l'officier de marine.

— La Marine aime les défis.

— Voilà donc le plan à suivre ; je l'exposerai au Secrétaire à la Défense et nous mettrons les choses en route. Merci, ajouta-t-il en se tournant vers Austin, d'avoir porté ces faits à notre attention.

— Je n'ai pas terminé, remarqua Austin. Nous avons des raisons de croire que nous détenons le moyen de neutraliser l'inversion des pôles grâce à un antidote que nous avons certainement trouvé.

Tous les regards se tournèrent vers lui.

— Quel genre d'antidote ? demanda le général, plus par politesse que par intérêt.

— Un ensemble de fréquences électromagnétiques dont nous pensons qu'elles s'opposeront à l'inversion.

— Et comment comptez-vous administrer cet antidote ? interrogea le sous-secrétaire. Avec une grande cuiller ?

— J'ai quelques idées.

— Le seul antidote que j'aimerais leur administrer, lança l'officier de marine, serait une torpille dans le cul.

A l'exception d'Austin, tout le monde éclata de rire.

— Ne soyez pas choqué, intervint alors le sous-secrétaire, mais pourquoi ne rédigeriez-vous pas un rapport que je transmettrais au ministre ?

La réunion était terminée. Tandis qu'on le raccompagnait dans le labyrinthe des couloirs, Austin se rappela sa rencontre avec Gant et songea qu'il ne fallait pas sous-estimer un seul instant la duplicité de ce personnage.

39

LE BALCON DE LEUR CHAMBRE D'HÔTEL donnait sur le port et offrait une vue imprenable sur les docks, au loin ; et depuis leur arrivée à Rio, les Trout se relayaient pour guetter les navires émetteurs.

Paul apporta un verre de jus d'orange glacé à sa femme et s'assit sur une chaise à côté d'elle.

— Rien de neuf ?

Gamay prit les jumelles et examina un long quai de déchargement situé de l'autre côté du port.

— Ils n'ont toujours pas bougé.

Paul lui emprunta les jumelles et inspecta les trois bateaux amarrés parallèlement au quai.

— As-tu remarqué que le paquebot est parti ?

— Il était encore là hier, il a dû appareiller ce matin, avant notre réveil.

Gamay s'était interrogée sur la présence dans une zone de fret d'un bateau de passagers – l'*Aventure Polaire* indiquait le nom peint sur sa poupe. Mais ni l'un ni l'autre n'y avait attaché beaucoup d'importance. Ils s'étaient davantage intéressés aux trois cargos baptisés *Polaris-I, – II et – III* d'après l'étoile polaire.

— Nous ferions peut-être mieux d'aller voir ça de plus près, avança Paul.

— C'est exactement ce que je pensais. Je suis prête pour une petite balade.

Quelques minutes plus tard, ils roulaient le long du port dans un quartier plus commercial où les hôtels de tourisme, de plus en plus rares, finirent par céder la place à des entrepôts, des bureaux de compagnies de navigation et des bâtiments maritimes. Ils passèrent devant plusieurs porte-conteneurs puis devant le poste d'amarrage occupé précédemment par le paquebot.

Une guérite était installée à proximité des trois navires qu'ils avaient repérés de leur balcon ; devant, un costaud équipé d'un fusil et d'une arme de poing fumait une cigarette et bavardait avec un docker. Paul continua sans ralentir afin de ne pas attirer l'attention, assez lentement toutefois pour permettre à Gamay d'inspecter les bateaux au passage.

— D'autres gardes ?

— Non, seulement celui-là, pour autant que j'aie pu voir. Il y en a peut-être d'autres à bord.

— Pas forcément. J'imagine qu'ils ne tiennent pas à se faire remarquer avec trop d'agents de sécurité dans les parages. Autrement dit, l'occasion rêvée de jeter un coup d'œil.

— Oui, mais il avait un très gros fusil. Comment comptes-tu franchir cet obstacle ?

— Je pensais, répondit Trout avec un petit sourire, qu'une jolie femme pourrait fournir une... diversion.

— Nous y revoilà ! *Cherchez la femme.* Tu crois qu'il se laisserait prendre à un truc aussi éculé ?

— Tu plaisantes, fit Trout en riant. Nous avons affaire à un Latino au sang chaud.

— Malheureusement, soupira Gamay, je crois que tu as raison. Bon. Je vais jouer les Mata Hari, mais tu m'invites à dîner.

Une demi-heure plus tard, ils avaient regagné leur chambre d'hôtel. Paul prépara deux punchs et ils s'assirent sur le balcon, d'où ils surveillèrent à tour de rôle les navires à la jumelle jusqu'au coucher du soleil.

Après s'être fait monter à dîner, Gamay prit une douche, s'aspergea de parfum et enfila une robe rouge très décolletée. Les jolies femmes ont beau être légion à Rio, tous les hommes se retournèrent sur elle quand elle traversa avec Paul le hall de l'hôtel.

L'ambiance sur les docks avait changé. Les camions, les dockers avaient fini leur journée, et il régnait sur les quais une atmosphère sinistre. Des lampadaires déversaient çà et là des flaques de lumière jaunâtre diffusée par la brume qui arrivait de la rade. Au loin, retentissait la longue plainte d'une corne de brume.

Gamay passa devant l'endroit où avait mouillé l'*Aventure Polaire* et gara la voiture sous un lampadaire près du corps de garde. Elle descendit, se planta dans la lumière et but à même le goulot d'une bouteille de rhum. Elle ouvrit alors bruyamment le capot, plongea la tête dans le moteur, puis, avec force jurons en espagnol, donna un coup de pied dans l'aile ; elle regarda alors autour d'elle, fit signe au garde et se dirigea d'un pas incertain vers le petit bâtiment.

Le garde, tout en muscles, le teint sombre, arborait une expression où l'ennui se mêlait à la méfiance. Gamay parlait parfaitement l'espagnol mais, pour le garde, elle prit une voix pâteuse pour lui expliquer que cette saleté de bagnole avait calé et lui demander de venir voir. Hésitant, il jeta un coup d'œil à la voiture à demi garée dans l'ombre.

— Ne me dites pas qu'avec ce gros fusil vous avez peur de moi !

Elle fit semblant de trébucher et en profita pour se raccrocher à l'épaule du type en lui soufflant au visage une haleine chargée de rhum. La séduction d'une jolie femme à moitié ivre et l'insulte voilée à son courage viril eurent l'effet souhaité. Il éclata d'un rire gras et la prit par l'épaule. Gamay fit chorus et tous deux s'approchèrent de la voiture.

— Je crois qu'ils m'ont roulée dans la farine et qu'ils m'ont loué une voiture sans moteur, grasseya-t-elle en se plantant là, les poings sur les hanches.

Elle pariait que son instinct de mâle lui dicterait de passer la tête sous le capot, ce qui ne rata pas. Trout sortit alors de l'ombre, donna à l'homme une tape sur l'épaule et l'envoya au tapis d'un crochet du droit bien appliqué. Puis, à eux deux, ils ligotèrent et bâillonnèrent le garde inconscient avec des serviettes empruntées à l'hôtel ; ils lui prirent ses armes et le fourrèrent sur la banquette arrière de la voiture.

Trout se coiffa de la casquette de l'homme, glissa une torche électrique dans la poche de son caban et le pistolet dans sa ceinture.

— Si je ne suis pas de retour dans vingt minutes, appelle la cavalerie.

Gamay brandit le fusil.

— Sois prudent, lui recommanda-t-elle en posant un baiser sur sa joue. La cavalerie, tu l'as devant toi.

Trout préférait le renfort de Gamay à celui de cent John Wayne. Elle était tireuse d'élite, et quiconque serait pris dans son viseur ne ferait pas de vieux os. Il grimpa la passerelle et inspecta le pont. La brume qui flottait sur le bateau et noyait les feux de bord le rendait moins visible, mais en même temps offrait une couverture aux éventuels surveillants.

Les photos qu'Austin et Zavala avaient prises du navire recraché par le tourbillon l'avaient vaguement renseigné sur l'agencement des lieux. Il avança à l'aveuglette dans les ténèbres et parvint à repérer la superstructure sans la prendre en pleine figure. Il tâtonna jusqu'au moment où ses doigts découvrirent une porte. Il pénétra dans un espace obscur et alluma la torche empruntée au garde. Un escalier menait à un pont inférieur.

Serrant de sa main libre le pistolet du garde, il descendit et s'engagea dans un labyrinthe de couloirs. Au bout d'une coursive, il s'arrêta, colla l'oreille à une porte métallique puis essaya la poignée. La porte n'était pas fermée à clef. Il l'ouvrit et entra.

Il se trouvait sur un balcon ouvert sur un vaste espace, probablement la salle du générateur que lui avaient décrite Austin et Zavala. Il promena autour de lui le faisceau de sa lampe et il réalisa que, si le garde était seul pour surveiller les navires, c'est qu'il n'y avait rien à garder : la salle était vide.

Trout revint alors sur le pont principal pour chercher le puits, signalé par Austin, qui s'enfonçait sur toute la hauteur de la coque, jusqu'à l'eau. Il découvrit enfin l'armature qui entourait l'ouverture rectangulaire, mais pas la structure de forme conique. Comme si le navire avait été vidé de fond en comble. Il aurait inspecté la salle de contrôle si le délai convenu avec Gamay n'avait pas été écoulé ; elle risquait maintenant de s'engouffrer à bord pour le chercher. Il se dirigea donc vers l'échelle de coupée.

Le garde avait repris connaissance et Gamay avait dû le menacer de son fusil pour le calmer mais, à ce détail près, pas d'incident.

— Qu'as-tu trouvé ? s'informa-t-elle.

— Rien. Et ça me paraît extrêmement intéressant. A mon avis, il n'y a rien non plus à bord des autres navires.

Ils traînèrent le garde sur le quai et l'abandonnèrent dans l'obscurité ; il avait commencé à se débattre et à distendre ses liens improvisés ; juste quelques efforts supplémentaires et il parviendrait à se libérer. Ils jetèrent ses armes à l'eau, un peu plus loin. Une fois libre, il ne donnerait certainement pas l'alarme, car ses employeurs ne seraient pas très contents d'apprendre qu'il ne s'était pas montré à la hauteur de sa tâche. Il aurait déjà assez de mal à expliquer la disparition de ses armes.

Sur le trajet du retour, Trout raconta sa perquisition aux résultats surprenants.

— Mais pourquoi ? Et qu'ont-ils fait de tout ce bazar ?

Trout secoua la tête, prit son portable et composa un numéro du répertoire.

— Laissons Kurt trouver ce que cela signifie.

40

AUSTIN S'APPRÊTAIT À LANCER une fléchette sur la carte de l'Atlantique punaisée au mur de son bureau quand le téléphone sonna : Paul Trout l'appelait de Rio.

— J'espère que je ne te dérange pas.

— Pas le moins du monde. Je faisais appel à ma vaste culture scientifique pour résoudre un problème épineux. Comment va ta petite amie d'Ipanema ? s'enquit Austin.

— Gamay va bien. En revanche, il se passe quelque chose de bizarre sur les bateaux émetteurs. Je me suis glissé à bord de l'un d'eux il y a quelques minutes, et j'ai constaté que les turbines et l'antenne électromagnétique avaient été enlevées. Je suppose qu'on a également fait le ménage sur les autres navires.

— C'est vide ? fit Austin, passant rapidement en revue les diverses possibilités. Ça s'est probablement fait pendant que les bateaux se trouvaient au chantier naval du Mississippi.

— Nous aurions dû nous méfier : ces bateaux sont là, immobiles, amarrés au quai. Aucun préparatif. Rien qui indique qu'ils appareilleront bientôt. Nous n'avons enregistré qu'un unique départ depuis que nous sommes ici, celui d'un paquebot.

Plongé dans ses pensées, Austin n'écoutait que d'une oreille.

— Que viens-tu de dire à propos d'un paquebot ?

— L'*Aventure Polaire*. Il était amarré juste à côté des navires émetteurs, mais il est parti ce matin de bonne heure. C'est important ?

— Peut-être. Joe a signalé qu'un paquebot a quitté le chantier naval du Mississippi à peu près en même temps que les navires émetteurs.

— Fichtre ! Et tu penses qu'il s'agirait du navire que nous avons vu ?

— C'est possible. Ils transbordent les émetteurs sur le paquebot, puis, pendant que nous surveillons les leurres, le paquebot file, en plein jour, et avec le matériel.

— Autant pour la Marine qui suggérait de suivre les bateaux avec un sous-marin.

— Le coup est classique. Très malin. Depuis combien de temps a-t-il appareillé ?

— Ce matin, il était parti.

Austin fit un rapide calcul mental.

— Donc, ils sont peut-être maintenant à des centaines de milles au large.

— Que veux-tu que nous fassions ?

— Ne bougez pas pour le moment et gardez l'œil sur les bateaux, au cas où leurs propriétaires auraient un autre atout dans leur manche.

Austin raccrocha, furieux de ne pas avoir envisagé qu'un individu assez intelligent pour concevoir le déclenchement d'une inversion des pôles ne négligerait pas de tout mettre en œuvre pour semer d'éventuels poursuivants. Il regarda de nouveau la carte – cet océan était vraiment immense – et songea à informer le Pentagone ; mais non, il ne se sentait pas d'humeur à discuter avec le sous-secrétaire adjoint à la Défense.

Ce serait peut-être plus facile pour Sandecker mais, même lui, devrait passer par la bureaucratie du Pentagone ; or on n'avait tout simplement plus le temps. Qu'ils aillent se faire voir, se dit Austin. Fin du monde pour fin du monde, il préférait en assumer lui-même la responsabilité plutôt que de la laisser à un fonctionnaire un peu borné. Cela resterait jusqu'au bout l'affaire de la NUMA.

Dix minutes plus tard, il traversait les rues tranquilles de Washington au volant d'une voiture de la NUMA. Il prit l'autoroute jusqu'à l'aéroport national ; une sentinelle contrôla ses papiers à l'entrée d'une zone réservée puis le dirigea vers un hangar situé tout au bout du terrain. Il repéra de loin les lumières et trouva facilement un Boeing 747 stationné sur le tarmac.

Des projecteurs installés sur des trépieds entouraient l'énorme appareil et l'éclairaient comme en plein jour ; tout autour, des rouleaux de câble électrique et des tubulures d'aluminium et d'acier entassées. Des ouvriers grouillaient, telles des fourmis sur une tablette de chocolat.

Zavala était assis, sous la queue de l'appareil, à une table improvisée – une feuille de contreplaqué posée sur deux tréteaux ; il consultait des épures avec un homme en salopette auprès duquel il s'excusa pour venir à la rencontre d'Austin.

— Ce n'est pas aussi terrible que ça en a l'air, dit-il en élevant la voix pour se faire entendre.

Austin jeta un coup d'œil autour de lui et constata avec soulagement qu'un semblant d'ordre régnait dans ce qui au premier abord semblait un chaos total.

— Dans combien de temps pourra-t-il décoller ? demanda Austin.

— Nous avons eu quelques pépins, mais le matériel est au complet. Il s'agit surtout d'assembler le tout et de faire les branchements. L'affaire de soixante-douze heures à peu près.

— Et pourquoi pas demain matin ? proposa Austin.

— Tu devrais monter un numéro de comique, répondit Zavala en souriant.

— Malheureusement, il n'y a rien de comique dans les nouvelles que je viens de recevoir de Paul. » Il informa Zavala de la disparition du paquebot. « Te sens-tu capable de terminer le montage en vol ?

— Possible, fit Zavala, mais pas recommandé. Autant essayer de farcir une dinde échappée du poulailler.

— Et si on n'avait pas le choix ?

Zavala regarda les hommes qui s'activaient fiévreusement et se gratta la tête.

— Je ne sais pas résister à une dinde farcie. Viens, je vais annoncer la nouvelle à mon bras droit.

Celui avec qui Zavala examinait les plans s'appelait Drew Wheeler ; ce Virginien affable faisait partie de la NUMA au sein de laquelle il avait pour spécialité d'assurer le transport de charges inhabituelles à travers le monde. Austin avait travaillé avec lui sur quelques projets où on avait eu besoin, dans des délais très brefs, de matériel lourd. Il réfléchissait aux moindres détails, ce qui exaspérait parfois ses collaborateurs ; ils avaient pourtant vite compris qu'il était capable de concevoir mentalement des plans extrêmement complexes dont la réalisation ne posait ensuite aucun problème.

Austin lui demanda comment les choses se présentaient, ce qui lui valut une réponse tout à fait à la Wheeler : il se prit le menton et, de derrière ses sourcils broussailleux, regarda l'avion comme un fermier perplexe devant un tronc d'arbre qu'il cherche à ôter de son champ.

— Ma foi, lâcha-t-il après un silence, pas trop mal.

— Assez bien pour faire décoller cet avion demain matin ?

Wheeler rumina un moment la question avant de répondre :

— A quelle heure ?

— Le plus tôt possible.

— Je vais voir ce que je peux faire, fit Wheeler avec un hochement de tête.

Il repartit à pas lents vers l'appareil comme pour faire un petit tour. Mais Austin ne s'y laissa pas prendre.

— Je te parie une bouteille de tequila que Drew sait déjà comment il y arrivera.

— Je le connais assez pour convenir que j'aurais perdu d'avance si je pariais le contraire.

— Sage décision. Où as-tu trouvé l'avion ?

— Tu serais surpris de savoir tout ce qu'on peut louer de nos jours à condition d'avoir les poches pleines. C'est un avion cargo 200F, la version modifiée du 747 pour passagers. Il est capable de transporter une charge de cent dix tonnes. Le plus difficile a été de réunir tout le bazar que tu vois dans l'appareil sans être obligé d'ouvrir la carlingue comme une boîte de sardines. Nous avons étudié le problème avec Hibbet et Barrett. Je pensais qu'il nous faudrait d'énormes générateurs comme ceux que nous avions vus sur le bateau émetteur, mais Barrett a fait remarquer que ce n'était pas nécessaire car nous pourrions utiliser des générateurs plus petits, mais plus nombreux.

— Et la bobine ?

— C'est ce qui nous a donné le plus de mal. Je vais te montrer ce que nous avons fait.

Zavala l'entraîna vers le nez de l'avion géant. Deux hommes en combinaison de travail étaient penchés sur une structure en forme de disque installée sur une plate-forme. Al Hibbet sourit en voyant Austin et Zavala approcher.

— Bonjour, Al, dit Austin. On s'amuse bien ?

— Encore plus que quand, tout gosse, j'ai monté un moteur électrique sur mon mécano. Karla m'a été d'un grand secours.

L'autre ouvrier releva alors la tête, révélant le visage souriant de Karla coiffée d'une casquette de base-ball.

— Le professeur veut dire que je suis très forte pour tenir un tournevis.

— Pas du tout, protesta Hibbet. Karla n'a peut-être pas une formation technique, mais elle compense par l'instinct. Elle a manifestement hérité les gènes de son grand-père.

— Je suis content de savoir que vous travaillez bien ensemble, approuva Austin. Joe m'a parlé d'un problème avec la bobine.

— En effet, dit Hibbet. Sur les bateaux émetteurs, on accrochait l'antenne sous le navire. Là, nous la fixerons sous le fuselage.

— Mais ça posera un problème au décollage, non ?

— Vous avez raison et voici le radôme pour l'antenne nouvelle formule. J'en ai eu l'idée en pensant aux installations que j'ai vues sur un AWAC, un avion de détection. C'est Karla qui m'a conseillé de redessiner le cône de façon à ce qu'il entre dans le dôme.

— J'ai pensé aux guppys de mon aquarium, expliqua Karla. C'est leur poche sous le menton qui m'a donné l'idée.

Hibbet souleva une feuille de plastique sous laquelle se trouvait un assemblage de pièces métalliques et de fils d'environ six mètres de large. Le cadre circulaire, posé sur un berceau en bois, ressemblait à un chapeau chinois inversé : plat en haut avec des côtés creux pointant vers le fond.

— Ingénieux, apprécia Austin. On dirait une version aplatie de l'antenne conique. Marchera-t-elle aussi bien ?

— Mieux, j'espère, répondit Hibbet.

— Bon, car nous avons modifié notre horaire. Tout doit être prêt pour un décollage demain matin. Pourrez-vous effectuer les derniers assemblages en vol ?

Hibbet se frotta le menton.

— Oui, dit-il au bout d'un moment, bien que ce ne soit pas l'idéal pour réaliser un montage aussi complexe. Nous n'aurons même pas la possibilité d'essayer les turbines. Mais nous pouvons attaquer la check-list dès que nous aurons monté l'antenne et le dôme. Mieux vaudrait malgré tout demander son avis à Barrett.

Ils gagnèrent le vaste intérieur du 747 grâce à une passerelle. Seize cylindres courts en acier, bien alignés, occupaient presque entièrement les soixante-dix mètres de la carlingue. Des câbles reliaient les cylindres entre eux puis en ressortaient dans différentes directions ; Barrett était agenouillé sur un câble entre deux cylindres.

En voyant Austin et les autres, il se leva.

Austin jeta un coup d'œil à l'assemblage complexe qui occupait une bonne partie de l'imposante cabine.

— Vous avez de quoi éclairer la ville de New York.

— Presque, répondit Barrett. Brancher la source de courant a posé un problème, mais nous avons fini par bricoler un système qui devrait fonctionner.

— Les dynamos m'intriguent encore davantage. Où en avez-vous trouvé autant dans des délais aussi courts ?

— Une commande spéciale de la NUMA, expliqua Zavala, qui devait être livrée sur de nouveaux navires... avant mon emprunt provisoire.

— Nouvelle source d'énergie, nouvelle antenne. Tout ça va marcher ?

— Je pense que oui, assura Barrett. D'après les modèles informatiques que j'ai essayés, j'en suis sûr à quatre-vingt-dix-neuf pour cent.

— C'est ce un pour cent qui m'inquiète, observa Austin en secouant la tête. Tout sera prêt demain matin ?

Barrett se mit à rire, croyant qu'Austin plaisantait. Puis il vit son air sérieux.

— Il y a du nouveau ?

Austin lui répéta le récit de Trout au sujet du mystérieux paquebot.

Barrett frappa du poing dans sa main.

— Il y a quelques mois, j'ai parlé à Tris de mon idée d'utiliser un seul navire pour concentrer l'émission. Je lui ai même donné les plans pour effectuer le changement. Il m'a rétorqué que ça prendrait trop de temps, mais je ne serais pas surpris qu'il m'ait une fois de plus raconté des histoires.

— Alors, reprit Austin, demain matin ?

— Nous serons prêts, affirma Barrett, les yeux flamboyants de colère, avant que les autres ne descendent de l'avion.

Zavala avait confié une liste de fournitures de dernière minute à Austin qui, cherchant à se rendre utile, s'écarta pour passer quelques coups de fil loin de toute cette activité. Tout serait livré à temps, lui assura-t-on chaque fois. Il revenait vers l'avion quand il s'aperçut que Karla l'avait suivi. De toute évidence, elle l'avait vu donner ses coups de téléphone.

— J'ai un service à vous demander, dit-elle. Je veux partir avec l'avion.

— Dans un cas pareil le héros répond : « Danger », lui fit remarquer Austin.

— Je sais. Comme sur l'île d'Ivoire. » Austin hésitait. « D'ailleurs, ajouta Karla, qu'y a-t-il de plus risqué qu'un trajet avec vous au volant d'une voiture à vapeur ?

Austin comprit qu'à moins de la ligoter il n'empêcherait pas Karla d'embarquer sur l'avion.

— Aucun de nous, admit-il en souriant, n'ira nulle part si nous ne nous remettons pas au travail.

Elle se jeta alors à son cou et planta sur ses lèvres un baiser fougueux. Austin se jura, une fois cette mission terminée, de consacrer plus de temps au plaisir.

Ils arrivaient à l'avion quand une voiture s'arrêta : le conducteur, un homme de haute taille, en descendit et s'avança vers eux en boitillant. Schroeder.

— Que fais-tu ici ? s'inquiéta Karla.

— Ce qui m'intrigue, moi, renchérit Austin, c'est comment vous avez franchi le poste de garde.

— La formule habituelle : un mélange de culot et de fausse identité.

— Je te rappelle que tu es censé te reposer dans un lit d'hôpital, fit Karla d'un ton sévère.

— Un hôpital n'est pas une prison, expliqua Schroeder. Si tu signes un papier, on te laisse sortir. Tu me vois rester au lit alors que je sais ce que tu es en train de faire ? ajouta-t-il en contemplant avec émerveillement l'avion sous les projecteurs. Ingénieux. Vous croyez vraiment possible de neutraliser l'inversion du haut des airs ?

— Nous allons essayer, dit Karla.

— Nous ? Hors de question que tu partes. C'est trop dangereux.

— On croirait entendre Kurt, et je te ferai la même réponse qu'à lui : ma famille est responsable de ce gâchis, ma responsabilité est de tenter d'y remédier.

Schroeder éclata de rire.

— Aucun doute, tu es bien la petite-fille de Lazlo. Prenez soin d'elle, ajouta-t-il à l'adresse d'Austin.

— Promis.

Schroeder jeta un coup d'œil à l'activité fébrile qui régnait dans et autour de l'appareil.

— Quand comptez-vous partir ?

— Demain matin.

— Je suis un vieux qui sait son heure venue, dit Schroeder. Je serai à l'hôpital où j'attendrai votre appel. Bonne chance.

Il étreignit Karla, serra la main d'Austin et trottina jusqu'à sa voiture. Ils regardèrent les feux s'éloigner, puis Austin se tourna vers Karla.

— Nous avons pas mal de choses à faire.

Elle acquiesça et, bras dessus bras dessous, ils se dirigèrent vers l'énorme avion.

Tandis que l'équipe de la NUMA était lancée dans une course frénétique pour réussir l'impossible, Tris Margrave ne doutait pas un instant de la réussite de son projet : le doute ne faisait d'ailleurs pas partie de la palette de ses sentiments.

Son *Aventure Polaire* fendait les eaux de l'Atlantique Sud et lui était assis dans son confortable fauteuil devant un tableau de bord installé sur la plate-forme d'observation avant. Ses longs doigts sautaient d'une manette à l'autre comme ceux d'un organiste dans une cathédrale. Dès l'appareillage, il avait mis en marche les dynamos. Sur le grand écran de contrôle de l'ordinateur, des icônes rouges représentaient chaque générateur et un chiffre indiquait qu'il fonctionnait à bas régime.

Des tracés rouges reliaient les dynamos à l'image d'un cône, vert à l'exception de sa pointe rouge, signalant qu'un minimum de courant passait dans l'énorme bobine logée dans les profondeurs de la cale. Pour Margrave, cela équivalait à un moteur de voiture tournant au ralenti.

Sur un autre écran, des coupes de la Terre montraient ses différentes couches. Des palpeurs spéciaux, disposés dans la coque du navire, décèleraient la pénétration électromagnétique et l'étendue de la propagation des ondes.

Gant avait fait le tour du paquebot pour discuter avec les hommes de son service de sécurité ; toujours perfectionniste, il voulait s'assurer que, quand Margrave ne servirait plus à rien, on se débarrasserait de lui sans tarder. En entrant dans le poste d'observation, Gant sourit et dit :

— Il y en a encore pour longtemps ?

Margrave consulta son GPS.

— Nous atteindrons la cible demain matin. Ensuite il nous faudra une heure pour positionner le navire et déployer la bobine. La mer est calme, cela ne devrait pas être très long.

Gant s'approcha du bar, emplit deux flûtes de champagne et en tendit une à Margrave.

— Un toast s'impose.

— A la défaite des Élites, lança Margrave. A un monde nouveau.

Gant leva son verre.

— Et à un nouvel ordre mondial.

41

ZAVALA QUITTA LE POSTE DE PILOTAGE du 747 et revint vers le modeste espace réservé aux passagers ; Austin y pianotait sur son ordinateur portable. Zavala souriait comme s'il avait entendu une bonne plaisanterie.

— Les pilotes sont de drôles de gens, fit-il en secouant la tête. L'équipage souhaiterait que tu lui indiques la destination de l'avion.

— J'aurai bientôt une position précise, répondit Austin. Pour le moment, direction : le centre de l'Atlantique Sud.

— Voilà qui est plus précis, apprécia Zavala.

— Ici, le secteur qui nous intéresse, spécifia Austin en designant l'écran de son ordinateur. C'est un diagramme de la NASA qui montre les données enregistrées par le satellite ROSAT. Cette tache que tu vois, qui s'étend du Brésil à l'Afrique du Sud, figure notre terrain de chasse, l'Anomalie de l'Atlantique Sud. » Il pianota sur le clavier et zooma sur un ensemble de rectangles. « Cette zone présente la baisse la plus prononcée de la magnétosphère.

— Donc, logiquement, l'endroit où déclencher une inversion des pôles, en déduisit Zavala.

— Oui et non. A mon avis, c'est là où nous devrions aller, fit-il en tapotant un point différent de l'écran. L'écorce terrestre y est plus mince, ce qui permettrait une pénétration maximale des ondes de Kovacs.

Zavala plissa les lèvres.

— Ça fait une sacrée surface d'océan à couvrir. Au moins deux cents kilomètres carrés.

— Pour commencer, dit Austin en tendant l'oreille.

Un bourdonnement électrique venait de la section cargo. Quelques instants plus tard, Karla et Barrett arrivaient, Karla, un peu ébouriffée et des cernes marquant ses grands yeux, Barrett, les mains et le visage couverts de cambouis.

Austin estima en lui-même que, même ainsi décoiffée, Karla valait la plus belle des top modèles ; elle brandissait un tournevis, telle la statue de la Liberté tendant sa torche.

— *Ta-dum* ! s'exclama-t-elle. Sonnez trompettes et roulez tambours : ça y est !

— Les dynamos sont branchées et elles tournent, claironna Barrett.

Moins d'une heure après que Barrett eut amené le dernier câble et quelques minutes seulement après la fermeture de la porte, l'avion décolla. Al Hibbet l'avait vu s'envoler avec tristesse : il aurait aimé participer à la mission, mais Austin lui avait expliqué qu'il fallait qu'une personne informée de la mission restât à terre. Au cas où.

Le bourdonnement s'accrut. Karla accepta les félicitations qu'on lui prodiguait puis s'allongea sur des sièges vides où elle ne tarda pas à s'endormir. Austin prit le tournevis qu'elle tenait entre ses doigts et le posa sur le siège auprès d'elle.

— Merci, dit Barrett. Maintenant, si vous voulez bien m'excuser.

Suivant l'exemple de Karla, il bâilla longuement et s'allongea à son tour pour s'endormir aussitôt.

Austin releva la longitude et la latitude que lui indiquait son ordinateur puis passa dans le poste de pilotage pour donner les coordonnées au navigateur : dans deux heures ils seraient sur le site, précisa ce dernier. Austin contempla à travers le pare-brise les nuages cotonneux qui s'étendaient à perte de vue.

L'équipage était entièrement composé de volontaires tout à fait conscients de participer à une mission dangereuse. Tandis que le navigateur établissait un plan de vol, Austin et Zavala regagnèrent la cabine.

— D'après ce que tu disais dans le cockpit, nous arriverons sur cible à peu près en même temps que le navire, observa Zavala.

— C'est plus serré que ça. Nous serons bien sur la zone mais, arrivés là-bas, il faudra fixer une grille de recherche. Je ne sais pas combien de temps nous mettrons pour trouver le bateau émetteur.

— Le moindre retard pourrait être fatal. La couverture nuageuse ne va pas nous faciliter les choses.

— J'y ai pensé. Les Trout ont signalé avoir observé une forte activité électrique dans le ciel quelques minutes avant que le bateau soit englouti par le tourbillon.

— En effet. Et Al parlait de véritables feux d'artifice dans le ciel quand Américains et Soviétiques faisaient des essais de guerre électromagnétique fondée sur les théorèmes de Kovacs.

— Alors, il y a tout lieu de penser que nous assisterons au même phénomène quand Margrave et Gant prépareront leur télécommande. Je crois que nous devrions donc surveiller le ciel plutôt que la mer. Ce sont les nuages en fait qui nous aideront peut-être à repérer le navire

— Brillant ! Je préviens l'équipage pour qu'il guette les feux d'artifice.

Austin réveilla à regret Karla et Barrett mais leur accorda quelques minutes pour reprendre leurs esprits. Puis, tandis que l'appareil fonçait vers l'Anomalie de l'Atlantique Sud, il leur expliqua la situation. Ils convinrent de se partager la vigie, Karla d'un côté de l'avion, Barrett de l'autre. Austin ferait des allées et venues et assurerait la liaison avec Zavala qui monterait la garde depuis le poste de pilotage.

La voix de Zavala retentit dans les haut-parleurs : l'appareil, déclara-t-il, franchira les limites de la zone de recherche dans quinze minutes. Austin sentait la tension monter dans la cabine et plus encore quand Zavala annonça qu'ils étaient entrés dans la zone. Chacun prit position aux hublots. Dix minutes s'écoulèrent, puis vingt. Austin allait d'un côté à l'autre de la cabine, prodiguant des encouragements. Difficile en effet d'imaginer qu'un vaste océan s'étendait sous l'épaisse couche de nuages.

Austin avait suggéré que l'avion suive une série de routes parallèles d'un bout à l'autre du secteur de recherche : un mouvement de tondeuse identique à celui qu'il aurait utilisé pour retrouver un navire perdu. Ils avaient terminé un aller, effectué un parcours dans l'autre sens et s'apprêtaient à aborder un troisième passage quand Austin commença à se demander s'il ne s'était pas trompé. Il ne cessait de consulter sa montre.

L'avion venait de virer de bord quand, soudain, Karla cria :

— Je vois quelque chose. A trois heures.

Austin et Barrett se précipitèrent de son côté pour regarder par les hublots. Le soleil était bas dans le ciel et ses rayons obliques dessinaient des ombres bleutées sur la couverture de nuages. Mais, sur la droite, des éclairs d'un blanc doré ressemblant à des lueurs d'orage sillonnaient l'espace. Austin empoigna un micro branché sur le poste de pilotage. Zavala confirma dans les haut-parleurs avoir lui aussi aperçu la lueur.

L'avion vira sur l'aile comme un papillon de nuit attiré par une flamme et amorça sa longue descente vers la lumière qui transformait le lointain en un chaudron de sorcière.

42

*F*AUTE DE TEMPS, IL AVAIT FALLU ADOPTER des solutions rudimentaires pour installer le tableau de bord dans la partie cargo : il était constitué d'un panneau que des supports maintenaient à la hauteur de la taille, et réduit au minimum, à savoir une commande principale contrôlant le débit du courant alimentant les dynamos ainsi que divers cadrans et jauges permettant de contrôler les autres parties de l'installation.

— Nous entrons dans les nuages, annonça la voix de Zavala dans les haut-parleurs.

Austin sentit un picotement sur son crâne et ses cheveux se hérissèrent, non de peur mais à cause de la brusque charge électrique qui saturait l'air. Quant aux longues tresses blondes de Karla, elles évoquaient la chevelure de la fiancée de Frankenstein ; elle essaya de se recoiffer, sans grand succès. Barrett, lui, avec son crâne rasé, ne connaissait pas ce genre de problème, mais il avait la chair de poule à l'emplacement de son tatouage.

Le phénomène électrique ne faisait que commencer : la moindre surface de la section cargo émettait la lueur bleutée des feux de Saint-Elme dansant dans les gréements des voiliers, et l'éclairage intérieur de l'avion clignotait comme si un enfant jouait avec le commutateur. Puis les lumières s'éteignirent.

Des éclairs jaillirent de l'extérieur, illuminant les hublots et les visages abasourdis, comme dans une discothèque. L'appareil semblait au cœur d'un orage sans tonnerre ; rien que le vrombissement sourd des réacteurs, et ce silence relatif contribuait à accentuer l'étrangeté de la situation.

L'interphone fonctionnait certainement sur un système indépendant car la voix de Zavala continuait à crépiter dans les haut-parleurs. Son message était bref et précis :

— Les instruments du poste de pilotage ne fonctionnent plus. » Une seconde plus tard, nouveau message, encore plus alarmant. « Bon Dieu ! Les commandes ne répondent plus.

Un avion de la taille d'un 747 ne partirait pas immédiatement en piqué, Austin le savait, mais il n'était pas construit comme un planeur et ne pourrait pas utiliser les courants d'air ascendants. L'appareil, livré à lui-même, amorcerait alors une chute qui lui arracherait les ailes. Austin passa un bras protecteur autour des épaules de Karla.

Puis quelque chose se passa dans la section cargo : le phénomène électrique sembla perdre de son intensité et le feu froid qui baignait parois et plafond parut s'apaiser. Des taches sombres rompaient le scintillement et atténuaient l'éclat fantomatique des lueurs bleues. Il y eut un dernier jaillissement éblouissant, puis l'éclairage de la cabine se ralluma.

— Les instruments et les commandes remarchent, annonça un instant plus tard la voix de Zavala.

Austin libéra le bras qui entourait les épaules de Karla et se dirigea vers le tableau de bord, inquiet à l'idée que la poussée d'électricité statique capable de provoquer une telle illumination ait pu faire sauter les contacts ; mais il constata, à son grand soulagement, que tout fonctionnait.

Karla, ayant observé un changement dans la lumière qui entrait par les hublots, alla coller son nez au Plexiglas, puis appela ses compagnons : ils avaient franchi la couche de nuages et pouvaient apercevoir le bleu de l'océan à travers des lambeaux de cumulus. Un clignotement éblouissant attira soudain le regard d'Austin et, en bas de la couche nuageuse, il découvrit une aurore de blancs, de bleus et de pourpres tourbillonnants qui formaient une sorte de voûte lumineuse. Des centaines d'orages lançant simultanément leurs éclairs embrasaient le ciel.

L'avion avait beau avoir franchi indemne le barrage électrique, ses passagers n'étaient pas pour autant tirés d'affaire : les décharges électriques avaient diminué, mais au fur et à mesure de sa descente, l'appareil était secoué par de violentes turbulences. Des vents puissants assaillaient de toutes parts le 747 qui, malgré sa masse, piquait et tanguait comme un vulgaire cerf-volant au bout de son fil.

A la façon d'un boxeur que son adversaire travaille au corps, l'appareil était poussé dans des cordes imaginaires par de terribles rafales qui se succédaient sans répit. La section cargo vibrait sous les chocs, le vent martelait la carlingue et le 747 emmenait ses passagers comme sur une route truffée de nids-de-poule. Puis, au moment où un choc supplémentaire aurait fait sauter tous les rivets de l'avion, les heurts perdirent en intensité et en fréquence pour, enfin, cesser complètement.

— Ça va, derrière ? s'enquit la voix de Zavala.

— Très bien, mais tu devrais penser à changer les amortisseurs.

— Ce sont mes dents qu'il faudrait que je change, répondit Zavala.

— Félicite le pilote, il s'en est bien tiré. Les ailes sont toujours là ?

— Il remercie, mais qui a besoin d'ailes de toute façon ?

— C'est rassurant. Tu vois le bateau ?

— Pas encore. Il y a toujours quelques nuages. » Un silence, puis de nouveau la voix de Zavala dans laquelle Austin perçut une certaine frénésie. « Regarde à bâbord, Kurt. A neuf heures.

Le paquebot – un jouet sur l'océan – était visible ; il ne laissait aucun sillage derrière lui, ce qui confirmait ce qu'Austin venait d'apprendre des turbulences et des phénomènes lumineux que l'avion avait rencontrés : le navire était stationnaire et l'attaque électromagnétique avait commencé.

Autour du bateau, des vagues concentriques formaient un cercle qui allait en s'élargissant. La hauteur des vagues était difficile à estimer, mais leurs crêtes écumantes repérables de si haut impliquaient une mer déchaînée.

Austin prit l'interphone et demanda au pilote de se maintenir d'abord à une altitude de dix mille pieds puis de tourner autour du navire en descendant de mille pieds à chaque tour. Il se tourna ensuite vers Barrett debout devant le tableau de bord et lui dit de se tenir prêt. Celui-là acquiesça et commença à augmenter le débit des dynamos. Un bourdonnement électrique comparable à celui d'un millier de ruches emplit l'intérieur de la cabine.

Austin, sentant une odeur de brûlé, regarda au fond de la section cargo et découvrit un nuage pourpre et des étincelles qui jaillissaient d'une des dynamos. Il cria à Barrett de couper le courant et, avec Karla, courut sur toute la longueur de l'appareil.

La jauge signalait un problème et Barrett avait déjà coupé le contact. Les étincelles provenaient d'un branchement que les violentes turbulences avaient dû desserrer. Austin examina le raccordement, ne trouva rien de sérieux et rebrancha rapidement le câble en criant à Barrett de remettre le courant. Le bourdonnement d'abeilles reprit, au point de noyer le grondement des réacteurs. Karla rejoignit Barrett devant le tableau de bord tandis qu'Austin se tenait près de l'interphone afin de garder le contact avec le cockpit.

— Comment ça se présente ? demanda Austin.

Barrett jeta un bref coup d'œil au tableau de bord et sourit.

— Tout baigne.

Austin leva les pouces pour dire bravo et appela Zavala.

— Quelle est notre altitude ?

— Huit mille pieds.

— Bon. Dis au pilote de descendre à quatre mille et de faire un passage juste au-dessus du navire. Préviens-moi quand nous commencerons l'approche de la cible.

— A vos ordres.

Au cours de la descente, l'avion traversa des turbulences inattendues dont le pilote se sortit grâce à une habile manœuvre. Zavala annonça alors qu'ils commençaient l'approche.

Austin cria à Barrett de mettre le jus. Celui-ci hésita, la main au-dessus de la manette de contrôle, et Austin crut qu'il n'avait pas compris. Mais Barrett s'écarta et plaça la main de Karla sur la commande.

— En hommage à votre grand-père.

Karla sourit et abaissa la manette : le courant afflua dans l'antenne où il fut transformé en pulsions d'énergie électromagnétique. Austin n'avait rien sur quoi se baser, aucun précédent, aucune expérience ; il déversait donc des décharges d'énergie successives un peu comme un chasseur de submersibles sature l'océan de grenades sous-marines.

Un instant plus tard, ils se trouvaient au-dessus du paquebot. Austin donna l'ordre au pilote de répéter la procédure, mais sous un autre angle. Le 747, pas conçu pour mitrailler en rase-mottes, mit une éternité pour décrire un large virage et recommencer à lâcher une giclée de décharges.

A l'appel de Zavala, Karla remit le courant.

Nouveau passage et nouvel arrosage de pulsions électromagnétiques autour du bateau.

— Combien de temps va-t-il encore falloir faire ça ? demanda Zavala.

— Jusqu'à ce qu'il n'y ait plus de carburant, au moins, répondit Austin avec une froide détermination.

Sur la plate-forme d'observation de l'*Aventure Polaire*, l'ambiance était euphorique.

Margrave et Gant regardaient par le toit vitré, leur visage baigné par la lumière multicolore qui émanait de l'aurore au-dessus du paquebot, Margrave l'air plus satanique que jamais.

— Spectaculaire ! s'exclama Gant dans un de ses rares moments d'émotion.

Margrave, planté derrière la console de contrôle, avait peu à peu augmenté le débit des dynamos et les voyants s'allumaient comme sur un billard électrique.

— L'aurore indique que nous avons atteint la masse critique, annonça-t-il. Les ondes électromagnétiques ont pénétré le fond de l'océan. Elles vont modifier le flux électromagnétique et faire basculer le pôle. Regardez bien l'aiguille du compas.

Gant jeta un coup d'œil au cadran de la boussole puis regarda à travers une des grandes baies vitrées.

— Il se passe quelque chose dans la mer.

La surface de l'océan autour du navire, auparavant agitée, était redevenue plate.

— Nous nous trouvons à l'épicentre de l'inversion des pôles, expliqua Margrave. Des vagues géantes vont partir du bord d'un cercle qui s'élargira de plus en plus. Et on observera quelques tourbillons autour du périmètre.

— Heureusement que nous ne sommes pas sur leur chemin, remarqua Gant.

— Ce serait en effet bien regrettable. La zone de turbulences est assez instable ; c'est d'ailleurs ce qui a provoqué le naufrage de notre navire émetteur. C'est le calme dans l'œil d'un ouragan. A part une légère montée de l'eau, nous ne sentirons rien.

Gant contempla la mer. Jamais de toute sa vie il n'avait ressenti un tel sentiment de pouvoir.

Austin avait, lui, des préoccupations bien différentes, analogues en quelque sorte à celles d'un médecin qui cherche à ranimer un patient à l'électrocardiogramme plat ; seulement, en l'occurrence, des millions de vies étaient en jeu. Tandis que l'avion amorçait un nouveau virage, il regardait par le hublot, incapable de dire si l'antidote faisait de l'effet ou non.

Puis il remarqua autour du paquebot une zone circulaire où l'eau semblait se calmer, comme aplatie par le courant descendant d'un hélicoptère. Il distinguait des stries à la surface de la mer, comme des sillons creusés par un courant violent. Quelques instants plus tard, incontestablement cette fois, l'eau commença à esquisser un tourbillon dont le paquebot occupait le centre. En quelques secondes, le diamètre du secteur perturbé atteignit au moins un mille, tandis qu'un anneau d'écume en bordait le périmètre. La vitesse du courant croissant, la mer à l'intérieur du cercle commença à se creuser.

Austin assistait à la naissance d'un tourbillon géant.

L'*Aventure Polaire* s'éleva à moins de deux mètres au-dessus de la surface de l'eau alentour puis retomba aussitôt.

Gant remarqua qu'une dépression semblait se former dans l'océan autour du navire.

— Un autre effet secondaire ? demanda-t-il.

— Non, répondit Margrave. » A l'étonnement succéda l'inquiétude quand la surface prit plus nettement la forme d'un disque. Des remous crêtés d'écume montraient la violence des courants. Il saisit le micro qui le reliait à la passerelle. « Les machines à pleine puissance. Nous sommes aspirés par le tourbillon.

Margrave coupa les dynamos.

— Qu'est-ce que vous faites ? s'étonna Gant.

— Quelque chose ne va pas. Ce genre de réaction ne devrait pas se produire.

L'océan se creusait de plus en plus et des courants tourbillonnants avaient commencé à se former ; les machines tournaient maintenant à plein régime et le paquebot avançait vers le bord extérieur du tourbillon. Sa proue se soulevait légèrement et le bateau, malgré les courants qui cherchaient à l'entraîner, progressait lentement.

Le maelström continuait de s'étendre. Margrave cria à la passerelle de pousser encore les machines, mais le navire, qui n'arrivait pas à s'éloigner vraiment du centre du tourbillon, semblait destiné à perdre la course.

Puis la nature de l'eau se modifia encore. Les courants s'affaiblirent et la surface commença à s'élever pour reprendre un niveau normal.

— Que s'est-il passé ? interrogea Gant.

— Une petite diversion, fit Margrave.

Il essuya la sueur qui perlait sur son front et remit les dynamos en marche avec un sourire.

Le navire s'élevait un peu plus haut quand l'eau autour de lui se mit à bouillonner ; six mètres au-dessus de la surface de la mer, puis dix.

— Arrêtez ça », commanda Gant. Margrave réduisit de nouveau la puissance, mais le bateau continua à monter. Quinze mètres. « Imbécile ! Qu'avez-vous fait ?

— Les modèles informatiques...

— Je me fous des modèles informatiques !

Margrave abandonna le tableau de bord pour se précipiter vers une des grandes baies vitrées qui bordaient la plate-forme d'observation. Ce qu'il vit le glaça d'effroi.

Le paquebot était juché au sommet d'une énorme colonne d'eau qui ne cessait de s'élever.

Austin avait vu le tourbillon grossir jusqu'à ce que son diamètre mesurât une dizaine de milles. Fasciné, il regardait maintenant le maelström s'aplanir pour se transformer en un lac bouillonnant d'une eau écumante et commencer à monter comme un cyclone aquatique.

La masse gigantesque qui jaillissait du centre du tourbillon prenait de la hauteur et de l'ampleur en pivotant sur elle-même, tel un derviche tourneur.

L'avion s'apprêtait à effectuer un nouveau passage quand Austin se précipita dans le poste de pilotage.

— Prenez autant d'altitude que vous pourrez et vite. Éloignez-vous de cette zone.

Le pilote amorça aussitôt une montée.

Cette colonne d'eau venait de remémorer à Austin des photos prises lors des essais nucléaires dans le Pacifique.

Une voix affolée crépita dans la radio.

— Mayday ! Mayday ! Venez à notre secours ! Mayday !

Austin emprunta le micro.

— SOS bien reçu.

— Ici l'*Aventure Polaire*, lança Gant qui devait crier pour se faire entendre dans le vacarme qui déferlait en fond sonore.

— Vous jouez aux montagnes russes ? ironisa Austin.

— Qui êtes-vous ? Où êtes-vous ?

— Kurt Austin. Nous sommes à mille pieds au-dessus de votre tête. Regardez vite car nous ne comptons pas nous attarder. Le Dr Kovacs vous envoie son meilleur souvenir.

— Bon sang, Austin, qu'est-ce qui se passe ? reprit Gant après un bref silence.

— Nous vous avons envoyé une dose d'antidote contre l'inversion des pôles. Ça ne va pas fort pour votre partenaire et vous.

La réponse de Gant, inintelligible, se perdit dans un fracas de tonnerre.

Austin regarda par le pare-brise du cockpit. Le paquebot, tout en haut d'une colonne liquide, tournait comme une toupie. Il n'était pas difficile d'imaginer la panique à bord. Tant pis pour Margrave et Gant qui avaient eux-mêmes semé les graines de leur destruction.

L'avion avait changé de cap et commencé à s'éloigner de sa cible ; il traversa des turbulences provoquées par les puissantes forces qu'il avait libérées, mais ce n'était rien auprès des rafales de vent précédentes. L'appareil continua son ascension jusqu'à environ vingt-cinq mille pieds puis se mit à voler en palier.

Karla gardait le nez collé au hublot bien qu'il n'y eût rien d'autre à voir que la couverture nuageuse. Elle se tourna vers Austin, l'air étonné.

— Que s'est-il passé là-bas ?

— Les calculs de votre grand-père étaient justes.

— Mais c'était quoi cette chose, cette incroyable trombe d'eau ?

Austin ne le savait pas précisément, mais il se doutait que les pulsions électromagnétiques opposées émises par le navire et par l'avion avaient mis en branle des forces inimaginables.

— La Nature n'aime pas qu'on fasse n'importe quoi. La combinaison de l'antidote et des émissions initiales a provoqué une violente réaction. De la même façon, ajouta-t-il, quand on prend un médicament pour soulager un estomac barbouillé, on ressent encore une ou deux ultimes éruptions avant que tout s'arrange.

— Alors, c'est fini maintenant.

— Je l'espère.

Austin appela le poste de pilotage et demanda :

— Comment se comporte l'aiguille du compas ?

— Normalement, dit Zavala. Elle indique plus ou moins le pôle nord.

Barrett, toujours devant le tableau de bord, battit des mains à la réponse de Zavala, puis se précipita vers Austin et Karla pour les serrer dans ses bras.

— On y est arrivés, s'exclama-t-il. Bon sang, on y est arrivés.

— Mais oui, fit Austin avec un sourire las. Mais oui.

43

*D*OYLE *ENTREPRENAIT ALLÈGREMENT* son dernier voyage à l'île du phare : enfant de la ville, il n'avait jamais aimé cet endroit dont la beauté sauvage le laissait indifférent. Sa satisfaction serait encore plus grande quand il se serait débarrassé de la Légion de Lucifer et qu'il aurait quitté l'île à jamais.

Il posa son appareil près du rivage, l'amarra à une bouée et rama jusqu'au quai où l'un des traîne-savates de Lucifer l'attendait. Il n'arrivait jamais à se rappeler leurs noms et ne les distinguait que par la couleur de leurs cheveux. Celui-là, le rouquin, semblait disposer dans le groupe, probablement à cause de sa ressemblance avec Margrave, du statut le plus élevé, sans en être le chef évidemment puisque ce titre pour les vrais anarchistes équivalait à un véritable anathème.

— Je ne t'ai pas vu depuis notre poursuite dans les faubourgs de Washington, dit le type d'une voix qui faisait penser au froissement des feuilles mortes sous le ventre d'un serpent. Dommage que tes copains aient filé.

— L'occasion se représentera, répondit Doyle. On s'occupera d'Austin et de ses amis quand nous en aurons fini avec les Élites.

— Je n'attends que ça. Tu aurais dû nous prévenir de ta venue.

Doyle souleva le sac de toile qu'il portait.

— Tris voulait te faire la surprise.

Cette réponse parut satisfaire le légionnaire qui hocha la tête et accompagna Doyle jusqu'à l'ascenseur.

Les autres Lucifers attendaient au pied du phare et, quand Doyle leur eut répété la raison de sa venue, ils le gratifièrent de ce sourire exaspérant. Tous se dirigèrent vers la maison du gardien. Doyle les emmena dans la cuisine de Margrave. Il prit six verres et une bière et posa le tout sur la table.

Il tira de son sac une bouteille de champagne et servit tout le monde. Puis il ouvrit sa boîte de bière et la leva.

— A la destruction imminente des Élites.

— Doyle, ricana le rouquin, ça fait trop longtemps que tu traînes avec des anarchistes comme nous. Tu deviens aussi dingue que nous.

— Ça doit être contagieux, fit Doyle avec un clin d'œil complice. Santé. » Il porta la bière à ses lèvres, vida d'un trait la moitié de la boîte et s'essuya la bouche d'un revers de main, regardant avec plaisir les Lucifers avaler leur champagne comme si c'était de l'eau. « Au fait, Margrave m'a dit de vous donner ça.

Le colis était arrivé la veille, accompagné d'un billet signé par Gant.

Le message disait : « Plans d'IP remis à la semaine prochaine. Remets ce cadeau à nos amis du Maine après avoir partagé avec eux une bouteille de champagne tout à fait spéciale. Dis-leur que c'est de la part de Margrave. Très important : attendre qu'ils aient bu leur champagne. »

Le Lucifer aux cheveux roux ouvrit le paquet, qui contenait un DVD. Il haussa les épaules et le glissa dans le lecteur. Quelques secondes plus tard, un portrait de Gant apparut sur l'écran.

« Je veux qu'on liquide la Légion de Lucifer, dit la voix de Gant.

— Et comment comptez-vous vous y prendre ? »

Impossible. La conversation que Gant et lui avaient eue après la chasse au renard.

« Retourne à l'île de Gant dans le Maine et dis-leur que tu as un cadeau pour eux. De la part de Margrave. Ça les enverra en enfer avec un verre de champ. »

Tous les regards se tournèrent vers Doyle.

— Ce n'est pas ce que vous croyez, tenta-t-il avec son sourire d'Irlandais le plus charmeur.

Mais Doyle n'avait aucune chance : dès l'instant où il avait exhibé le DVD, il était condamné. Il ne saurait jamais que le disque venait de Barrett et non de Gant. Ni que le micro qu'Austin avait caché sous la table de jardin avait bien fait son travail, enregistrant les instructions de Gant pour qu'on massacre les Lucifers.

Il se leva pour gagner la porte, mais un des Lucifers lui fit un croche-pied et il tomba sur le sol. Il se releva, chercha à attraper le pistolet glissé dans un étui attaché autour de sa cheville, mais on le repoussa et on lui confisqua son arme. Il regarda les six visages sataniques qui l'entouraient.

Incroyable. Les Lucifers savaient qu'il les avait empoisonnés et pourtant ils souriaient. Doyle ne comprendrait jamais que la perspective de tuer l'emportait sur toutes les autres émotions, même sur la crainte de leur mort imminente.

Il entendit s'ouvrir le tiroir où étaient rangés les couteaux. Les types s'approchèrent.

ÉPILOGUE

A *DEUX CENT MILLES À L'EST DE NORFOLK*, Virginie, le navire de recherche de la NUMA, le *Peter Throckmorton* et le patrouilleur de la NOAA, le *Benjamin Franklin* fendaient bord à bord les eaux vertes comme deux corsaires des temps modernes.

L''écume volait sur le pont mais, dans l'éclairage tamisé de la salle de contrôle du *Throckmorton,* Barrett avait les yeux rivés sur le planisphère qui s'étalait sur l'écran devant lui. La pièce avait beau être climatisée, des gouttes de sueur perlaient sur son crâne tatoué.

Ses doigts pianotaient sur le clavier sous le regard de Joe Zavala, d'Al Hibbet et de Jerry Adler, le spécialiste des vagues qu'Austin et Joe avaient rencontré à bord du *Throckmorton,* auxquels s'étaient joints quelques techniciens du navire.

Barrett s'arrêta et se frotta les yeux comme s'il s'apprêtait à reconnaître sa défaite. Puis ses mains parcoururent les touches comme celles d'un pianiste de concert. Des points rouges se mirent à clignoter sur les océans du monde. Il se renversa contre le dossier de son fauteuil avec un large sourire.

— Messieurs, annonça-t-il d'un ton théâtral, lancement réussi.

Des applaudissements éclatèrent.

— Remarquable, dit le Dr Adler. Je n'arrive pas à croire qu'il y ait autant de foyers de vagues scélérates.

Barrett fit glisser le curseur sur un point. Apparut alors une série de statistiques sur l'état de la mer, le temps et les conditions générales en ce lieu précis. L'information la plus importante précisait la possibilité de voir naître une vague géante et ses dimensions.

Une nouvelle salve d'applaudissements vint saluer cet exercice.

Zavala prit dans sa poche son portable et appela le *Benjamin Franklin*. Gamay attendait avec Paul son appel dans une salle de contrôle analogue à bord du navire de la NOAA.

— Dis à Paul que l'aigle s'est posé, lui annonça Zavala. Détails suivent.

Il raccrocha et se dirigea vers un coin de la pièce où il avait laissé un sac à dos. Il l'ouvrit et en tira deux bouteilles de tequila et quelques gobelets en carton. Il versa une tournée de tequila et leva son gobelet.

— A Lazlo Kovacs, dit-il.

— Et à Barrett le Tatoué, lança Hibbet. Il a réussi à rendre utile une force de destruction. Ses travaux vont sauver la vie de centaines et peut-être de milliers de gens de mer.

Pendant le vol de retour depuis l'Anomalie de l'Atlantique Sud, après avoir vu la puissance incontrôlable ainsi libérée, Barrett s'était mis au travail. Il cherchait à trouver un moyen d'utiliser les théorèmes de Kovacs à des fins bénéfiques. A peine l'avion avait-il atterri à Washington qu'il avait disparu quelques jours avant de faire une arrivée inattendue aux bureaux de la NUMA pour exposer son idée à Al Hibbet.

Ce qu'il proposait témoignait d'une imagination incroyable et pourtant c'était d'une remarquable simplicité. Son projet consistait à recourir à des versions diluées des ondes électromagnétiques de Kovacs pour déceler des anomalies sous le fond de l'océan susceptibles de provoquer des perturbations en surface. Tout navire de haute mer d'une certaine dimension serait équipé d'un palpeur de Kovacs monté à la proue. Celui-ci diffuserait en permanence des informations enregistrées en même temps que les observations par satellites et les relevés de lecture du champ électromagnétique terrestre.

Les données seraient transmises à des ordinateurs, analysées et rediffusées pour alerter les bateaux de la présence d'éventuels foyers de vagues géantes. Les navires pourraient ainsi se détourner pour éviter les zones dangereuses. On décida de conduire des expériences à proximité des secteurs où les vagues géantes avaient envoyé par le fond la *Belle du Sud.* Comme la NOAA s'intéressait aux courants océaniques, on lui demanda de participer à cette campagne, ce qui expliquait la présence des Trout.

Les deux navires devaient se retrouver au-dessus du site où la *Belle du Sud* avait fait naufrage. On jeta à la mer une couronne en mémoire de l'équipage du bateau. Puis pendant plusieurs jours, on procéda aux essais sur place. Cela permit de déceler quelques problèmes et d'y remédier. Maintenant que le système se révélait une réussite manifeste, l'ambiance dans la salle de contrôle était devenue résolument bruyante – surtout après l'absorption d'une certaine quantité de tequila.

A un moment, Al Hibbet, très exubérant et un peu ivre, se tourna vers Zavala en disant :

— C'est dommage que Kurt ne soit pas là. Il se serait bien amusé.

Zavala eut un sourire entendu.

— Je suis sûr qu'il ne s'ennuie pas.

Karla Janos émergea du tunnel en clignotant comme une taupe. Elle avait le visage maculé de terre et son survêtement était couvert de poussière. Elle secoua la tête, l'air émerveillé, encore impressionnée par la scène dont elle venait d'être témoin. Un village provisoire avait surgi dans la clairière en cuvette au fond du cratère. Plus d'une vingtaine de tentes avec tout ce qu'il fallait pour se loger, dormir et faire des recherches s'alignaient en rangées régulières. Plusieurs hélicoptères étaient stationnés à proximité.

On avait amélioré l'accès à la cité de cristal en perçant un tunnel et en déblayant les débris de roche. Des câbles reliés aux groupes électrogènes s'enfonçaient dans le passage. Partout régnait une folle activité.

Karla était tout à la fois grisée et épuisée. Les équipes de scientifiques faisaient les trois huit, et certains comme Karla travaillaient jusqu'à douze heures d'affilée. Elle renversa la tête en arrière pour aspirer goulûment une bouffée d'air frais et, dans la lumière d'un gris bleuté, elle vit un petit point qui apparaissait audessus de la crête pour amorcer sa descente dans la vallée

L'objet approcha et elle distingua une grande voilure colorée sous laquelle se balançait un être humain. Non, ce n'était pas possible. Elle s'éloigna des tentes pour gagner un espace dégagé et agita frénétiquement en l'air sa casquette de base-ball.

Le parapente descendait en spirale puis il vira dans sa direction, plongea vers le sol et vint se poser à quelques mètres seulement. Kurt Austin déboucla son harnais et replia la voilure puis il s'avança avec un grand sourire et dit :

— Bonjour.

Elle avait beaucoup pensé à Austin ces dernières semaines après cette brève rencontre empreinte d'une telle douceur. Puis elle était repartie pour la Sibérie. Mais elle avait souvent regretté de ne pas avoir eu le temps de mieux connaître l'homme de la NUMA.

— Qu'est-ce que vous faites ici ? demanda Karla, à la fois stupéfaite et pleine de joie.

— Je suis venu vous inviter à déjeuner.

Elle jeta un coup d'œil à sa montre.

— Il est trois heures du matin.

— C'est sûrement l'heure du déjeuner quelque part. Je n'ai pas fait tout ce voyage pour m'entendre refuser mon invitation.

— Vous êtes vraiment fou, fit-elle incrédule.

Une lueur amusée brillait dans les yeux d'Austin.

— La folie fait partie des qualités requises pour travailler à la NUMA. Laissez-vous aller.

Elle repoussa une mèche blonde qui lui tombait sur les yeux.

— J'ai travaillé toute la nuit. Regardez ma tenue.

— Là où je vous emmène, dit Austin, on ne s'habille pas. Venez.

Il lui demanda de l'aider à porter son nouveau parapente jusqu'à une clairière où il donna à Karla une brève leçon. Ils déployèrent la voilure sur le sol, fixèrent leur harnais au siège, gonflèrent la voilure avec le souffle de l'hélice et sautèrent. Karla était une aviatrice née et le départ fut beaucoup plus réussi que lors de sa première tentative avec Zavala. Quand ils eurent décollé, Austin vira au-dessus du village de tentes et se mit à prendre de l'altitude.

— En quelques semaines, cela vous fait un vrai changement de paysage, dit Austin tandis que la terre s'éloignait sous leurs pieds.

— J'ai du mal à croire que les principaux paléontologues, archéologues et biologistes du monde sont en bas à travailler sur la découverte scientifique du siècle.

— Une découverte dont vous pouvez vous attribuer le mérite.

— Il n'y avait pas que moi, mais merci quand même. Et merci pour la balade. C'est merveilleux.

— En effet », renchérit Austin pour des raisons différentes et très personnelles. Il était tout près d'une belle et intelligente jeune femme et il sentait toute proche la chaleur de son corps.

Le parapente et ses deux passagers s'élevèrent au-dessus du cratère. Austin donna à Karla quelques rapides instructions pour l'atterrissage et gouverna l'appareil vers une zone relativement plate sur la crête. Le contact avec le sol fut un peu brutal mais pas catastrophique. Karla détacha son harnais et s'approcha de l'endroit où une nappe à carreaux était étalée sur le sol, retenue à chaque coin par une pierre. Au milieu, un petit vase orné d'une fleur sauvage et un gros sac banane.

— Mademoiselle, dit Austin avec un geste large, une table avec vue.

— Vous êtes vraiment fou, dit-elle. Mais d'une façon que j'aime bien.

Austin ouvrit le sac et aligna sur la nappe des pots, des boîtes et des bouteilles.

— Avec les compliments du capitaine Ivanov. Champignons à la russe, bœuf stroganoff et caviar rouge sur pain noir. Le tout arrosé d'un excellent rouge georgien.

— Comment êtes-vous arrivé ici ? demanda-t-elle.

— J'ai appris que le capitaine Ivanov amenait un groupe de scientifiques, dont certains de la NUMA. J'ai profité du voyage. » Austin ouvrit des pots et des boîtes et emplit deux verres de vin. « Maintenant que vous avez eu le temps d'étudier les choses, que pensez-vous de la cité de cristal ?

— Il faudra des décennies avant de connaître toute l'histoire, mais je crois que la ville a été construite à l'âge de pierre dans la chambre magmatique longtemps après que le volcan se fut éteint.

— Pourquoi bâtir sous terre ?

— Pour les raisons habituelles. Pour assurer la défense ou à cause des changements de climat. On utilisait des mammouths comme bêtes de somme, ce qui permettait de déplacer des blocs cyclopéens.

— Qu'est-il advenu des habitants ?

— Des changements climatiques ont pu tarir leurs possibilités de produire de la nourriture. Une inversion des pôles a pu provoquer une inondation ou un séisme qui a causé un effondrement partiel de la chambre, ce qui a donné au cratère sa forme bizarre. Cette route qui mène au sommet indique que, pour une raison ou pour une autre, l'accès habituel à la ville a pu être bloqué.

— Avez-vous compris comment les mammouths ont réussi à survivre ?

— Pure faculté d'adaptation. Comme les sources d'approvisionnement diminuaient, ils sont devenus plus petits pour s'adapter au changement d'environnement. Ils semblent avoir la possibilité d'hiberner durant la période la plus froide de l'année.

— Et les habitants de la cité ? Qui étaient-ils ?

— C'est une énigme. Cela pourrait prendre des décennies de recherche avant qu'on découvre qui ils étaient et ce qui leur est arrivé.

— Comment vont les petites bêtes ?

— Les mammouths ? En pleine forme. Ils semblent enchantés du corral que nous leur avons installé dès l'instant que nous les nourrissons. C'est Maria Arbatov qui s'occupe d'eux. Le plus difficile sera de les protéger du monde extérieur. Comme vous pouvez l'imaginer, la presse s'intéresse beaucoup à eux et nous essayons de contrôler les choses.

Du regard il balaya l'île.

— J'espère que tout cela survivra à notre curiosité agressive.

— Je pense que oui. La tendance semble à de pures recherches scientifiques plutôt qu'à des tentatives de cloner les mammouths.

— Et quels sont vos projets ?

— Je vais passer encore quelques semaines ici et puis je rentrerai voir Oncle Karl dans le Montana. Je viendrai à Washington le mois prochain pour donner une conférence au Smithsonian.

— Bonne nouvelle. Quand vous serez à Washington, si on se retrouvait pour prendre un verre, dîner ou ce que vous voulez ?

Les yeux gris de la jeune femme se levèrent au-dessus de son verre.

— Ce qui m'intrigue surtout, c'est ce que vous voulez.

— Alors, entendu. Je crois que c'est le moment de porter un toast. Les dames d'abord.

Elle ne réfléchit pas longtemps.

— A Oncle Karl. S'il n'avait pas sauvé mon grand-père, rien de tout cela n'aurait été possible.

— Et comment ! Sans Oncle Karl, *vous* n'auriez pas été possible.

Elle fit à Austin un sourire plein de promesses. Puis, à la lueur du crépuscule arctique, ils levèrent leur verre et trinquèrent.

Même si la mort avait souvent été pour lui une proche compagne, Schroeder n'arrivait pas à se souvenir de la dernière fois qu'il était allé à un enterrement. Il voulait enterrer Schatsky en grande pompe. Le petit teckel qui avait été abattu par un des tueurs de Gant avait été un fidèle compagnon. Par chance, la température dans son chalet de montagne était restée assez basse pour que le corps de Schatsky se conserve pendant son absence.

Il prit le petit corps tout raide, lava le sang de son mieux et enveloppa le chien dans la couverture qu'il préférait. Utilisant son panier comme cercueil, il l'emporta dans les bois derrière sa maison. Il creusa un trou profond, enroula l'animal et son panier dans une toile puis l'ensevelit avec une boîte d'os pour chiens et ses jouets préférés.

Schroeder marqua la tombe d'un tas de pierres puis ragagna le chalet. Il traîna dans le bois une caisse et creusa un autre trou près de la tombe du chien. Il y déversa un chargement d'armes automatiques et semi-automatiques qu'il recouvrit de terre. Il avait gardé dans la cabane un fusil, au cas où, mais il n'avait plus besoin de cet arsenal qu'il avait gardé caché sous le plancher.

C'était sa façon de mettre fin à un chapitre de sa vie. Le risque existait toujours de se voir rattrapé par quelque chose de déplaisant surgi du passé, mais avec les années qui passaient, il ne cessait de diminuer. Karla viendrait bientôt lui rendre visite et il avait du travail sur les bras à préparer les kayaks et canoës qu'il lui fallait pour exercer son métier de guide. Mais, sans le petit chien trottinant autour de lui, il allait se sentir bien seul dans le chalet.

Il monta dans sa camionnette et descendit jusqu'à son troquet favori. Il était encore tôt et le bar était tranquille. Sans même quelques-uns des habitués pour l'accueillir, il se sentait encore plus seul.

Enfin... Il s'assit au comptoir et commanda une bière. Puis une autre. Il commençait à s'apitoyer sur son sort quand quelqu'un lui tapa sur l'épaule. Il se retourna et vit une femme d'une soixantaine d'années plantée derrière lui. Elle avait de longs cheveux argent et sa peau hâlée était à peine ridée.

Elle se présenta comme une artiste qui avait quitté New York pour s'installer dans le Montana. Elle avait un sourire lumineux, un rire contagieux et un grand sens de l'humour dont elle donna la preuve en décrivant les différences culturelles entre les deux endroits. Schroeder était tellement sous le charme qu'il en oublia de se présenter à son tour.

— Je perçois un léger accent, dit-elle.

Schroeder allait lui faire la réponse classique, qu'il était un Suédois du nom d'Arne Svensen, mais il s'arrêta. L'heure où il devrait commencer à faire confiance aux autres êtres humains était venue.

— Vous avez l'oreille fine. Je suis autrichien. Je m'appelle Karl Schroeder.

— Enchanté de vous connaître, Karl, dit-elle, très mondaine. J'aimerais aller pêcher la truite, mais je ne sais pas où. Pourriez-vous me recommander un bon guide ?

Schroeder sourit de toutes ses dents.

— Mais oui, répondit-il. Je connais exactement l'homme qu'il vous faut.

REMERCIEMENTS

Pour recréer les événements concernant un des pires désastres de l'histoire maritime, le torpillage par un U-boot du bateau de réfugiés *Wilhelm Gustloff,* ce livre a puisé abondamment dans *The Cruelest Night* de Christopher Dobson, John Miller et Ronald Payne. Un certain nombre de sources ont inspiré les chapitres sur les vagues géantes ou vagues scélérates, mais peut-être l'évocation la plus spectaculaire se trouve-t-elle dans le documentaire de la BBC, *Freak Wave*, qui comprenait des interviews de scientifiques aussi bien que de gens de mer. Nous remercions également Sue Davis, présidente du Stanley Museum de Kingsfield, dans le Maine.

Dans la collection Grand Format

Cobb *(James)*, **Ludlum** *(Robert)* — *Le Danger arctique*
Cussler (Clive) — *Atlantide ■ Odyssée ■ L'Or des Incas ■ Raz de marée ■ Vent mortel ■ Walhalla*
Cussler (Clive), **Cussler** (Dirk) — *Le Trésor du Khan*
Cussler (Clive), **Dirgo** (Craig) — *Bouddha ■ Pierre sacrée*
Cussler (Clive), **Du Brul** (Jack) — *Quart mortel*
Cussler (Clive), **Kemprecos** (Paul) — *A la recherche de la cité perdue ■ Glace de feu ■ Mort blanche ■ L'Or bleu ■ Serpent ■ Tempête polaire*
Cuthbert (Margaret) — *Extrêmes urgences*
Davies (Linda) — *Dans la fournaise ■ En ultime recours ■ Sauvage*
Dekker (Ted) — *Adam*
Evanovich (Janet) — *Deux fois n'est pas coutume*
Farrow (John) — *La Dague de Cartier ■ Le Lac de glace ■ La Ville de glace*
Genna (Giuseppe) — *La Peau du dragon*
Hartzmark (Gini) — *A l'article de la mort ■ Mauvaise passe*
Kemprecos (Paul) — *Blues à Cape Cod ■ Le Meurtre du Mayflower*
Larkin (Patrick), **Ludlum** (Robert) — *Le Vecteur Moscou ■ La Vendetta Lazare*
Ludlum (Robert) — *L'Alerte Ambler ■ Le Code Altman ■ La Directive Janson ■ Le Pacte Cassandre ■ Le Protocole Sigma ■ La Trahison Prométhée ■ La Trahison Tristan*
Ludlum (Robert), **Lynds** (Gayle) — *Objectif Paris ■ Opération Hadès*
Lustbader (Eric Van) — *Le Gardien du Testament ■ La Peur dans la peau*
Lynds (Gayle) — *Le Dernier maître-espion ■ Mascarade ■ La Spirale*
Martini (Steve) — *L'Accusation ■ L'Avocat ■ Irréfutable ■ Le Jury ■ La Liste ■ Pas de pitié pour le juge ■ Réaction en chaîne ■ Trouble influence*
McCarry (Charles) — *Old Boys*
Moore Smith (Peter) — *Les Écorchés ■ Los Angeles*
Morrell (David) — *Accès interdit ■ Le Contrat Sienna ■ Disparition fatale ■ Double image ■ Le Protecteur ■ Le Sépulcre des Désirs terrestres*
O'Shaughnessy (Perri) — *Entrave à la justice ■ Intentions de nuire ■ Intimes convictions ■ Le Prix de la rupture*
Palmer (Michael) — *Le Dernier échantillon ■ Fatal ■ Le Patient ■ Situation critique ■ Le Système ■ Traitement spécial ■ Un remède miracle*
Ramsay Miller (John) — *La Dernière famille*

Scottoline (Lisa)	*La Bluffeuse* ■ *Dans l'ombre de Mary* ■ *Dernier recours* ■ *Erreur sur la personne* ■ *Justice expéditive*
Sheldon (Sidney)	*Avez-vous peur du noir ?* ■ *Crimes en direct* ■ *Racontez-moi vos rêves*
Sinnett (Mark)	*La Frontière*
Slaughter (Karin)	*A froid* ■ *Au fil du rasoir* ■ *Indélébile* ■ *Mort aveugle* ■ *Sans foi ni loi* ■ *Triptyque*

Cet ouvrage a été imprimé par

CPI
Firmin Didot

Mesnil-sur-l'Estrée

pour le compte des Éditions Grasset
en septembre 2009

Dépôt légal : septembre 2009
N° d'édition : 15848 – N° d'impression : 96468
Imprimé en France